图书在版编目（CIP）数据

限时营救. 2 / 冻感超人著. — 广州：广东旅游出
版社，2024.11
　ISBN 978-7-5570-3290-6

　Ⅰ. ①限… Ⅱ. ①冻… Ⅲ. ①长篇小说－中国－当代
Ⅳ. ①I247.5

中国国家版本馆CIP数据核字(2024)第072652号

限时营救. 2

XIANSHI YINGJIU.2

冻感超人 / 著

◎出版人：刘志松　◎总策划：苏瑶　◎责任编辑：何方　◎责任技编：冼志良
◎责任校对：李瑞苑　◎策划：年年　◎设计：颜小曼 孙欣瑞　◎封面绘制：苏桓

出版发行：广东旅游出版社
地址：广州市荔湾区沙面北街71号
邮编：510130
电话：020-87347732
印刷：天津睿和印艺科技有限公司
地址：天津市武清区大碱厂镇国泰道8号
邮编：410137
开本：880毫米×1230毫米　1/32
印张：11
字数：347千字
版次：2024年11月第1版
印次：2024年11月第1次
定价：45.80元

·目录

·目录

第一章
·高山流水·

林琦顺利地在小世界多活了十年。狄岚和他合作默契，之后狄岚事业步步高升，也完成了该完成的世界线，顺利清除了黑化值，并作为华人演员问鼎全球。身为一个演员，狄岚可谓是风光到了极致，而且是在那么年轻的年纪里。

狄岚与经纪人林琦亲密无间的合作关系也为大家所津津乐道，十年光阴，狄岚挂在嘴边的永远都是那一句——"林琦，我没有你不行。"

这一句话，从调侃变为坚不可摧的誓言用了十年。林琦，一个在狄岚背后的男人，却让所有人都记住了他的名字。

林琦还是在一场空难中去世了，不是联盟使坏，如果联盟要使坏，都对着林琦一个人使劲，犯不着一飞机的人都搭上。飞机坠落前，每个人都留了遗书。

林琦心里很平静，因为他知道会再见到的，可分别总是痛苦的，于是他提笔写了一行字，那是狄岚曾说过的——"有你，就有光。"

失重的感觉传来，系统适时地将林琦从这个游戏世界拽出。只是这次林琦连剩下的世界线都不看了，直接对系统道："我不想放假了，你放假吧，我想进下个世界。"

系统道："你这样太拼了。"

林琦发现系统虽然说话不好听，其实对他也挺好的，每次他在游戏里死亡的时候，都拉得很快，生怕他疼一下。他对系统语气也放柔了："我心里高兴，一点也不累。"

系统没话说了："那行吧，你自己小心点。"

烟雨蒙蒙，雨打芭蕉，林琦站在廊檐下神色有些恍惚。他来到了曾经最接近权力顶峰的世界。

这是一个古代小世界，林琦的身份是御史中丞林渠远的嫡子，他自小便聪明灵秀，受家中悉心栽培，在京中素有美名，并在今年的科举上崭露头角，夺得榜眼。

状元——当然是这个世界的男主角韩逢。

林琦作为工具人，与韩逢是亦敌亦友的关系，他这个人设完全就是为了衬托韩逢而存在。

林琦的出身完爆韩逢，他从小接受最好的精英教育，却抵不上一个从未上过学堂横空出世的天才韩逢。两人棋逢对手火星四溅，林琦对韩逢有妒意也有敬意，爱恨交织，复杂难当。林琦在这个世界的下场不太好，一捧白雪，一抹艳红。

想起这个世界的结局，林琦情不自禁地摸了下自己的后脖。

"公子，韩大人来了。"侍从上前道。

林琦收回思绪，负手回眸："让他在偏厅等候。"

侍从微一躬身，轻声道："是。"

林府偏厅，一张紫檀平角条桌，上面摆着一翠松盆景，修剪得极为别致，延展过去便是一道山河屏，屏下三足青釉炉内燃着清淡宜人的香，青烟袅袅爬上了一双皂色祥云暗纹靴。

略旧的靴面上沾了一点雨水，靴底泥迹斑斑，走过厅内的青石面，留下了淡淡的脚印。仆人正跪在地上用湿布擦洗地面，眼眸悄悄地打量着这位传言中样样胜过自家公子的新科状元。

论样貌，的确是好。他见过的王孙公子不多，但也不少了，这新科状元肌肤如玉石般毫无瑕疵，一双眼睛黑得泛起了蓝，幽深若井，波澜不惊，虽是坐着，身形也尽显高挑风流之态，可以说是难得的美男子。

仆人听说这位新科状元出身低微，家中穷困，可乍一看，那饮茶的姿态架势，不说与林琦比了，就算是他们林府的老爷御史大人也不及其万分之一。

仆人盯得久了，手上动作也不禁停滞，这时……那双幽深若井的眼睛扫了过来，只一瞬，仆人已猛地低下了头，浑身抖若筛糠，差点就要高呼"大人饶命"！

门外脚步声渐近，韩逢放了茶碗起身，目光复杂地投向雨幕。

偏厅前的一条小小长廊，两侧花红草绿，侍从撑着一柄油伞走在来人的外侧，小心翼翼地为他挡去身侧飞溅的雨水，来人走得不急不缓，微低着头姿态从容，白皙的面容在雨雾蒙蒙之中显出一种柔和内敛的锋芒。

林琦轻吸了一口气抬头，对方似有所感，已面无表情地将目光迎了上来，四目相对，往事如流水般在脑海中闪过。

系统："双百分，友情提示：因为此世界的人物设定是千古第一臣，所以黑化之后的韩逢，你懂的，千古第一奸。"

林琦心中一紧，看来他的死对韩逢的冲击完全起了反面作用。

"林大人。"韩逢率先拱手，遥遥行礼。他与林琦在殿试时也算碰过面，只是彼此都未曾交谈，林琦所代表的显然是京中的贵公子一系，像韩逢这样出身贫寒的则被朝中的寒门之子纳入一系，两人分属不同阵营，一直都是王不见王。

林琦性子傲，韩逢比他更傲，像这样先行礼，并且是躬身彻底的大礼，可以说从未有过。

林琦后期其实对韩逢十分欣赏，暗中帮了韩逢几回，只是碍于清高自傲的性子，不愿意透露自己的所作所为，所以一直到林琦死，韩逢都在与他针锋相对，互拼高下。

林琦行刑前不久，韩逢才得到了林琦入狱的消息，他日夜不停地从关外连奔七天七夜，赶回京师。可是只看到法场外，雪地之中，红白泥泞糟污一片，连林琦的全尸都未曾见到。

生死难见，肝肠寸断。

纵使韩逢日后权倾朝野，报仇雪恨，依旧意难平歇，因无论他做什么，都换不回那一个骄傲内敛、唇角带笑的天之骄子。

如今——换回来了。

韩逢历经沧桑已是城府极深，难平的心绪泛在胸间，从舌尖道出只是又一遍——"林大人。"

"韩大人。"林琦回了礼，微笑伸手，"请上坐。"

擦拭地面的仆人急急地走了出去，拍着心口同门外收油伞的侍从道："韩大人好大的官威，方才我在里头擦地，他看了我一眼，吓得我差点叫出来。"

仔细收伞的侍从稀奇道："咱们府里进进出出的大官没有百个也有几十个，一个新科状元，怕什么。"

"哎，你不懂。"仆人甩了手上的湿布，余惊未平。

　　林琦与韩逢左右分坐，韩逢坐下以后却又是起身，一手拿了林琦面前的瓷杯：
"茶凉了，秋雨绵绵，林大人要当心些。"说话间，便将林琦杯里的那一捧冷茶
端出去倒了。

　　门外守着的仆人吓了一跳，探头过去，却是那位长身玉立的韩大人在给自
家公子倒茶。

　　收伞的侍从窃窃一笑，收回目光，压低了嗓子道："正给咱们公子献殷勤
呢。"他面上带着一丝嘲笑，也不知是在笑韩逢的殷切举动，还是笑面前仆人
对韩逢的夸大其词。

　　那仆人也不辩解，只想到里头的韩逢，都不禁噤若寒蝉。

　　"韩大人这是？"林琦依照人设略微挑了挑眉，语气谈不上惊奇，略有些
疑惑。

　　韩逢稳当地给林琦倒了杯热茶，瞥了林琦一眼，嘴角轻抿："林大人的面
色不太好，像是染了风寒。"

　　最近季节变换，林琦是不大适应，林老爷和林夫人自小宠溺林琦，管了他
的文，没管他的武，养成了他弱不禁风的模样，不像韩逢，自小吃尽了苦头，
连上京的盘缠都是靠卖苦力赚得，从外形上，韩逢的男子气概就吊打林琦八百
个来回。

　　林琦没有动茶，他与韩逢不是那么亲密的关系，神色淡淡道："多谢韩大
人关心。"

　　韩逢拇指与食指一捻而过，收回了手，抖袖肃容，想起了他今日的来意。

　　韩逢中了状元，天子封赏，任工部水部郎中；林琦榜眼，任户部员外郎。
工户不分家，秋雨势头凶猛，京城以外隐约有水涝之势，上头已经批了十万两
银子，用于提前加固城外河堤。可户部却屡屡推托，说手上银子紧，工部派人
去领了几次，一次领得一万两，一次领得四千两，再后头就是没有了。

　　韩逢今天就是来要钱的。他与林琦各有上峰，各为其主，也各有立场，所
以不得不坐在这儿扯皮。

　　上一局，韩逢与林琦闹得不欢而散，韩逢认为林琦胡搅蛮缠不知大义，林
琦认为韩逢目光短浅不堪大用，总之两人是谁也看不惯谁。

"林大人，这剩下的八万六千两，户部打算什么时候给？"韩逢轻声道。

林琦不冷不热道："户部如今银两缺得很，有多少银子办多少事，韩大人不妨先动工，等之后再提吧。"

上一局韩逢是怎么反驳的，好像是讥讽了林琦，将林琦惹恼了，两人有来有回吵得口干舌燥，一壶茶都不够喝。此时韩逢听了，却是微微一笑："林大人说的是，我这儿先动起来，静候您的佳音。"

林琦瞥了韩逢一眼，韩逢端起热茶递过去："喝茶，喝茶。"

林琦表情凝了一瞬，接了热茶，轻抿了一口，慢悠悠道："城外水患，难民饿殍不计其数，户部要留着银子赈灾，而且过一段时日就是太后的千秋节，又是一笔花销。今年水势如此凶猛，也免不得会有些疫病，农作收成也不会太好，今年收上来的银子，紧巴巴地要过到明年，这一万四千两，已经是硬抠出来的了，请韩大人见谅，先紧着用吧。"

韩逢听他一口气说了那么多，面色柔和："林大人高瞻远瞩，是我不知好歹了。林大人，你喝茶，天冷，多喝热茶。"

林琦又抿了几口茶水，放下茶碗站起了身。韩逢也跟着站起了身："外头雨大，林大人不必送了。"

林琦稀奇地看了韩逢一眼。

韩逢从那一眼立刻意识到了自己的自作多情，但也只是笑，嘴角很不自然地勾着，他心中甜苦参半，实在是无法自在地笑出来。

"还是送送吧。"

林琦刚抬脚，韩逢就先一步挡住了，恳切道："林大人留步。"他垂眸看了一眼林琦淡色的长靴，那靴面如霜雪一样洁净，恰如面前这个人。鲜红的血纠缠在雪地里乌黑一片的画面，在韩逢脑海里一闪而过，太阳穴针刺一样疼了一下，他抬首凝望了林琦，面上尽力露出一个柔和的神情，"别让雨水弄脏了你的靴子。"

韩逢高大的身影转身步入回廊。

雨势大了，雨水打在花草上又回溅到韩逢的袍子上，韩逢一步一印，脚步凌乱越走越急，脑海中上一局的画面一一浮现。他从关外回京早已精疲力竭，跪在法场外怔忪良久，双眼紧盯着地上的血污，不敢相信那是林琦的血。围观行刑的百姓已经散了，韩逢疯了似的抓了人就问："被斩决的人是谁？"

百姓们吓坏了，用力推搡了韩逢，韩逢一头倒在雪地中，刺骨的凉沁入他的发间。

林琦人头落地，死无全尸，雪夜中韩逢在乱葬岗翻找那一具尸首。那晚的雪下得大极了，鹅毛一般，苍茫一片，天地之中只余下了他一个人。刺骨的冷与烈火般的热在他的身上交织，那一夜，为了寻找林琦的尸首，他废了十根手指，曾被赞为铁画银钩、举世无双的好字，他之后再也没写出来一个。

他翻了半夜，才摸到那一双熟悉的手。曾与他对弈良久，最后气得甩了一颗黑子在他脸上的手，此刻冰冷、僵硬，他抱着林琦的尸首在白雪皑皑的乱葬岗待了一夜，一滴泪也流不下来。

他要为友报仇。

什么为国为民，什么满腔抱负，什么名垂青史，他都不管了！他只要报仇，不惜代价，血债血偿。

韩逢思绪纷乱，上一局让他永远不得安宁的头痛症似乎留了下来，如有千万道银针般不断地刺入他的脑中，耳内轰鸣头痛欲裂，脚步也踉跄了起来，他禁不住抬手捂住额头两侧。

"韩大人……"

一声焦急的呼唤传来，仿佛是从天外来的一般，似远似近，劈开了重重轰鸣。韩逢回首，却不知什么时候，林琦已走到了他的身后，为他撑起了一把伞。他四下观望，才发现自己已然不知不觉走出了林府，步入雨幕之中，连自己浑身都湿透了也未曾察觉。

林琦微微拧着眉，神情中带着一点关心："韩大人，我让车夫送你吧。"

韩逢摇头，目光落在林琦的靴上，喃喃道："你的靴子……"话未说完，却是意识恍惚，人事不知了。

林琦眼睁睁地看着韩逢这么一个高个子砸在泥水里，扔了伞连忙去搀扶。

韩逢本就高大，外袍沾了雨水更是笨重，林琦勉强拉住韩逢的手臂，冲着一旁的侍从说道："快帮忙。"

林琦在仆人们的帮助下将韩逢抬回了林府。

林琦脚步匆匆领着众人直往自己的房内去，引得侍从还多看了他几眼。公子爱洁，一贯是不喜欢别人弄脏自己的东西的，如今抬了一个泥水淋淋的大男人放到自己房内，可真是稀奇。

就那么一会儿，林琦身上也全湿了，更别提倒在雨中扶了半天的韩逢，那可真叫一个狼狈，发髻散乱，半身泥泞。

林琦拍了下袖上的水珠，拧眉道："备水。"

侍从拿袖子抹了下下巴，喘着气道："公子，水是送到这间，还是……"

"就送这儿。"林琦已经开始解自己的腰带，拧眉道，"再抬个浴桶来。"

林家家风甚严，府里没有一个丫鬟，仆人也都是粗使的。仆人们将浴桶抬入屏风后，倒满了热水，林琦便挥手道："下去吧。"

随身侍从应声要退，又被林琦唤住："去请个大夫，让厨房熬几碗姜汤，你们都淋了雨，用点姜汤驱寒，之后再端两碗姜汤到我房内。"

"是。"

仆人们退下了，林琦将沾湿的外袍脱下，内袍湿得不厉害，他也不管了，随即把在软榻上躺着的韩逢的湿衣服脱了下来。

韩逢身上很烫，似乎是发热了。林琦拿了帕子给他擦身，动作很利落，又拧了两下他的湿发。

在林琦帮韩逢擦拭的时候，韩逢醒了，他眨了眨眼，密密的睫毛在眼下落下一道残影，沙哑道："子非……"

"子非"是林琦的字，只有很亲近的人才这么叫。韩逢上一局知道了林琦的小字，却是一次都没当着林琦的面叫过，多少次话已经到了嘴边，张口依旧是冷淡的"林大人"。他太骄傲，卑微的出身令他不得不比任何人都更骄傲，这样才不会叫人看轻。尤其在林琦面前，他更不能输了分毫。

韩逢眼含热泪，语音中忽然带了一点委屈，眼泪滔滔而下，像个委屈的孩童般念道："子非，子非……"

"公子，姜汤来了。"侍从端着姜汤进来，抬头一眼差点没把碗打翻了，这韩郎中怎么在哭？

"拿来。"林琦拧眉道。

"哦哦。"侍从低头迈着碎步过去，"公子。"

他跟在林琦身边的时间也不短了，懂得什么叫非礼勿视、非礼勿听。

　　林琦拿了姜汤自己先喝了一口，火辣辣的，一口下去整个人都通透了，随即递到韩逢唇边，淡淡道："韩大人，喝姜汤。"

　　韩逢听到他的声音，迷迷糊糊地抬了眼，似有困惑，还是接了姜汤喝下，随后两眼一闭，又倒了下去。

　　林琦忙让侍从帮忙将擦干的韩逢扶到自己的床上，又给韩逢盖了被褥，这才让侍从下去。林琦自己喝了剩下那一碗姜汤，到了屏风后脱光了衣服进入浴桶。林琦身子弱，他想在这个世界活久一点就一定得好好保养。

　　幸好林琦的人设是个面冷心热的君子，对韩逢也是视为对手而非仇敌，要不然他还真没什么理由去照顾韩逢。惺惺相惜又同性相斥，大概是最符合林琦与韩逢关系的描述了。林琦哆嗦了一下，低头将湿透的长发垂入水中。

　　韩逢其实已经清醒过来了，在林琦说"韩大人，喝姜汤"的时候，韩逢一睁眼看到林琦的脸，立刻就从魔障中醒来了。

　　韩逢想起自己方才流泪满面的模样，臊得面红耳赤，果断地选择了装晕。

　　韩逢闭着眼睛躺在林琦的床榻上，立即就闻到了属于林琦的淡淡香味，混合了墨、熏香与植物的味道，韩逢不敢造次，耳边传来说话声，他悄悄睁开眼，顺着声音扭头望去，是林琦跟他的仆人在对话。

　　"不知道这会儿韩大人好些没有了。"

　　脚步声渐近，韩逢只好先闭上了眼睛。

　　林琦走近床榻，抬手摸了一下韩逢的额头，很烫，又摸了自己的额头对比，对比下来韩逢的热度还是很惊人，不禁有点焦躁地唤道："大夫呢？"

　　"回公子，长安已经去请了，只是人还没回来。近日京中天气不定，贵人得病的多。"

　　大夫姗姗来迟，过来把了脉，说是风寒，外邪入体。林琦点了头："大夫，劳烦你开副药吧。"

　　大夫下去开药的时候，韩逢适时地睁了眼。他先是低低地呻吟了两声，微晃了晃脑袋，语意迷蒙道："林大人，我怎么在这儿？"

　　林琦一看韩逢这做作的表演便知其早已醒了，心中暗笑也不拆穿，沉稳道："韩大人你感上了风寒，昏过去了。"他扭头望向窗外，雨声滔滔，"外头雨大得很，大夫开了药，天色也不早了，"林琦收回目光，眼神落在韩逢发红的面颊上，"韩大人今夜留宿林府可好？"

身上发烫的温度烧得韩逢口干舌燥，他抿起干涩的唇："多谢林大人，不必费心，我这就离开。"

说着，韩逢已经坐起了身，衾被顺着他的动作滑下。

林琦挪开目光，起身："韩大人，你何必客气呢？这大雨一时半会儿不会停歇，你的衣服又全湿了，我已经让仆人去洗了，就留下吧。"

"那么就劳烦林大人借两件旧衣给我，改日再还。"

韩逢清醒之后，态度强硬了许多，坚决要离开。林琦没办法硬留韩逢，只好让侍从拿了几件新的侍卫衣裳给韩逢，他的衣服和韩逢不是一个尺寸。

衣裳拿来，林琦背手走到屋前站下，微微仰头望了一下雨幕，招来侍从不知说了什么，那侍从应了一声，飞快地跑走了。

韩逢坐起穿衣，边穿衣，目光边不由自主地落在林琦的背影之上。

素衣长衫，乌发披散，站在方正的屋檐下，如松如柏，微风拂过，吹起雪白的长袍下摆，纤尘不染。

韩逢低头胡乱地将衣服穿好，脚踏实地起身时才感觉到头晕眼花、天旋地转，他的确是病了，不过病了也不能留。

"林大人。"韩逢身上穿了林府的侍卫服，面色泛着病态的红，也难掩身上夺人的气度，他虽体力不支，依旧躬身给林琦行了个大礼，"多谢林大人相助。"

"举手之劳，不必言谢。"林琦回身笑道，"韩大人，我已吩咐下人备了车马，这样大的雨，请你勿再推辞。"

"多谢。"

林府的仆人果然是有规矩的，像给林琦撑伞一样，过走廊时便拿油伞替韩逢遮挡溅过来的雨水，到了外头便恭敬地替韩逢撑伞。

车马备好了，车夫戴着斗笠穿着蓑衣等候，见人出来便上马撩帘，撑伞的仆人从心口拿了个纸包出来递给韩逢，在盛大雨声中提高了声音："韩大人，这药是城西九游堂的金大夫开的，治风寒的，您要是用了还不见好，就去金大夫那儿再瞧瞧。"

韩逢目光在纸包上凝了一瞬，伸手接过微摩挲了一下，哑声道："替我多谢你们公子。"

"您慢走。"仆人毫不留恋地转身撑着伞跑入府内。

韩逢上了马车，马车内干净整洁。车夫一鞭子下去赶起了马，瓮声瓮气道："韩大人，座位下面有伞，您拿好。"

韩逢手探了下去，果然是一把完好干燥的油伞。他出门的时候还没有下雨，是快到林府时才下起了小雨，所以才沾了满脚的泥水。

韩逢低头轻嗅了一下，他好像从这把油伞上闻到了林琦的味道。整架马车都有一股淡淡的林琦身上的味道，马车里壁挂的熏炉散发着幽幽的清香，与林琦屋子里是一样的。韩逢心中一动，朗声问道："请问这马车平素里可是你们家公子用的？"

车夫隔着雨声，听得模模糊糊，又甩了下鞭子，大声回道："只有公子的马车了，别的没了！"

韩逢听明白了，御史大人不在府中，府上的其余马车也都调用了，只剩下林琦惯用的这一架，林琦拿来给他用了。

回忆起林琦入狱一事，其中有一条罪责便是贪污，说他敛财以用己身，大肆铺张，一辆马车、一个瓷碗、一张纸、一点墨都是罪证，都是僭越。

韩逢攥了油伞，深深地吸了口气，眼睛里布满了红血丝，射出狠戾的目光，若是有任何人见了这目光，怕是都会吓得瑟瑟发抖、魂飞魄散。

韩逢回去就病倒了。

林琦去户部忙碌了两天，工部另一位员外郎，姓常，名常相松，又是来要钱了。

常相松与韩逢不同，他的性子乍一看上去比韩逢软和，却是绵里藏针不饶人，在工部也待了好几年，说起话来引经据典、雅俗结合，面上还笑嘻嘻的，断定林琦这面薄皮嫩的贵公子吃不住话。

可他低估了林琦，他说得口干舌燥，林琦却是连眉毛都不动一下。

林琦听完之后只幽幽地回了一句："韩大人呢？"

常相松要烦死了，他也是贫寒出身，照理应当与韩逢更亲近些，可他实在很讨厌韩逢。韩逢虽是寒门之子，有些做派比那些王孙公子还要讲究，常相松看不惯，当下拧了眉，语气冷淡道："韩逢病了，告假。"

林琦不知道韩逢是真病还是装病，也不多表示什么，轻飘飘地四两拨千斤："该说的话我都和韩大人说过了，常大人有空的话，去探探病，就知道了。"

常相松没想到林琦是这么个油盐不进的人物，浪费了大半天的口舌，他实在气不过，临走前把林琦桌上的茶叶给顺走了。

林琦失笑，早听说常相松有个外号叫"常不空"，取的意思很不好，"贼不走空"，不过他也确实厉害，要钱算是一把好手，从不肯空手离开。

林琦随即与自己的同僚打了招呼："茂成兄，劳烦你下午多费心，我有事要出去一趟。"

"去吧，不用回来了。"齐甚君头也不抬，大方地摆了摆手，"替我向御史大人问好。"

林琦微笑拱了手，叫侍从备了马车。

"公子，回去？"

"不，去韩府。"

侍从扶着林琦上了马车，略有疑惑："哪个韩府？"

林琦坐稳，云淡风轻道："工部韩郎中——韩府。"

韩逢在京中没有私宅，只租了个一进的院子，离工部很远，根本称不上府邸，门楣低垂，倒是"韩府"两个字入木三分，可见下笔之人功底了得。

侍从上前敲门，敲了几下无人回应，惶然地扭头望向林琦。

林琦向他挥了挥手。

侍从隔着门提高嗓音叫了几声："韩大人，在吗？"

依旧是无人应声，林琦轻拧了眉："系统，他有没有事？"

这次系统回应得倒很快："没事，在青楼。"

林琦："……"

系统贴心道："楚云楼。"

人在青楼，那就是没事。林琦回身借了侍从的力撩袍上车，脚刚抬上去，又慢慢放下来，回首望了一眼铁画银钩的"韩府"两字，一张英俊中带着骄傲肃杀的面容映入脑海，林琦轻声道："去长平街。"

长平街是京中最热闹繁华的一条街，其中就有京城最知名的销金窟——楚云楼。

其实不算是青楼。本朝不许狎妓，也不许开设妓馆，天子脚下容不得污秽，所以——都是暗娼。

旁的暗娼馆子都很小心地遮着掩着，在柳巷深处，开一扇小门，或者二楼开一面小窗，香风手帕轻轻地飘出来，路过的公子客商捡起来，从那门缝里悄悄抛出一个媚眼，魂就勾过去了。

楚云楼不是。

楚云楼是"正经"茶楼，吟诗作画，风雅之地，时不时地还有名士开坛讲道。

里头跑堂的一色穿了道童的服饰，长发高束，青蓝色外衫衬出美好的腰身，雪白的长袍遮掩住或男或女的美貌人儿一身的好皮肉，抬手斟茶时露出一截皓腕，加上一个若有似无的笑容，莫道不销魂。

只要出得起银子，这些道童可以单独为贵客"讲道"，楼里可以讲，出了楼回府也可以讲。

如此明目张胆地借文士之名，行龌龊之事的地方，开了三年，屹立不倒，京中不少官员也趋之若鹜，俨然已成了诸位贵人中心照不宣用来寻欢作乐的地方。

"停。"

马车停在楚云楼对街。

林琦撩了马车上的窗帘子，目光投向楚云楼。

楚云楼外表看上去极巍峨正气，"楚云楼"三字也是本朝书法大家所题，两边对联刻着——松根满苔石，尽日闭禅关。

这是温庭筠的诗。

下半句是"有伴年年月，无家处处山"，诗题便是赠楚云上人。

这样清净的一首诗，题在此处，却是说不尽的讽刺。

天色已暗，楚云楼四面窗户都关着，大门也紧闭着，叩开这门也要不少银两，门口倒是也无人。

"子非？"

林琦听到唤声下意识地回了眸，有什么比早下班，然后在青楼前面遇见同事更尴尬的情况呢？

齐甚君倒是不尴尬，只是很惊讶。他从马车跳下时，望见对面一辆马车停在那儿，车里的人探出脸。他一下愣住了，这不是林琦吗？以林琦的性子，最见不得楚云楼这种地方了，如今……转性了？

齐甚君兴致勃勃地走到林琦马车旁，面带玩世不恭的笑意："子非，原来你说的有事就是这个？"

林琦无从辩解，面色越发冷淡："我只是路过。"说着就要将窗帘子放下。

齐甚君不依了，他与林琦认识的时间算很长了，两家是世交，只是齐甚君与林琦私交不算太密切。

林琦太过清高，他有点怵。

"来都来了。"齐甚君直接转到马车前，撩开了车帘，对林琦招手，"来，为兄带你见识见识。"

"不了。"

林琦摇头，探身过去要把帘子拉下，齐甚君一把拉了他的袖子，不由分说道："下来下来，别那么拘束，真是，在我面前还不好意思吗？"

林琦不想与齐甚君拉拉扯扯太过难看，只好先顺势跳下马车，还未来得及开口，楚云楼的门开了，哗啦啦泄洪一般跑出一大堆人，出来的人个个脸色难看到了极点，一副急于逃窜的模样。有个跑了急的，差点摔了一跤，由随从搀着跑得飞快，其中还有几位熟脸孔都是朝廷官员。

齐甚君和林琦都愣住了。

最后出来的人，一身藏蓝粗布旧衣，皂色短靴半旧不新，步履缓缓，除了面色稍有些病态的苍白，姿态极为雍容，神情阴晴莫辨，瞧着便令人心惊胆战。

那人无意一抬眼，隔着一条灯火阑珊的街道与林琦怔怔的目光对视了。

四目相对，喧哗渐静，韩逢微一晃神，随后乍然一笑，霎时间，整条街的光华灿烂都被他的笑容压倒，黯然失色。

齐甚君惊讶道："这不是状元郎吗？"

韩逢这才将目光移到齐甚君身上。他从楚云楼缓步走来，近前了才对齐甚君微一拱手，客气道："齐大人。"

齐甚君稀里糊涂地放了拽着林琦袖子的手，对韩逢回礼："韩大人，你怎么也在？"他的目光满是惊讶，因为韩逢太穷了，穷得连衣裳都买不起，官服都置不起第二身的人，哪有钱来楚云楼啊？

韩逢对这个上一局忠诚的手下态度堪称和蔼："来消遣。"

齐甚君眉毛都快挑到天灵盖了，就差脱口而出"你发横财了"。

韩逢的余光一直在看林琦。林琦安安静静的，素衣玉簪，在繁闹的街上如一捧雪。

"林大人。"

林琦向韩逢微一点头，还是没开口。

"那……既然碰上了，"齐甚君没心没肺地一挠头，"就一起玩吧——我做东！"

"我不去，"林琦断然道，"我要回去了。"

韩逢也道："齐大人，今日楚云楼闭馆了，你还是改日再来吧。"

"啊？"齐甚君又惊了，楚云楼自开馆以来还未曾关过一日，他今日接连吃了几个雷，惊得连眼睛都圆溜了许多，"不可能吧？"当下也不管这两个人了，提起袍子就去敲楚云楼的门。

林琦说要回去，人还站在原地，面色冷冷的，负手站着，目光虽不落在韩逢身上，韩逢却像是被密不透风的眼线罩住了。他眯了眼，低声下气道："林大人可否送我一程？"

"上车吧。"林琦瞟了他一眼，对这人做作的演技很是绝望。

"闭馆？为何闭馆？你是不是骗我？"齐甚君不甘心地从门缝里塞了自己的头探进楚云馆。

为他开门的道童快羞死了："齐公子，我不骗您，您快出去吧。"

齐甚君是个死缠烂打的性子，不肯缩回自己的大头，刨根问底道："到底为何闭馆？是出了什么变故？眠柳还好吗？"

"柳姐姐没事。"道童见他死活不肯走，硬关上门夹断他的脖子又是不能，只好妥协道，"您要是真想知道，就问那位穿藏蓝衣裳的公子吧，当真是……当真是……"道童说不下去了，咬着唇面色也白了起来。

齐甚君知道他指的是韩逢，扭头望向对街，却发现林琦和韩逢连人带马车都消失不见了。

道童见他扭头，立刻关上了门。

"嘭"的一声，齐甚君脚尖一顶，轻拍了拍自己的心口，眉毛上天又落地，自言自语道："吓死本公子了。"

马车上，韩逢与林琦相对而坐。韩逢压低声音道："方才齐大人在，我不便说，我并非是去楚云楼寻欢作乐，而是有正事。"

林琦看到那些人如鸟兽散的场景也猜测韩逢应该是办正事，其中有好几个官员，就怕韩逢是在行"奸臣之事"。

林琦面色微沉，轻点了下头。

马车内寂静起来。

韩逢见林琦一言不发，以为他不信，正着急地要起身辩解，哪知马车一颠，他额头"嘭"地撞到车壁。

巨大的声响在马车中回荡，林琦也惊了："韩大人，没事吧？"

韩逢捂着额头涩声道："无碍。"

林琦听出了韩逢话语中的勉强，忙拉开韩逢的手查看，手碰到韩逢的额头，才发觉韩逢的额头不仅肿胀还隐约有了热度。

"韩大人，你得了伤寒。"林琦焦急道，立即吩咐车夫，"快，送韩大人回府！"

翌日，林府的侍从送来了药堂煎好的药和几身厚衣裳。侍从口齿伶俐，清清楚楚道："公子说天冷了，韩大人病着，要多添衣。"

"替我多谢你们公子。"韩逢语言苍白道。

他手上其实已经有不少林琦的东西，林琦的伞、林琦给他的侍卫服，他说了还，一直没有还。

韩逢走到书桌旁的画缸前，画缸里插着几个卷轴，还突兀地插了一把纸伞，韩逢抽出纸伞，迟疑了一番，还是拿了纸伞过去，脸色苍白地对侍从道："这是你们家公子的伞。"

"不用还了。"侍从笑了下，声音清脆，"公子说了，给韩大人的东西就是韩大人的了，都不必还了。"

韩逢心中一暖，收回纸伞，露出一个温柔笑容，郑重道："多谢。"

侍从从韩府回来，带了一幅字给林琦，说是韩逢的谢礼。

林琦心里想笑，面上忍住了，擦了手，镇定道："放下吧。"

侍从也就随意地插入了他的画缸中。

待侍从退下之后，林琦连忙去画缸里拔出了那幅字，他留意着放的地方，一拿就准，展开书卷一看，上面写了一句诗——何者为君子，子非若知意。

林琦看了许久，轻轻摸了"子非"两字，微微笑了。

林琦早上看了韩逢的字再去的户部，时间有些迟了，齐甚君直接迎了上来，对林琦道："出大事了。"

没等林琦询问，齐甚君便道："一件好也不好，怪也不怪的事。"

林琦道："好在哪里？"

齐甚君摸了一下自己并不存在的胡须，拧眉道："京中诸多豪绅官员，忽然大发善心，要捐助城外的河堤建造，你说这是不是既好且怪？"他搂了林琦的肩，神秘道，"可不是小数目！足足十万两！"

林琦一点不惊，嘴角噙了柔和的笑意，见齐甚君盯着他神色奇异，忙道："那又不好在哪儿？"

齐甚君轻拍了下林琦的肩膀，看着林琦的眼睛，郑重道："子非，你可要被韩逢给比下去了。"

"没什么比不比的，"林琦推开了他的手，嘴角笑吟吟，"君子无争。"

银子雪花一样飞向水部，韩逢脸色苍白，在库房前放了把椅子，坐在那儿等着人排队送银子，他一手拿着账本，一手拿着笔记下姓名、银两数目。来送银子的都是家仆，韩逢客气道："多谢善心，河堤加固之后，立碑铭谢。"

家仆们也不敢搭腔，沉默地将一盘盘现银放下。

工部的人全在看热闹，都是一群久苦于要钱之难的人，见到这送钱的阵仗都是啧啧称奇又羡慕不已。十万两银子，不多不少，堆在韩逢身后，闪瞎了众人的眼。

有人实在馋得不行，试探问道："韩逢，你是怎么让这些老爷大人肯捐银筑堤的？"

韩逢捻了一锭银子，深沉道："精诚所至，金石为开。"

众人："……"

银子的事解决了，河堤加固立刻动工，常相松直接服气，二话不说率先往河堤那儿与工人住下了。

这一段时间韩逢一直半病着，这下终于可以好好在家养一养病。

天气又是不好，阴雨绵绵，秋意寒凉，屋内冷气往骨头缝里钻，金大夫给韩逢把脉开药，又添了几味补气的药。

韩逢垂眼看着："金大夫，这几味药价值不菲。"

"韩郎中不必担忧，"金大夫笔走龙蛇，低头又写下几味昂贵的药材，"林大人已经预付了药费。"

韩逢垂着短而密的睫毛，心里就像一块袒露在阳光下的蜜糖，油亮亮甜丝丝的，有友如此挂心真好。

在金大夫开完药后，韩逢微笑着边谢边送金大夫出门。

两人正走到院落树下，忽然外门被用力推开，韩逢循声望去，几个侍卫冲入了院内。他们都穿着干练短打，冲进来的姿势虽然猛，站得却很稳，一字排开，一看便是训练有素的练家子。

为首的是个长脸的中年男子，目光如炬，直盯着韩逢："韩大人，国舅爷有请。"

韩逢面色不变，对金大夫行了个礼："多谢金大夫上门诊治。"

金大夫时常为达官贵人治疗，在京城也算得上是半个御医，为首之人他也认识，是国舅爷身边的贴身侍卫——钱不换，性情十分狠厉。

金大夫冲钱不换微一点头，把肩上的药箱紧了紧，默默地从侍卫旁穿了过去。

韩逢忽略掉钱不换如锁链一般紧紧缠住自己的视线，一伸手，坦然道："请。"

钱不换后退半步，他身后的侍卫也跟着后退。他一伸手，铿锵道："韩大人先请。"

王国舅的马车看上去十分普通，马车内空间不大，中间小巧玲珑的梨木案几上摆了一壶茶加上精致小点。韩逢面色沉静，丝毫不慌。他从楚云楼的恩客手中诈了十万白银，令楚云楼不得不闭馆，楚云楼的老板不找他才怪。

楚云楼的老板找的帮手就是王国舅。

韩逢抬手给自己倒了一杯好茶，悠然地在非常平稳的马车里品茶吃点心，民脂民膏，国舅用得，谁人用不得？韩逢怡然自得，一口点心一口茶，口中还哼起了小曲。

再说金大夫回到了药堂，拿了药方让药童去抓药，随后便在药堂里不安地踱步。河堤捐款一事已经在京城传开了，金大夫十分感激韩逢，他的几位家眷就住在离河堤不远处，韩逢这惊人的筹银之举是帮了他们家的大忙了。

王国舅是什么人，金大夫再清楚不过，仗着太后亲弟的身份，在京城中要风得风要雨得雨，十分霸道，他身边的钱不换也是暴虐性子。金大夫去国舅府诊治时，曾亲眼见到钱不换掌掴一位刑部的大人，一巴掌下去，飞出了两颗血淋淋的牙落在金大夫脚下，金大夫回去之后，牙疼了好几日。

钱不换来势汹汹的，恐怕韩大人凶多吉少。

金大夫一介布衣，虽然常出入官宦之家，但他很清楚，自己只是有用而已，在这些人面前实际上是毫无分量的。

金大夫想通了，放下药箱安心坐诊，没法子，这世道，谁都难。

马车一路毫无波澜地行驶到了国舅府。钱不换亲自来给韩逢撩帘请他下车，韩逢八风不动地坐在马车里，嘴角还沾着点心渣子，向钱不换摊开掌心："有帕子吗？"

钱不换阴森森地盯着他，人往后一招，对侍卫耳语了几句，侍卫点头奔进了国舅府。

韩逢坐在马车里，钱不换替他撩着帘子，两人僵持着。

其实只有钱不换是僵着的，韩逢慢悠悠地又给自己倒了一杯茶，露出一个纯真笑容，夸奖道："真是好茶啊。"

钱不换不动，对在楚云楼闹事的状元郎并不掉以轻心。

过不久，侍卫出来了，拿了一块手帕递给钱不换。钱不换没接，下巴往马车里点了点。

韩逢慢悠悠地伸手接了帕子，先陶醉地闻了一下："这一定是位美人的帕子。"然后才慢条斯理地擦了嘴，将帕子藏入心口轻拍了两下，一脸心满意足，这才跳下马车。

国舅府的门楣从外头看，不高不低很符合规制，门口的石狮也就是普通货色，就连看家的侍卫都是一副歪瓜裂枣的模样，大门更夸张，还掉了漆。

钱不换引着韩逢入了国舅府。

国舅府内也是稀稀拉拉，不堪入目。回廊两侧圆柱痕迹斑斑，显出陈旧的气息，上头的雕画蒙上了一层脏污，兴许是这几日连绵下雨，无人清理所致。

钱不换大步流星地走着，引着韩逢来到了一处湖上的六角亭。

先帝宠爱太后，爱屋及乌之下，赐的国舅府位置极好，占了一处京城内有名的落霞湖，晚间夕阳落下，霞光映水，美不胜收。今年雨大，落霞湖水位也涨了些，远远望去，湖上的六角亭如漂浮在水面上一般——过去的路全被涨起的水淹没了。

钱不换站在湖边，手向六角亭的方向一伸，稳稳道："韩大人请。"

六角亭在湖中心，丝竹之声幽幽传来，翩跹长袖如虹般隐约滑过，在歌姬的重重包围之内，大约就是那位王国舅了。

钱不换见韩逢不动，上前一步，站到了韩逢的身后，低沉道："韩大人——请！"

湖面平静如镜，碧绿的水面倒映出韩逢修长的身影，深不见底，若是一脚踏下去，没踩到水面下的暗路……这凉意渐深的天气，失足落水实在是个好死法。

韩逢轻笑了一下："请来请去的，不愧是国舅爷身边的侍卫，的确懂礼数。"

韩逢抬脚却是没迈步，先脱了自己的靴袜，又将裤脚卷起，将手中的鞋袜直接抛在钱不换怀里，然后懒懒道："跟上。"

钱不换抱着韩逢的鞋袜，脸色阴沉，却见韩逢提着袍子义无反顾地往湖中走下，一步一步蹚水而过，毫无偏差。

钱不换瞳孔一缩，心中极为震惊。

这条路韩逢走过数十次，以他过目不忘的记性，即便是茫茫湖中，他依旧无所畏惧。韩逢从冰凉的湖水中抬起脚踏上亭前的石街，丝竹之声瞬间就停了，曼妙的歌姬们也停下了舞步，悄然退到两侧。

湖水刺骨，韩逢本就苍白的脸色此刻更是一点血色也无，嘴唇发白，笑盈盈地对王国舅道："国舅爷好。"

王国舅是个面目阴柔的男子，长脸柳叶眉，瞧着有些女气。他已年过四十，鼻下连胡须都不长一根，整个人面容白净得如同剥了壳的鸡蛋，想来年轻时也是个罕见的美男子。此刻他面上一点笑意也无，冷冷地看着韩逢。

钱不换施展轻功，踏水而来，轻巧地落入亭中，将怀抱着的鞋袜扔在韩逢脚下。

王国舅慢悠悠道："你就是韩逢？"

韩逢微笑道："是。"

王国舅往后一仰，目光上下打量了一下韩逢："长得不错。"

韩逢道："多谢国舅夸赞。"

王国舅笑了一下，他一笑便露出了满口银灿灿的牙，如刀锋一般，细声细气道："青年才俊要识时务才能活得久。"

韩逢干脆靠着亭子坐了下来，用衣袍下摆慢慢地擦拭小腿和脚上的水渍："国舅爷就只为这十万两动的气？"

王国舅抄起手边的瓷碗砸了过去，韩逢虽然不习武，反应也不慢，他偏头躲了过去，穿起了鞋袜。

王国舅早年无比暴躁，这几年性子才平稳了许多，因为事事都顺着他的心意，所以没有地方发他内心的那一股火。如今见韩逢的做派如此挑衅，他当真是气得要发狂，对钱不换道："给我把他扔下去！"

钱不换风一样地过来，抓了韩逢的腰带就要将他扔下去，韩逢只说了两个字——

"玉卿。"

王国舅立刻脸色大变道："住手！"

他整个人都从位置上跳了出来，面容惊骇到了极点。

"玉卿"这个称呼，王国舅数年未曾听到了，乍然听到，犹如惊雷一般，他死死地盯着韩逢，从齿缝里挤出话来——

"韩逢，我要活剐了你！"

九游堂内，林府的侍从过来结算药费，看了药方，嘀咕道："这么好的药，该用掉少爷多少家私？"

药童笑嘻嘻道："林大人还差这点银子吗？"

侍从瞪了他一眼，也不能说自家大人其实也挺穷的，憋了回去，别扭道："不差这点银子，这也是不该用的。"

两个年岁相仿的人嘀嘀咕咕地说个不停。

金大夫忽然放了笔，对林府的侍从道："这位小哥，你过来。"

林琦人在户部忙着算账，太后的千秋节已经开始筹备，户部的银子要集中起来，哪里能抠，哪里能省，都是些难算的账。

齐甚君瞧他算得皱眉，不禁感慨道："怎么没有人给太后千秋节捐点银两呢？"

"不要胡说。"林琦笑看了他一眼，"千秋节是喜事，与筑河堤是不一样的。"

"哎，我也就随口说说。"齐甚君又低下了头。

"公子——"

似有熟悉的唤声传来，林琦抬头望去，是他派去药房结算费用的侍从满脸着急地跑来了。

王国舅本名王玄真，取天然淳朴之意，因他年幼便体弱，王父不指望他大富大贵，只希望他能天真自在地活下去。王玄真少年有才，自小便在京中有"玉公子"的美名。

那人见他第一眼时，便说："玄真者，玉之别名也，朕以后便唤你'玉卿'。"

先帝与王玄真一见如故，甚至连带着王玄真的姐姐也一朝得宠，一飞冲天。

可惜好景不长，王玄真出入后宫被妒忌王玄真姐姐的宫妃陷害奸淫宫女，先帝一怒之下便阉了王玄真。

这是王玄真毕生所无法排遣的愤恨与耻辱，即使之后真相大白，先帝后悔不已，却是只能补偿在当时身为玉贵人的王玄真姐姐的身上。

先帝死后，留下遗诏封王玄真姐姐为太后，赐免死金牌。

王玄真能怎么办？

仇与恨全打碎了往肚子里咽，心里苦到了极点，一口一口地吃糖嚼蜜，将满嘴的牙都吃烂了，打了那一口如雪锋的银牙，却也是咬不上仇人的一块肉。

所以他时时都处在极度的不甘与暴怒之中，一点就燃，而韩逢……显然是在他的怒火上直接泼了一捧油。

韩逢一直吊儿郎当的，此刻目光却望向了王玄真，镇定道："国舅爷，你难道真就这么算了？"

王玄真心口剧烈起伏，眼睛死死地盯着韩逢，他气到了极点，一口鲜血喷涌而出。

"他害了你一生，就那样轻飘飘地死了，你甘心吗？"韩逢语音缓慢，语调柔和，"换了我，就算是仇人死了，也要将他的尸首挖出泄恨，挫、骨、扬、灰。"

钱不换本来正揪着韩逢的腰带，在听到最后那四个字时，忽然手抖了一下，不禁放开了韩逢。

王玄真盯着韩逢，良久慢慢张开了唇，血丝布满了他的银牙，他的眼睛前所未有的明亮，身体兴奋得直发抖："你说得对。"

亭内，歌姬如鱼般随着钱不换落入水中，顺着水下的暗道往岸上走去。

王玄真吐了血，心口的郁气倒是散了许多。他憋了太久，骤然被韩逢截破，陈年暗疮流脓一地，却也舒爽不少，人已平静了下来，恢复了阴沉模样："你怎么知道？"

"我会算卦。"韩逢随意道。

王玄真无意与他在这种事上纠缠，进一步逼问道："你算得多少？"

自然是全部。

上一局韩逢也很讶异王玄真会背叛太后，转投到他这一边。虽说亲姐弟也常有反目成仇的例子，可太后实在对王玄真放纵到了极点，而王玄真身为太后的弟弟，的确也得了数不尽的好处。他不懂王玄真这样做的理由。

韩逢不喜欢未知，更不喜欢冒险，在他的查证下，事情的真相慢慢拼凑了起来。

先帝是因王玄真而宠爱王太后，而又因误会阉了王玄真，之后得到好处的却只有王太后一人，王玄真只能打碎牙齿往肚子里咽。

王玄真如何能不恨？

韩逢没有在王玄真面前全盘托出，只淡淡道："该算的都算得，不该算的也算不得。国舅爷，你只需知道我能帮你报仇雪恨，这就够了。"

"你怎么帮我？"王玄真快速道，毫不掩饰自己的着急。

"很简单，你动不了他，只因为这天下还是他的姓，"韩逢眼光流转，暗藏锋芒，"换个姓——不就好了？"

王玄真的呼吸都快停滞了。

王玄真自小便性情单纯，心里再恨，想的也是咒先帝早亡。老天有眼，先帝也的确死得很早，可王玄真仍是不解恨，却从未想过……造反。

"造反"这两个字在王玄真脑海里一跳，他浑身上下的汗毛都忽然竖了起来，他此生从未这样明朗过。

是，他恨极了先帝，恨得连其名字都不想提起。

多少次在梦里将那个人捅得血沫横飞，醒却又是极度的空虚。

那种空虚永远也无法填满了，王玄真绝望地想。

王玄真咽了下唾沫，藏在袖子里的双手微微发抖，目光已慢慢直了起来。

"国舅爷缓思，"韩逢拱手，"我——随时恭候。"

言罢，他转身步入水中，湖水淹没了他一截小腿，他缓步向前，水波从他周遭劈开，背影坚定无匹，毫无动摇。

王玄真从韩逢身上仿佛看到了先帝的影子。

那是执掌生杀拥有至高权柄才会使人产生的自负。

王玄真微抖了一下。

韩逢虽衣服下摆全湿，但完好无损地走出了国舅府。

他脸色虽白，眼里仍有笑意。

钱不换来时对他态度很凶恶，送他出府时却恭敬了起来："韩大人，车马已经备好。"

"你是个很聪明的人，"韩逢语气平静道，"将来会有大造化。"

钱不换跟在王玄真身边已有十四年，王玄真性情不定，时而温柔若水，时而暴烈如火，有时还会无缘无故地哭天抢地，从来不把身边的人当人，即使钱不换一直跟着王玄真，王玄真对他也与其他仆人差不多，顶多就是更爱用他。无论从哪一方面看，王玄真都不算是个好伺候的主，钱不换能安安稳稳地在王玄真身边待上十四年，也是很了不起，心性也已磨炼得很好。

这样的钱不换有点怕韩逢了，他在韩逢身上感受到一种深不可测的可怕。

这种可怕与王玄真的歇斯底里是完全不同的，让人难以捉摸，不敢回应也不敢讨好，在韩逢面前，会让他觉得自己毫无遮掩。

钱不换默默送韩逢到了府门前，亲手为韩逢推开了门。

开门声传来的同时，急促的马蹄声由远及近，吸引了两人的目光。阴沉天幕下，白袍骏马疾驰而来，风吹起了来人的袖袍，鼓如羽翅。

"吁！"林琦远远看到了门口的韩逢，立即勒马停下。骏马前蹄猛踩高昂嘶鸣，林琦勒着缰绳向后又用力勒了一下才止住马势，目光明亮地射向韩逢，"韩大人！"

林琦的发髻乱了，玉簪斜斜的，清秀的面上淌着汗，衣服也乱了。他神情暗含焦急，面上仍保持着内敛，将气喘匀了，才又矜持道："韩大人，真巧。"

在远远看到林琦的身影时，韩逢已有点呆愣，此刻林琦勒马在前轻声唤他，他却舌尖发麻，头顶发热，目光仰望着坐在马上的林琦，好像陷入了一场梦中。

钱不换眼色惊人，瞬间了然，识趣道："林大人是路过？"

林琦虽然是个弱不禁风的贵公子，不过骑马还是不在话下，着急奔来气息还是挺稳当，后背上全湿透了。他睁眼说瞎话道："是。韩大人不是还病着吗，怎么有精力上国舅府拜访？我可请了韩大人好几次也没见韩大人赏光，择日不如撞日，韩大人，同饮否？"

"韩大人，看来这车马就不用了，"钱不换招了招手，躬身道，"韩大人请。"

林琦"抢走"了湿漉漉的大奸臣。

韩逢上马时，林琦才发觉韩逢的靴子和袍子下摆都湿了，心想王国舅果然为难他了，立刻驱马离开，免得王国舅再跑出来把人抓回去。

韩逢坐在林琦身后，林琦身上的味道传到他的鼻尖，有股熏香的淡淡味道。

"林大人，你怎么会过来？"韩逢哑声道。

林琦人还紧张着，轻舒了口气，身后国舅府已经远得瞧不见了，才低头轻轻道："要多谢金大夫。"

林琦侧着脸说话，好让韩逢能听清。

不知过了多久，终于到了韩府。韩逢下马，脚上的水已干，也不管袍上的痕迹，低头拱手："多谢了……"

王玄真又做了一夜的噩梦，醒来之后还有点恍惚。

"爷，您醒了。"

钱不换听到屋内的动静，轻声道。

"进。"

钱不换端着水盆推门进屋。

王玄真坐直了，多日以来在他脑海中盘旋的锤子落了下来："去请韩逢。"

钱不换去接韩逢，态度毕恭毕敬，见韩逢脸色苍白，还出言关心道："韩大人，你是不是身子不适？"

韩逢面色淡淡，鼻音浓郁："伤风感冒罢了。"

韩逢虽然病了，也没有一点病秧子的模样，斜斜地坐在王玄真对面，捧着热茶轻抿。

王玄真不动声色地看着他，忽然问道："你今年多大了？"

韩逢抬眼："二十有一。"

王玄真松了口气，二十有一，先帝死了整十八年，那就不是转世。他上下打量了一下韩逢，越看越觉得韩逢这副暗藏丘壑的模样十分可恶，简直恶心，比当今在位的皇帝还要让他看不得，于是冷了语气道："说吧，你打算从我这儿得到什么。"

韩逢主动惹上门，说要帮他，当然也是因为他能帮韩逢。

利益交换，王玄真再精明不过。

"一张调任令。"韩逢把玩着手上的瓷杯，慢条斯理道，"工部，为国为民，很好，但我——更喜欢刑部。"

王玄真轻笑了一下："我不管你的目的是什么，我必须先警告你，如果事情败露，我一定能全身而退。"

"那是自然。"韩逢唇角带笑，语气平缓，"以国舅爷的身份，"深沉的目光射向王玄真，"什么险境不能脱身？"

王玄真的手攥在了椅子狰狞的虎头上，银牙一闪："如果你耍我，我就将你制成人彘。"

"不敢。"韩逢起身，抬手揪了下鼻尖。

王玄真道："我送两个婢女给你。"

韩逢搓了搓手指，忽道："借帕子一用？"

王玄真厌恶地看了他一眼，扯了袖间的帕子扔给他。

韩逢擦了手指，对王玄真道："派人监视我？没必要，国舅爷你送几个，我杀几个，何必枉害无辜？"

王玄真笑了一下，细声细气道："我偏要送。"

"那把钱不换给我吧。"韩逢道。

在王玄真抬手那一刻，韩逢已经眼明手快地偏身闪了过去，瓷碗从他鬓边擦过，砸在墙上摔了个脆响。

韩逢对他的疯癫见怪不怪，摆了摆手上的帕子，飘飘然离开了。

又是钱不换送韩逢出府，这次钱不换态度更加恭敬，韩逢上马车之前，招了一下他，在他耳边耳语了两句。

钱不换面色骤变，抬头时，韩逢已跳上了马车。

钱不换回去后便遭到了王玄真的盘问："韩逢跟你说什么了？"

钱不换面色平稳，忍住内心惴惴，对王玄真道："韩大人说有空一起喝酒。"

王玄真暴跳如雷，对钱不换疾风骤雨地殴打了一番。

钱不换低头忍耐，脑海里却是浮现出了韩逢上马车前对他说的话语——

"王玄真知道你是太后的人吗？"

马车内，韩逢摇摇晃晃，掐指算了时日，对车夫道："去户部。"

车夫应了一声，将马车方向从韩府调向了户部。

户部忙得人仰马翻。

太后的千秋节到了，银子来来回回进进出出，真是叫他们忙得头都快疼了。

林琦手上正在找文书，听有人进来道："林大人，外头水部的韩郎中找您。"

林琦翻找文书的动作顿住，睫毛轻轻一扇："知道了。"

林琦有一段时日没见到韩逢了，起初脚步还算沉稳，慢慢地越走越快，擦肩而过的齐甚君只来得及说一声"子……"，林琦就过去了，只留下一点淡淡的香气。

齐其君目瞪口呆地转身："这是急什么呢？"

远远地瞧见门口，林琦的脚步又慢了下来，一步一步调匀了呼吸，深吸了口气才过去。

"韩大人。"

韩逢听到呼唤声猛然回头。

秋雨乍停，碧空如洗压着朱红门楣，修长的身影在身后纵深的庭院中显出压倒般的清冷绝尘，林琦站在那里，负手而笑。

韩逢心中轻叹了口气："林大人，你今日可算忙？"

户部没有一天不忙，林琦在背后手压着手，回避道："韩大人找我有什么事？"

"前段时日承蒙大人照顾，我感念在心，也没什么能报答林大人的，翡娥山枫叶正浓，借红献君，望君允准。"韩逢微一拱手，乌发从两侧垂落。他的病虽然还未好全，高大的身形在林琦面前，即便是躬身也显出不凡威仪。

林琦嘴唇一抿，侧着脸，模模糊糊地笑了一下："好。"

韩逢让国舅府的马车半道去了工部，又骑了自己的马来，林琦也叫侍从牵了他的马。那马儿似乎认识韩逢，见到韩逢还亲昵地上去拱了一下韩逢的肩膀。

林琦牵了马，轻拍了一下马背，镇定道："韩大人马术不错，它念念不忘。"

韩逢与林琦并肩骑马，往郊外翡娥山行去。

两人沉默不言，两匹马倒是要好，缓慢走着，还时不时地耳鬓斯磨一番，韩逢看得恼火，用力拽了一下缰绳。哪知他骑的这匹马脾气也大得很，立即愤愤地嘶鸣了两声，摇头摆尾的，像是要把韩逢甩下去。

林琦被动静吸引过去目光，柔和一笑："韩大人何必与它较劲。"

"不通人性的东西。"韩逢尴尬道，手上还是听了林琦，略微松了劲，那马果然又向林琦的马凑了过去。

林琦道："许是到了时候了，不如就成全了它们。"

动物发情，缘总是挡不住的，非要疏解了才好。

韩逢目光如电地在两匹要好的马头上掠过："我这匹马是公的。"

"这可如何是好……"林琦边说边转过了头。

他说话声音渐渐微弱，最后一点尾音飘散在了空中，让人抓不住了。

韩逢握着马缰望向林琦，两人并排，他视线中的便是林琦清俊的侧脸。

林琦的相貌并不似王玄真那样阴柔若好女，他轮廓分明，下颚线是一个锋锐的弧度，暗藏傲气。

韩逢收回目光，心无旁骛。

翡娥山的枫叶是京郊胜景，上山看枫的人不计其数，韩逢与林琦将马拴在山下茶棚让人看管，一起迈上了石阶。

昨夜刚下的雨，石阶上冒出了密密的青苔，韩逢注意着脚下，对林琦道："林大人小心路滑。"

"不碍事。"林琦成天在户部埋头文书之中，又因为阴雨绵绵，好久没有像这样外出步行，颇觉趣味，深吸了一口气，对韩逢笑道，"山间清新，真是爽快。"

韩逢也回以一笑："连日秋雨，今日总算是天晴了。"

日光从茂盛的树中投下，照射出重重树影与叠叠光斑落在石阶上颇有意趣，身旁有人似乎着急过去，飞快地从林琦身边挤过，林琦肩膀被人一撞，人微微一侧脚步一个打滑，韩逢一直留心着，立刻伸手稳稳地揽住了林琦："当心。"

韩逢的臂膀十分有力，箍在肩侧给人以强大的安全感，林琦微低了头："多谢。"又感觉闻到了韩逢身上淡淡的药味，便多看了韩逢一眼，"韩大人，你的病还没好？"

"快了。"韩逢松了手，未曾多言，悄然走到林琦右侧，让林琦靠着栏杆一侧，这样也会避免再有人推挤林琦。

越往上，人越少。韩逢听着林琦的呼吸声渐渐有些急促，停下了脚步，对林琦道："就到这儿吧。"

翡娥山漫山遍野的枫树，从石阶往岔道上过去有数不清的亭子，正适合三五亲友赏景论诗。

韩逢带着林琦入了一个僻静的亭子，还无人占领，于是他抬起袖子，用袖面去擦拭石凳。

"不必了，"林琦忙过去拦韩逢的手，"就这样坐吧。"

韩逢偏头笑了一下："山上凉，凳面结了霜，不擦干净等会儿弄湿了裤子才叫糟糕。"

林琦无措地站着，韩逢手脚麻利，很快就将一面石凳擦净，对林琦道："坐。"

林琦坐下之后，韩逢草草擦拭了另一张石凳，也坐了下来。

亭子四周枫树环绕，枫叶红得发了紫，层层叠叠地压坠着，天地一片都在这种红中变暗了。

林琦仰头，不禁赞叹："红叶青山，胜春色何止几分。"

白皙面容衬着绝美景色，双眼明亮清透，霜雪一般。

韩逢心中默默地想：傲骨天成，胜红叶青山又不知几分。

"林大人喜欢就好。"韩逢道。

"韩大人之前在林府时病中曾称过我的字，"林琦狡黠一笑，"如今何必这么生分呢？"

韩逢哽住。

林琦的性子外冷内热，韩逢这一世从未对他傲慢过，一直对林琦恭敬有加，两人便没有像上一局那般从一开始便起了冲突，之后一发不可收拾，韩逢才得以见到剥开冷傲外表下的林琦：爱笑，心善又心软。

韩逢喉间微热，千斤之重的两字在他舌尖滚了又滚，还是咽了回去："林大人说笑了。"

林琦并未因为韩逢的回避而退却，反而兴致勃勃道："韩大人，你我如今也算是朋友了，成日以官职相称，未免生分，不知韩大人小字？"

韩逢出身贫寒，名字也是随便取的，从来也没有小字。

入朝为官之后，也一直不在意这件事，直到……林琦死后。

韩逢，字子非。

上一局的回忆涌上心头，韩逢心中一颤，却是满脸肃然："林大人，你想不想——入刑部？"

林琦彻底愣住了。

韩逢这个人物的命运无论是正反哪个方向，躲不开的一定是刑部，生杀予夺这四个字就像是贴在了韩逢身上的标签，权臣、奸佞，都躲不过去。

而林琦是在户部兢兢业业只差一步便能成为户部尚书，却含冤枉死的可怜人罢了。兔死狐悲，他的死激起了韩逢想要站到权力顶峰，不为鱼肉的权臣之心。

林琦，终其一生也没有真正握住过权力这把双刃剑。

韩逢想过要护住林琦，用他的一切心机谋划将林琦保护在他的羽翼之下，为林琦寻觅一世的安宁，他能做到。

但他不愿。

林琦——该扬名天下，举世皆知，而不是在无知无觉中被他的羽翼所保护和束缚。

将相无种，何人不成！

"刑部……"林琦低头沉思，韩逢一定会去刑部，如果跟着韩逢去刑部倒也不错，能看着点儿他，按"林琦"的人设，其实内心也有对权势的渴望。

凡苦读科考入仕者，有哪个不想建功立业执掌天下？

林琦沉默片刻，抬头对目光灼灼的韩逢微微一笑："韩大人，这种事，岂是想就能成的？"

韩逢心中一松，严肃的面上也露出了一缕笑容："实不相瞒，有位贵人看重，能助我入刑部，我想我孤身一人，前路艰险总是惶惶，所以我就想到了林大人你。"

林琦道："为何是我？"

韩逢移开目光，望向面前灿烂的红枫："林大人你又为何会路过国舅府？"

微风吹拂，枫叶摇曳，林琦与韩逢望着同一片景致，静默不言，默契正悄悄滋生在二人之间，君子之交淡如水，无声无息暗藏汹涌。

两人又看了好一会儿，直到听见有人从岔路过来的声音时，韩逢才起身提议下山。

山脚下的茶棚小二一见他们就笑了起来："两位公子，你们可算回来了，再不回来，那两匹马我们可拽不开。"

原来是两人走后，茶棚的小二顺势将两人的马牵在了同一根柱子上，那两匹马要好，头脸相碰地在一块，不知不觉竟是缰绳缠绕，分不开了。

韩逢上前拽住自己那匹马，冷着脸喝道："畜生，还不老实！"

那匹马似乎也感觉到韩逢动了真怒，悻悻地将马头挪了开来，颇为依依不舍。

林琦也牵回了自己的马，打赏了小二，轻拍了下马背，对韩逢道："韩大人别动气，这也没什么。"

一双纤纤玉手落在瓷枕之上，宫人跪坐着小心翼翼地往那手上涂抹艳色蔻丹，王太后一手扶额，眼眸轻闭着。她已快过四十五的生辰，岁月没有给她的面容留下太多痕迹，依旧称得上是一位貌美的妇人。她闭着眼睛慵懒地打断了王玄真："玄真，你这不是在胡闹吗？"

"我怎么胡闹？"王玄真冷笑一声，忽然扬起手上的玉扇猛地向王太后砸去。

侍卫手疾眼快地替王太后挡下，捡了玉扇又恭敬地送回王玄真眼前。

王玄真黑着脸夺了玉扇，正反手给了那侍卫几个耳光："下贱东西，要你卖乖！"

"好了。"王太后睁开了眼睛，她的目光十分具有压迫性，"仲秋，下去。"

挨耳光的侍卫仲秋默默退了下去。

王玄真目光在仲秋身上看了几眼，忽地冷笑道："哟，新货色。"

王太后听不得王玄真说些出格的话，摆手让宫人们都退下。

王太后手上鲜红的蔻丹才涂了一半，宫人悄然看了王太后一眼，王太后闭了闭眼睛，她也只好退下。

宫殿内只剩下姐弟二人。

王太后坐起身，对王玄真道："你从不插手朝政，怎么今日非要跟我闹这一出？我听说韩逢在楚云楼做了点文章，挖了十万两银子，你不恨他，反而还要让我提拔他？"

"我为什么要恨他？"王玄真舔了舔齿间，"又俊又倔，还有才干，我招揽他还来不及。"

王太后静默不语。

她生得一张娃娃脸，面若银盘，两颊丰润，红唇略厚，天然有一股娇憨，即便年华老去，依旧似有一股未脱去的稚气，只有一双眼睛，凌厉锋锐到了极点。

"你府里那么多漂亮孩子还不够，你非要招惹朝廷命官？"

"你管不着。"王玄真往前，走到王太后身侧，轻轻一推，将案几上的一整套华彩琉璃杯摔到地上，他嘴角挂着笑容，露出银光闪闪的牙齿，"你不答应，我就日日进宫——来、看、你。"

得了调令，王玄真心满意足地出了宫殿。

在外头等候的钱不换迎了上来，王玄真的目光却是落在一旁站立的仲秋身上。

王玄真上前，抬手将冰凉的手背落在仲秋脸上，柔声道："乖乖，疼不疼？"

仲秋轻声道:"不疼。"

"好孩子,"王玄真的声音更轻,"跟我来。"

仲秋的尸首很快被宫人发现,是被人拧断了脖子。这可是王太后跟前新进的红人,禀报此事的侍卫惶恐不已。

王太后打了个哈欠,轻声道:"可怜的孩子,埋了吧。"

王玄真回府不久,便听禀报说韩逢来了。

王玄真不知怎的,就是很厌恶韩逢,大约是在韩逢身上看到了上位者的气势,与那人很是相似。他恹恹道:"烦。"

"那属下将他赶走?"钱不换道。

王玄真冷冷地望过去:"这里有你说话的份吗?"

钱不换低下了头:"爷恕罪。"

王玄真踹了他一脚:"把人带进来。"

钱不换只想一辈子也见不到韩逢才好。

韩逢见了他倒是挺高兴的模样:"钱侍卫,近来一切都好?"

钱不换浑身都绷紧了,不得不摆出笑脸:"韩大人客气了,您瞧着气色也很不错。"

"尚可,尚可。"

上次韩逢说破钱不换是太后的人之后,钱不换一直在等,等韩逢用这个秘密来勒索要挟他。

但韩逢一次都没找过他。

留下那一句话似乎只为让他寝食难安受尽折磨。

韩逢见了王玄真,开门见山地要让林琦一起调往刑部。

王玄真一听,气笑了:"韩逢,你在得寸进尺?"

韩逢点头承认。

他一坦荡,王玄真的一口气反而憋在了心口:"林琦与你是什么关系?"

"没什么关系,林大人有能力。"韩逢道。

王玄真无意与他口舌相争,送一个人入刑部是送,送两个人也是送,他累了,想睡一会儿,胡乱答应了韩逢,叫韩逢滚。

韩逢起身离开，钱不换道："我送送韩大人。"

王玄真挥了挥手，钱不换忙跟了上去。

国舅府很大，足够让韩逢与钱不换在无人处交涉。

"韩大人，上次一别，十分想念。"

"哦，是吗？钱侍卫有相思之情要叙？"

"韩大人说笑了，此处无人，不如坦诚相对。"

钱不换鹰隼一样的目中流露出凶光。

韩逢轻笑了一下："钱侍卫，莫要狗急跳墙。"

钱不换根本不敢杀韩逢，他清楚，韩逢也清楚。

王玄真什么人都不放在眼里，但只要这个人在他面前有了名姓，那就不是能轻易除掉的了。

"韩大人，你想怎么样？"钱不换知道这句话一说出口，就落在了下风，但他也没有法子，把柄落在了韩逢手上，逃不脱了。

"人说狡兔三窟，钱侍卫既两头吃饷，不如再算我一头。"韩逢淡淡道。

这是一场一头扎进去就回不了头的旋涡，钱不换心知肚明，然而无可选择，从他来到王玄真身边的第一日，他就已经万劫不复。

"好。"

"刑部？"齐甚君又惊了，背着手像只鹅一样来回踱步，满脸不可思议，"子非，你是疯了吗？"

林琦收拾公文："刑部不好吗？"

"当然不好！"齐甚君也是官二代，他父亲是礼部尚书。他当下就把刑部给喷了个遍。礼部是闲，户部是肥，堪称六部双雄；工部是累，刑部是乱，乃是六部"双熊"。官二代都往礼部和户部冲，鲜有去工、刑两部卖命的。

林琦听他唾沫横飞地喷完，微微一笑，面上隐有傲气："我觉得很好。"

齐甚君蔫了："你失心疯了。"

林琦抬首灿烂一笑："兴许吧。"

林琦收拾好以后，便让侍从将该带的都带回府，他则是坐上了马车，马车驶向的乃是韩府。

今年秋意来得猛，越来越冷，林琦让人准备了厚实的衾被和一些秋冬家中能用到的小物件一齐放入马车。

上回他去韩逢家中，韩逢家里什么都没有，韩逢不是个爱惜身体的人，他是不能看韩逢糟蹋自己。

也算是有来有回，感谢韩逢将他带入刑部。

林琦将微凉的手揣入袖中，面上微笑淡淡。

这一次，他还有很长的时间，就算是距离原定的死亡时间，那都还早呢。

能多相处一刻也都是好的。

马车到了韩府，林琦下车，一阵秋风扫过，门缝里飘出来落叶，瞧着便萧瑟落魄。

林琦笑着摇了摇头，让侍从上前叫门。

屋内，金大夫正给韩逢上针，听到外头叫门声，一针扎下去，对韩逢道："韩大人，似是有人上门，我让药童去瞧瞧。"

韩逢"嗯"了一声，这扎针还要配合含着药草丸，他嘴里正是满口的苦味。

药童正在煎药，听了话，放下扇子，麻利地跑了出去。

下了最后一根针，韩逢将药草丸吐出，苦得舌头都麻了。

金大夫摇头起身出去，正撞上药童带回来的林琦，顿时一笑："林大人来了！"

林琦拧眉道："韩大人怎么了吗？"

金大夫闪身，让林琦进屋。

韩逢听到金大夫说"林大人"三个字，眉心一跳暗叫不好，忙坐起了身，扎在腹间的银针立即更深地扎了进去，令韩逢面色大变，"啊"了一声。

林琦望过去也是惊呆了："韩大人！"

——你怎么扎得跟只刺猬似的？

韩逢没想到一向不爱交际的林琦会主动来访，在完全没有防备的情况下就被他撞见如此尴尬的情景，针扎进肌肉，又疼又麻，一时连话都说不出来了。

林琦忙拉了金大夫的臂膀，焦急道："金大夫，快去瞧瞧！"

金大夫不用说，人已经立刻冲了过去，对五官皱成一团的韩逢道："韩大人，快躺下。"不由分说地按了韩逢的肩膀让他躺了下去。

躺下之后，韩逢果然面色好多了。

林琦目光落在韩逢身上根根雪亮的银针上，无措道："金大夫，韩大人这是生了什么病？"

"伤寒罢了。"韩逢张了张嘴，语气虚弱。

"金大夫，韩大人似乎很疼，这银针能拔了吗？"林琦忧心忡忡地望向韩逢。

将银针拔完后，金大夫一拱手，带着药童溜了。林大人与韩大人是好友，想必林大人一定能说服韩大人莫要再做傻事，伤寒这种病，好生歇息就好了，强行诊治，好投入工作，对身体消耗多大。

林琦命侍从将带的衾被物件都拿进来。

仆人们开始在房内布置，林琦则是坐在韩逢床沿，抬手轻轻为韩逢将被子盖到颈下。

二人俱是沉默不语。

不一会儿工夫，仆人们收拾好了，林琦便让他们退下关门。

门关上，林琦忽地将手从薄被侧面伸入，握了韩逢的手。

韩逢微微一惊，林琦拧眉道："手这样冷。"

韩逢默默不语，轻轻收回了手。

"金大夫说了，服的这些药都是伤身的东西，你……"林琦一想到韩逢糟践自己，语音都要克制不住恼意，忙住了嘴，避免自己崩人设。

韩逢开口了："我只是不得已。"

"不得已……"林琦刚平复下来的心情冒起了火，"有什么不得已？什么东西能比自己的身子还要紧？！"

韩逢头一次见林琦发火，白皙的两颊上红晕片片。一想到他如此关心自己，韩逢不由得有点飘飘然。

屋内又是弥漫起一股难言的静谧，床前的药罐下头还烧着，风一吹，火苗乱窜，炭烧的噼啪声在二人的沉默中显得格外清晰。

浓郁的药味浮上鼻尖，韩逢轻叹了口气，缓缓道："林大人，人为财死，鸟为食亡，我并非像你想的那样君子。"

林琦放在膝盖上的手微微一缩。

"轰隆隆！"

外头一声秋雷炸响。

"哗啦啦！"

外头猛烈的暴雨落了下来，屋内瞬间变得晦暗，药罐下摇曳的火苗映出林琦白皙俊秀的轮廓。

韩逢疲倦地闭上了眼睛。

林琦手掌摩挲了一下膝头，淡淡道："人各有志。"

他的反应也大概在韩逢的意料之中，韩逢蔫蔫地"嗯"了一声。

外头暴雨如注，林琦起身往屋外走去。

韩逢凝望着林琦的背影并未开口相留或是相送，却见林琦打开屋门，大风卷袍，他低着头迎着风对侍卫说了些什么，然后快速地关上了门。

韩逢连忙收回目光。

片刻的开门已经让林琦的鬓发凌乱，脸上也沾上了水汽。他抬手抹了抹脸，走到韩逢榻前，对韩逢道："韩大人，外头雨实在太大，今晚我恐怕要借宿一宿了。"

韩逢面色震惊不已，林琦波澜不惊："韩大人身体还不适吗？"

韩逢："无妨……"

"天冷，"林琦瞄了一眼韩逢床榻内的衣袍，"穿衣吧。"

韩逢做梦也没想到林琦会提出留宿的要求，手脚都僵了，更别说要穿衣了。

"记得韩大人你上次来林府，也是这样大的雨。"林琦望了一眼窗上映出的重重树影，微微一笑，"韩大人你坚持不肯留下，风寒过了许久才好。"

韩逢听他说得软和，似是觉得回忆有趣，也跟着微笑了一下。这时林琦转头，目光正落在韩逢噙着笑意的嘴角："我当时不知韩大人你为何如此坚持，若我当时知道了，一定会告诉你，我并不在意。"

便是这样永远光明、永远坦荡，才会让韩逢如此拜服。

在任何人面前，韩逢都可以戴上他的面具装作任何样子，可在林琦面前，他就是韩逢，只是韩逢。

"子非，"韩逢低声道，"我能叫你子非吗？"

林琦笑容加深："当然。"

　　林府的仆人大多被林琦赶回去了，留下一个最机灵的，在韩府的后厨摸索着做了晚膳，准备给两位大人送入卧房。

　　房内床榻里，林琦与韩逢相对坐在被窝里，两人中间摆了个棋盘，韩逢穿了中衣，肩上披了件外袍，手执白子，凝眉思索，迟迟不动。

　　"韩兄，"林琦勾唇一笑，"认输吧。"

　　韩逢抬眸看了林琦一眼，昏暗的床榻内林琦的面容隐没在阴影中，显得格外温柔，他放下白子，沉声道："技不如人，认输了。"

　　林琦畅快一笑。

　　"公子，"侍从在外头呼唤，"晚膳好了。"

　　"来了。"

　　林琦抽身要下榻，被韩逢按住："我去。"

　　侍从夹着伞尽力躲避着外头的狂风暴雨，不让雨水沾染了食盘。

　　门打开，韩逢接过食盘，对侍从道："委屈你歇在后厨。"

　　侍从烂漫道："不委屈。韩大人你快进去，风大，小心又着凉。"忙将门直接关紧了。

　　都说仆人如何要看主人的品行，光凭这些仆人对自己的恭敬态度，韩逢就能窥见在林琦心中他的位置。

　　秋意寒凉，又怎么敌得过他心中的暖阳？

　　刑部迎来了两位新人，状元、榜眼，加上本就在刑部的探花，刑部上下官员大部分都在刑部有些年头了，骤然进来三位青年才俊，刑部可谓前所未有的生机蓬勃。于是刑部侍郎做东在刑部内设宴欢迎，众人饮酒欢聚一堂好不热闹。

　　翌日，醉意未散，留有余韵，刑部主事宿醉未醒地轻拍了拍翻阅卷宗的高大身影，笑道："韩郎中今日起得早啊……咳咳！"刑部主事挥了下手，眯着眼道，"你这是翻什么呢？"

　　泛黄的卷宗上清清楚楚地写着三个字——邹明堂。

　　刑部主事的醉意顿时消得一干二净，拍在肩头的手微一用力，声音都变调了："韩大人！"

　　韩逢抽出厚厚的卷宗，轻轻拍了拍上面落下的尘灰，淡淡道："随便瞧瞧。"

邹明堂，曾经的刑部尚书，以八项罪名被判午门斩首。

当时任主斩官的正是现在的严太师严甫昭，邹明堂死后眼珠暴突眼皮无法合下，有人借此为邹明堂鸣冤，言邹明堂死不瞑目。严甫昭听闻后一笑置之，命人用针线将邹明堂的眼皮上下重新缝合。

"这不就瞑目了。"严甫昭谈笑风生，看着人缝合邹明堂头上的眼皮。当时在场的人都吓得噤若寒蝉。

卷宗上寥寥数笔，未见血腥之处。刑部主事道："韩大人，这种案子多晦气，还是别瞧了。"

韩逢合上卷宗，凤眼斜睨："那有什么案子是吉利的？"

刑部主事一时语塞。

"韩大人。"

门外传来清朗之声。

刑部主事与韩逢一同回眸。

林琦身着朱色长袍，面色微红，看上去神采奕奕，对主事微一拱手，笑着望向韩逢："韩兄，今日很早啊。"

"子非来得也不算晚。"韩逢语气柔和道。

刑部主事对韩逢这态度的转变瞠目结舌，与林琦打了个招呼，灰溜溜地离开了。得，这两位郎君是关系好的，他还是躲远些。

林琦看了一眼韩逢手上的卷宗，看到"邹明堂"三个字时心中一惊。

这么快。

韩逢的权力斗争之路上离不开邹明堂这个人，林琦的死同样也离不开这个名字。

上一局林琦作为衬托韩逢的工具人前期升得要比韩逢快，林琦入户部三年升任户部侍郎，之后在户部接触到核心权力之后，发觉户部贪腐严重，愤而上告，从此开启了他作死的不归路。

"子非对此案也有耳闻？"韩逢轻声道。

林琦轻轻吸了口气："本朝的官员中有谁能不知道'死而瞑目'这件事呢？"

严太师的严酷震慑着整个朝堂，他身后所站着的正是权倾后宫的王太后。

刑部与户部差得实在很远，户部里的苦是一张张文书压下来的苦，刑部的苦是一道道血痕打出来的苦。

"冤枉！我是冤枉的！"

挥鞭行刑惨叫呻吟之声不绝于耳，鞋底迈过石阶都能感觉到黏腻厚重的血正如一双双不甘的手拖住来人的脚步。

昏暗的牢狱两侧点了烛火，隐约跳动，落在林琦清秀的面上犹如鬼火。

林琦的面色堪称冷漠，惯常总是柔和带笑的神情收敛起来之后，余下的唯有冷傲棱角，生死踏遍，不动声色，刺鼻的血腥味与凄惨的哭号声未能让他玉雕般的面容上出现任何动摇。

韩逢走在林琦身侧，一直用余光留意着林琦，如果林琦面上有不适神色或是惶恐不安，他便会即时地送上安慰与鼓励。

然而林琦没有，他闲庭信步地在刑部大牢走过，毫无惧色。

林琦到底还有多少惊喜是他从未知晓的？

林琦脚步站定，目光投向牢狱中的一个佝偻身影。

看样子是用过重刑了，人仰面躺在地上，囚服上血迹斑斑，胸口往下凹陷了一大截，瘦得已全脱了相。

韩逢看了林琦一眼，林琦微一点头，韩逢对身后的狱卒道："提出来。"

葛平府协镇高克贪污军饷八十三万两，入刑部归案受刑七日，不肯服罪，第八日，血书状告总兵张风喜贪污军饷，诬陷下属，吐血而亡。

刑部新任员外郎林琦主查此案，郎中韩逢从旁佐助，二人一齐暗中往葛平府调查此案，三月后归，人证物证俱在，张风喜服罪，收押入狱，震惊朝野。

殿内，熏香袅袅，王太后身着华服，一手捻着细簪斗笼里的雀鸟，懒懒道："这鸟，颜色很奇特，挺鲜亮的。"

"万里挑一，太后喜欢便好。"严甫昭微笑道。

王太后专心斗着鸟，嘴角微勾："无事不登三宝殿，太师遇上什么麻烦了？"

严甫昭但笑不语。

他不说话，王太后也不说话，自顾自地用玉簪子在雀鸟的红嘴上轻点逗玩。

严甫昭目光望向王太后。

她老了，比起十几年前，自然是要老得多。不过还未算太老，在花销了无数金银玉石之后，仍旧保持着美貌妇人的体态，侧脸一点皱纹也无，依旧白皙而富有活力。

曾经他们是绑在一条绳上的蚂蚱，是共同进退的战友，而这几年，他们的关系已经不如从前那么密切。

彼此之间更多的是相互制衡，行在同一条船上，无可避免地会抢夺掌舵的权力，大家都会觉着是自己占据了上风。

严甫昭打破了沉默："太后的千秋节就是这几日了，臣只是提前送个小玩意给太后，想讨太后的欢心。"

"我很欢欣。"王太后干脆道。

严甫昭面色渐渐变得冷淡："太后欢心就好，那臣便告退了。"

王太后"嗯"了一声，玉簪顺着雀鸟美丽的翅膀轻轻滑着，待严甫昭的脚步声走远之后，才将目光落在殿门之上，眸色沉沉。

"太后，"一旁的宫女小声提醒道，"笼子锁开了。"

王太后扭过脸，玉簪顺下去刮到了精致的小锁上，她挑开了门，提起鸟笼走到殿门前，对笼子里鲜亮的雀鸟道："走吧。"

那雀鸟瞪着无辜的眼，纵使脚上没有戴锁链，依旧站在架子上不动。

"不会飞了吗？"王太后喃喃道，垂眸将鸟笼往后一递，宫人立刻接过，"好生养着，莫要关笼子。"

宫人道："是。"

严甫昭出了皇宫，上了马车，在马车内面色阴沉了下来。王太后是觉着越来越用不着他了，傀儡皇帝被一个妇人把在手里十几年，想挟天子以令诸侯，一脚将他踹开，将所有的权势都握在自己手上？

韩逢与林琦都是受了太后的调令……

多年的相安无事，终于还是要图穷匕见了吗？

当初若不是他……

严甫昭心中越想越乱，越想脸色越沉，对车夫道："去撷芳巷。"

撷芳巷的小院子里后门推开，却是连通了一个大院子。

芳香四溢的屋内，严甫昭从王玄真身旁离开，略微喘了几口气，便听王玄真哂笑道："你老了，不中用了。"

严甫昭也不恼："我不中用了，自然有中用的人排着队等着伺候国舅爷。"

王玄真用力踹了他一脚，没理他。

严甫昭若有所思地说："你姐姐容不下我了。"

"哦？"王玄真坐起身。

严甫昭目光淡淡地望向王玄真："她除了你，谁都可以舍弃。"

王玄真冷笑一声："严太师，你说这话好酸哪。"

严甫昭也不知他与王玄真、王太后的关系是如何一步一步走到今日的，就像是陷入了一个挣脱不开的绮丽噩梦。

严甫昭面色阴沉地离开王玄真的寝宫。

守在外头的钱不换默默握紧了腰间的刀柄，低头不言。

"钱不换——"门内传来王玄真的声音。

钱不换立即推门入内，低头上前道："爷，您吩咐。"

"去，把韩逢叫来。"王玄真疲倦道。

钱不换僵硬一瞬："是。"

"算了。"王玄真起身，面色比严甫昭好不到哪儿去，"备车，去刑部。"

张风喜正在受刑，他原以为自己不会受刑。他背后有人撑腰，即便犯了错，也不该沦落到如此地步。

口舌被粗布堵住，淬了辣椒水的鞭子一鞭一鞭地下来，血沫横飞。

烛火映照着两位正坐着的玉面郎君，几乎一模一样的冷淡神情犹如地底下的黑白无常，十分瘆人。

林琦抬了抬手。

使鞭子的狱卒上前摘了堵住张风喜口舌的粗布，顺便给自己擦了把汗。

"招还是不招？"林琦轻声道。

他声音很柔和，听着就像一位温和良善的君子。张风喜嘴唇抖了两下，口角已然开裂流血，却依旧默默不言。

韩逢挑了挑眉，给了狱卒一个眼神，示意继续。他偏过头对林琦道："林大人，这次回京，我瞧着好似新开了一家胡人馆子，里头招牌便是烤全羊。"

林琦心领神会："胡人的烤全羊的确是风味独特，我听说要用铁签子一根一根别入腹内，四肢也得用铁钩挂上，放入烤炉之内挂在壁侧，炭火所散发的滚烫热气一点点地将羊羔从皮到骨烤得酥烂无比，真是妙极了。"

"这法子的确是妙，"韩逢的目光射向张风喜，似笑非笑道，"刑部也该学学。"

张风喜头上汗如雨下，目光惊恐到极点。

韩逢却是起了身："林大人，被你这么一说，有些饿了。走吧，去胡人的馆子瞧瞧。"

林琦也起了身，与韩逢有说有笑地出了牢房。

外头天光很盛，林琦一时刺痛得眯了眼，韩逢抬袖为他遮蔽日光。

林琦慢慢眨了好几下，才觉眼睛好受了些，对韩逢微笑道："没事了。"

三个月的外出查案令两人的关系更进一步，从志趣相投的朋友直接进入了亲密挚友的阶段，相处更自然，林琦可操作的空间也就越大。

确实是到了该用膳的时候，不过韩逢可并不打算与林琦去吃烤全羊。他和林琦更熟稔了，知道林琦饮食偏好清淡。

"中午吃饺子，怎么样？小厨房里我瞧着有现成的，你爱吃的素饺子。"韩逢柔声道。

"好啊。"林琦唇角翘起，"我吃素，你吃荤，正好。"

两碗饺子，成堆的公文，两人相对坐着，都是边吃边翻公文。

"张风喜的嘴比我想得更严。"林琦拧眉道。

"无妨，他不招也一样。"韩逢喝了口汤，目光落在左手侧的卷宗上。

林琦抬眼望向韩逢。

韩逢察觉到他的目光，眼睛眨了两下："子非，你该不会觉着我会……"

林琦眯眼："会什么？"

韩逢只是望着林琦笑，等林琦脸色肃然了，才道："绝不会造假供。"

林琦松了口气，韩奸臣最好是有这个觉悟。

他可是在系统百忙之中咨询过了，韩逢的黑化度百分之百，一点没消。

林琦现在对这个黑化值的认知更加深刻，黑化往往是在一念之间，而很多时候，也是一念之间，人的想法和选择就会产生新的变化。

也许要等熬过他的死亡日期，也许再有一个新的契机，韩逢就能回心转意。

林琦不担心这一点，低头又吃了个素三鲜的饺子，发现自己有点饱了，顿时有点为难地望向漂浮着葱花的饺子汤。他将勺子放下，将碗轻轻往旁边推了推。

"吃不下了？"韩逢直接拿了他的碗到面前，毫不避讳道，"子非你的胃口真是怎么都撑不大。"

"自小养成了。"林琦翻看着手里的公文，抬手取笔做标记。

韩逢瞄了一眼，手指点在一句供词下面。

林琦顺着他的指尖看了一眼，点头划下。

韩逢嘴里还在吃着林琦的剩饺子，目光却是凝在林琦所批改的公文上，时不时地轻点一下，林琦抬头看他一眼，眼神交流片刻便重新下笔，两人之间的默契便是任何外人看了都要称奇。

王玄真负手看着，阴沉的脸上目光慢慢变得复杂。他仿佛看到了从前，也曾有一个人不用言语便能知他心中所思所想，亲密无间。

"好。"韩逢吃完最后一个饺子，"吃饱喝足，走，出去消消食。"

"消食？"林琦拧眉，"你吃撑了？"

韩逢原想回答，话到嘴边还是咽了下去，似笑非笑地看着林琦。

林琦低头翻了一页公文，小声道："你要是闲着无事，不如早日把公文看完。"

韩逢笑容加深，他扶着额，笑容又慢慢归为平淡，静静地看了林琦一会儿，才重新低下头，轻轻摇了摇头，顺势将目光移向院子。

"王国舅。"见到门口的人，韩逢起身，面上的神情已恢复成了一种公事公办的神情。

林琦听闻，赶忙也放下卷宗站起身望向院内。

王玄真走近，林琦率先拱手行礼："国舅爷。"

韩逢也行了礼："国舅爷，不知今日驾临刑部，所为何事？"

王玄真的目光在韩逢身上转了一圈，忽然落到林琦身上："你就是林琦。"

林琦抬头，对上王玄真审视的目光，点头道："回国舅爷，我是。"

面容俊秀，目光是天然的柔和，看上去脾气不错，实则也是个倔性子，从他那下颚线的棱角就看得出来。王玄真打量了一圈林琦，忽而温柔一笑："你长得好俊哪。"

林琦"咻"地闹了个大红脸。

王玄真在这个小世界的设定大约是类似男女通吃的万人迷一类，林琦其实也是头一次见到王玄真，对小世界设定很服气。王玄真的确是很迷人，算算年龄，也四十多了，还是这样一颦一笑且动人。

"哟，还会脸红啊，好可爱……"王玄真伸手要去摸林琦的脸。

林琦还没来得及躲，王玄真的手臂就被韩逢攥住了。

"国舅，"韩逢目光深沉，"自重。"

王玄真微一眯眼："放手。"

韩逢立刻放了手。

王玄真反手要抽上去，林琦忙拉了韩逢的袖子往后躲，韩逢却是一臂挡在林琦身前，目光冷冷地射向王玄真。

"国舅你……"

林琦刚要斥责王玄真，王玄真举着手，眼睛一眨，滚了两颗大泪珠子。

钱不换与韩逢都是不为所动，林琦却是慌了，掏了帕子要递给王玄真，手又被韩逢按住，韩逢拧眉对着他摇了摇头。

"他要给我的帕子你管得着吗？"王玄真对韩逢破口大骂，一手直接从林琦指缝里抢了帕子胡乱擦了下脸，红着眼睛对林琦道，"你过来，我要跟你说话。"

"是。"林琦放了韩逢的袖子，韩逢却是一臂拦着不让他过去。

王玄真恼了："钱不换，给我打断他的手！"

钱不换看了韩逢一眼，抬手就上。林琦也急了，抱住韩逢的手臂，冷喝道："你敢！他是朝廷命官！"

钱不换回头看了王玄真一眼。

王玄真却是盯着林琦，声音又软："算了。"

林琦对韩逢道："韩兄，我去去就来。"

韩逢虽是一百个不赞同，却也抵不过林琦一个严厉的眼神。

王玄真与林琦没有走远，只走到了院子的树下，离钱不换与韩逢也不过数米距离。

以钱不换的耳力能清楚地听到王玄真与林琦的对话。

"你是御史大人的儿子？"

"回国舅爷，是。"

"你与韩逢是什么关系？"

"韩逢与我乃是至交好友。"

"至交好友？"王玄真目光古怪地望向林琦。

林琦一脸坦荡，自信演技比韩逢要好。

王玄真欲言又止，话到嘴边还是咽了下去："刑部好吗？"

"挺好，出去办了趟案子，见识良多。"林琦老老实实道。

王玄真眼珠子浸了泪光，依稀还有当年的天真。他柔和了声音，细声细气道："刑部太苦了，我送你去户部吧。"

林琦面露吃惊的神色："我就是从户部调过来的。"

王玄真噎住，回头看了一眼。

韩逢正虎视眈眈地看着他们，神情冷峻。

王玄真看了他一眼便收回了目光，对林琦道："他是不是有病？好好的户部不让你待，让你到刑部受苦，这也是个贱的。"

林琦听得明白，为韩逢辩解道："户部是舒服，可刑部更能磨炼心志，也离人间公义更近些。"

王玄真定定地看着林琦，看得林琦都有点不自在，他才幽幽道："你与他是一党？"

林琦心下一惊，忙否认道："国舅爷的意思我不太明白，我与韩大人是君子之交。"

王玄真道："那你怎么替他说话？"

林琦："……"

王玄真："除非你跟我一起骂他，否则你就是他的同党。"

林琦："……"

王玄真见林琦哑口无言的模样，也没再为难他："算了，我看得出来，你同他并非结党，这样最好。"

王玄真说完这句，便转身走向韩逢，对韩逢道："你过来。"又对钱不换道，"你留下。"

很显然，接下来他与韩逢要说的话是不想任何人听到的了。

王玄真走在前头，回头见韩逢正在回望林琦，林琦也在看韩逢，两人四目相对轻一点头。

王玄真心头一颤，恍然间他仿佛回到了很久很久以前，他也是这样，一步三回头地看着，那人对他一点头，他也一点头，便觉得安心了。

林琦与钱不换留在院中。

对于这个小世界的人物，林琦了解得不算多。他也是第一次见到钱不换，从钱不换浑身上下散发的冷冽气质，他就知道这个人绝对不好惹，他也没跟对方说话，默默地坐回去整理公文。

钱不换的目光移向林琦，他认识林琦。

韩逢抓住了他的把柄，他也不能坐以待毙，可惜他要时刻跟在王玄真身边脱不开身，每月也顶多有两日休息的时间，便抓住了那么一点时间去调查韩逢。

韩逢身家清白，可以说是干净得如同一张白纸，韩逢能知道他是王太后的人，那么就不可能看上去如此简单。

钱不换对韩逢粉饰背景的手段感到悚然不已。

不过很幸运的是，他发现韩逢似乎很在意这位林琦林大人。

"林大人。"钱不换主动上前搭话。

埋头公文的林琦抬头看了钱不换一眼，这一眼平平无奇，正因为太平淡了，反而让钱不换感到心头颤动。

林琦露出一个疑问的表情。

钱不换道："刑部这个地方好像不怎么适合林大人。"

林琦微笑了一下："我适合在什么地方？"

钱不换道："户部。"

林琦笑道："你与国舅说的一般无二。"说完，他便低头重新埋头于公文之中，似是不怎么将钱不换说的话放在心上。

这是个很矛盾的人，又柔和又坚定，柔中带刚，令钱不换立刻想到了另一个人。他一联想，才发觉林琦方才看他的眼神与那人也像极了。

钱不换沉浸在震惊中时，韩逢回来了，对钱不换道："钱侍卫，国舅在外头。"

"是。"钱不换收敛神情，转身离去。

林琦放下手里的公文，站起身靠近韩逢，低声道："怎么了？王国舅来做什么？"

"没什么。"韩逢余光落在钱不换的背影上，"时候也差不多了，去审张风喜。"

张风喜入刑部后一直没停过受刑，从起初的震怒到之后的忍耐再到现在的恐惧也不过短短几天而已。

他发现面前的两位刑部官员是真的本着"弄死不论"的心态在审他。

"张大人，"那个看上去相对温和的林大人又开口了，"你挪用军饷，伪作证物陷害下属，这两件都是证据确凿，按律例，这可是抄家流放的大罪。"

张风喜嘴里正滴滴答答地流着血沫与唾液的混合体，眼睛布满了血丝，整个人由锁链吊着，才不至于跪落在地。

人的承受能力往往要比自己想得更强。

张风喜还保留最后的一丝希望。

留得青山在，不怕没柴烧，抄家也比杀头强。他本就出身不高，大不了从头再来，他还有希望……

"你是不是觉得你还有希望？"韩逢沉沉地开了口，"有人会帮你？"

张风喜背上一凉，韩逢与林琦却都不再开口，转身一起走出牢狱。

出来后，林琦绷着的脸色放松了："张风喜应当撑不过今晚了，明天他这张嘴就该撬开了。"

时间对于张风喜来说格外漫长，尤其是在黑暗阴森的牢狱中，人已经被放了下来，躺在潮湿的地面，接连几日所受的刑罚在暗涌的记忆中悄然浮现，一点休息的时间并未让他感到解脱，而是让他终于有时间来回味那些噬骨的疼痛。

韩逢留下的那一句似是而非意味深长之语更让张风喜沉溺于可怕的幻想中。

他会被放弃吗？

肉体的折磨与心灵的惶恐交织在张风喜脆弱的脑海之中，往事桩桩件件好坏参半地一齐向他涌来。

他目光呆滞地望向顶上那一扇流动着月光的小小窗户。

头悬梁锥刺股，曾小窗借月光。

"喀喀！"张风喜咳出一点血丝。

他进了刑部三天，已人不像人鬼不像鬼。

张风喜目光游移，脑海中浮现无数种可怕的死法，已然混乱无比，甚至都没曾察觉有人暗中潜入了牢房内。

"呜——"一道麻绳锁喉，张风喜眼珠暴突，双手拼命地去往上够，双脚在湿滑黏腻的地上用力磨蹭，连日来的受刑已经让他的体力透支到了极点，他已根本无力挣扎。

面前一阵五彩斑斓，在强烈的眩晕中张风喜昏了过去，而他身后的人也撒开了手。

韩逢从狱中走出，面色寻常地对紧张的林琦道："他快撑不下去了，随便勒了几下就昏了过去。"

"此法卑鄙，不过有用。"林琦摩挲了一下掌心的玉佩，天气越来越冷，眼看将要入冬，掌心的暖玉聊作安慰。

他对韩逢道："走吧，回去养精蓄锐，明日又不知是场什么样的硬仗要打。"

韩逢轻一点头，道："你回去休息，我守在这儿，万一真有人来灭口，我带人防备着。"

"那我也不走了。"林琦轻吸了下鼻子道。

"你看你脸色都不好了。"韩逢忽然伸出手轻握了一下林琦的手，垂眸道，"手这样冰，回去吧，牢狱阴寒，有我就够了。"

韩逢的手倒是火热，林琦被他的掌心烫了一下，微笑道："不碍事，我陪你。"

"你陪我，我反倒不安心。"

"那你留下，我走。"

韩逢收回手，负手背在身后："路上当心。"

林琦转身离开，走了几步又回了头，就像白日一样，韩逢人隐没在阴影中，对他轻轻点了点头。

接连几日吃住在刑部，林琦也真的是有点累了，浑身酸痛地坐上马车，只想回去舒舒服服地泡个澡。

随着马车的摇晃，林琦有点困意半闭着眼睛，脑海里还想着韩逢刚刚的模样……

等等，似乎有哪里不太对劲。

林琦猛地睁开眼："掉头！回刑部！"

黑暗之中，张风喜幽幽醒来，脖间的刺痛犹如烈火般炙烤着他的嗓子，又像一把无形的锉刀正从里向外割着他的咽喉。

死里逃生的滋味令他终生难忘。

大约是那人见他昏了过去才匆忙离开了。

张风喜轻喘了口气，竟不由自主地呜呜痛哭了起来。

哭也极疼，张风喜身上如今没有一处不疼的，人间炼狱，不过如此，他现在对自己产生了强烈的怀疑和动摇——自己真的能熬过这一劫？

门被轻轻推开了。

呜咽哭泣咽喉泣血的张风喜这次如惊弓之鸟般地翻了个身，从淡淡的月光中认出那高大身影是韩逢之后，顿时松了口气。他喉间火辣，仍是忍着尖刺般的疼痛哑声道："韩……大……人……我……招……"

韩逢慢慢靠近，他居高临下地看着如蝼蚁般痛苦挣扎的人，面上淡淡一笑："不必了。"抬手将一条粗麻绳便勒上了张风喜的脖子。

张风喜吃惊得差点跳起来。

他以为是严甫昭担心自己牵连他所以悄悄派人来灭口，万万没想到是一心想得到自己口供的韩逢。

张风喜两手抓着麻绳用力挣扎着，他想求饶，想说自己什么供词都肯写，可他已经发不出一点声音，耳中传来轰鸣之声。

他……大约是真的要死了。

银色的月光下，韩逢的脸色冷酷到极点，以至于让去而复返的林琦惊得一时都说不出话来。在张风喜翻着白眼要倒下时，林琦才从喉间挤出了两个字："住手！"

韩逢猛然回头，那完完全全属于韩太师的目光在对上林琦震惊的面容时有一瞬慌乱，他手上不由得松了力道。

奄奄一息的张风喜沉重落地，在地上抽搐着发不出声音。

林琦扶着刑部大牢的墙才没倒下。

这是他第一次直观地看到什么是百分之百的黑化值。

腼腆的杜承影。

沉稳的孟辉。

开朗的狄岚。

他们都拥有所谓百分之百的黑化值，但他们都像系统所描述的那样——"黑化不代表他是坏人"。

从来没有一个人像面前的韩逢一样。

月光像一道墙，将两人分割在明暗之中，韩逢朱红的长袍血一般蔓延开，他手上攥着麻绳，玉雕般的面上神情恐怖，犹如修罗。

韩逢内心震惊到了极点，他已完全僵住，不能动弹。

"为什么？"林琦轻声道。

韩逢觉得自己浑身的血液都已经被冻结，他赤裸裸地暴露在了林琦面前，以一种他完全没想过的方式，而他在极度的慌乱中反而冷静了下来："张风喜身后站着的是严甫昭。"

林琦道："那又如何？明日从他嘴里撬得口供，就能状告严甫昭。"

"不能。"韩逢道，"严甫昭权倾朝野，动不得他，就算有张风喜这个人证，也伤不了他。只有我暗杀了张风喜，严甫昭羽翼下的人才会震动、害怕、互相猜忌，千里之堤溃于蚁穴，也必要从他们内部瓦解崩塌才有效应。"

林琦听懂了韩逢的意思。

张风喜一死，知情人都会怀疑是严甫昭下手灭口，唇亡齿寒之下，对领导者的信任就会崩塌，猜忌的种子一旦种下，结出来的必定是走向灭亡的果实。

这一招够精准，也够阴毒。

也全然违背了一个执法者的初衷，越俎代庖，以私刑替公器，以人命为筹码，为达目的，不择手段。

林琦望着韩逢，目光中复杂难当。

韩逢从他的眼中看到了震惊、难过……还有很大成分的怜惜。

唯独没有厌恶、失望，一丝也无。

林琦抬脚走入狱中，地上躺着的张风喜仍在抽搐呻吟。

他抬手从韩逢掌心抽了麻绳，韩逢没动。

"他看见你了？"林琦轻声道。

韩逢不信任何人，只有亲自动手，他抱着必杀的心情过来，自然不顾忌。

他未曾作答。

下一刻，林琦勒紧麻绳俯身便向张风喜脖子上套去！

韩逢出手如电，立即拉住了林琦的手臂："你做什么？"骤然拔高的声音回荡在冷寂的牢狱中。

"他看见你了，"林琦低头，他穿了一身青衫，人如翠竹般挺直，语调略微颤抖，"不能留着他。"

韩逢从未对自己的决定有过一刻后悔，而此时潮水般的悔恨向他涌来，他脑海内来不及再去多思："你松手，我来！"

"与其让我看着你视若无睹，装作自己清清白白的样子，"林琦低着头晦暗不清的面容上没有什么表情，将麻绳绞在了手掌上忽地用力，"不如我亲手来！"

与此同时，林琦脑海里机械的声音尖锐地响起——"警告：协调者黑化值上升。"

……

张风喜死了，至于怎么死的，全凭一支笔，刑部出的公文上说是舟车劳顿，染恶疾，不治而亡。

去埋尸的回来却是悄悄说了，染恶疾的人脖子上一道紫黑的痕迹，口舌暴突，真是闻所未闻的恶疾。

林府内，林琦正躺在床榻上，睫毛紧闭，面色呈现病态的酡红，嘴唇也因为发热而干裂。

一双骨节分明的手舀了一勺温水喂到林琦唇边，林琦烧得神志不清，只喝进去一点水，大半的水还是洒了出去，堪堪沾湿他的嘴唇而已，更多的却是流向他光洁的下巴。

韩逢用手背抹去了林琦下巴上的水，目光沉沉地凝望着林琦。

那天，他与林琦拉扯之中，张风喜一命呜呼，很难说是死在谁的手上，或者说其实是死在他们两个人手上更恰当一些。

林琦……一尘不染的林琦……

他怎么敢、他凭什么将林琦从白雪之巅拉入炼狱。

那日之后，林琦便烧了两天两夜未曾醒来。

韩逢心如焦土，脑海中思绪纷乱，刑部的事也顾不上了，满脑子全是林琦，他真是恨不得自己死了都好。

重活一局，远远地离着林琦就好，他想让林琦的名字光耀天下，难道他自己不知道官场险恶，在其中沉浮若真保持本心是什么下场？能生存下来的有几个敢说自己干净？

林琦这样的性子根本就不适合在官场生存。

他为什么这么一厢情愿，为什么重活一世……还是半点没有长进？

此时的林琦正陷在噩梦之中。

他梦见合成人解放了，他从培养皿里醒来，觉醒了精神力，被告知他再也不用以做家政为生活目标。

他很迷茫——他只会做家政。

加入了学校，他开始重新摸索属于自己的身份，他很认真也很努力，但依然迷茫地看不到自己的未来在哪里。

他尽力通过了测试，成了协调者，生活仿佛终于有了目标——不要给合成人丢脸，用心地去做任务，拿一个明星员工的奖牌回去摆起来。

很可惜，他的目标不仅没有实现，反而做得一团糟，他辅助的男主角全都黑化了。

黑化值是什么他不太能理解，用系统的话说，就是走向了世界设定方向的反面，黑化的契机就是他的死亡。

他一直没有很深刻地认识到这一点，什么是黑化，在他的意识里是模糊不清的，现在他懂了，在一瞬之间，曾经深信的一切都为之塌陷，这是一个人破碎又重塑的开始，血肉倒灌般的疼……

林琦睁开沉重的眼皮，垂眸看到韩逢趴在他身旁。他轻轻叹了口气，原来这个世界上从来没有真正的感同身受，有的只有亲身体验。

"韩逢……"林琦出声，发觉自己嗓子干疼得厉害。

韩逢猛地抬头，面上还湿润着，也顾不上自己的狼狈模样："子非，你醒了！"

林琦轻轻点了下头，干裂的嘴唇轻轻张了下。

韩逢一下明白过来，忙倒了温水去喂林琦，一手扶起林琦的背："慢点，慢慢来。"

林琦渴得厉害，喝下整整一杯温水之后才觉好受一些，嗓子也不那么撕裂般地疼了，浑身酥软无力地借力靠在韩逢肩上。

"还要？"韩逢温声道，语气里全是着急的关切。

林琦半闭着眼睛点了点头。

韩逢小心地将他放下，赶紧又去倒了水，倒得太急，不少洒在了手上。他匆匆忙忙地又走回床榻，小心地扶起林琦："水来了。"

林琦闭着眼睛，很放心地张开了唇，瓷杯落到唇畔，温热的水流淌入口中，他又喝下大半杯水才挪开了唇。

韩逢适时地将杯子拿开，一手扶着林琦却是不知所措起来，艰难道："子非……"

林琦睁开眼。

他两天没睁眼，目光有些迷离，只吃力地勾了勾唇角："我没事。"

韩逢默默不言，心中五味杂陈。

"张风喜，死了吗？"林琦轻声问。

韩逢面颊上的肌肉一抖，轻轻"嗯"了一声。

林琦抬手，轻轻将手放在韩逢手背上。

韩逢浑身一震，偏头望向靠在他肩头的林琦。

林琦目光澄明，面上淡淡微笑："无妨，这是你我一起做下的事。"

"不——与你无关，是我……"

林琦柔声道："不要说了。"

韩逢心头如被热岩滚过，他不知该说什么，也不知该做什么，唯有眼眶又涩又疼，一滴泪从他的面颊滑下。

林琦盯着那滴眼泪，轻声道："上回你躺在这儿，发了热，对着我也是哭得很厉害，韩兄，我让你如此伤怀吗？"

韩逢无法抑制自己的心绪，喉中哽咽，依旧无言。他想说的太多，反而说不出口。

韩逢的泪水湿润了林琦的手，林琦目光柔和地望着韩逢，默默不言。

"子非，"韩逢声音喑哑，"我并非君子。"

林琦慢慢眨了眨眼睛，笑了一下："我也一样。"

韩逢还要再说，林琦却打断道："今日可以留宿了吗？"

林琦躺了两天，身上流了无数的汗，韩逢衣不解带地照顾了他两日，也好不到哪儿去。

仆人抬了浴桶过来，林琦对韩逢道："麻烦韩兄你帮忙了。"

韩逢摸不透林琦如今的想法，犹豫了一会儿，还是俯身将衾被中的林琦抱起。

他抱起林琦，心中又是一颤，林琦瘦了很多，臂膀里都能感觉到林琦背上细细的骨头，这个触感……实在太像那夜乱葬岗。

韩逢脚步踉跄了一下，林琦轻咳了一声，才将韩逢从臆想中唤回。

"抱歉。"韩逢哑声道。

"是我太重了吗？"林琦玩笑道。

韩逢低头，眸中隐约带了些水光："是太轻了。"

为林琦将中衣褪去，韩逢目光在林琦上身掠过，对方清瘦得让他心疼。

韩逢一生自傲，却是一见林琦便止不住心酸与泪。

林琦抖了抖："有点冷。"

韩逢如梦初醒，忙将人抱入半人高的浴桶中。

林琦坐在热水里，长出了一口气。

韩逢低声道："子非，你该对自己好些。"

"我对自己一向很好，"林琦睁了眼，微歪了歪头，笑容模糊，"否则，怎会与你结交？"

韩逢脑中嗡嗡，脱口道："与我结交便是好吗？"

林琦抬起眼："是。"

从昏迷那一刻起，林琦心里就发了誓，他不要再忍，人物有人设不假，但人物的感情哪里有什么框架，难道冷淡自持的人就不会对一个人全身心信任？

小世界也没有丝毫崩溃颤动的迹象。

只有韩逢傻在了原地。

韩逢知道自己又不合时宜了，他上一局可以为了扳倒严甫昭蛰伏多年，而在林琦面前，他一时一刻也无法伪装。

他猛然起身，一言不发地跑了出去。

林琦虚弱，也喊不出声，目光望着门口，心想韩逢或许是要冷静一下。

忽地，外面传来一声"哗啦"，动静还不小。

"不好了！韩大人投湖啦！"

林琦哗地站起身，起得太猛，脑袋一阵眩晕，几乎要站不稳再跌下去，幸好侍从过来送水，及时扶住了他："公子小心！"

"韩逢呢？"林琦喘了口气道。

侍从以很冷静的口吻道："公子别担心，韩大人又爬上来了。"

林琦寝室不远处便有一个荷塘，深秋了，残荷微卷，黄绿一片，水倒也不算深，就是淤泥很厚重，韩逢跳下去容易，爬上来还借了一把林府仆人的手。

仆人们也不知道韩大人是与自家公子发生了什么口角，怎么气得跑出来就往湖里跳，也不敢问，只扶着韩逢道："韩大人，您怎么样？"

秋水冰凉刺骨，韩逢脸色煞白，嘴唇也紫了，轻轻摆了摆手。

屋内林琦已在侍从的帮助下换了干爽的中衣长裤，披着长袍出来，向扶着韩逢的仆人一招手，急道："快扶韩大人进来。"

仆人扶了韩逢进来。

又是一阵兵荒马乱。

两个大人都成了病恹恹的大号病人，林琦命人直接剥了韩逢的里外衣物，让人胡乱擦了塞进被窝。林琦也是发热，受不得凉，一起进了被窝。

"韩逢，你……"林琦哭笑不得，简直不知该说什么。

韩逢抖着嗓子道："我……我冷……冷静冷静。"

林琦偏头，心道：傻子。

此间静谧，外头却是暗潮涌动。

张风喜的死在严甫昭的朋党一系中成了一颗落在平静湖面的石子，一石激起千层浪。

众人表面不说，心里却都认为是严甫昭派人灭的口，一时之间人人自危，生怕自己犯了事会被严甫昭抛弃。

有几个胆子小的提出辞官，人走出严府不远便不明不白地死了。

如此严酷手段令依附于严甫昭的朋党骤然警醒：是啊，这可是"死而瞑目"的严甫昭。

太平日子过久了，他们几乎都忘了严甫昭乃是不折不扣的酷吏出身。

严甫昭动了真火。

王太后欺人太甚！安插韩逢在刑部，他忍了；韩逢抓了张风喜，他也忍了；暗杀张风喜栽赃在他的头上，实在是阴毒到了他无法忍耐的地步。

妇人短视，非要挑衅，就休怪他翻脸不认人。

张风喜一案过去之后，便是王太后的千秋节。

数年来，太后暗中把持朝政，她的千秋节与皇帝的万岁寿相比要更来得隆重，朝廷官员悉数到场，三品以上的官员可入内席，三品以下的官员在外席，寿宴甚至摆到了宫门之外。

林琦与韩逢从五品，居中。

寿宴上，两人的座位就在一处，寿宴还未开始，所有官员都站着不落席，乌泱泱的一片，仰望着前头，等内侍传声。

韩逢站在林琦的前头，身着官服，鹤立鸡群。

林琦微笑着看着韩逢棱角分明的侧脸，心想韩逢虽然上一局做了不少犯傻的事，骨子里还是那个权臣，气质依旧冷淡出众。

林琦正想着，韩逢忽然回了头，他冷淡的神情一瞬回春，对林琦微微笑了一下。他没笑得太过，春风般掠过林琦的心头。

"散！"

"散！"

"散！"

前头内侍尖锐的呼啸声传来。

众官员讶异地回身，议论纷纷。

韩逢凝神听着，也听不出什么。

官员们已准备散去，韩逢忙回过身与林琦站在一处。

"出什么事了？"林琦皱眉低声道。

韩逢道："应当是大事，否则不会叫散。"

林琦回头看了一眼。

宫廷幽深不知内里的景象，那是只有掌握更高权力的人才进得去的地方。

寿宴翌日，所有人都知道了为何太后的千秋节会叫了散。

兵部侍郎——王太后的表侄子宴上饮酒暴毙。

"严甫昭……"王太后握紧了手中的朱笔发抖，脸上冷得没有一丝表情，"竟这样不给我面子……"

站在一旁的王玄真抽出她手中的朱笔，轻轻搁在一边，轻声道："姐姐，他这样狂妄，你还不杀了他，要容他到几时？"

王太后微弓着身保持着写字的姿势不动，良久才转过脸望向王玄真。

滴血琥珀耳坠落在她瓷白的颊边红得刺眼，她忽地笑了一下："玄真，你好像很久没叫过我姐姐了。"

王玄真走出殿门，面上是止不住的笑容与得意。

韩逢果然说得没错，只一个张风喜就让王太后与严甫昭要斗起来了，他不懂玩弄权术，也厌恶此道，此时也不得不佩服韩逢的巧心思，当真是好得很。

宫道幽深，王玄真走了几步，脚步忽然停了，目光遥遥地落在一片浓艳的金上。

"钱不换，"王玄真轻声道，"去采几朵金花茶。"

钱不换道："是。"

钱不换手重，不懂怜惜，连花带叶地扯下几朵价值千金的金花茶，捧在怀里走到王玄真面前。半透明的花瓣耀眼夺目，如一双温柔的手环绕在鲜红的花蕊之外，是保护，亦是禁锢。

金屋藏娇。

先帝御赐的花名。

王玄真抬手抽出一朵，放在鼻下轻嗅。

钱不换站得很直，目不斜视。王玄真面色变幻，将一朵含苞待放的花慢慢地由下至上捻得粉碎。

花汁从莹白的指缝间滴落，王玄真又看了一眼那一片开得正艳的金，对钱不换轻声道："去烧了。"

内侍来禀告王太后，说国舅爷在宫中放火烧了刚开的金花茶。

王太后长睫一闪，娃娃脸上冷冷淡淡，毫无表情，只鲜红的嘴唇微微一动："随他去吧。"

王玄真捧着仅剩的一捧金花茶去了刑部。

王太后的侄子饮酒暴毙，整个刑部人仰马翻。

查，怎么查？宫里每一道都是雷，碰哪儿都得炸，所以整个刑部全在假装自己很忙，实则都在摸鱼。

韩逢与林琦也不插手。

张凤喜这个案子已经隐隐将两人推到前头，再插手这个案子未免太过惹眼。两人与刑部其余人一般只做闲事，韬光养晦暂避风头，倒也是难得过上了静谧时光。

连绵的雨天过后，天气总算好起来了，秋高气爽天气晴朗，外头不算太冷，林琦与韩逢用了午膳之后在小院树下凉亭消食对弈，第三盘林琦又是大获全胜，林琦放了手上的黑子，摇头笑道："不玩了。"

"怎么，我棋艺太差，没意思？"韩逢抬手收拾棋盘上的黑白子。

林琦端了热茶轻呷了一口，慢悠悠道："与臭棋篓子下棋，越下越臭。"

韩逢失笑："我有这么糟吗？"

林琦抬眸看了他一眼，眼中带笑，低声道："这已是看在你我的交情上，轻判了。"

韩逢手上捻着一枚棋子，闻言目光凝在林琦脸上。

朗朗日光之下，林琦的面容在朱红官袍映衬下越发显得白皙干净，韩逢心头微动，手指在棋子光滑的面上缓缓摩挲，玉质棋子温润细致。

"林大人。"

一声呼唤打破了两人的对视。

林琦回头，只见王玄真站在院门口，手上捧着一片金灿灿的花。日头正好，那花明艳到了极致，却反而压住了拿花的人，令王玄真本就白的脸色看上去堪称病态一样的白。

林琦起身，躬身对王玄真遥遥行礼："国舅。"

韩逢也跟着起了身，将手上的棋子扔回坛中。

王玄真看也不看韩逢，只盯着林琦："你过来。"

林琦迟疑了一下，偏头看了韩逢一眼。韩逢给了林琦一个放心的眼神，林琦才回过眸上前。

再见王国舅，林琦的心情没有上一次那么紧张，因为之前王国舅给他留下的印象并不算太糟，最起码与传言中那个横行京城、鱼肉百姓的国舅爷形象相去甚远，是个挺漂亮的中年男人。

王玄真心情有点复杂，他活到了这个岁数，就算再愚笨的人，此时对人情世故也该通透了。

王玄真的眼珠不黑，是淡淡的琥珀色，看着离人间就很远，所以也不太见老。他对面前的林琦轻声道："是他骗了你吗？"看到他们俩一块的画面，他就会想到当初的自己与先帝。但看到林琦，又想起以前痴傻的自己，真以为君臣之谊能同兄弟一般。

林琦被王玄真问傻了。

王玄真静静地看着林琦，忽然笑了一下，笑得很狰狞，捧着花的手也发了抖。

钱不换见王玄真脸色不对，知道王玄真要发疯了，暗暗提防留意，怕王玄真伤了林琦——他不能得罪韩逢。

没想到王玄真发了会儿抖，又冷静下来了，手上攥着的花往前一送："好看吗？"

林琦从未见过如此灿烂夺目的花，老实地回答道："极尽妍态，国色天香。"

"我送给你。"王玄真轻声道。

林琦又呆了，下意识地回头看了韩逢一眼。

韩逢负手站在亭子里，顶天立地的气魄。林琦看到韩逢，心里就安稳，当下对盯着他的王玄真道："多谢国舅厚爱，只是我不懂花，怕唐突了，如此特别的花儿，国舅还是带回去吧。"

王玄真遭遇到拒绝也并未生气，甚至表情变得柔和："我听说你是榜眼。"

"是。"

"你好聪慧啊！"王玄真感叹般道，低头望着含苞待放的金花茶，语气略有些忧伤，"人说慧极必伤，那都是蠢人嫉妒你们这些聪明人才这样说的，实际蠢人要受的伤比聪明人多得多了。"

林琦不觉得自己很聪明，也不觉得自己蠢，他就是他，很普通的一个合成人，之所以王玄真说他聪明，只是因为在这个世界的人设而已。他听了王玄真的说话语气，心里不由自主地产生一点悲凉，语气也柔和了很多："国舅，您还好吧？"

"我不好。"出乎林琦的意料，王玄真抬起脸，对着他流了满脸的泪，抱着花一头栽到他胸膛上，"我都疼死了……"

林琦慌乱地望向钱不换，连进退都忘了，只是僵在原地不知所措。

钱不换抬起眼眸，眼见亭子里的韩逢站不住了，气势汹汹地拧着眉过来，抬手要去抓王玄真的肩膀，一看他的表情就知道用力必定不轻。钱不换抬手拦了一下韩逢的手臂，终于开口道："爷，您吓坏林大人了。"

王玄真抬起脸，抹了下眼角，韩逢趁机将林琦拉到身后。

王玄真一抬头，见面前的换了个人，脸色立刻变了，冷淡地将那一捧花摔在地上，仰头对韩逢道："你这样护着他，是真心的吗？"

韩逢站在林琦面前，只冷冷地看着王玄真，目光不善。王玄真的性子，他上一局也略有所闻，是个疯的。

韩逢的余光刀尖一般掠过钱不换的脸。

钱不换接收到他的目光，对王玄真低声劝道："爷，刑部血气重，咱们还是回去吧。"

王玄真看着韩逢身后露出肩膀一角的林琦，上前一步似乎伸手要去抓林琦。韩逢极快地抬手拍开王玄真的手，双手往后抓住林琦的手臂，对王玄真道："国舅，自重。"

未等王玄真破口大骂，林琦拉开了韩逢的手，已先一步从韩逢身后站了出来。他轻拍了一下韩逢的手臂，对王玄真拱手道："国舅，您想跟我说话，是吗？"

王玄真眨也不眨地看着林琦。面前的林琦面目清秀，目光澄澈，看上去毫无忧虑，从未受过任何伤害，是高悬于庙堂之上华贵的玉器。他太难过了，也从来不去掩饰他的难过，眼睛里又淌了泪："是。"

刑部后门接了一条小河，外头传言河水脏污暗红，是犯人的血流导致，其实看着也很寻常，的确不怎么干净，青压压的水草颜色，但也绝不如传言般腥臭不堪。

林琦与王玄真站在河边，往河内一指，面带微笑道："这里头有不少螃蟹，昨日孙大人捞了好几只，全烤了。"刑部的人实在已经无聊到了这种境界。

王玄真听了，感兴趣道："那……好吃吗？"

"这就是笑话了，"林琦露齿一笑，颇有些狡黠，"没洗干净，里头全是黑的，孙大人还以为是自己烤焦了，一口下去苦得喝了几大碗水。"

王玄真扑哧笑了，笑完之后脸色又快速阴沉下来。因为他的笑声实在太娇嫩，完全不像四十多岁的男子，倒像是十几岁的小娘子。他平素都留意着尽量不露行迹，方才没有戒备，又是真心地笑，所以全没有在意，一下就露了馅。

日光明亮，王玄真忽地觉得自己仿佛被扒光了一般，负在身后的双手用力绞着，一时气性又翻了上来，一股烈火从他的肺腑开始燃烧，简直快要烧到他的脖子，令他人头落地。

"国舅！"林琦矜持又兴奋地一指手，"你瞧，两只螃蟹在打架呢。"

河池里污泥翻滚，耀武扬威地伸出了两个乌黑的钳子。

王玄真没看螃蟹，而是看林琦。

每一次见到林琦，他内心深处就无法抑制地产生一个念头，他从林琦身上看到了当年的自己。

不露锋芒，腼腆天真。

他知道自己这么想是有点过分了。

林琦是榜眼，比他聪慧得多，又是刑部官员，有大好的前程，或许……还有人真心待他，总之与他是不同的。

"林琦，"王玄真声音柔软，他也不在乎自己的声音听起来是不是像个女人，他用最温柔的目光注视林琦，用他全然的善意道，"我会护着你的。"

林琦在现实生活中极少感受到别人的善意，在很久以前，他还没有将任务世界放在心上的时候，也往往会忽视在小世界里那些人物向他释放的好意。

对于王玄真忽然的示好，林琦没有多想，他从王玄真身上只感受到了让他温暖的情感，郑重拱手道："多谢国舅爷。"

王玄真微微笑了一下："好孩子。"

王玄真离开之后，林琦站在院门口，对身侧的韩逢感慨道："其实传言也不能尽信，国舅爷为人很随和。"

"知人识人，不可听片面之词，"韩逢也未反对，"你觉得他好，那他便是好。"

林琦侧过身看了他一眼，见他模样认真不似敷衍，心里又是一暖。韩逢那日从国舅府出来淋得半身湿透，显然是吃了王国舅的亏，但只因自己一句话，韩逢就能对王国舅改观，可见在韩逢的心中，自己的分量有多重。

林琦抬头，轻声道："天真冷，快入冬了吧。"

"快了。"

入冬后的京城，最好的消遣就是围坐暖炉吃烤橘子，刑部的炭火多得没地方用，几位大人围成一团，架了个炉子，边烤橘子边笑话孙大人的烤螃蟹。日子太无聊，一个烤螃蟹够他们笑话几回，众人说说笑笑，非常放松时，门外头的侍卫进来通报——王太后来了。

刑部一众官员全都规规矩矩地按品级站在刑部审犯人的大堂里，由高到低，一个不落。

林琦与韩逢仍旧是站在中段。

林琦没见过王太后，对这个原世界最大的反派也没有什么太大的好奇心，低着头淹没在乌泱泱的人群中。

王太后带了四个宫婢、四个内侍，另外有八位贴身侍卫，还有数不清的禁卫军，将刑部大堂围了个水泄不通。

堂内气氛凝滞，刑部所有的官员心里都明白，这是来者不善了。

明白归明白，刑部尚书仍是硬着头皮道："不知太后驾临，臣有失远迎，还望太后恕罪。"

鲜红的指尖轻轻地滑过烤得赤红的橘子皮，一点水果的芳香溢出，橘子的香气浓，瞬间便弥漫了整个堂内，王太后将指尖在鼻尖嗅了嗅，轻声细语道："好香啊。"

刑部尚书头上汗都流下来了："臣御下不严，请太后责罚。"

王太后伸了手，身边一个内侍向前接过橘子。

"有闲情烤橘子玩，宫里的案子却是毫无头绪。"王太后接过宫人递上的手帕，慢条斯理地擦拭指尖，莲步轻移，火红的石榴裙从台阶滑下，她走到弓着腰的刑部尚书面前停下脚步，轻轻道，"来人——拖出去剐了。"

刑不上大夫从来只是一句听上去体面的漂亮话，真相是——君要臣死，臣不得不死。

刑部是用酷刑的地方，刑部所有的官员从上到下都见惯了酷刑，可他们谁也想不到自己的长官会在外头受着酷刑。

一点声儿都没有。

活剐之刑，一刀一刀在人活着的时候割肉，使刑的行家必要下最后一刀后，受刑的人才咽下那一口气。

极致的折磨。

刑部的官员们汗如雨下，入冬的寒意也丝毫不能让他们感到一丝清凉。

王太后的杀气如同一根没有线的针一般从他们这些人身上穿过，不用费太大的力道，轻轻"噗"一下就能刺破他们的躯体。

"刑部，本宫一向很看重，"王太后说话声音很柔，又从内侍手上拿回橘子慢慢地剥，她坐回座位，身材娇小玲珑，低着头专心剥橘子，像个未出阁的豆蔻少女一般，"可惜，你们真是让本宫失望。"

站在前头的刑部侍郎立刻带头就跪下认错了，他一跪下，下面也跟着跪了一片，林琦与韩逢隐在中间交换了一个眼神，装聋作哑。

"你们一定觉着本宫这是在杀鸡儆猴，接下来就要求你们办事了。"王太后拧下一瓣烤熟的橘子，深深地嗅了上面的香气，抬起眼冷漠地望了地下一大片跪着发抖的人，"本宫从来不给任何人机会。"

王太后厉声道："全给本宫拖出去乱棍打死。"

"是！"

禁卫军毫不迟疑地上前抓人。

刑部一众官员吓呆了，连一句辩解的话都说不出来。

"太后。"林琦忙从人群中率先站出。

韩逢要拦已是来不及，只能紧随其后站起，截断了林琦的话头："请太后三思，太后之怒微臣明白，臣愿为太后平息怒火。"

王太后挥了挥手，禁卫军站到了一边。她抬头望向堂内站着的两人，都是一般的俊俏，忽而福至心灵："韩逢，林琦？"

"回太后，臣乃韩逢。"

"臣乃林琦。"

王太后语气淡淡道："你们两个是该饶上一命，玄真提过你们的名字。"

无论如何，韩逢先松了口气，回眸望了林琦一眼，人侧挪了半步，示意林琦脱身为上。

王太后手一挥，禁卫军们又上前动了手。刑部的官员此时已经反应了过来，一个接一个地鬼哭狼嚎。

在凄惨的哭声中，林琦抖了抖。他的脑海中划过许多念头，最后定格在一个画面里，他与韩逢下棋的画面，这满堂的官员就是马上要被吃掉被牺牲的棋子。

"太后，"林琦不动，抬头对王太后道，"请您放过他们。"

韩逢心中大叫不妙，此时已无可选择，立即上前挡住林琦，以更诚恳的语气道："臣也恳请太后开恩。"

王太后一言不发地看着两人，笑了一下："好吧，你们都是好孩子，刑部里难得出良善人，一出还出两个。这样吧，你俩谁愿意用自己的命来换这一堂人的命？"

王太后拧眉，目光射向禁卫们："太吵了——"

禁卫们连忙将几位哭得像孩子一样的官员口鼻堵住。

堂内又安静了下来。

"臣愿意。"韩逢直接道。

"不，"林琦上前一步站到韩逢前头，"臣……"

韩逢已经扯了他的腰带将他往后狠狠一拽，鹰一样对王太后射去目光："臣的命抵过他们所有人的命，因为臣能为太后创造最大的价值。"

林琦被韩逢拽着腰带藏在身后，人茫然地在韩逢宽阔的肩后露出一点侧脸，惊鸿一瞥，王太后忽地站起了身。

"太后，"外头的侍卫即时进来通报，"国舅爷来了。"

刑部内堂，王玄真脸色难看地对王太后道："你在刑部要打要杀，那都是你的事，凭什么动我的人！"

王太后长裙曳地，回眸望向王玄真，方才一瞥，那种陌生又熟悉的感觉浮上了心头。

林琦在某些神态上有点像王玄真。

少年时的王玄真。

王太后红唇微动："生气了？"

王玄真抿唇不言，他一听到王太后这样的语气就心烦，很厌恶地扭过了脸。

还是孩子气。王太后恍惚地想，柔和了语气："我知道你喜欢这两个孩子，怎么会动他们，你多心了。"

"哦？"王玄真轻蔑地看了她一眼，阴阳怪气道，"又是我多心了。"

王太后自知失言，抬手轻揉了一下自己的太阳穴，她总是头疼，懒懒道："我并非有意，你知道我针对的是谁。"

"严甫昭。"王玄真轻而快道，低头掩饰了面上一点快意，"他真是该死，竟敢不将我们姐弟俩放在眼里。"

王太后默默不言。

她是爱王玄真的。

王玄真，她唯一的弟弟，自小就身子柔弱，他是那样孱弱又那样愚蠢，是个美丽又可爱的无用之人。

王太后一介女流在很小的时候就知道将来王氏的荣光只能全靠她一个人撑起。

那年冬天好大的雪，宫里的炭不够，冷得像冰窖，她的父亲好不容易求了恩典进宫看她，临来时却病倒了，无奈只有王玄真来替父亲看她。

王玄真身子弱，怕冷，穿了很厚的衣裳，都快走不动路了，一张雪白的脸冻得白里透红，进了她的殿内，便跺脚说冷，边说冷，边将藏在袖子里的暖炉塞到她手里，撒着娇问她什么时候回家住。

王玄真才十六，家里将他宠成了无瑕的雪，她不忍心告诉他真相，只哄他快了。

她舍不得他冷，怕他冻病了，撑着他上软榻歇着，出去催热水的工夫回来，先帝站在软榻前，不知与躲在被窝里的王玄真说什么。

她很久没见到先帝，喜出望外地用单薄的身姿向先帝行礼，先帝连看也没多她一眼。

先帝离开之后，王玄真说："姐姐，方才皇上看我时，我心里很慌，没来由地害怕。"

她坐在软榻前，低着头，良久才缓缓道："怎么会，你多心了。"

她爱王玄真。

可她……更爱权势。

王玄真这一个台阶递得正好，王太后出去就免了刑部其余人的罪责，她的目光在林琦身上多流连了一会儿，却是叫了韩逢入内堂。

林琦守在外头，神色里是掩饰不住的焦急。

王玄真静静看着他，再一次想到了自己。

当年王太后不受宠爱，王玄真知道了却很高兴，他不懂事，以为先帝不喜欢姐姐，就会放姐姐出宫回家。

他就一个姐姐，待他千好万好的姐姐，就盼着姐姐回来继续宠他。

那年冬天下了很大的雪，他最怕冷，平素都窝在房里不愿出门，一听说他母亲要代父亲入宫看望姐姐，立刻就跳起来说不如他去。

揣了个手炉也还是在路上冻得发抖，令王玄真没想到的是姐姐在宫里过得比在家里还不如，宫殿冷得他牙齿都要打战，姐姐脸都冻青了还穿得那么单薄，而先帝瞧着也不是个好相处的性子。

王玄真高兴不起来了，出宫的时候一步三回头地望着深深的宫殿，面色也是如林琦此刻一样焦急。

"别担心，"王玄真低声道，"太后不会为难他。"

林琦担心的不是这个。他丝毫不怀疑韩逢弄权的本事，他担心的是韩逢在这个权力的旋涡中越陷越深，步向和上一局一样的命运。

水至清则无鱼，在官场中混得越久，林琦越深刻地感觉到让韩逢达成本世界的目标有多难。

"多谢国舅爷及时相助。"林琦分神谢了一下王玄真。

王玄真忽然道："林琦，你给我当儿子吧？"

"啊？"林琦诧异极了，一下思绪打乱，怀疑自己是不是听错了。

"对，你当我的义子吧，这样以后便谁也不敢开罪你。"王玄真只是灵光一现，越说倒越兴奋起来，"我死以后，我的那些私产也都是你的。"

林琦哭笑不得："国舅，莫开玩笑了。"

王玄真一时人来疯，却是越想越觉得可行，低头自顾自地陷入幻想之中。

钱不换从旁看着，对林琦刮目相看。

收义子？闻所未闻。

刑部内堂，王太后上下打量了韩逢，忽地张口道："张风喜一案是你主审？"

"是。"

"卷宗上写的可是林琦。"

"臣怕太师迁怒，故而如此。"

王太后轻笑了一声："你倒是老实。"

"在太后面前，臣没有必要隐瞒。"韩逢垂着脸，四平八稳道。

"方才在外堂，本宫瞧你很维护林大人，"王太后眼睫上下翻飞了一下，利光若有似无，"感情似乎好得很。"

"官场之上谈不上什么感情，不过是借着林大人，"韩逢抬起脸，面上扬起一个淡淡笑容，"入太后的眼。"

王太后脸上笑容慢慢淡了，她似乎明白王玄真为什么这么在意这两个人。

真像。

陈年往事，过去得太久，久到王太后已经不太记得做王贵人的时候。她今日长裙之外披着狐裘，又轻又软暖若春日，十指纤纤俱涂满了鲜红的蔻丹，但在见到王玄真的每时每刻，她恍然又回到了过去那个冰凉刺骨的冬日。

"你很好。"王太后缓缓道，"我相信像你这样的人，会为本宫创造出本宫想要的价值。"

一切都在韩逢的筹谋之中。

以利益凝结在一起的关系最牢固，也最脆弱，只需一点点的外力就能打破微妙的平衡，然后一路滑下毁灭的深渊。

韩逢心领神会，敛眸垂首："臣不会让太后失望。"

王太后与韩逢一前一后地走出内堂，林琦一见到两人的身影，立刻脚步往前挪了半步，随后用理智顿下脚步。

王太后眼神从林琦身上轻快掠过，落到王玄真脸上，对王玄真微一点头，王玄真跟了上去。

林琦不在意王太后，他一直看着韩逢，待王太后一行离开之后，上前与韩逢伸出的手臂相对抓上，他拧眉道："如何？"

"王太后要与严甫昭决裂，"韩逢板着脸，难得语气严厉地对林琦道，"你今日太冲动了。"

林琦面露惭色："我只是不忍各位同僚无辜受害。"他声音低沉道，"死一个张风喜已足够了……"

张风喜的死已经过去了一段时日，林琦也从未再提起，这件事心照不宣地在两人中间埋了下去，韩逢都快忘了。

骤然从林琦口中听到这个名字，韩逢几觉恍如隔世。

韩逢收回手，负手在身后攥了一下，艰涩道："抱歉。"

"你的雄心我都理解，"林琦静静道，"权势甘美，谁不想采撷，只是拥有了权势以后呢？韩逢，你想过吗？而在获得权势的路上，你又将付出什么牺牲什么舍弃什么……"

外头传来了动静，刑部逃过一劫的官员进来致谢。林琦与韩逢收拾心情与众人寒暄，外头血腥味尚未散去，刑部众人也是心有余悸。

刑部尚书，二品官员，不用任何由头，不定罪，不过堂，王太后说活剐就活剐了，着实残忍至极。

几位官员交流了一下劫后余生的心得之后，开始指桑骂槐地议论起王太后的严酷，从中延伸开了对女子摄政的不满一路跑向最毒妇人心的论调，大有连自己老娘都骂进去的架势。林琦见状，应付了几句避开离去。

韩逢也要走，被官员们团团围住，询问他王太后单独留他是何意，韩逢只能在人群中远远地看着林琦离开的背影。

夜深了，韩逢只身前往林府，却被告知"国舅府派人来接公子过去了"。

韩逢纵然相信王玄真对林琦并无恶意，也半点不愿林琦与王玄真交往过密，他心中总觉得像王玄真这般的人不配与林琦相交。

这个念头浮现在脑海中，韩逢一个转身，回味片刻之后，骤然人僵在了原地。

若真如此论，最不配与林琦相交的难道不是他自己吗？

上一局林琦死后，他为了向上攀爬，利用一切可利用的人与事，他的手早已脏得不能更污秽，而此时他似乎正在重蹈覆辙——以保护林琦的名义。

林琦从国舅府回来，侍从迎上来道："韩大人来了，在偏厅蹲着，谁也劝不动呢。"

林琦疑惑道："蹲着？"

"是呢。"

什么叫蹲着？林琦负手急急地往偏厅走去，人一过去瞧见韩逢正蹲坐在石阶上，夜色中青色长袍覆盖了几条石阶，整个人低着头委顿不堪。

"说你蹲着，我还想怎么叫蹲着，"林琦哭笑不得道，"夜深露重的，坐在石阶上做什么，快起来。"

韩逢不动，悄声道："国舅请你过去所为何事？"

林琦挥手屏退了下人，才道："王国舅糊涂了，说想认我做义子。"

韩逢轻声道："你不肯。"

"那是自然。"林琦想起王玄真孜孜不倦，摆出种种好处，被他拒绝后失望不已的模样，还觉着有些荒诞，"我与国舅才见过几面，哪有那样的情分呢。"

韩逢伸了手，袖子滑落，露出骨节分明的大手。

林琦愣了愣，忙伸了手过去想拉韩逢起来，然而韩逢却是拉住他一用力，他没防备，顺着力道坠了下去。

韩逢低声道："小心。"

林琦拍了拍韩逢的背："多谢。"

夜色朗朗，虽无月，却是繁星漫天灿烂无边，林琦与韩逢并肩而立："白日里，是我冲动了，我自然知道你的心意，不该那样质问你。"

韩逢用力收束臂膀："是我错了。"

【目标人物黑化度下降50%】

林琦怔住，陡然明白了韩逢如此丧气委顿是为何。

一个有血有肉的人，从白走到黑要经历巨大的痛苦，从黑暗处走向光明何尝不是又一次钻心刺骨怀疑否定曾经自己的苦？

林琦低头："你我之间，永远无需谈对错。"

林琦又病了，歇了三日才能下床，韩逢很忙，对林琦坦白交代王太后命他彻查宫宴一事，非要扳倒严甫昭不可。

"你去吧，"林琦神色恹恹，"我没事。"

韩逢给林琦掖了被子："你尽管歇着，刑部有我。"

"嗯。"林琦望着韩逢，"做事留三分，不止为他人，也为你自己。"

又过了几日，林琦终于恢复，再次回到刑部才发觉刑部果然焕然一新。韩逢连升几级，皇帝朱笔破格提到了刑部尚书，成为本朝有史以来最年轻的六部尚书，升任速度之快令人咋舌。

韩逢上任之后，以宫宴一事为核心，展开了对严甫昭一系官员的围剿。

王太后多年来从未放松过手里攥着的权柄，先帝死后，她奉诏为后，扶持了当时还年幼的皇帝，联合严甫昭，将权力牢牢地把握在了手心，之后幼帝突染恶疾薨逝，王太后再次扶植了年幼的韩王即位。

从先帝死后，王太后虽为女流躲在皇位之后，她的身影却是一刻都未曾离开过朝堂，她永远都不缺在前头为她冲锋陷阵的人。

如今，这个人是韩逢。

韩逢雷厉风行地对严甫昭的朋党下了手。他对严甫昭手下人犯的那点事太清楚了，上一局是怎么收拾的，今世照着来一遍就是，还能避免许多上一局踩的雷。

短短几月，刑部大牢都快塞不下了。

朝堂之上也是吵得沸反盈天、乌烟瘴气。

韩逢立在朝堂之中，任由严甫昭一系攻讦谩骂，王太后正坐在皇帝身后，谁能奈何？

两边泾渭分明势如水火，一个接一个地出来互参对方，严甫昭沉着脸，与韩逢分立两边，两人都是一言不发。

等朝堂散了，韩逢由人拥着退朝。

韩逢远远地看了一眼林琦单薄的身影，林琦在一片朱红中回眸，准确无误地捕捉到了韩逢追随的目光，微一眨眼。

韩逢心头一热，险些忍不住露出笑容，如今朝堂之上正处于白热化，他不能与林琦太过亲近，两人都是私下避开耳目偷偷往来。

"韩大人。"

闻声，韩逢脚步停住，慢慢回身。

严甫昭就在不远处，不阴不阳不冷不热："可否赏脸，饮一杯茶？"

暖阁中，韩逢与严甫昭相对坐着。

开春化雪，天却是更冷了，暖阁炭火足，与外头的冷气相撞，冒出丝丝的雾气，缭绕缥缈若仙境。

如此仙境之中，二人谈论的话题却是杀气重重。

"韩大人少年英才，着实让我羡慕。"严甫昭抬眸，目光深深。

韩逢微笑了一下："严太师当年的风采至今为刑部诸位同仁口口相传，我何以能在严太师你面前托大？"

韩逢这一句夹枪带棍的讽刺令严甫昭心中哂笑，原来还是一个不知轻重自以为是的莽夫，以为身后有王太后撑腰就不知所以然了，又是一个被那狠毒女人推出来送死的有勇无谋之辈。

"韩大人，你如今风光无限春风得意，可曾想过今日的我就是来日的你？"

"哦？那我可要借太师吉言了。"

"我今日请你过来，便是想开诚布公地交一交心。韩大人是金榜状元，应当很清楚狡兔死走狗烹的这个道理，你我同朝为官，斗得你死我活，获利的又是谁？"

"太师，"韩逢伸手端起了面前的茶碗，慢条斯理地吹了吹，"我只是一枚棋子，该怎么走，身不由己。"

"韩大人太看轻自个儿了。"严甫昭推了推面前的点心碟子，"韩大人的价值远不止如此。"

两人一直谈到夜色将起时才分开，严甫昭对付墙头草从来都很有一手，望着韩逢离开的背影，那个一直没有露出的冷笑终于浮现在了他脸上。

他与王太后之间不知交手了多少回，死在他们拉扯之间的人也不计其数，韩逢不是第一个，也不会是最后一个。

严甫昭甩袖入内，只留下一丝寒意。

车马送韩逢到了府门口，尽管高升成了刑部尚书，韩逢依旧住在从前的一进院子里，只是由租改为了买。

严甫昭与王太后都是一样将所有人都当作棋子，那种蔑视与漠然刻在了骨子里，他们或许自个儿都未曾察觉，太习以为常反而就不会去自省。

韩逢对他们俩很熟悉。

因为他也曾是那样。

闭上眼深深地吸了一口寒气，初春夜里清冽的味道在他肺腑荡过，他睁开眼，眸若寒星清明无比。

推开屋门，韩逢便察觉到不对，内屋隐约似有亮光，他心头也一亮，疾步过去。

床头纱幔垂坠，榻前小小一个炭盆散发着暗红色的光，衾被起伏出蜿蜒弧度。

朝堂之上乱象丛生，韩逢将严甫昭招安他之事半遮半掩地告诉了王太后，全程没有提及严甫昭对他的种种暗示，平铺直叙、忠心耿耿。

王太后听了也没什么表情："本宫知道了，该给你的不会少一分。"

"臣多谢太后。"韩逢恭敬道。

王太后扫了他一眼，忽道："林大人最近如何？"

"尚可。"韩逢没有回避。他知道以王太后所拥有的眼线，即使他有意与林琦表面疏远不接触，王太后应当也不会对他与林琦之间的来往一无所知，一味掩饰反而会让王太后生疑，倒不如坦荡些，王太后反而会觉着他并不真心在意林琦。

王太后目光幽幽，似感叹又似欣赏，轻声道："患难过的同僚，还是放在心上点为好。"她抬眼望向窗外，宫人们正在侍弄花草，初春时节花已开了足足一片，"人活在世上，有牵挂才立得住。"

"多谢太后教诲。"韩逢低头道。

王太后发觉自己似乎说得有些多了，补救般又说了些不疼不痒的闲话，又过了一会儿才打发了韩逢。

韩逢在宫门口遇上了王玄真，拱手打了个招呼。

王玄真叫住了他："韩大人，官运亨通啊。"

"还要多谢国舅当初的引荐。"韩逢客气道。

王玄真脸色阴沉："你还记得当初。"

"自然。"韩逢抬头，直视着王玄真，"我从未忘记曾承诺过什么。"

韩逢在王太后与严甫昭之间周旋，王玄真又何尝不是，严甫昭同他在一起时也在恶狠狠地诅咒他姐姐，而王太后也毫不掩饰她对于严甫昭用得越来越不顺手的厌烦感。

王玄真有点疲于应付，无论过去多少年，他还是不擅长弄权。

"既如此，我便敬候佳音了。"王玄真冷淡道，转身离去。

王玄真等候的佳音并没有来得太迟。

严甫昭反了。

准确地说是严甫昭被"造反"了。

朋党反水指证，府内还抄出了龙袍宝印，一道旨意下来，满门抄斩，株连九族。

韩逢非常贴心地在旨意下来之前悄悄告诉了严甫昭，留给他足够的时间逃脱……或者反制。

严甫昭没有辜负韩逢的期望，也不枉他无数次的挑拨与暗示。在话术上，严甫昭以为自己已登峰造极，殊不知韩逢才是真正的行家。

严甫昭一人之下万人之上太久，其实早就憋屈烦闷，只要将那一人按下去，他就能真正的权倾天下，王太后一介女流都能挟天子以令诸侯，他凭什么不能？

严甫昭打着归政于帝和清君侧的名号，轰轰烈烈地"反"了。

一场小型的政变在夜色中悄然上演。

"刑部……"严甫昭披着大氅，半张脸都隐没在阴影中，"这一功，我记下了。"

京城守备就恭恭敬敬地站在韩逢身后，连同京郊驻扎的三万守卫军，在黑夜中绵延如蛇，一道危险的引线就握在韩逢手中。他微笑了一下："太师客气。"

林琦也立在韩逢身侧。

韩逢要起事，无论让林琦安置在哪儿他都无法放心，最安心的还是让林琦在他的眼皮子底下才好。

面前的宫殿庄严、森冷，在夜色中宛若一匹蛰伏的巨兽，严甫昭抬头仰望。春日的夜晚，空气中都散发着淡淡的幽香，这是这座宫殿的味道，混合着熏香与世间名贵的花朵所散发的香气。

"叩门——"严甫昭阴沉道，"杀！"

韩逢从容地与京城守备换了个位，两人交换了眼神。京城守备微一点头，韩逢已站到了林琦左边，抬手自然地勾住了林琦的肩膀，低声道："跟在我身边。"

"嗯。"林琦心里也很紧张。他当然是相信韩逢，但亲身经历一个王朝的变革也不免让人感到激动。

京城守卫军的力量要远胜过宫中禁卫，严甫昭几乎是不费吹灰之力就杀入了王太后殿内。

禁卫手中簇拥的火把照亮了禁宫，王太后穿着单薄的衣裙面色淡然地望向被簇拥着的严甫昭："严甫昭，你这是要逼宫？这可是谋逆死罪！"

严甫昭大笑："真是天大的笑话。你先后毒杀先帝与幼帝，你这样的毒妇也配与我谈论谋不谋逆？"

这是在揭王太后的老底了。林琦只知道王太后的设定是第一大反派，没想到王太后如此厉害，弄死了两个皇帝。

他听得吃惊，悄悄看了看韩逢。

韩逢也适时给了他一个安定的眼神，他的心就静了下来。

"太师，"面对毒杀皇帝的指控，王太后依旧从容地微微笑了一下，"你这样含血喷人，真是叫本宫害怕，韩大人——"

"臣在。"韩逢朗声道，与林琦牢牢靠在一起站在宫门处。

王太后由宫人搀扶着，慵懒道："严太师不仅犯下谋逆大罪，还污蔑本宫，视为藐视皇室，数罪并处，还不将他拿下。"

"王屏心，你真是死到临头还在糊涂，"严甫昭利眸射向韩逢，"妖后就在此处，还不动手！"

韩逢垂眸道："将谋逆之人……拿下！"

"是！"

京城守备猛一挥手，金甲包裹的手臂在夜色中划出一道弧线，守卫军立即挥刀向一旁严甫昭的私兵。

严甫昭手下私兵毫无防备，连声都没出地倒了下去。

刀刃刺入人体的声音刺激着林琦的耳膜，他转身不忍看下去。

宫变，就会流血。

而这次，流的是严甫昭的血。

严甫昭到死时还不知为何韩逢会反水，倒在宫阶之下——死不瞑目。

王太后仰头深吸了一口弥漫的血腥味，面上笑容愈深。也许有的人会害怕这血的味道，但她早就爱上了这个味道，属于权力的味道。

"韩逢，你做得很好。"王太后眼眸余光望向韩逢，"没有辜负本宫对你的期望。"

韩逢依旧站着，面无表情。从始至终他都站在林琦身边，没有向严甫昭或者王太后那挪动半步。

"太后……"

宫门后传来颤颤巍巍的声音。

禁卫军与守卫军依次让开。

韩王徐徐走来，在火把光明下，鼓起勇气望向那个一直压迫在他头顶盘旋不去的王太后："你毒杀先帝，人证物证俱全，悉数扣押在了刑部，只要朕一声令下，此事昭然于天下，到时你九族不保。"

在韩王出现的那一瞬，王太后心中已经了然。

韩逢……果然是她看中的人，简直与她一模一样。像他们这样的人，怎么能容忍自己站立的不是权势的顶端？

王太后将目光射向阴影，韩逢高大的身影旁站着略矮一些的身影，二人密不可分，宛若连枝。

宫变以太后被幽禁还政于帝为结局。

韩逢如上一局一般被皇帝封为太师，可他心中所追求的早已与之前不同，果断向皇帝请辞。皇帝拗不过他，封了他为太傅，名义上的帝师。

王玄真发觉自己被韩逢骗了，带着自己的人杀向韩府，却是扑了个空。

春日正好，亭角雀鸟争鸣，韩逢捧了一本诗集读，边读边点评："酸，迂，俗不可耐。"

林琦失笑："我父亲的遗作就这样不入太傅你的眼？"

韩逢话音顿住，半晌才缓缓道："原来是御史大人的诗，是我肤浅了，不懂欣赏。"

林琦扑哧笑了一下。

韩逢如今位列太傅，系统判定他已经完成权倾朝野，并且黑化值也在缓步下降中，具体表现为在林府多吃一天软饭，就降那么一点，现在也就只剩下那么一点点，说不定还不如系统现在判定的林琦的黑化值高。

"今日午膳，你自己看着办吧。"林琦从韩逢手里抽回了诗集，哗啦翻了几页，挑眉道，"林府没有你的饭食。"

"子非，"韩逢轻声求饶，"我错了，我有眼不识泰山。"

林琦无动于衷："你少占我的便宜。"

两人正在笑闹，外头传来了不轻的动静，似乎有人闯入了林府。

林琦忙拍了韩逢的肩。

韩逢也坐起了身，板了脸孔，他已猜到是谁来了。

王玄真、严甫昭、王太后，甚至当今圣上，韩逢骗了个遍，借力打力，纵横联合从中斡旋，除了对林琦，他对任何人都从未说过一句实话。

"韩逢，你曾答应过我什么？！"

看到王玄真时，林琦很是讶异。

王玄真……一下老了许多，乌黑的两鬓骤然染了霜，原本光滑白皙的肌肤也悄然生了皱纹，他像一朵开到穷途末路的花终于迎来了花败的时候。

"国舅，"韩逢仍这样唤他，因他对林琦怀有善意，韩逢待他还有几分客气，"我虽未让你亲手泄愤，但我也算不得食言，若你想知道，我可以送你入宫问一问王太后。"

　　幽闭的宫殿与往昔似乎并未有任何区别，野草从宫墙角落肆意生长，太后王屏心坐在宫阶上静静看着，春日暖洋洋地照在她背上，她慢慢陷入了回忆中。

　　皇帝一见她的弟弟就觉着很投缘。

　　她心想，这是没有办法的事，天子的一举一动都是雷霆之于凡人，有谁能抗拒？况且，她能舍得自己，王玄真凭什么舍不得？

　　她没想到……她真的没想到……

　　王屏心伸手轻碰了一下草尖，忽地用力攥了，挫骨扬灰也不能解恨，这样的春日里，她依旧觉得冷。

　　"姐姐。"

　　王屏心恍然间似乎听到了王玄真的声音，她以为是自己又一次的幻觉，偏着头没有理会。

　　她好像是真的老了，不仅开始心软，也开始犯糊涂。

　　"你后悔吗？"

　　一面宫墙，王玄真靠在上头，他只想听一句。

　　——"不悔。"

　　女子冷淡的声音传来，王玄真的眼泪顿时落了下来。

　　他的姐姐……最爱的永远都是权势，从来都是他奢望了……

　　钱不换上前扶住瘫软的王玄真，王玄真用力推开了他的手："我知道，你是她的人。"

　　钱不换眼睛骤然睁大，伸出的双手僵在原地。

　　"如果你不是她的人，"王玄真扭过脸，满脸泪痕中神情狠戾，"你以为你凭什么在我身边能待那么久？"

　　钱不换脚步钉在原地，眼睁睁地看着王玄真一步步走远。

　　王玄真脚步踉跄，恍然大悟。他的一生除了父母亲，从来就没有从任何人手上获得过爱，永远地交织在权力与欲望的旋涡中，不得超生。

　　那么……也该是时候了。

　　宫里起了一把火，原来是种金花茶的地界，才烧过，刚翻了土，又是烧得干净，幸而圣上仁慈，不曾责怪。

"权力，比世间任何的东西都要可怕，"烛火闪动在林琦清秀白皙的面上，映出林琦澄澈的目光，韩逢望着他，低声道，"我不求王权富贵，只想与你共看山河，君子之交。"

"嗯。"林扭过脸，抬手描摹韩逢的轮廓，慢悠悠道，"说再多的好话，也别指望明日的早膳有你的一份。"

——"所以我就说权力真是最可怕的东西！"

第二章
· 极速过弯 ·

在这个小世界里，林琦与韩逢二人游遍了大江南北，看遍江山美景，两人结伴而行，在各地留下了许多诗词绘画，一时传为美谈。

这一世，林琦过得自在极了，就连离世时，他面上也带着满足的笑容。

从工作舱醒来后，面对空荡荡的四周，林琦的心里迎来了巨大的空虚。上一刻他还与韩逢在平静的湖面垂钓，这是他第一次在小世界"变老"，并不焦虑，幸福而平静，可下一刻睁开眼，望着面前透明的工作舱，虚幻感从未如此强烈。

仿佛他在小世界度过的一生只是一场幻梦。

林琦伸出手触碰了透明的舱顶，冰凉的触感令他微微一怔。他闭上了眼睛，面前韩逢的脸是如此清晰。

韩逢老了，乌黑的发间冒出了银丝，细小的皱纹包裹着他锐利的眼，令他的目光更加深不可测，可每当他望向自己时，总是那样柔和。

这是真的。

一切都是真的。

林琦度过了很值得的岁月。

"系统，走吧。"

想快点再见到他。

引擎的轰鸣声从耳边一闪而过，尘土扬起一片黄沙，林琦从通道里走出，神色有点恍惚。在古代过了数十年，都快忘了现代社会的样子。身边的经理人以为他是怀念以前在赛场的日子，笑道："怎么样，熟悉吗？"

沙土扑鼻，林琦屏息了一瞬，淡淡道："不记得了。"

"哈哈，你小子。"经理人拍了下他的背，目光望向蜿蜒的赛道，"小钟还有两圈，马上结束，你也瞄两眼，看看他的风格合不合你眼缘。"

"不用看了，"林琦微笑了一下，"我现在没得挑。"

一辆水蓝色的赛车迅猛地停在不远处，车门打开，颀长的身影从车上下来，漆黑的头盔侧面金色的闪电在阳光下反射出刺眼的光，林琦眯了眯眼睛。

经理人道："来了，快过去！"他已经先小跑到赛车面前，兴奋地与下车的钟宴斋比手画脚地说话。

钟宴斋戴着头盔，眼睛眨也不眨地望向不远处的林琦，完全没有听经理人说话的意思，大步流星地朝林琦走来，脚步过快在身后扬起了尘土。身后的经理人"哎"了几声，原地愣住都忘了跟上去。

林琦手插在单薄的夹克里，面容淡然地望着面前高大的男人，压下的嘴角掩饰住内心的激荡。

一双清透明亮的眼睛透过黑色头盔凝望着林琦，林琦不闪不避，目光直直地迎了上去。

钟宴斋抬手摘下头盔，露出英俊桀骜的脸庞，汗水从他乌黑短硬的头发中顺着额头流向高挺的鼻梁。

"钟宴斋。"

"林琦。"林琦轻声道。

又见面了，林琦在心里默默道。

"小钟。"经理人反应过来，已经跑了过来，对钟宴斋兴奋笑道，"你俩已经做过自我介绍了吧，用我再给你具体说说不？"

"不必了。"钟宴斋垂下手里的头盔，抬手去解手套，手不够用，他低头用牙齿咬开了封带。他的眼睛一直紧紧盯着林琦，从手套里抽出手之后直接将林琦插在夹克口袋里的手拉了出来。

林琦只觉钟宴斋锐利的目光在他身上一闪而过，整个人就被用力拉着走了。

经理人莫名其妙，留在原地，张口吃了一口扬过来的沙子又闭上了嘴……是没他什么事了吗？

钟宴斋沉默地迈着快速的步伐，将林琦一路拉到训练场的休息室，进了休息室，头盔也来不及放下，直接把林琦按到了门背后，金属门"哐"地发出巨大响声。

林琦没想到还会有这一出，肩膀撞到门上，这一下，肩膀一定青了。

四目相对，属于这个世界的点滴霎时充盈在了两人的脑海中。

林琦，退出赛场转职为领航员，他所组成队伍的车手就是这个世界的男主角钟宴斋。

这个世界的林琦与钟宴斋是完全相反的两个人。

林琦，出身草根，为人粗鲁，年少成名，折载于半途，在名利场兜兜转转，见过不知多少形形色色的男男女女，最偏爱的就是漂亮纤细的模特。他是名声在外的风流浪子，赛车带给他速度，场外灯光媒体的偏爱则带给他激情。

钟宴斋，母亲早逝，父亲出家为僧，在成为赛车手前，他是一个当之无愧的好学生，像他苦修的父亲一样吃素又禁欲，极度自律与苛刻，眼里容不下半点沙子，成为赛车手后，赛车就是他的情人。

这样的两个人碰到一起，自然就是火星撞地球。

性格迥异的两人在起初的磨合阶段几乎天天在争吵，时时在约架的边缘，可惜越走越近的两人却连一场正式比赛都没等到——正式开赛前，林琦在一次野外漂流中意外身亡了。

他是钟宴斋称王序幕上的序曲，早早地退了场，只留下一个休止符。

林琦死后，钟宴斋蓦然回首才发现他失去的到底是什么。

再次见到这个人，见到这个人颓废又不在意的样子，钟宴斋不再像以前一样产生那种被冒犯的不悦感，而是庆幸，深深地庆幸他们还有重新再来的机会，完成他们曾经未完成的心愿。

"做我的领航员会很辛苦，"钟宴斋轻声道，"你做好准备了吗？"

林琦痞气一笑："当然。"

将对方的衣领用力揪紧，钟宴斋的眼里射出光芒："你最好认真一点。"

林琦笑容不变，神情逐渐变得犀利。往日的荣光依旧照耀着他，他是受伤的雄狮，而非任人摆布的小猫。他说："以后你会知道我有多认真的。"

钟宴斋松开手，林琦立刻装模作样地"嘶"了一声，在钟宴斋的目光中故意扭了扭肩膀："挺疼的，这算工伤吗？"

钟宴斋冷冷瞥了他一眼："要送你去医院吗？"

林琦："那倒不用，给点医药费就行。"

钟宴斋："你很缺钱吗？"

林琦自嘲一笑："我现在穷得除了一张帅气的脸，已经一无所有了。"

钟宴斋想起刚认识林琦时林琦落魄的场景，不由得沉默了一下，背对着林琦打电话给经理人。

经理人接到钟宴斋的电话说人回去了，他一脸蒙道："回哪儿去？你不满意？小钟，林琦可是前职业，他来做你的领航员……"

"我很满意，"钟宴斋道，"就他了。"

钟宴斋为人挑剔，对前面几个来面试的领航员都很不满意，这下总算搞定了。经理人呼出一口气："行，那你意思是人你带走了呗？"

"对。"

"行，好好沟通交流，林琦脾气可好了。"

"嗯。"

钟宴斋挂了电话，望了一眼正对他谄媚讪笑的林琦，哼笑了一声。以他对林琦的了解，他知道林琦现在这不叫脾气好，这是一分钱难倒英雄汉。

林琦没地方去，钟宴斋直接把他带回自己家。

车停在了钟宴斋别墅的车库里，钟宴斋拍了一下林琦的肩膀："醒醒。"

林琦迷迷糊糊地睁了眼："到家了？"

钟宴斋嘴上不由得损道："哪个家？"

"四海为家。"林琦像是彻底醒了，晃了晃头，打量了一下钟宴斋的豪宅，"地方挺大啊，这些年挣不少钱吧。"

钟宴斋对林琦的粗俗市侩早就习以为常，手扶在方向盘上，这个动作能让他觉得安心。

"赛车对我来说不是赚钱的工具。"

"哦？"林琦乐了一下，看上去没心没肺，"那你把这栋房送我呗，我正缺这么一套大房子。"

钟宴斋上下打量了他一下："你现在还不值这个价钱。"

林琦对双百分的钟宴斋表示他早已将一切都看透，眯眼道："还差哪儿？"

"差得远了。"钟宴斋淡淡道。

"下车，你的房间已经准备好了。"钟宴斋拉开车门，保留了一点没被狗吃了的绅士风度，过去给林琦开门。

林琦道了声谢。

别墅内旋转楼梯，台阶一眼望不到头。

钟宴斋道："你的房间在楼上。"

林琦仰头："挺好。"又问钟宴斋，"你住楼上还是楼下？"

钟宴斋道："我住你隔壁。"

林琦点头表示赞同："咱们要在接下来的生活中磨合出足够的默契，住隔壁最好。"

钟宴斋带林琦上楼看他的房间。

一开门，林琦就愣住了。

钟宴斋准备的房间完全符合他的喜好，就连角落的摆设都是他喜欢的。

"平常这间客房基本没人住，没怎么收拾，你凑合住，有什么不合心意的地方自己改动。"钟宴斋随意道。

林琦知道钟宴斋一定是做了很充足的准备才能把房间布置得这么好。他很想告诉钟宴斋他很喜欢这个房间，也很感动，但碍于林琦的人设，也只能是回道："寄人篱下就不那么瞎讲究了。"

钟宴斋皱了皱眉，在看到林琦对房间内的小摆件好像无意又像是有意地摸来摸去时，立刻明白林琦也只不过是口是心非而已。

"早点休息。"

钟宴斋关上了门。

一道薄薄的门内外，两个人做了个一样的动作——仰头深吸了一口气。

林琦现在才不需要伪装，可以露出真心的喜悦的表情。

——能再次遇见他……真的很好。

两人同时这样想着。

第二天早上，早饭是清淡的粥，很好地照顾到了林琦这个饮食不规律的常年胃病患者。

林琦边喝边想钟宴斋属于什么类型，嘴上不饶人，其实做事很细心，这叫什么来着……

"吃饭就吃饭，"钟宴斋低着头喝粥，一手划着手机屏幕，"一大早发什么呆。"目光落在林琦嘴唇上，哂笑道，"我这里包住不包吃，早饭五十块。"

"咳！"林琦一口温粥呛住了，低着头捶心口咽下去之后，"五十块？抢钱啊？"

钟宴斋冷了脸低头看手机："逗你的，给你提提神。"

林琦无语，又喝了一口粥，探头跃跃欲试道："你看什么看得那么专心？"

钟宴斋抬眼，翻过手机，手机屏幕上一长串的经文看得林琦眼花缭乱目瞪口呆：硬核赛车手就得念经。

吃了早饭，林琦感觉自己身上的活力也全都回来了，对钟宴斋道："有空吗？劳驾送我回去。"

钟宴斋抽了纸巾擦嘴："走。"

林琦住的地方离钟宴斋的别墅大概半小时车程。

这半小时就是内环与外环的区别，也是最堵的一段，任再好的赛车手被淹没在水泄不通的堵车大队中也是动弹不得。

林琦坐在副驾驶座一脸悠闲，还不忘嘲笑钟宴斋的无能为力。

钟宴斋摇下车窗，单手靠在窗上，漫不经心道："你以为演电影，几个镜头剪辑过去，一脚油门，车'嗖嗖'地穿过去。"

"不要为自己的能力匮乏找借口，你下车，我来……"林琦冲他招了招手。

钟宴斋正要怼回去，林琦的手机响了。

林琦接了电话。

电话那头传来咆哮的男声，林琦连忙将手机拿远了。

"死哪儿去了你，不回来也不打声招呼，你当我这里是旅馆啊！"

钟宴斋听着里头不断传出的连珠炮似的声音，拧着眉打开了车上的播放器。

一段低沉的梵音从播放器内传来，手机那头的人似乎也听到了，沉默一瞬后，清清楚楚地问："林琦，你在哪儿呢？"

"寺庙。"林琦干脆开了免提回复。

对面的人顿时一阵沉默，良久才缓缓道："你在逗我？今天你不到，我就把你东西全扔垃圾回收站了，给我滚出我的家！"

林琦悄悄用余光看了钟宴斋一眼，钟宴斋面无表情，右脚放在刹车上，四平八稳地缓慢收放。

林琦回答道："你放心，我正在来，路上堵车。"

"你最好快点，没那闲工夫等你！"

电话那头的人不客气地挂了电话。

林琦放回手机，继续没事人一样道："下来下来，换我开。"

钟宴斋不理他。

车流到了分岔口，打了个大弯，终于也不那么堵了，钟宴斋猛踩一下油门加速，差点把林琦从安全带的束缚中给甩出去。

林琦弹回来后瞬间心虚，这也不能怪他，一个世界有一个世界的人物背景，他拉了下安全带，咂了下嘴，扭头望向车窗外飞速飘过的绿化带。

"朋友，"钟宴斋忽然道，"你欠他钱了？"

林琦差点又要被自己的口水呛到，怎么在钟宴斋心里他就是一这么欠钱不还的恶劣人物啊？

虽然上次做任务的时候，他挺专注任务没怎么在意钟宴斋的心路历程，但也没有去乱搞，怎么就给钟宴斋留下这种印象了？

林琦憋了一会儿才道："不是，他就那脾气。"

钟宴斋松了口气，语气略微柔和了一点："我习惯有事说事，不把情绪带工作里。"

"那当然，咱俩是同事，肯定得互相客气。"

钟宴斋用力攥了下方向盘，太阳穴青筋嘣嘣地跳："我不是这个意思。"

林琦嬉皮笑脸："我懂，我懂。"

林琦借住在一个朋友家。这朋友是个模特，拍平面的，盘亮条顺，觉得林琦外形条件不错，想拉林琦入行，其实也就差临门一脚，林琦心里还是想回赛车这行，一直在犹豫。

钟宴斋的经理人找他前，他其实已经答应这朋友去模特行业试试，现在他反悔了，他朋友当然不爽。

公寓楼下。

"谢了。"林琦推开车门要下车，手臂被钟宴斋拉住。

林琦回头，钟宴斋一手放在方向盘上，冷着脸道："过会儿去公司签合同。"

林琦冲他夸张做作地挑了下眉毛："放心，不会跑路的。"

钟宴斋："十分钟。"

林琦："行。"

林琦马不停蹄地进了电梯，对着电梯里的反光壁调整了自己的表情，让自己尽量看起来不那么浑蛋又欠揍，争取能做到"零伤亡"结束战斗，拿了证件就走。

公寓门外的密码锁林琦按了两次都发出了刺耳的错误提示音，他无奈地抬手要敲门，手刚举起来门就开了。

高高瘦瘦白白净净的男人站在门内，眼睛狠狠瞪了林琦一下："滚进来！"

林琦差点被他吼得一哆嗦，镇定道："不用了，你把我房里那个黑色的双肩包递给我，我就不进去了。"

小麦上下打量了一下林琦，忽地变了脸色："你昨晚在哪儿过的夜？为什么不接我电话？身上衣服哪儿来的？"

林琦被这一连串问题差点给问蒙了，心想这语气怎么跟捉奸似的，面不改色道："不就是'鸽'了你介绍的工作嘛，没必要这么生气。"

"烂人！"小麦又气又恼，"你知道你这一鸽，我要赔多少钱吗？"

林琦也过意不去："对不起……我现在手头有点紧……"

"不要跟我说这些废话，没钱就别想拿回你那些证件。"

"叮！"

身后电梯响了。

面色不善的钟宴斋冷淡道："需要帮忙报警吗？"

林琦："……"兄弟，救命。

问清楚是钱的事之后，问题就好解决多了。钟宴斋当场就给小麦打了钱，斜睨了林琦一眼："现在你的债主是我了。"

林琦："从我工资里扣吧。"

拿到钱之后，小麦立刻就变回了高冷小模特，素着一张脸，用播音腔一样的语调道："自便吧。"

林琦侧身进了公寓，去拿自己的证件。

他一进去，留在门外的两人立刻目光就对上了。

小麦的神经炸了一下，这人的眼光好厉。

"你好，我是林琦的朋友，小麦。"小麦矜持道。

钟宴斋若有所思地瞟了他一眼，简略道："钟宴斋。"

"你是林琦一个圈的吧？"小麦跟着林琦也见过不少赛车圈内的人，他在钟宴斋身上感觉到了相似的气场。

"嗯。"

"呵呵，以前没见过你，也没听林琦提起过。"

"刚认识。"

"哦，这样啊，你替他赔钱，不怕担风险？他这个人可没什么信誉可言。"

"我不这么认为。"钟宴斋往前迈了一步，自然地伸手摘下林琦肩膀上的背包挂在自己手臂上。

林琦一头雾水："你俩聊什么呢？"

"呵呵，"小麦笑了一下，笑得犹如一朵小白花，"没什么，随便聊聊。"

"我走了，"林琦对小麦道，"你保重。"

解决了历史遗留问题，林琦跟钟宴斋回去了。

车开了十多分钟，林琦才鼓起勇气道："不好意思，今天给你添麻烦了。"

钟宴斋无动于衷，面部神情稳定地开着车。

林琦看了他两眼，又补充道："我不是故意要放他鸽子，你放心，我对工作的态度很认真。"

方向盘猛地打向右侧，钟宴斋猛踩了一下刹车靠边停下了车，对僵硬的林琦缓缓道："你不用解释，我只看行动。"

林琦滚了滚喉结，咽了下唾沫："懂了。"

钟宴斋扭过脸："你的过去与我无关，将来才是重点。"

车重新回到了主干道，林琦靠在车椅上"挺尸"，过了一会儿，悄悄伸出手打开了车载播放器。

柔和的梵音响起，林琦用余光看了一眼钟宴斋，发现钟宴斋的脸色更差了……

车又行驶了几分钟，林琦忽地小声道："这年头找工作也太不容易了。"

钟宴斋就没见过一个人说话能像林琦那么欠揍，语气欠揍，表情欠揍，哪儿哪儿都欠揍。

合同签得很顺利，经理人一脸看摇钱树的表情看并肩站着的林琦与钟宴斋，笑得阳光灿烂："黄金搭档，天下无敌，我看好你们！"

"谢谢。"林琦也笑得挺开心，只有钟宴斋，从下车开始就一脸便秘的表情。

"要有什么困难，你尽管提。"经理人对林琦和颜悦色道。

林琦心念一动，故意道："我现在暂时缺个住的地方。"

"那容易。"经理人一抬手，大拇指对着自己豪气道，"我那儿有一套房子空着……"他声音越来越小，在钟宴斋杀人的目光中一百八十度转了个弯，"但是最近正好租出去了。"

林琦面露遗憾，扭头看了两眼会议室："公司挺大的，我在这儿打几天地铺，找到房子我再搬过去。也就没几天的事，我快点找。"

经理人看了一眼手插口袋谁也不爱的钟宴斋，小心翼翼道："小钟房子挺大的，要不你在小钟家凑合两天？"

林琦还没回答呢，钟宴斋已经开了口，淡淡道："我随便。"

"哎！好！就这么定了！"眼色满分的经理人欢天喜地道，简直是如释重负。

林琦跟钟宴斋回到地下停车场，钟宴斋开了车门上车，林琦却没上车，弯着腰靠在车窗上，脸上挂着吊儿郎当的笑容："喂，住你家，是怕我跑了吗？"

钟宴斋扭过脸，目光不屑："你试试。"

林琦："算了……"

回到钟宴斋的别墅，钟宴斋进门就上楼，一副完全不想理林琦的样子。

林琦站在旋转楼梯下，嘴张了张又闭上了，既然都这么拽了，倒是别拿着他的包啊。

没几天，两人就投入了训练。

赛车是项体力活。

黄沙短道训练场是最近新开的训练场，模拟沙漠地形，很受车手们的欢迎，林琦第一次和钟宴斋见面就是在这儿。

休息室内，林琦和钟宴斋都在换衣服。即使只是训练，他们也一样要全副武装，第一是为了模拟实际比赛的负重，第二是为了安全，训练场开翻车的事件屡见不鲜，赛车专用的头盔和赛车服能很好地保护车手。

钟宴斋在这个训练场有专用的衣柜放赛车服，用钥匙一打开，两件一模一样的藏蓝色赛车服静静地挂在里面，漆黑的头盔放在赛车服下面的隔板上，侧面一道暗金色的闪电，最下面是两双赛车鞋。

所有的一切都是成套双份。

林琦抱着手道："什么时候准备的？也不给我量量尺码，万一不合适呢？"

钟宴斋取下其中一件往后一扔，林琦眼疾手快地接住了沉甸甸的赛车服。

钟宴斋斜睨道："不合适就改。"

林琦的衣服尺寸钟宴斋怎么可能不清楚，他们曾经是最坏的搭档，也是最好的搭档。

林琦轻咳一声，放下赛车服，扭过身脱裤子。他和钟宴斋一样都个子高挑，手长脚长，黑色内裤下面一双修长有力的腿利落地钻进赛车服的两个裤脚，站起身才开始脱外套和衬衣。

钟宴斋侧着脸盯着林琦，等林琦穿好赛车服后也没有挪开目光。

林琦长得很不错，眼睛锐利，眼神却总是漫不经心，鼻梁很直，嘴唇比常人略微厚一点，有种天然的肉感，浑身上下都弥漫着坏小子的气息。

这种不羁与自由被一身严丝合缝的赛车服紧紧束缚住了，矛盾得很吸引人。

领航员与车手之间最重要的就是建立默契与信任。

赛车是一项极度危险的运动，拉力赛尤甚，惊险的地形开错一步，都有可能发生车毁人亡的事故。

一旦某个领航员坐到了某位车手的副驾驶座上，就意味着将自己的生命交给了这位车手，领航员必须信任车手的实力，车手也必须相信领航员的指示，两人之间相辅相成，是一种微妙拉扯的平衡。

这个黄沙短道钟宴斋已经独自开过三次，他有很强的记忆天赋，三次对于短道来说，足够他将所有细节记得一清二楚。

"准备好了吗？"钟宴斋通过头盔内置的耳麦对副驾驶座的林琦道。

"OK！"

懒散的声音透过耳麦传来，沙沙地刮过钟宴斋的耳膜，他抬手按下头盔上的护目镜，手攥了攥方向盘："坐稳了。"

蓝色的赛车如水流般极速开出，在短短的几秒内完成了提速，轮胎卷起的黄沙猛烈地打向车体，发出冰雹落地般的声音。

林琦全程一言不发，表情是罕见的严肃。

场地内，一辆辆赛车迅猛地交叉而过，引擎轰鸣的声音即使隔着头盔依旧能让人的太阳穴都跟着直跳。

太快了。

这样的车速，这样的稳定——钟宴斋真是个天才。

车重新回到了起点，钟宴斋停下车后问林琦："感觉怎么样？"

林琦轻笑了一声："哥们，千万别让我以外的人坐你的副驾驶座，否则他一定会被你迷晕。"

钟宴斋的呼吸声透过耳麦匀速传来，他没接话，直接摘下头盔晃了晃头，甩去发尖上的汗。

林琦也跟着摘下了头盔，放松了下脖子："再开两段？让我多熟悉熟悉你的驾车习惯。"

之后几天都是固定的上午过去上车磨合，下午去健身房锻炼，对于赛车手来说，必须保持体重和核心肌肉群的发达。

林琦坐在座位上，双手握住拉杆，边深呼吸边慢慢拉下拉杆，做这个动作的时候，背部肌肉收缩紧凑，黑色背心外露出的肩胛肌肉漂亮又紧实，克制的力量——这是钟宴斋在看到林琦时最贴切的形容。

"呼——"连续拉了二十下之后，林琦松了手，他的左手臂受过一点小伤，不致命，依然很有力，只是在细微反应时有点迟钝，像这样剧烈运动后还有点发麻。

林琦皱着眉甩了下手。

钟宴斋放下杠铃，一声不吭地过来攥了林琦的左手，食指骨节屈起放在林琦的大臂上，有目标地点按着。

一股酸麻的感觉透过皮肤传进肌肉，林琦忍了一下没忍住，小声哼了几下。

钟宴斋给林琦按了五分多钟，林琦才感觉到发麻感逐渐减轻了，对钟宴斋露出一个大汗淋漓的灿烂笑容："谢啦，手艺不错。"

"不舒服就少练点。"钟宴斋改按为揉，给林琦的肌肉放松。

林琦坐得很直，笑容还是一如既往的吊儿郎当："越是不舒服，越是要练。"

钟宴斋手顿了一下，深栗色的眼珠透过浓密滴汗的睫毛轻轻看了林琦一眼，他自己都没发现，他这一眼藏了多少惋惜之情。

如果林琦没有受伤，那他在赛车上将会走多远，谁也想象不到。

林琦假装没心没肺看不懂，嘻嘻哈哈道："熟能生巧，你看咱俩现在那个不就配合得越来越好了。"

钟宴斋冷着脸敛眸，用力拍了一下林琦的肩膀，吐字清晰："滚！"

第三章
·并肩作战·

出了健身房，林琦向钟宴斋建议去吃日本料理。钟宴斋对这些琐事没有任何意见，不说好，也不说不好，冷眼旁观林琦眉飞色舞地向他描绘那家馆子有多好吃，里面的和牛有多绝。

"老板，请客吗？"林琦笑嘻嘻道。

钟宴斋斜睨了他一眼，嗓音磁性："你这是——讹上我了？"

"朋友请客的事怎么能叫讹。"林琦捋了一把吹得半干的头发，灿烂道，"昨晚那两碗面不是我付的？我还给你多加了份青菜呢。"

傍晚的夕阳将天边染成一片胭脂红，林琦身形修长，单手甩在肩上拎着背包，露出了雪白的牙齿。

"不去，"钟宴斋扭过脸，无情地迈开了步伐，"我吃沙拉。"

林琦拉住了他，嬉皮笑脸地贴在他身边："这不巧了嘛，那店里的沙拉也贼好吃……"

人均三千的日料店包厢充满了和风味道，传菜的服务员甜美可人，轻声细语地介绍着菜品，林琦撑着脸笑眯眯地看着她，眼神过于明亮和坦荡，让二十出头的姑娘红了脸。

"行了，"钟宴斋放下浓绿色的茶杯，"你出去吧，我们这儿不需要服务。"

姑娘双手撑着榻榻米优雅地站起身，小脚迈着碎步后退出包厢，轻轻拉上纸门。

林琦撑着脸望着纸门外跪坐的美丽影子，挑眉道："高级馆子的小妹就是不一样，又好看又温柔，讲话又好听。"

钟宴斋受不了林琦这个吊儿郎当的样子，面上风平浪静，把茶端到嘴边，淡淡道："这餐我们各付各的。"

林琦收回目光，可怜兮兮地看了钟宴斋一眼："哥哥，小弟如今手头拮据……"

钟宴斋垂眸："高级馆子就这个消费，消费不起可以走人。"

林琦"喊"了一声。

钟宴斋的沙拉上得快，一口一口开始"吃草"，嚼得很清脆，他分明脸上没什么表情，也没在看林琦，林琦还是感到周身一阵凉意。

过了一会儿，漂亮的服务员上来送上林琦心心念念的和牛。服务员放下和牛，很职业地对林琦露出一个温柔笑容，林琦也是习惯性地对她回了个微笑。

落在钟宴斋眼里，这就叫眉来眼去。

他真是讨厌林琦招蜂引蝶游戏人间的性格，他拧起眉，一叉子戳入旁边装饰的圣女果上，"噗"的一声吸引了林琦的目光。

林琦嘴里含着一块和牛，带着奶香的油脂味道在口中化开，他忽然道："问你个事。"

纸门关上的声音传来，钟宴斋漫不经心地叉着碗里七零八落的蔬菜："什么？"

"你凑过来点儿。"

钟宴斋瞟了他一眼，看林琦的脸色就知道不是什么好话："直接说。"

林琦坏笑了一下："你成天吃斋念佛，是不是皈依佛门，打算终身不娶了？"

钟宴斋喝了口茶，淡淡道："我已经结婚了。"

林琦大吃一惊："我怎么不知道？"

上一局也没听说钟宴斋和人结婚了啊。

"赛车就是我的另一半。"钟宴斋平静道。

这种话其他人说出来可能就会显得有点装，而从钟宴斋嘴里说出来，却是那么自然，自然得像是刻进了他的骨血里一样。

林琦顿了一下，轻声道："我也是。"

钟宴斋没说话，拿手里的茶杯碰了碰林琦桌上的清酒杯。

一切尽在不言中。

付账的时候，钟宴斋刷卡签字，服务员一直脸红红的，嘴角是憋不住的笑意。

林琦饶有兴致道："妹妹，我朋友是不是很帅？"

钟宴斋和服务员姑娘同时望向他。

姑娘轻笑了一下："是的，先生，您二位都很帅气。"

钟宴斋签完了字起身："谁是你朋友？"

"债主，行了吧。"林琦也起身，手插着口袋摇摇晃晃，笑道，"你供我吃供我住的，这还不算朋友？"

"供吃供住就是朋友？"服务员拉开了纸门，钟宴斋俯身穿鞋，淡淡道，"这叫冤大头。"

服务员又忍不住勾唇笑了一下。

林琦也凑过来穿鞋，觍着脸道："别这样嘛哥哥。"

"你比我大两岁，谢谢。"钟宴斋起身，林琦也跟了上去，勾上他的肩膀跟他说话。

服务员在他们身后又笑了一下，心想这两个帅哥真有意思。

林琦适应了钟宴斋的驾驶风格后，就轮到钟宴斋来适应林琦了。拉力赛旅途漫长，地形复杂，车手对于路段不可能全记在心里，这个时候领航员的作用就显得极其重要。

每个领航员都会制作有个人风格的路书，根据自己的路书来及时地向车手传递路况信息，甚至指挥车手，领航员就是车手的眼睛与大脑，一个出色的领航员甚至能左右一场赛事的胜负。

极限竞速的运动中，差距往往就在那么微小的一点时机，能抓住这个时机，就能赢。

林琦其实心里有点没底。

这个世界其实严格来说应该算是双男主角。

林琦死了之后，钟宴斋会遇上真正与他旗鼓相当的天才领航员贺尧，两人在赛场上合作默契，是"天生的一对"，钟宴斋在拉力赛称王的时候，身边站着的并不是林琦。

上一回林琦死后，钟宴斋直接放弃了赛车，根本都没来得及遇上贺尧，小世界承受不住男主角的世界线扭曲，崩了。

林琦制作了他们这几天跑了几次的黄沙短道路书给钟宴斋过目，钟宴斋边翻边听林琦跟自己解释他的语言习惯。其实钟宴斋一刻都没有忘记过林琦的口头禅，听完之后，他点了下头。

林琦说得口干舌燥，端了杯子喝了口水，跷了个二郎腿："黄沙短道你很熟了，这两天我们飞外地，热山新开了个训练场，很不错，正好合适。"

"行，"钟宴斋合上路书，"听你的。"

林琦端着杯子，指尖在杯壁清脆地敲了一下，歪头笑道："有这么听话的合作伙伴，那我可太省心了。"

钟宴斋没有反驳，拿了林琦手里的水杯喝水，心想，有这么不听话的合作伙伴，也是够糟心的。

林琦一直悄悄用余光打量钟宴斋，透过透明的杯壁看到钟宴斋的嘴角微不可察地扬起，他也笑开了。

两人很快收拾了行李，一起坐上了去外地的飞机。

一般都是领航员照顾车手的起居生活，轮到他们两个身上却是颠倒了过来，从机票到酒店，钟宴斋全包圆了。

落地之后，钟宴斋带着林琦从 VIP 通道出去，对他说："我叫了酒店的车。"

"我叫了朋友来接。"林琦道。

钟宴斋推着行李，敏锐道："什么朋友？"

林琦举起左手三指做发誓状，表示自己的清白无辜："训练场的管理人。"

钟宴斋没继续盘问，掏了手机打电话取消了酒店的车。

大牌子上鲜红的字体连拼音带中文，在接机人群中特别显眼。

"琦——琦——宝——贝？"钟宴斋一个字一个字地读了，眼神扫过身后的林琦。

林琦又举手发誓："我就跟他通过电话，真的！"

钟宴斋转过头，大步流星地向前走去，对林琦嘴里说出来的话是一个字都不想信了。

林琦也很冤枉，他说的都是实话啊，推着行李忙跟了上去。

钟宴斋走到牌子前，林琦紧随其后，抢先道："是成老板吗？"

牌子往旁边一挪，露出一张黝黑的英俊脸孔，成风对林琦露出了个大大的笑容："哈哈，琦琦！真是你！"

成风张开手想抱林琦，手上牌子太大，又抱不了，拿着牌子原地跳了一下：

"你不记得我了？！"

林琦已经慌得要求救系统了，心想这谁啊？

"我是你粉丝啊，"成风急道，"2017 年你在汉州比赛，下车你甩了个手套出去，我接的，你还给我签名了呢。"

林琦慢慢从那些平面的剧情中找出了这个人物形象，恍然大悟道："是你啊。"

"可不是。你打电话过来的时候，我就想一定是你，没第二个林琦会约训练场了。"成风边说边去拉林琦的行李，"有地儿住了吗？干脆住我那儿吧，我还开了个度假村，就在训练场隔壁，全免费，保证给你安排得舒舒服服。"

"呃……没事，我们订酒店了。"林琦抬手勾上钟宴斋的肩膀，对一直被忽视的钟宴斋道，"是吧，小钟。"

成风似乎这才注意到林琦身边还有个钟宴斋，他瞟了钟宴斋一眼，眼神绝对不善："这是？"

"我的车手。"林琦道。

"哦。"成风随口应了一句，对林琦又热情道，"我给你接个风吧，度假村那儿都准备好了。"

林琦作为车手也是天才出道，曾经红的时候粉丝无数，走街上都有人能认出来要签名，现在长江后浪推前浪，林琦早就不知名了，能有个这么长情的粉丝还挺不容易。

林琦望向钟宴斋，手臂用了点力："小钟？"

"你去吧，"钟宴斋抬手拉开林琦的胳膊，"我回酒店。"

"那快走吧。"成风推着林琦的行李就往外走，一句话又是催林琦，又是赶钟宴斋。

林琦站在原地不动，对钟宴斋道："一起吧。"

钟宴斋道："别人接的是你，不是我。"

"你是我朋友嘛。"林琦随意道。

钟宴斋看了他一眼，目光闪烁，嘴唇动了两下："算了……"

最终两人还是分道扬镳，钟宴斋回酒店，林琦去度假村赴宴。

成风是真粉丝，张罗了一桌好酒好菜，还叫了几个当地的粉丝。林琦被一群人花团锦簇地围着，倒还挺高兴，喝了好几杯酒，没喝醉，只是兴致很高。最后一群人一起合了影，林琦站在中间，双手在胸前比着大拇指，笑得很开。

散席后，林琦要走，成风百般挽留："就在这儿住吧，这楼上还有桑拿，你蒸个桑拿，散散酒气，睡一觉，明天起来保证你精神百倍。"

"不了，我必须得回去，"林琦脸上有点醉酒的潮红，说话还是挺利索，"小钟在等我。"

成风看了一眼表："都十点了，肯定睡了。"

"不，他会等我的。"林琦笃定道。

成风一个粉丝拗不过偶像，还是叫手底下的员工开车装了林琦的行李，送林琦回酒店。

车上，成风和林琦一起坐在后座，成风说了真心话："你退的时候，我们一群人聚在一起，我喝了一斤白酒，心里特别难过。你给那个什么小钟当领航员，我真是不服，他凭什么？他配吗？"

林琦隐约能明白成风的粉丝心理，摇下车窗，让夜风吹了进来。他轻声道："说不定是我配不上他。"

"胡扯！"成风喝不少，急了，在座位上蹦了一下，"咣"地碰车顶砸了一下自己脑袋。

"老板，没事儿吧？"开车的员工着急道。

"没事没事……"成风捂着头顶，倒是清醒了一点，望向靠着车窗若有所思的林琦，"你给他当领航员还嫌不够，他是勒布还是麦克雷啊？"

"我没那么好。"林琦失笑道。

"放屁，"成风拍胸脯，"你就是最厉害的。"

粉丝这种东西，真是让人感到温暖，林琦笑了笑："谢谢。"

酒店离度假村不远，为了方便训练，钟宴斋订的时候就订得离训练场比较近，也就二十多分钟车程。

成风絮絮叨叨地吹了一路关于林琦的"彩虹屁"，给林琦都给吹质疑了，他想他的人设有那么厉害嘛他一工具人。

停车后，林琦推开车门下车，成风也跟着要下车，被林琦挡住了，对前面的司机道："送你老板回去。"果断地关了车门，对成风道，"谢谢你的招待，无论是作为车手，还是领航员，我都会努力的。"

成风趴在摇下的车窗上，在黑夜中迎风流泪："琦琦宝贝，我等着在赛场见你。"

林琦潇洒地挥了下手，一转身却愣住了。

钟宴斋就站在酒店门口，穿着白天在飞机上穿的那一身休闲服，手插在口袋里，静静地看着他。

林琦高兴地三步并作两步上前，忍不住口一花："等我呢？"

"嘀嘀"的电动车驶来，穿着蓝色外套的人操着一口口音浓重的方言道："小伙，是不是你叫的外卖？"

"是我。"钟宴斋伸手接过。

林琦挠了下脸："哦，原来是等外卖。"

钟宴斋没说话，低头嗅了一下，大概也知道林琦喝了不少酒，转身往酒店内走。林琦挂在钟宴斋胳膊上跟着往前走，脚步有点摇晃，其实他醉得不厉害，顶多就是微醺，就是一看到钟宴斋就忍不住黏着钟宴斋。

房间在八楼，钟宴斋拖着林琦进了电梯，电梯门快关上时，有人喊道："等等！"

钟宴斋按了开键，来人疾步进了电梯，对钟宴斋笑了一下："谢谢。"

钟宴斋点了下头。

那人看了钟宴斋和扒着他胳膊的林琦一眼，忽道："你是钟宴斋吧？"

"嗯。"钟宴斋道，也没有问对方身份的意思。

"你好，我叫贺尧。"对方倒是热情地自报了家门，伸出了手，"我也是一名赛车手。"

林琦听到这两个字顿时警铃大作地抬起了头，映入眼帘的是一张清俊的脸。

贺尧长得斯文俊秀，还戴了副眼镜，乍一眼看上去书卷气十足，跟个大学教授一样，完全不像是赛车手。

林琦忙抢在钟宴斋前面握住了贺尧的手："你好，我是他的领航员林琦。"

贺尧愣了一下，林琦的手因为酒精的作用很烫，也很有力，他看了一眼林琦绯红的脸，微笑道："你好，很高兴认识你。"

电梯"叮"的一声停下，贺尧转过脸望向外面，惊喜道："好巧，你们也住八楼，住几号房啊？"

两人握着的手被钟宴斋推了开来，钟宴斋拎着林琦的衣服后领往前走了一步出了电梯，回头对跟出电梯的贺尧冷冷道："与你无关。"

林琦窝在酒店套房的沙发里面，人静下来才觉得头有点晕，看来是喝的那些酒后劲上来了，胃也感觉到了不舒服。

林琦双手揉了下胃，嘟嘟囔囔道："小钟……"

钟宴斋把他人甩沙发里之后去哪儿了？

林琦费劲地挣扎了下，沙发是椭圆形，又松又软，他整个人陷在里面像只仰天摔倒的乌龟，不能自拔。

手忽然被拉住，林琦借着力道站了起来，又晕晕乎乎地被拉他起来的人按着坐了下去。钟宴斋把解酒药塞到他嘴边："张嘴。"

林琦还不算醉得意识全无，嘴一张用力把药抿了下去。

钟宴斋拿了桌上外卖袋子里的热汤面，倒在他刚刚从消毒柜里拿出来的大碗里，倒了三分之一后停了下来。

林琦靠在钟宴斋肩膀上，一手捂着肚子，眉头微拧，难得在钟宴斋眼里显得有点脆弱。

"吃点东西，胃不会那么难受。"

钟宴斋抬起碗，卷了面条喂林琦，林琦吃没几口，钟宴斋凑了碗过来让他喝汤，热热的汤里似乎加了醋，喝上去很爽口，林琦闭着眼睛吃了小半碗，终于人回了魂，睁开眼道："谢了，舒服多了。"

他瞟一眼打开的外卖袋子，小声道："我吃了你的夜宵？"

钟宴斋放下碗，抽了张纸给他擦嘴，动作不算温柔，很利落。

林琦扭过脸望向钟宴斋冷冰冰的脸，笑了一下："还是特意给我点的？"

没等钟宴斋回答他，林琦道："斋斋，你真好。"

钟宴斋想揍他。

之前叫他"小钟"，现在还叫他什么——"斋斋"？是不是飘了？

林琦还不知道危险就在他身边，傻笑了一下："我觉得你特别配。"

"配什么？"

"配当我的车手啊。"林琦自然道。

钟宴斋愣住。

"你很棒……你是个天才……"林琦醉得胡言乱语,头一歪,睡了过去。

房间内弥漫着食物的香气,即使是人来人往的酒店也有了一丝温馨的味道。

钟宴斋独自坐了很久,才低低道:"你也是。"

第二天林琦醒来,宿醉头疼得恨不得在床上打滚。

"你歇着,我去训练场看看,"钟宴斋拿了床边的外套,"有事打我电话。"

"别——"林琦猛地睁开眼睛,拉住了钟宴斋的手。

钟宴斋回头,神情淡淡。

林琦可没忘了昨晚遇见贺尧的场景。

贺尧可是双男主角设定的另一位男主角,对他的威胁很大。

面对钟宴斋冷淡的表情,林琦硬着头皮道:"别走,陪陪我嘛。"

钟宴斋:"……"

他弯下腰,手背碰了碰林琦的额头,又碰了碰自己的额头。

林琦:"……"别这样,他没发烧。

确认林琦不是烧坏脑子后,钟宴斋眼睛眯了眯:"你是谁?"

林琦满脸蒙:"我、我是林琦啊。"

钟宴斋眼神锐利,一言不发地紧紧盯着林琦。

林琦小心翼翼道:"你的领航员?"

钟宴斋刚一瞬间脑子有点往科幻的方向出走了一秒钟,很快又回来了,冷笑道:"不是琦琦宝贝吗?"

林琦:"……"也不是不可以。

迟疑了一会儿,林琦还是起身洗了澡,换好衣服,边穿袜子边道,"走,一起去训练场看看。"

钟宴斋想起昨晚他在门口等林琦的时候,林琦下车时对成风说他会努力的表情,很认真,因为认真所以格外迷人。

这个人总是懒散又随意,他的认真很珍贵,钟宴斋只看到他用在了赛车这件事上。

只要坐进赛车，无论是手握方向盘，还是坐在副驾驶位，林琦的表情永远都是那么严肃。

上一局，他和林琦无数次吵架中，有一次林琦差点和他动了手，因为他在和林琦吵架的时候扔了头盔。

"钟宴斋你这样也配赛车？！"

"你把赛车当比赛当游戏，你知道赛车对我来说是什么吗？是命！"

……

"好了，"林琦起身转了下脖子，"OK，走。"

钟宴斋滚了滚喉结，站起身对林琦道："走。"

两人先下去酒店的餐厅吃饭，很遗憾地被服务员告知午餐需要预约，餐厅已经没位置了。

"行，那咱们去我粉丝度假村那儿吃一口吧。"林琦提议道。

钟宴斋瞟了林琦一眼，林琦莫名感受到了压力。

"嗨。"

两人身后传来声音，林琦先回了头，内心差点没飙脏话，怎么到处都有他！

贺尧手臂里挂了一件西服外套，白衬衣黑裤子银丝边眼镜，浑身气质介于商务精英和文人之间，反正是怎么看怎么都与赛车手联系不到一起。

"你们是要吃午饭吗？我订了位，不介意的话可以一起。"贺尧似乎对两人很有好感，即使昨晚遇到了钟宴斋的冷脸，依旧笑得如春风一般。

"介意。"钟宴斋干脆道。

贺尧脸上的笑容淡了点，目光从笼统地看着两人，锁定到了林琦脸上："那林琦呢？"

"我……"林琦对钟宴斋拒人于千里之外的态度很满意，心情好了不少，正想委婉地组织语言拒绝贺尧。

贺尧又道："其实昨晚我没好意思说，我是你的粉丝呢。"

林琦："啊？"

"昨晚老成代表我们去接你了吧，我临时有点事，赶过去的时候，他们说你已经走了。"贺尧笑得有点腼腆，"我可是粉丝协会的副会长。"

林琦彻底震惊了，他开始怀疑自己的身份，难道他不是工具人，而是万人迷？这贺尧是不是在骗他？

"真的。"贺尧见林琦眼神略有点怀疑，忙掏出了随身带着的驾驶证件，打开里面有一张照片，边角都有点皱了，一看就有几年了。

林琦一看是他当年出道不久得奖拍的照片，右下角他的签名都褪色了。

林琦："还真是……"

贺尧开心地笑了一下："我能请你吃个饭吗？"

林琦悄悄瞄了身边的钟宴斋一眼，钟宴斋回了他一个眼神，眼睛里"嗖嗖"都快要飞出刀子来了。

"不喜欢这儿也行，"贺尧合上证件，露齿一笑，"咱们可以去老成的度假村那儿吃。"

林琦：别说了……刀已经插身上了，怪疼的。

林琦成名的时候挺高调，干了不少特立独行的事，诸如和组委会真人PK，在赛车服上涂黑他不喜欢的赞助商，在冠军奖台上脱下上衣挥舞，怎么轻狂怎么来。

少年天才，狂放不羁，全世界都管不住的一身反骨，这种个性招黑，也吸粉。

贺尧昨晚没赶上给林琦接风，心里遗憾得要死，没想到回酒店碰到了林琦，一开始林琦脸趴在钟宴斋手臂上，他还没认出来。

林琦一抬头，贺尧就被惊喜到了，只是他以为这次林琦来训练场是寻求复出，没想到林琦竟然转职成了领航员。

"算了，昨晚已经聚过了，还是不去了。"林琦艰难拒绝道。

贺尧脸上没有被拒绝的难堪，只是对两人又笑了一下："那我把位置留给你们，你们俩吃。"

"这怎么好意思，"林琦连忙道，"我们出去吃。"

贺尧对林琦克制地点了一下头，招了服务生道："请把我的位置转给这两位先生。"对林琦微笑道，"训练场见。"

林琦看着贺尧离开的背影，心中感慨，原来这个世界的贺尧是他的粉丝啊，怪不得贺尧车手出道也没受过伤，心甘情愿地做了绿叶去当领航员，这是追随偶像的脚步吗？

"走了。"钟宴斋转身进了餐厅。

林琦很意外，他以为依照钟宴斋一贯的作风，会扭头就走，打死不吃呢。

酒店的餐厅口味很不错，林琦边吃边夸，最后状似无意地问沉默的钟宴斋："你觉得这里菜怎么样？"

"还行。"钟宴斋喝了口水。

"我突然发现我粉丝还挺多的。"

"嗯。"

林琦见钟宴斋神色平静，心想钟宴斋怎么对贺尧的示好这么淡定呢，该不会是有什么无形的纽带化解了钟宴斋的暴躁？

林琦一顿胡思乱想，在去训练场的车上还在发呆，连车停下了都没发现，依旧怔怔地在想事情。

钟宴斋屈起胳膊轻推了下林琦，林琦恍然地颤了一下，望向窗外才恍然大悟道："到了。"

钟宴斋也不知道他走神在想什么——该不会是在想贺尧吧？

其实对于真心喜欢林琦的粉丝，钟宴斋没什么敌意，这些粉丝对于沉寂多时的林琦来说很珍贵，他们的心意，钟宴斋同样珍惜。

钟宴斋抿了抿唇。

两人下车后，猛烈的日光照下，林琦眯了眯眼，抬手遮住阳光："这地方确实不错。"

训练场依傍热山的地形，涉及了山路、丛林、河滩等多种复杂路面，非常适合训练拉力赛，冬天的时候这地方很早就开始下雪，又是锻炼雪地冰面拉力的好地方，成风的眼光不错。

"嗯。"钟宴斋也对这个训练场表示了肯定，面上神情有些跃跃欲试，"先试试路。"

林琦与钟宴斋进入训练场不久，等待多时的成风就迎了上来："奇奇，来啦！"

林琦当过经纪人，对粉丝的构成还是挺清楚的，伸出藏在口袋里的手对成风招了招："来了。"

有成风这个老板在，林琦与钟宴斋被大开方便之门，私人的 VIP 更衣室里应有尽有，连林琦要用的车都早早地预备好了。

"各种车型，你随意，我都给你留了。"成风笑呵呵道。

"谢了。"林琦道。他想问贺尧的事，想了想，当着钟宴斋的面还是没问。

"能出去吗？"钟宴斋道，"我们要换衣服了。"

成风瞟了钟宴斋一眼，内心很想把这高傲得跟什么似的人物给拖出去套麻袋暴打一顿，皮笑肉不笑道："加油，期待你刷新场地最短时间。"

成风出去后，林琦对钟宴斋道："别把他的话太放在心上，这么好的场地，得细着玩。"

"知道。"钟宴斋放下背包，面上没有半点生气的意思，波澜不惊。

成风准备的两套赛车服是红白配色，当年林琦出道第一场比赛就穿的类似的，头盔也是一色的红白。林琦掂了下头盔，调侃道："现在看这个样式可够土的。"

钟宴斋拉了下衣领，目光从林琦额前扫过，抬手拨了下林琦的短发。林琦扭过头，钟宴斋正对他笑，像是有点讥讽的模样："是挺土的。"

林琦"喊"了一声，上下打量了下钟宴斋。

跟不像赛车手的贺尧相比，钟宴斋就特别像赛车手，举手投足都散发着危险的荷尔蒙，那种不顾一切和冷静禁欲很好地融合在了他身上，配上一身红白的赛车服，硬生生地让钟宴斋身上多了一点青春活泼的味道。

总之就是一个字——帅。

林琦不计前嫌地夸道："你穿就不土，贼帅。"

钟宴斋扭过脸，双手捧起头盔："走了。"

林琦凑上前，在钟宴斋手上捧着的头盔顶上亲了一下："幸运之吻，希望今天顺利。"

钟宴斋慢慢眨了下眼睛，样子很迟钝，在两人并肩走出房门时，忽地轻而快地说了一句——"很好看。"

他说得很轻，林琦正漫不经心，差点都错过了这三个字。

对于钟宴斋难得的夸奖，林琦抿唇一笑。

车，林琦挑了一辆钟宴斋惯用的。

第一遍是勘路，尽管有成风一开始的挑衅，钟宴斋还是开得很稳健，林琦拿着纸笔记录路况。

在驶入密林后，身后引擎声骤然加大，一辆红白相间的赛车从钟宴斋这辆赛车身后如猛虎一般蹿出，溅起地上无数的碎石子和树枝，太快了，擦肩而过犹如闪电。林琦蒙了一瞬，才道："这个车也太快了吧。"

钟宴斋不为所动，依旧稳健地开了下去，一直跑回终点。

终点标志处，那辆红白相间的赛车已经稳稳地停好。

按照它刚刚行驶的速度，林琦推断这辆车至少比他们早到了半小时。

林琦边推车门边道："是哪位神仙跑这儿下凡来了。"

钟宴斋也下了车，抬手摘下了头盔，林琦也摘下头盔，目光凝神地望向那辆红白相间的赛车。

他与钟宴斋此时有共同的直觉——这人在等他们。

果然，赛车门打开了，一个穿着与钟宴斋和林琦一模一样赛车服的人下了车，他面对着两人摘下了头盔，柔软的短发在阳光下撒开，清秀的脸庞没了眼镜的遮挡看上去更干练也更锋锐。

"嗨。"贺尧笑着对他们招了招手。

林琦扭过脸看了钟宴斋一眼。

钟宴斋提着头盔面无表情地迎了上去，林琦连忙也跟着他的脚步过去。

地面柔软，走一步陷一步，钟宴斋走到贺尧面前："是你。"

"我等了挺久，真热。"贺尧对钟宴斋身后的林琦道，"里面有饮料店，我请你们。"

林琦直接道："你怎么穿得跟我们一样？"

"我一直都这么穿。"贺尧露齿一笑，汗从他发间流下，将他白皙的面容洗练得干净明亮，"为了纪念启蒙我赛车的偶像。"

林琦被这么直白的粉丝宣言给搞得老脸一红。

贺尧笑得更开了，目光移向钟宴斋："钟先生，行吗？"

钟宴斋静静地看着他："行。"

饮料店内人还不少，熙熙攘攘的，挺热闹。三人进来吸引了不少人的目光，林琦发现很多人其实看的都是贺尧。

三人坐了个半圆形的沙发，林琦坐中间，左手边钟宴斋，右手边贺尧。

饮料店单子很简单，一眼扫下去都能望到底，林琦看了一下道："我喝苏打水。"

贺尧道："我也喝这个。"

钟宴斋淡淡道："矿泉水。"

三人都坐在原地不动，林琦眨了下眼睛，站起身道："那我去点。"

"别，"贺尧拉了他的手臂，"我去吧。"

钟宴斋直接站起身走出去了。

林琦发现钟宴斋就是这个个性，不爱说，要做就直接去做了，典型的行动派。

林琦边笑边坐下，目光望着钟宴斋离开的背影，很是温柔。

"林琦。"贺尧轻声叫了他的名字。

林琦转过脸："怎么了？"

"其实我有件事想对你说。"

"有事就说，要签名还是要照片，还是要签名照？"林琦故意吊儿郎当地笑道。

贺尧却是神情肃然："林琦，我想你来做我的领航员。"

林琦怔住了，贺尧的脸上全然认真，一副屏息凝神的模样。

林琦嘴动了动，心里默默地组织了下拒绝的语言，刚要开口……

——"苏打水，你们要喝冰的还是常温的？"

身后沙发传来冷淡的声音。

林琦都不敢回头。

倒是贺尧从容地转过脸，对钟宴斋若无其事道："我喝常温的。"又问林琦，"你呢？"

"我……我也喝常温的。"林琦结结巴巴道。

身后如芒在背的眼神挪开了，林琦轻轻松了口气的同时，连忙对贺尧道："我已经跟钟宴斋签了合同，你还是自己再找个领航员吧。"

"违约金我可以出。"贺尧诚恳道。

林琦急了："这不是违不违约金的事儿。"

"那是什么？"不戴眼镜的贺尧显然没有眼镜装饰的柔和，锐气逼人，"我不比他强吗？"

一杯苏打水从天而降隔开了两人的视线，水蓝色的杯子里泛着咕嘟嘟的气泡，站在沙发后的钟宴斋道："是什么给了你错觉？"

事情开始朝着林琦没有预想到的方向发展。

钟宴斋与贺尧分别站在自己的赛车前，贺尧微笑了一下："这个场地我昨天已经跑了两次，比你熟悉，我可以让你五分钟。"

"不必了，"钟宴斋晒笑了一下，"我怕你输得不甘心。"

林琦站在两辆车的中间一脸为难，尽管他一再反对两人进行这种无意义的比赛，钟宴斋与贺尧倒是在这件事上达成了共识。

贺尧温柔道："你放心，我们不是拿你当赌注，只是随便切磋一下。"

钟宴斋冷漠道："有的人，不打不服。"

林琦："……"大家都是男主角，就不能和平相处吗？

两人约定跑回起点后再返回林琦这里的终点。

林琦无奈做了两人的裁判，在两辆车中间举起他的头盔，又往钟宴斋那辆车看了一眼。车前玻璃和面具玻璃两层遮挡，林琦不知道钟宴斋能不能看见他的表情，他用口型说了句"加油"。

然后，林琦看到戴好头盔的钟宴斋对他微微点了点头。

林琦扭回脸，心里似乎放松了很多，用力往下甩了头盔——"Go！"

两辆赛车几乎是同时喷射而出，留下一地的尘土硝烟，林琦扭过脸，心里默默道：小钟，要赢啊。

一场正式的赛车比赛，空中会有无人机和直升机全方位无死角地跟着全程直播，而现在林琦只能焦急地等在原地。他把赛车服脱了，系在腰间打了个结。他四处打量了一下，两三下爬上了饮料店门口的大广告牌，蹲坐在一座巨大的可乐雕像上眺望着远处。

从起点到这里，林琦来的时候记了时间，钟宴斋花了 107 分钟。

来回的话至少得 200 分钟。

不间断地有赛车停在饮料店，林琦坐在"大可乐"雕像上大声问下面的人："你们有没有碰上两辆比赛的车？"

下面的人抬头看个人先是吓一跳，随后大声回道："车太多！没注意！"

林琦沮丧地又望向远处。

又过了半个小时，终于有下车的人和同车的领航员聊起了："贺尧在跟人比赛。"

林琦忙从雕像上下来："情况怎么样？"

"你是谁啊？"来人也是吓了一跳。

听林琦解释说他是贺尧对手的领航员时，那人笑了："那你朋友倒霉了。"

林琦不解。

那人解释说贺尧昨天来的赛场，跑了两圈，不用领航员就刷新了赛场纪录，堪称怪物。

"太猛了，像我们这种习惯领航员的车手根本无法理解那种怪物。"那人拍了下林琦的肩膀，"等会儿好好安慰你朋友。"

林琦听他说了半天也没听到战况，于是追问道："那你看见他们谁前谁后了吗？"

"对面碰上的，肯定贺尧先啊。"那人道。

林琦急道："你没看错吧？"

那人道："那哪能看错，贺尧那车特显眼。"用头盔指了一下林琦，"跟你这衣服一个色儿。"

林琦无力地蹲下，抬手猛抓了一下自己的短发，不会吧，钟宴斋……钟宴斋会输给贺尧？

林琦恨不得自己现在立刻长出一对翅膀，飞到空中亲自监测两人的赛况。

本来林琦就害怕他这工具人会不会拖钟宴斋这个男主角的后腿，钟宴斋要是再比不过贺尧，那林琦都不知道自己在这个世界该何去何从了。

当工具人都当习惯了，林琦第一次感觉到工具人的无力。

林琦捂着肚子直接坐在了地上，一颗心就像是进了油锅，还是小火慢煎。远处一有尘土飞扬，车辆驶来的迹象让林琦就马上站起身，在看到不是他期待的车身时，他又泄气般地坐了下来。

如此反复了几次，林琦身边都聚集起了不少人，似乎很多人都知道贺尧正与一位今天刚来训练场的车手在比赛。

远处引擎的声音由远及近，林琦猛地站起身，他直觉——是钟宴斋回来了！

呼吸都快停滞，身边人欢呼的声音全变成了遥远的嘈杂声，林琦眼睛紧盯着飞扬的尘土，上身前倾，眉毛拧成了个死结。

弥漫的尘土散去，漆黑的赛车如划破夜空的闪电轰鸣着向人群驶来，林琦猛地跳了起来："钟宴斋！"

车身"唰"地打了个回旋，扬起一片碎石，稳稳地停在林琦侧边，停顿如同黑豹的响尾，优雅又有力。

钟宴斋推开车门下车，人还没站稳，就被迎面飞奔而来的林琦熊抱住了。

"我就知道！我就知道！你就是最厉害的！"

钟宴斋抱住又蹦又跳的林琦，隔着厚厚的头盔在林琦耳边道："别蹦了。"

林琦放开钟宴斋，抬手摘下了钟宴斋的头盔，钟宴斋还是老样子，他的表情就是没有表情，汗水淋漓，眼神中带一点笑意。

"牛啊兄弟。"

"太厉害了，这训练场藏龙卧虎啊。"

"叫什么名，认识一下呗。"

……

围观人群都上来跟两人说话，一开始告诉林琦贺尧和钟宴斋情况的人也上前比了个大拇指，对林琦道："哥们，你朋友争气。"

引擎的声音再次传来，大家的目光移向后来的红白车上下来的贺尧。

贺尧摘下头盔，站在车旁遥遥地望向勾肩搭背的林琦和钟宴斋，对钟宴斋朗声道："是我输了。"

钟宴斋抬起一个手掌："五分钟。"

贺尧笑了一下："是，你赢了我五分钟。"

钟宴斋放下手："加上你让的，是十分钟。"

贺尧又笑了一下，大方道："抱歉，是我狂妄了。"

钟宴斋收回眼神，望向林琦："回去？"

林琦点了下头，与钟宴斋和众人告别上车，经过贺尧身边时，贺尧忽然道："我不会放弃的。"

林琦脚步顿住，扭过脸望向贺尧。一旁的钟宴斋也跟着顿住脚步，眉头微微拧了拧。

贺尧的表情有些固执："等我赢他一次，我再来问你。"

"不用问了。"林琦直接道，"今天就算他输了，我也不会答应你，我只做他的领航员。"

贺尧面色一震："为什么？"

林琦道："我认定他了，就这么简单。"

回去的路上，林琦用上了自己的路书指挥钟宴斋。钟宴斋的出色给了他很大的支持，让他没那么担心。

"百米接 2 左。

"70，2 左接 6 右。

"下坡接 4 左。"

林琦全神贯注地在颠簸的赛车中冷静地带着钟宴斋回到了起点。刹车后，林琦看了一眼计时器，扭过脸对钟宴斋笑道："又快了五分钟。"他心里松了口气。

钟宴斋握着方向盘没有说话，林琦耳机里只听得到钟宴斋低沉的呼吸声，像鲸游过深海。林琦习惯了他的寡言，微笑道："下车吧，今天可以回去了。"

"谢谢。"钟宴斋忽然道。

林琦愣住："谢什么？"

钟宴斋却不再接下去了："回去吧。"

两人坐在出租车里，一人看左一人看右，车内安静得只听得到对方的呼吸声。

林琦用余光悄悄打量钟宴斋的侧脸。

钟宴斋的身上有一股挥之不去的慈悲佛性，有时候看起来就偏向于忧郁。林琦心里轻叹了口气，只觉无奈，也跟着忧郁起来，眉头轻轻地拧在了一起，目光挪向车窗外飞快掠过的高大树木。

钟宴斋余光扫过，望见林琦此时的神情，心中又拧了一下。

林琦说"我认定他了"时的那种信任，让他想起上一局。

那时林琦虽玩世不恭、嬉皮笑脸，但其实从来没想过要放弃吧？

只不过那种信任，他却从来没有好好珍惜过。

一次又一次的争吵，浪费了那么多的时间，他甚至没给过林琦哪怕一场像样的比赛。

钟宴斋垂下眼睑，沉浸在过去悲伤的回忆中。

下车之后，钟宴斋好像恢复了过来，主动对林琦道："晚上你去吧。"

刚才他们要离开训练场的时候，成风出来留他们，对钟宴斋的态度稍微缓和了一点，说恭喜钟宴斋刷新了训练场的纪录，晚上有个"破纪录"的庆祝party，邀请他们两人参加，让他们直接留下。

当时钟宴斋情绪很低，林琦匆匆几句打发了成风。成风也是人精，看出来他们之间好像有事，也就干脆地离开了，本来想提出送两人回去的话也没说。

林琦道："一起去吧，纪录是你破的。"

"我不习惯跟不熟悉的人聚在一起。"钟宴斋边往酒店里走边道。

林琦走在他身侧："你不去，我也不去。"

钟宴斋停下脚步，侧头望向林琦："随你。"

林琦心里都快冒上火了，这男人别扭起来比女人不知道"作"几倍。

"林琦——"

两人身后传来一声清脆的呼唤，林琦回头，眼睛顿时瞪大："小麦？"

小麦穿了一件淡粉色的绸缎衬衫，黑色长裤，头发蓬松带卷，他刚才喊的时候声音没控制住，稍微大声了一点，林琦一回头，他轻咳了一下，收敛了嗓音，矜持道："好巧。"

"是挺巧的。"林琦上下打量了一下小麦，"你来这儿……工作？"

"拍个片。"小麦又问，"你来这儿干吗？"

林琦理所当然道："训练。"

"呵。"小麦冷笑一声，看了一眼林琦身边的钟宴斋，阴阳怪气道，"这回不放人鸽子了？"

"我先上去了。"钟宴斋忽地对林琦道，"你们慢慢聊。"

林琦忙道："我们聊完了。"忙不迭地就要转身走人。

钟宴斋却是瞥了他一眼，目光冷淡："他有话跟你说。"

"我们说完了，"林琦果断站起身，在小麦发飙前抛弃尊严，"再见。"

林琦拔腿就跑。

林琦一路跑得飞快，仿佛后面有人在追，一路跑进电梯都在害怕小麦忽然从天而降，上了八楼立刻找房间敲门。

钟宴斋带了房卡，林琦就没带。

敲了好几下，钟宴斋都没开门，林琦掏了手机打电话给钟宴斋，电话通了，但是没人接。

屋漏偏逢连夜雨，林琦不敢下楼，只能悲伤地蹲在房门口，给钟宴斋发了条微信——"我在房间门口等你。"

怕钟宴斋收不到，他又发了条短信过去。

林琦蹲了一会儿累了，干脆坐在门口的地毯上，拿着手机在掌心转来转去，脑海里思绪纷乱，打开了微信，挪到刚刚发给钟宴斋的对话框，手指停顿了一下开始编辑。

——"我做错什么了吗……"

不好不好，怎么忽然就示弱了，明明闹别扭的是钟宴斋，又不是他。

林琦删了，又重新编辑。

——"是不是男人，有话就直说……"

不行不行，这口气太强硬了，林琦抿着嘴还是删了。他烦闷地揉了下自己的头发，头往身后的门一磕。

糟了，磕大劲了。

"嘶！"林琦抱头无声尖叫。

"林琦？你怎么坐这儿？"

林琦抱着脑袋眼泪汪汪地抬头。

贺尧手上拎着个运动背包，满脸清爽，重新戴回了眼镜，见林琦眼里包着泪，忙放下背包上前探看："头怎么了？磕哪儿了？手拿开我看看。"

"没事。"林琦硬汉地憋回了眼泪，"磕到门上了，不疼。"

贺尧嘴角勾笑，单膝蹲着，低头轻声道："真不疼？"

"真不疼。"林琦道。

贺尧忽地盖住林琦捂住头顶的手微一用力，林琦马上缩了一下："疼！"

"原来你住我们对面啊。"林琦坐在贺尧房间的沙发上蔫蔫道。

贺尧站在林琦身后道："是啊。怕你误会我是变态跟踪的那种粉丝，那天我都不敢当着你们面进门……别动，"贺尧撩开林琦的短发，仔细看了两眼，"好像肿了一点，问题不大。"

"我都说没事了。"林琦起身，然后尴尬地发现贺尧房间这个沙发跟他们房间的沙发一模一样——软得陷进去就起不来。

"我能问你个问题吗？"贺尧手扶着沙发，"为什么是钟宴斋？"

林琦陷在沙发里，干脆也不挣扎了，斟酌了一下词汇道："领航员与车手之间会有一种特殊的契合的气场，我一看到他，就知道应该是他了，我俩会成为最合拍的搭档。你也该找属于你自己的领航员，就是你一眼看到他，你就会觉得，哎，这人跟我开一辆车，我肯定特放心。"

贺尧沉默了一会儿，道："我的一眼就是你。"

林琦也顿了一会儿，干脆道："那是你看得太少了，多看看。"林琦扭头，仰头对低垂着脸的贺尧笑了一下，"这是双向选择，我已经选了钟宴斋。"

贺尧轻攥了一下沙发背，对林琦勉强笑了一下："就像谈恋爱一样，我看上你，你没看上我，我也不能强求。"

林琦点头，认真道："确实是这样。"

贺尧笑开了，摸了下鼻子，伸手拉住林琦的胳膊："这沙发太软，不适合坐。"手臂一使劲就把人从沙发里拔了出来。

"谢了。"林琦跟贺尧交流之后，心里也明亮了点。这些话他也可以告诉钟宴斋，贺尧都能理解，钟宴斋肯定能理解，"我找他去。"

"我陪你。"贺尧道。

林琦摆手："算了，'正宫'脾气大，我劝你少出现在他面前。"

贺尧笑得根本忍不住，林琦是个特别逗的人，他做粉丝的时候就知道，便没有坚持陪林琦。

贺尧拍了拍林琦的肩膀，藏在镜片后的眼睛明澈亮堂："期待在赛场上见面。

既然你选择了他，那我就要努力打败你们俩了。"

"行，"林琦也拍了下他的肩膀，"不赢你五分钟以上都算我们俩输了。"

两人说说笑笑。

贺尧替林琦开门："你头上当心点，这两天别戴头盔了。"

"没事，就这么点磕碰，早不疼了。"林琦不在意道。

贺尧顺势抬手像是要碰林琦的头，林琦忙从打开的门里跳了出去，边跳边指着贺尧道："再碰那儿我可不客气了。"

斜跳出去的肩膀落到人的掌心，熟悉的力道让林琦猛然噤声，他回头一看，钟宴斋正静静看着他。

贺尧也看到钟宴斋了，对钟宴斋打招呼道："你好啊，林琦等你半天了。"

"是啊，我一直在等你。"林琦颠三倒四道，"然后头撞了一下，贺尧住在我们对门，我过去坐坐，看看头。"

钟宴斋深栗色的眼珠像冻住的琥珀，里面包裹的都是太复杂深沉的东西，他低头目光细密地看了林琦的头："还疼吗？"

林琦嘴角一撇，抬手虚虚地盖住伤口位置，"疼，可疼了。"

第四章
·最信任的人·

回到了两人的房间，林琦坐在床头，钟宴斋半跪在床上，手指轻轻地穿过他的发丝，轻轻抚摸他的头皮，摸到一处微微凸起："是这儿吗？"

林琦"嗯"了一声，欲盖弥彰道："可疼了。"

作为赛车手，受伤其实是家常便饭，钟宴斋当然知道林琦这点小伤根本不值一提，他要是回来晚点，说不定都摸不到林琦哪里受了伤。

林琦在给他台阶下。

钟宴斋很温柔地用手指摩挲林琦的短发，低头对着他受伤的地方轻吹了两下："好了。"

热气从头皮翻涌而过，这样略显幼稚的举动出现在钟宴斋的身上，林琦也知道是时候把话说开了："钟宴斋，我也不知道该怎么说，我人也不傻，我知道你在担心什么，反正……我觉得我们俩一定会是特别好的搭档，给我点信任，也给自己一点信心，行吗？"

钟宴斋很久都没有说话。

"谢谢……"钟宴斋缓缓道，埋藏在心里的东西喷薄而出，"谢谢你这么坚定地选择了我。我不会让你失望。"

"我从来不觉得你会让我失望，"林琦伸出手，"好搭档。"

钟宴斋抬头，脸色平静，眼角却微微泛红，他抬起手与林琦合掌："一辈子的搭档。"

晚上的聚会比头一天接林琦的聚餐规模要大多了，这是训练场的车手们的一次聚会，林琦和钟宴斋过去的时候，聚会人群已经热火朝天了。

地面上架着烧烤架子，浓郁的香气从四面八方传来，啤酒碰瓶的声音也不断传来，还有人们谈话的笑声，气氛非常好。

　　钟宴斋的出现引起了小幅度的骚动，这个跟贺尧一样刚来就打破训练场纪录的年轻人在众人中间已经有了姓名。

　　难得的是，还有人记得林琦，上来拿个啤酒瓶打招呼："我刚远看还不敢认，真是你。"

　　"是我。"林琦也拿了瓶啤酒扬了扬，拉了下身边的钟宴斋，"介绍一下，我的车手，钟宴斋。"

　　"甭介绍了，都认识了。"那人笑了两下，面色欣慰道，"前两年你退了，我特别遗憾，现在能见到你回到赛场，我为你高兴——干了。"

　　手上的半瓶啤酒下肚，林琦抿了抿唇，对他笑道："谢了，赛场见。"

　　林琦的笑容在篝火的映衬下明亮又干净，不断有闻讯而来的熟人过来与林琦打招呼，谈论起林琦从前在赛场上的"辉煌事迹"，林琦与人谈笑的样子让人根本移不开眼。

　　回到赛车圈子的林琦就像是会发光一样。

　　奇怪的是，钟宴斋的心里没有再为此感到苦涩。

　　让林琦发光吧，他的心已经不再害怕。

　　这次训练对林琦和钟宴斋的默契配合度提升很快，他们在训练场待了小半个月，跑了所有的地形，对不同地形的跑法也展开了讨论。

　　令林琦没想到的是，上一局和钟宴斋在赛车的事情上吵得不可开交，重来一次——两人半点没有长进，还是爱吵，只不过吵完就算，照样勾肩搭背做好兄弟。

　　离开热山那天，成风特地送两人去了机场，趁林琦去上厕所的时候，对钟宴斋很诚恳地认了错："我一开始对你态度不好，是因为我觉得林琦这样的车手，给谁当领航员都可惜了，别人配不上，不是故意针对你，对不住。"

　　钟宴斋对这种情绪可以说是感同身受："我理解。"

　　"不过你真的特棒，"成风心服口服道，"原来我觉得贺尧就已经挺天才了，你让我见识了人外有人山外有山。"

　　钟宴斋道："你过奖了。"

　　"不过奖，我们这帮人都不说虚的。"成风眼一瞪，"我夸你可不是为了让你飘，你脚踏实地，好好跟奇奇干，你两人这配置，不拿个冠军都对不起你在场上烧掉的三个轮胎。"

成风握了拳头在钟宴斋心口轻轻一捶，这一幕正好被回来的林琦看见，林琦忙招手道："好好说话别动手啊。"

"没有，没有的事儿。"成风后退一步以示清白。

钟宴斋对林琦勾了下唇："没动手，只是说话。"

林琦拍了下钟宴斋胸口的衣服，对成风道："这可是我的'大宝贝'，小心点，轻拿轻放。"

成风："算了，我走了，难受。"

回到本市，林琦与钟宴斋先做了几天的体能训练，做完体能训练，两人就泡车场研究车。

车这种重工业产物，隔一段时间就会更新换代，必须得常摸常新，要不然拉力赛中间车出了什么问题，连修都不会修，那就不用比赛了。

林琦从车底滑出来，屈膝坐起，对还在另一部车下的钟宴斋道："怎么样师傅，这车坏哪儿了？"

钟宴斋的声音从车底传来："减速器坏了。"

林琦调侃道："修一下多少钱？"

钟宴斋也从车底滑了出来，高挺的鼻梁上沾了点机油，那张端正与桀骜并存较劲的脸此刻像不驯的天平倒了下去。他静静地看着林琦，面色冷淡道："看你了。"

林琦"扑哧"一声笑了出来："打几折？"

"九九折。"

"就这么点儿？"

"诱惑力度不够。"

两人正说笑的时候，外头传来了脚步声。林琦与钟宴斋忙肃了脸，收了笑容。

是经理人过来了，他跟林琦与钟宴斋打了下招呼，就直奔了主题。

——短道拉力赛的参赛邀请函。

这次的短道拉力赛是城市邀请赛，只邀请一些曾经参加过几个登记过的拉力赛选手参与，多余的名额就看各个俱乐部的推荐意愿。

经理人二话没说就把邀请函给钟宴斋和林琦送来了。

"去不去？"林琦问钟宴斋。

他们俩磨合的时间还很短，满打满算也就才三个月，作为车队参赛有些过于冒险。

钟宴斋望向林琦，林琦也正在看他。目光接触的那一瞬，钟宴斋已经一锤定音："我们去。"

城市的边缘是无边的海，海水不够清澈，不足够支撑旅游的事业，只有零星的本市居民在傍晚茶余饭后的时候来看一眼夕阳。

泛黄的海水带着泥沙乘着风上了岸，咸咸的海风冲向鼻尖，空无一人的海面显得特别空旷，林琦坐在堤面，深吸了口气。

海风吹起了钟宴斋的 T 恤下摆，夕阳照在脸上，淡淡的温暖，微醺般的缱绻，钟宴斋没有说话，只是默默站在林琦身后。

林琦屈起双腿，双手往后一靠："心里有点慌。"他扭头望向钟宴斋，"你觉得咱们俩能拿个什么名次？"

钟宴斋望向模糊的海平线，锐利的轮廓在夕阳中染上油画般的色彩。他沉默一会儿，道："中段左右。"

林琦差点没裂开："才中段？"

"参赛名单我看过了，"钟宴斋垂首客观道，"都是很有经验的车手，中段已经是我预估的比较理想的成绩。"

林琦："……"真是没有一点开挂男主角的自觉。

"不要对成绩有太大的负担，"钟宴斋淡淡道，"享受比赛。"

林琦瞳孔微微放大，像钟宴斋这样骄傲的酷哥，竟然会说出这种类似示弱的话。林琦吃惊之余，忽地想到是不是钟宴斋看出了他的不安，才会说这样的话来安慰开导他。

"你说得对，享受比赛。"享受和他一起的每一段时光。

比赛赛程紧张，林琦和钟宴斋很快地收拾了行李与车队人员一起前往参赛城市，提前去适应城市的气候。

北方城市冷得更快，昼夜温差大，林琦与钟宴斋中午在本市上飞机的时候还穿着 T 恤，半夜落地就得穿薄外套，还有点感觉凉意丝丝地往脖子里钻。

林琦手攥在口袋里，哈了一口气："这怎么感觉都快入冬了。"

"10 月份这里是快入冬了，"经理道，"我听说这里山上都下雪了。"

林琦脚步一顿，脸上表情有点不好，该不会跑雪道吧？

雪道，尤其是雪山，在拉力赛中属于危险系数很高的赛段。

拉力赛自身就有"死亡赛事"的别称，雪山就是拉力赛中的死神。

比赛成绩可以放平常心，人命不能。

说实话，林琦不担心钟宴斋会出大状况。钟宴斋是男主角，小世界气运的支柱，小世界只要还想运行下去，无论如何也不会找钟宴斋的麻烦。

林琦怕他自己没那么好的运气。

联盟是解除了生命限制，可没承诺林琦会在每个小世界里长命百岁，他依然有意外死亡的可能性，就像那次离开狄岚时的飞机失事一样。

林琦沉沉的面色一直保持到了酒店里，经理人对他和钟宴斋掏出两张房卡时，林琦才如梦初醒，下意识道："开了两间房？"

"对啊。"经理人有点莫名其妙。

林琦欲言又止，表情很一言难尽。

眼色十级的经理人立刻道："放心，咱们俱乐部有钱。"

林琦："……"谁担心俱乐部的经济情况了。

钟宴斋已经抽出了其中一张房卡，对经理人道："一间就可以了。"

"我知道你们想更好地磨合默契，但不用时时刻刻这么认真……"经理人举着房卡。

钟宴斋懒得理他，对林琦道："走。"

经理人确认没问题后就离开了，体贴地替他们关上了门。

看来小钟和小林相处得真不错，经理人对两人的和谐乐见其成，关门的时候心里一乐。

林琦长出了一口气，甩了背包，直接倒在了大床上，喃喃道："雪山……不会这么狠吧。"

"既然特意把赛道设在这儿，没理由不利用这里特殊的地形。"钟宴斋拎起林琦扔在地上的背包放到沙发里，将自己的背包也放到那儿，环手俯视双眼无神的林琦，"怕了？"

林琦瞄了他一眼，很诚实地点了点头："怕了。"

林琦的作风从来都是肆意自由，"怕"这个字从来没有出现在他的人生里，如果怕，也就不会选择赛车。

"为什么？"钟宴斋道。

头顶的吊灯散发着刺眼的光穿破睫毛，林琦眨了眨眼睛："我也说不清，不知道，反正突然就挺怕死的，"他深吸了一口气，胸膛慢慢起伏，"不想就这么结束。"就算是注定的离别，也想拖延到最后一秒。

浪子是鸟。

他们自由地飞。

有一天，他的脚上忽然多了一条线，他忽然就害怕飞得太高，回头见不到线的另一端。

钟宴斋抓住了那条线。

参赛的选手陆续抵达酒店。随着比赛日期的接近，气氛也越来越紧张，贺尧也来了，跟林琦在大堂碰了面，先伸出了手："我就知道你们会来。"

林琦和他一握手："找着领航员了？"

贺尧点头："其实也没我一开始想象的那么难。"

"这就对了。"林琦笑了一下松手，"赛场见，祝你取得好成绩。"

"这次我可不一定会输给你们。"

"什么叫不一定，这么说话就没气势了。我教你，你应该说，这次必报上次五分钟之仇，甩你们几条街。"

贺尧笑了一下，林琦什么时候都让他觉得那么有趣。短暂的笑容后，他面露一点遗憾，如果真的能和林琦组成搭档，他相信在不远的将来他们会成为非常默契优秀的组合。

不过成为对手也不错，贺尧拍了一下林琦的手臂："加油。"

林琦对他比了个大拇指。

回到房间，林琦对钟宴斋说了与贺尧碰面的事情。

钟宴斋毫不意外："贺尧在新生代人气不错，这次主办方的其中一个广告赞助商，他就是代言人。"

"啊？"林琦盘腿挤了挤穿鞋的钟宴斋，兴致勃勃道，"那你呢？你有没有代言？"

修长的手指穿过鞋带，钟宴斋抬头："没有。"

林琦"哈"了一下，趴在钟宴斋肩膀上笑得浑身颤抖："哥哥，你也太差劲了。想当年我赛车服上都贴得满满当当，恨不得给我内裤也标上广告。"

钟宴斋低头系紧了鞋带，慢条斯理道："我看看。"

两人闹了一会儿，闹出一脑门的汗，又跑卫生间洗了把脸，镜子里映照出两张充满了青春活力，洋溢着笑意的脸，无限的可能与对未来的憧憬就写在他们的脸上。

钟宴斋抬手搭上林琦的肩膀，目光微沉："代言会有的。"

林琦反搭了回去，两人修长的手臂连成一条结实的海岸线。

"面包会有的，"林琦扭过脸，水珠从他的额头滑落，他的笑容温暖又灿烂，"到时候咱俩一起上代言。"

钟宴斋觉得自己很幸运。

遇上林琦是，重来一次是，重来一次后与林琦重回赛场是最幸。

钟宴斋凝望着林琦的笑脸，心中默默道：感谢上天的垂怜。

马上就到了勘路的那一天。

赛道正式开放，所有的车手分批次提前进入赛道进行路段记录，这一阶段是正式比赛的前哨，每一队车手与领航员赛前都有两次机会跑赛道。

对于正式比赛而言，这两次勘路的经验至关重要，甚至可以说在某种程度上已经提前决定了50%的胜负。

谁能在勘路时更细致、更敏锐，制作出更贴合车手驾驶习惯的路书，谁就已经先赢了一半。

换上赛车服，戴好头盔，坐进提前试好的车内，林琦深吸了口气，看了身边的钟宴斋一眼："准备好了吗？"

钟宴斋眼珠挪向眼角，深栗色的光芒一闪而过："准备完毕。"

戴着赛车手套的手干净利落地换挡油门，深蓝的赛车极速冲向未知的赛道。

赛道起始是普通的公路，连续接了几个弯，钟宴斋口述着驾驶情况，林琦紧张地飞速拿笔用设定好的简单字母记下。

即使只是勘路，车手也不会选择慢速来看清路段。

一切都必须模拟正式的赛场，如果车速减慢，那么一切驾驶时所感受到的坡度、弯道、方向盘的转向都会产生偏差，车手报出的数据也会相应地出现问题，正式比赛的时候，一定会出大岔子。

所以，必须快。

赛车几乎是飞离地面般过了一个弯，进入土路，高速运转的轮胎飞溅起漫天的尘土，林琦尽力保持着平衡，记录下赛道转折时的数据。

土路的驾驶体验要比公路差得多，颠簸的程度足以让人的牙齿都跟着战栗，钟宴斋的神情依旧很平淡，他的冷静刻在了骨子里，越是高压，越是沉得下心，天生的赛车手。

土路的弯道比公路更多，坡度上下非常厉害，即使安全带牢牢地将人绑在了座位上，林琦还是能感觉到强烈得如同坐过山车一般的失重感。

一个大坡越上，又毫不减速地猛地越下，林琦人不可避免地往上冲了一下，手里捏紧了笔抓紧记录，下一个坡就在眼前，他没有时间去做任何思考，只能把自己当作一个毫无感情的机器。

土路的终点又接上了公路。

钟宴斋和林琦没有感到轻松。

这是盘山公路。

路段的另一边就是悬崖，一个弯道的失误就是粉身碎骨。

而更让人感到恐惧的是，公路往上就是死神——雪道。

林琦深吸了口气，呼吸略微急促。

钟宴斋的耳麦里清晰地传来林琦有变化的呼吸，他的精神正高度集中在赛道上，不能有半点分心，他强迫自己集中，在前方出现的一个加油点猛地一个大弯停了车。

忽然的停车让林琦紧绷的情绪松懈，像是飙到了最高音后的破嗓般难受。

他喘了几口气，道："怎么停了？"

"你在紧张。"钟宴斋言简意赅道。

林琦顿了一下，尴尬道："这么明显吗？"

其实一点也不明显，在这种极限运动中，呼吸错拍的情况再正常不过，可钟宴斋就是知道林琦紧张了。

好像他们的心绑在了一起一样。

公路外是一片高低不平的云，点缀在郁郁葱葱的悬崖边上，是难得的值得欣赏的自然美景，如果不是驾驶着高速赛车的情况下。

这些美景，极有可能是埋葬他们的墓碑。

"林琦，"钟宴斋转过脸，他的声音通过麦克风传来，低沉又温柔，像轻轻拨动的琴弦，"相信我。"

林琦的心微微一颤，他感受到了一种前所未有的安全感。

他在烦恼什么？

他身边的人——可是钟宴斋。

"好了。"林琦慢慢呼出一口气，"重新出发。"

钟宴斋重新将目光挪回赛道："准备完毕。"

一个恐怖的几乎要将赛车甩出赛道的直角弯过后，轮胎陷入了深深的雪中，钟宴斋立刻踩下了刹车："换胎。"

跟所有人预想的一样，赛道的尽头就是雪道。

林琦飞速下车，松开螺栓，打开升降系统抬高赛车，钟宴斋与林琦在车场一起泡了快半个月，两人配合默契地换上了冰雪路面专用的钉子胎，林琦记下时，换胎耗时1分23秒，还可以再快。

换好胎后，两人重新上车出发。

雪地路面在拉力赛中极富观赏性，一辆辆赛车穿过雪地，随着弯道扫出漫天的白雾碎雪，颇有白马银枪的意境，可绝美的意境后面是极易发生事故的危险。

雪地翻车的概率极大，而在这种极限速度下，翻车意味着99%的死亡率。

为了安全，有一些车手会在雪地路段减速，但大部分车手都不会这么做，他们选择了拉力赛，就是选择了在极限恶劣的条件下挑战极限的速度。

怕死，就不会成为赛车手。

　　蓝色赛车划破雪地，林琦全身心地投入在记录中，一直到了终点，他才反应过来，对钟宴斋道："结束了？"

　　"嗯。"在高强度驾驶后，钟宴斋衣服里闷了不少汗，"休息一小时后回程，进行二次勘路。"

　　二次勘路时，钟宴斋与林琦的角色将会互换。

　　由林琦根据一路记下的路书指挥反馈，钟宴斋将不再分心去思考路段，林琦作为领航员，将承担起属于他的责任，这与正式比赛是一模一样的。

　　林琦和钟宴斋在终点的帐篷里休息，帐篷里暖风机把林琦的脸烤得红红的，他正仔细地梳理刚才写下的路书，并根据回忆进行修改。

　　"我觉得有几个弯道可以提前加速。"林琦指了路段给钟宴斋看。

　　钟宴斋略微思索了一下："可以。"

　　林琦点了点头，又拧着眉去继续完善路书。他那张永远灿烂永远潇洒的脸此时是严肃又认真，即使他头发蓬乱，嘴唇干裂，也散发着魅力。

　　林琦在发光，而且会大放异彩，钟宴斋心中暗暗道。

　　休息时间结束，两人重新整理了一下，回程路上就相对地放松了很多。

　　回程对正式比赛没有任何参考意义，林琦需要做的是更深地了解地形，修改路书，为二次勘路做准备。

　　风景真的很美，巍峨静谧的雪山与青翠欲滴的悬崖只是一个加速的距离，风景的变幻让人惊叹，这种极限的美大概也就是拉力赛的美。

　　回到起点，林琦与钟宴斋又进行了短暂的休息，马上就投入了二次勘路。

　　二次勘路基本顺利，林琦的路书完全按照钟宴斋的驾驶感受去读路，钟宴斋开得相当顺利，再次来到终点时，林琦心里大松了口气。

　　他们的勘路结束，按照要求离开了赛场回到酒店。

　　林琦累得很，脱了赛车服之后，发现身上又多了几个磕碰的伤，不严重，一点淡淡的酸痛。他扭着背转了两圈大臂，皱了会儿眉道："不行，今晚体能还是得做。"

　　钟宴斋也脱下了赛车服。他的肌肤是象牙白，散发着一点暖光，身上的伤痕比林琦更显眼，肩膀处也有几处，他抬手摸了下自己的后颈，淡淡道："先洗澡。"

洗完澡后，两人照例坐在一起复盘。

"林琦，我想跟你说件事儿。"

"你说。"

"今天二次勘路的时候，我认为你有保留。"

林琦的手顿住了。

钟宴斋深栗色的眼睛盯着他："是不相信我，还是不相信自己？"

相信自己这种事对林琦来说其实很困难，他的设定是工具人，这不仅仅只是角色设定而已，是联盟根据他的精神力资质所做的工作安排。

他们同届最强精神力者是一位自然人，林琦听说分配工作的时候，那位去了 boss 组，直接对抗每个世界的男主角。

像他这样的辅助陪衬角色，现在却要与钟宴斋并肩作战，生死相依，这对他来说是一个前所未有的挑战。

林琦也很想有自信，可有自信这种事必须由内而外地肯定自己才能做到，林琦现在可以说是除了面前隔着一个世界的朋友之外，一无所有，这还是他拼尽了全力强求来的。

太难了。

林琦克制住自己露出太过于脆弱的表情，用客观的语调道："这是我们第一场比赛，我想慢慢来。"

钟宴斋第一次看到这样的林琦。

林琦总是像风，自由肆意，好像什么也不在乎，风是无坚不摧的，可现在这一刻，林琦强硬的外壳里泄露出了动摇，那种动摇并不会让钟宴斋联想到软弱，而是真实，真实的林琦。

钟宴斋低声道："在我面前，你可以说实话。"

林琦忽然觉得眼睛有点涩。

钟宴斋的这种宽容如水一般，仿佛让他回到了实验室的培养皿里。他没有母亲，那种血脉相连毫无保留的爱他从未真正得到过，也许他扮演的角色有母亲，有父亲，他也能短暂地从小世界里获得片刻的那样的爱，可那都不够，不足以支撑。

人在面对痛苦的时候，会下意识地想叫自己的母亲。

林琦没有，他不知道该叫谁。

他付出了自己所有的时间与自由，换取与另一个世界的人相守的权利，这样巨大的选择，他却没有一个人可以去倾诉。

即使是"他"也不行，因为"他"永远也会不知道。

林琦靠在钟宴斋肩膀上痛痛快快地哭了一场。

哭完，他就不好意思了，揉了揉自己的鼻尖，瓮声瓮气道："对不起。"

钟宴斋揉了他的短发，沉默了一会儿，语气平淡道："人世无常，生死天定，如果真的有得选，我选择和你一起死在赛场上。"

林琦猛地抬头，眼睛红肿："你胡说什么！"

钟宴斋垂下脸，他的目光与神情都透露出一种超脱般的认真："在我的记忆里，你死过一次。"

钟宴斋的目光缓缓扫过林琦惊愕的脸："我只想不再遗憾。"

林琦的心跳很快，嘴里几乎快要蹦出对真相的回应，但一股无形的力量压下了他的话语，他只能抬起手描摹着钟宴斋的轮廓，艰难道："好。"

"放手去做，"钟宴斋神情端正得像悲天悯人的佛，"不要怕。"

钟宴斋明确地把自己的命交到了林琦手里，林琦就算再不相信自己，现在也不得不相信自己了，钟宴斋"逼"着他推着他往前走了一步，至于那一步，往前到底是天堂还是地狱，他也不知道。

"不要怕。"林琦想到这三个字就精神一振。

三天后，开幕式开始。

林琦与钟宴斋及车队的人员早早地就到了现场准备拍手当观众，他们到不久，几辆印着赞助商广告的大车过来，车上下来形形色色全是一水的高挑美人。

美人里有个一下车就对他们疯狂招手："林琦——"

林琦站在钟宴斋旁边，脸颊一烧，不知道自己是该回应还是不该回应，背在身后的手动了一下还是憋住了。

小麦跟身边的模特打了个招呼，直接跑了过来。

林琦不禁嘴角抽搐。

"真巧。"小麦一如既往地在大众面前一副高冷范。

经理人客气道："林琦朋友特地来看他比赛？"

小麦瞟了经理人一眼，见林琦目不斜视地装不认识他，怒从心头起，不咸不淡道："不是看他，我来看钟宴斋。"

"你能不能别闹了？"林琦拧眉道。

"我闹什么了？"

"他跟你很熟吗？"

"他跟我熟不熟，也不是你说了算的。"

"你适可而止啊。"

小麦和林琦有来有回地斗嘴斗得起劲，经理人在一边耳朵竖起听得嘴角上扬欲罢不能。

一直像局外人一样安静的钟宴斋忽然道："别吵了。"

林琦与小麦同时收声望向钟宴斋。

经理人慢了半拍，也望向了钟宴斋。钟宴斋的个性他最了解，平常吃素爱好念经，不理凡尘俗务，也不爱说话，他特别好奇钟宴斋会说出什么惊人之语。

钟宴斋对小麦冷淡道："想加油可以直接说。"

小麦被钟宴斋戳破了心事，有点脸红，狠狠地瞪了林琦一眼，快速道："小心点，别撞死了，再见！"一转身，如风中摇晃的花一样飞走了。

林琦："……"好特别的加油方式。

花哨的开幕式结束之后，所有的车手和领航员提车准备待发。林琦和钟宴斋验车完毕之后上车等待，他们抽签被排在了第七位发车。

为了避免赛道的拥堵，也为了展现每位车手最强的实力，拉力赛都会采取错时发车的形式，贺尧的车就排在他们前面。

裁判已经走到了钟宴斋的车前，示意钟宴斋准备发车。

林琦轻轻吸了口气，扫了一眼重新修改过的路书。

如果可以，死在赛场上，也是赛车手的一种灿烂归宿。

钟宴斋是这个世界最天才的赛车手，即使他只是工具人，也一定会拼尽全力，让钟宴斋在赛场称王。

"7号车手准备出发倒计时。"

清晰的沉稳声音传入耳中，林琦目光一凝，紧接道："7号领航员准备完毕。"

钟宴斋踩下油门，引擎轰鸣，两人身体同时向后拉束——出发！

"左一，提。"

一个近乎甩过去的直角弯，钟宴斋根据林琦的指令专注地换挡加速，车身如同一道凌厉华美的流星完美滑过。天上直播的直升机录下了这个精彩的画面，前线正看着直播的经理人无声地攥了一下自己的拳头。

钟宴斋的车稳中带狠，才能驾驭林琦那种走钢丝一样的莽夫驾驶风格，经理人从这一刻才敢确定自己当初的眼光没错。

钟宴斋与林琦会成为一对黄金搭档，所向披靡。

公路上的几个弯转得漂亮至极，没有丝毫失误，休息室里的车队工作人员依然不敢放松，气氛紧张地凝滞着。

画面终于进入了土路，一瞬间尘土飞扬，黄色的尘雾都遮住了蓝色的车，因为岔道实在太多，如果领航员与车手沟通不当，在土路很容易出现开错路的情况。

这才是经理人最担心的，他毫不怀疑钟宴斋与林琦经过磨合之后将会横扫一切车队，可是这两人的磨合时间实在太短，他这次也没有抱非常大的希望，更多的还是来试试水。

千万别开错！经理人攥紧了手默默祈祷。

车内的林琦与钟宴斋远没有观看直播的车队那样紧张，一开始发车时林琦还有点心脏怦怦，可逐渐地，他已经完全不再去在意那些让他纠结的东西，他身边握着方向盘的是钟宴斋，他已经忘了自己是合成人，忘了自己永远的工具人陪衬身份，他所有的精神全都集中在了一件事上——与钟宴斋一起开好车。

精神高度集中的时候，人会有一种无外物的轻飘感，林琦的身体很自然地跟随着赛车驾驶的漂移和超越，像鸟儿一般轻盈自由。

蓝色赛车顺利驶过又一个计时点，进入盘山公路，经理人不禁发出了一声短促的惊呼："Yes！"

还没高兴一会儿，经理人又开始表情凝固了。

这种盘山公路开得慢没成绩，开得太快车飞出悬崖当场就是粉身碎骨，这对领航员的反应速度、车手的技术水平、两人判断的默契都是相当大的考验。

一个接着一个弯甩过去，经理人看得都快窒息，直升机的视角稍微向前，画面上是干净的盘山公路大弯。

路面空旷，靠着山体的那一侧石壁累累，山体外的那一侧鲜红的防护栏起着约等于零的作用，下面就是空旷的万丈深渊。

忽然，画面中一辆蓝色赛车极速飞驰而来，毫不减速地冲过大转弯，车尾漂移出一个甩鞭的有力弧度，在人的肉眼中几乎要马上擦到护栏冲出去了！

车内的钟宴斋丝毫不紧张，他的耳朵、他的手脚、他的精神全投入在林琦的指挥与他自己的操作上，他不是开玩笑的。

如果能真的与林琦死在赛场上，那将会是一种仁慈。

他将自己的生命交托给林琦，带着无所畏惧的毁灭，相信林琦！

经理人已经快崩溃了，怎么可能出现这样完美符合他对这个组合预设的场景，那种踩着钢丝过线的刺激完全在他的神经上跳舞，休息室内所有人都已经站了起来。

也许正在开车的钟宴斋与林琦不知道，但车队在实时计时屏上看到的是一个惊人的数字。

这个数字对于初次参赛的双人选手来说是一个奇迹，一个神话。

如果他们能顺利地通过死神的考验的话。

最后一个弯道过去，钟宴斋一个漂亮的刹车在雪地扬起一片白雾，两人飞快地下了车。

目睹两人换胎的场景后，工程师不禁喃喃惊叹："太默契了。"简直就像是一个人一样，他们似乎知道对方正在想什么。

这种默契对于赛车手和领航员是制胜的武器，而钟宴斋与林琦在短短三个月内就掌握了这一武器。

重新发动，赛车驶入雪道，赛车的行驶明显变得更沉重，林琦攥紧了路书，他能感觉到浑身都出了汗，汗水黏腻地在指缝里游荡。他的声音也在不知不觉中变得沙哑，坚定道："左3，200接1，加速。"

赛车如同飓风一样刮过雪地，掀起漫天的大雪，重重地拍回赛车顶上，林琦头顶丁零当啷像下冰雹一样。

经理人看得急得拍手，慢点！慢点！现在这个成绩已经能争一争前五了，别着急稳着来，千万别翻车啊！

画面内是一个连续的 S 形弯道接下坡，蓝色赛车引擎轰鸣而过，在湿滑的雪面飘起，重重落地，车身猛地一滑。

经理人已经叫了出来："哎！"

车内的林琦和钟宴斋同时身体一扭，林琦在极度的紧张中还是报出了下一段——"右 5，4，100，加速！"

滑出的蓝色赛车逆着轨迹硬生生地打了个漂移的弯回到了赛道，并且以比刚才更快的速度向下一个弯道发起了冲击。

经理人整个人都像石像一样凝固住了，保持着蹲姿，眼睛眨也不眨地望着屏幕上的蓝色赛车。

这已经不能仅仅用竞速来形容，这是一种艺术，在死神面前跳舞挑衅的极限艺术。

直升机的视角已经提前在终点等候。

只差最后一个闪电型的弯道。

也是最容易翻车的弯道。

越是接近成功，那根弦就绷得越紧，经理人觉得自己整个人都快烧起来，然后画面里闪现了一道完美的蓝色闪电。

极速过弯，近乎神迹。

闪电带着轰鸣冲过终点，休息室内凝滞的空气瞬间炸开！

所有人互相拥抱着欢呼哭泣，在巨大的惊喜中彼此不可置信地张望着。

直播屏幕内，终点等待的摄像机机位接替了直升机，画面中蓝色赛车内一左一右下来了两个一样高的身影，他们穿着红白相间的老式赛车服，上面没有一个赞助商的广告，干净利落，漆黑的头盔旁一道淡金色的闪电，两人同时默契地摘下了头盔，露出两张英俊的脸，脸上表情淡淡，走到车前，彼此伸出了手搭向对方的肩膀，目光一瞬碰撞。

等候的媒体拍下了那一个瞬间，成为之后拉力赛黄金搭档值得纪念的一张照片，也是他们唯一没有获得冠军的一次比赛纪念照片。

所有车辆到达以后，时间统计，林琦与钟宴斋排第二。

对这个成绩，林琦又高兴又失落，高兴的是这总算比他和钟宴斋预想的要好很多，作为出道成绩也足够亮眼；失落的是……第二名，看起来与第一名只有一步之遥。

在所有人欢呼雀跃的时候，林琦悄悄走出了休息室。

钟宴斋立刻跟了上去。

无人的角落里，林琦对钟宴斋低沉道："对不起。"一点隐约的自我怀疑爬上了他的心头，如果……如果钟宴斋的领航员是贺尧……

"我拒绝这三个字。"钟宴斋直接道，"我们是一体的，所有的成绩都属于我们两个人。"

林琦还是有点闷闷不乐。钟宴斋揉了下他湿淋淋的短发，低头凑到他耳边："中段成绩，意料之中。"

林琦抬头，哭笑不得道："原来你说的中段是第二名？"果然骄傲酷哥人设永不倒，还说什么享受比赛，亏他当时还以为钟宴斋是故意在安慰他，白感动了一把。

钟宴斋嘴角轻勾："继续努力，争取进步。"

林琦打掉他按头的手，转身要回休息室："滚一边去。"

钟宴斋手落在林琦的肩膀上，在林琦看过来的目光中，深深地凝视了林琦："你跟我想象的一样优秀，而我们的比赛……比想象中还好。"

林琦脚步顿住。

"没有你，我不会重返赛场。"

【目标人物黑化度清零】

"我想跟你一直这么跑下去。"

林琦的心头像是被一团蓬松的棉花糖慢慢充盈了，他从钟宴斋肯定的眼神中看到了小小的自己。

他可以做到。

他相信钟宴斋……也相信自己。

林琦慢慢点了点头："一起跑下去。"

钟宴斋无声地对林琦微笑了一下，林琦也笑了一下。

晚上庆功宴，钟宴斋与林琦作为绝对的黑马新人，引起了全场的关注。经理人乐得合不拢嘴，因为当场就有几个赞助商表达了对钟宴斋和林琦的意向，投来了橄榄枝。

很快，其他参赛选手都发现这一对组合是典型的闷葫芦和话太多，车手一脸安静地站在领航员身后听自己的领航员说个不停，偶尔领航员 cue 他一下，车手就微一点头表示肯定，见自己的领航员酒杯空了，还体贴地替其换酒杯。

选手们：还挺"贤惠"。

贺尧得了第七名，真正的中段，跑来恭喜了钟宴斋和林琦两人，面上跃跃欲试："你们磨合的时间比我们长，下次再碰面，我们不一定会输。"

"行行行。"林琦多喝了几杯，脸有点红，对热血贺尧很和蔼道，"加油早点追上我们的车尾气。"

林琦与钟宴斋在之后的比赛中如经理人所料般配合默契，发挥无敌，得到了无数观众的喜爱和尊重，成为拉力赛中长盛不衰的一对传奇搭档。

第五章
· 尊老爱幼 ·

　　离开这个小世界后，林琦回到工作舱，没有像上一次那样逼着自己马上投入下一个世界。

　　"系统，我想出去度个假。"

　　"这是你的自由，不必向我申请。"

　　除了上学和上班，林琦从来没好好看过这个星球，他忽然想走出去看一看。

　　一周后，系统与林琦同时回归。

　　系统发现林琦身上又有了一点变化，比之前更从容，眼神中有了一点确定的东西，明亮如洗。

　　"系统，我给你买了个礼物。"林琦兴奋道。

　　系统："什么？"

　　林琦："全联盟通用的视频VIP！以后你看节目再也不用等广告了。"

　　系统："谢谢……"不愧还是那个头脑单纯的小合成人，不会真以为像它这样的顶级系统连个广告都跳不了吧？呵，真幼稚……咦，这个VIP有闪光标记的，真、真好看啊。

　　林琦："走吧，加油！"

　　系统："加油。"

　　阴沉沉的天空下着暴雨，巷道空旷，偶有黄包车拉着西服整齐的银行职员匆匆跑过，林琦撑着一把竹节木的乌黑大伞，左手抱着雪白的骨灰坛子，在一面陈旧的大门前仰起了头。

　　虞宅。

　　这个小世界里，林琦十四岁时，他的生身父母在一次轰炸中去世了，在逃难的路上与大他一岁的虞伯驹相识后结伴，跋山涉水一起来到江城，林琦进了裁缝铺当学徒，虞伯驹进了拳馆当徒弟，两人相依为命扎根江城。

一直到虞伯驹二十岁成了家，两人才分开。

世界设定里，林琦与虞伯驹之间发生了一点小摩擦。在虞伯驹成家之后，林琦便自觉地悄然与虞伯驹渐行渐远了。

除了逢年过节，林琦会来虞大哥家里拜访一下哥哥嫂子，其余时间，除非虞伯驹主动上门，林琦都不会去见他。

时光荏苒，一直过去了十几年，林琦没有成家，直到今日虞伯驹在一场码头械斗中意外中了流弹，林琦赶到医院，虞伯驹临死前只留下了一句话："替我……照顾……潭秋……"

虞潭秋，这个世界真正的男主角。

与其余男主角一样有着悲惨的身世，幼时丧母、少年丧父，青年时又失去了他留存在人间唯一一个还与他有关联的人。

陈旧的大门被猛地打开，林琦手心猛然攥紧掌中的伞柄，瓢泼的大雨中，挺拔俊秀的少年顶着一张与他父亲相似的脸庞，双眼赤红，单薄的身躯在雨中发抖，从紧咬的牙关里逼出两个字："林叔。"

"潭秋……"林琦垂下眸，苍白的脸上流露出难言的哀伤，"你父亲……走了。"

"跟我走吧。"林琦轻声道，"我会照顾你。"

虞潭秋因为这一句话，一生都未得解脱，万劫不复。

他忽地从林琦怀里抢过白瓷骨灰坛，转身狂奔入院。

林琦一惊，撑着伞疾步跟上："潭秋！"

院内，一丛盛开的晚菊在风雨中脆弱摇曳，虞潭秋抬起手上的白瓷坛子用力地往下倒。

"潭秋！"林琦扔了手中的伞，冲上去抢虞潭秋手上的瓷坛子。

灰白的粉末簌簌落下，在雨中消失于无形。

林琦含泪的眼睛震惊地望向虞潭秋。

虞潭秋直接摔了白瓷坛，尚显稚嫩的脸，面上却是乖戾："人都死了，还抱着一捧灰有什么用，我娘的骨灰就是撒在这儿，干净。"虞潭秋不怕林琦生气，林琦也从不对他生气。

林琦的眼皮层叠，衬得双目格外深刻而柔情，他轻拧着眉对虞潭秋摇头，脚下一软似是要跪，虞潭秋忙扶住他。

"也好。"林琦借着虞潭秋的臂膀站起，低头望向地面花叶残败的菊花，低低道，"这样也好。"

天水蓝的长袍被大雨淋透了，林琦似乎是很疲惫，他弯着腰捡起了伞，目光再次移向虞潭秋："跟我回家吧。"

虞潭秋立在雨中，他不进林琦的伞，也不想进林琦的家，断然道："我不跟你走。"

这就大大出乎林琦的意料了。

在见到虞潭秋第一眼时，系统就已经把熟悉的好感度与黑化度传给了林琦，没道理对他百分之百好感度的虞潭秋会不愿意跟他一起生活啊。

虞潭秋穿着白衬衣黑长裤，是典型的学生打扮，头发也梳得很齐整，即使是淋了大雨，即使是刚刚狂奔了一通，他看上去依旧是学校里顶规矩的那种好学生样子。

林琦上前了一步，虞潭秋却像是怕他一样，恶狠狠地瞪了他一眼："别过来。"

虞潭秋的目光像只野兽，稚嫩的脸孔，老辣的眼神，矛盾得让人恐惧。他逼视着林琦，林琦也只能眼睁睁地看着他转身消失在雨幕里。

林琦询问了系统他死后虞潭秋的经历。

这个小世界里原来的轨迹应该是虞潭秋在林琦的资助下顺利完成了学业，原本林琦是想送虞潭秋出国深造，但当时虞潭秋与林琦关系恶劣，拒绝了林琦的提议，说"我不想一生欠你的债"，转头去了虞伯驹曾经跟过的一个大人物手下。

虞潭秋的确也混得很有出息，不过几个月就还清了林琦四年下来在他身上的花费，还添了利息。

虞潭秋以为自己总算是还清了欠林琦的债，心想自己与林琦终于是平等的了，可以在林琦面前站着，堂堂正正地告诉林琦，他不是虞伯驹，不要透过他再来怀念另一个人。

但还没等虞潭秋说出这句话，在一场码头械斗中，林琦死了。

与他父亲几乎一样的命运。

可不同的是……那天是虞潭秋的生日，林琦做了身簇新的西服想送给他，听说他去了码头，就提着小皮箱过去找他。

林琦是从背后扑上来的，他用身体护住了虞潭秋。

虞潭秋被撞倒在地时闻到了一股熟悉的清淡的香气。裁缝做完了旗袍，会给旗袍喷上香水，国外要卖到二十法郎一瓶的香水，让全城的姑娘都为它疯狂，但在虞潭秋闻来，真的是很艳俗。身为裁缝的林琦知道他不喜欢，从裁缝铺里回来就先洗澡，洗完之后，那种人工的香气就变得很淡很淡，与林琦身上的味道混合在一块，是属于林琦的香气。

那股香气被浓重的血腥味覆盖住了。

母亲走的时候，虞潭秋还小，只是见父亲哭得很伤心，所以恐惧地跟着哭；父亲走的时候，虞潭秋已经大了，至亲离世的哀恸滋味品了个完全。

"潭、潭秋……"林琦嘴里流着浓重的血，面上却是解脱般的笑容，"不要……这么……活……"

剧情一直到林琦下线，没有出现任何纰漏。

接下去，虞潭秋会大彻大悟，远离是非，按照林琦的心愿出国留学，回国后成为国内数一数二的工程师，做出伟大的事业。

然而，真正的剧情走向是虞潭秋大彻大悟，既然关爱的人都死光了，从此就了无牵挂，一路狂奔地成为江城的巨鳄豪绅，麻木不仁、六亲不认。

林琦撑着伞重重地叹了口气，他浑身又湿又冷，脚下是一地雪白的碎瓷片，人站在里头，也是个破碎的模样。

虞潭秋跑入雨中，也完全没有想法。他是江城一霸，坐拥无数门徒，可那是他三十多岁的事了，他今年才整十五岁，但无论如何，他都不愿意再拖累林琦了。

虞潭秋认为他拖累了林琦，不仅是他，连他死去的爹也是一样。

大的，自己混来混去丢了命，把儿子扔给林琦养。

小的，更过分，让林琦给赔了命。

虞潭秋在雨中面无表情地走着，忽地抬手用力抽了自己一个耳光，姓虞的没一个好东西，林琦是造了孽，遇上了他们父子俩，落个不得好死的下场。

因为暂时没地方去，虞潭秋在雨中徒步了一段之后，走到了虞伯驹曾待过的武馆。虞伯驹自己靠着一身铜皮铁骨卖命挣的钱，绝不肯让自己的孩子也跟他一样，所以一直让虞潭秋好好读书。

虞潭秋不崇尚武力，在他眼里，只会使用武力的叫莽夫，可武力也的确不可或缺，世道太乱了，该有点自保的本事。

虞潭秋在自己的青年岁月里博采众长，学贯古今，西洋拳、泰拳、少林长拳都学了个遍，虽然变回了小少年，他依旧很有自信。

经过一夜，连绵的雨总算是消停了。林琦的这具身体因为幼年忍饥挨饿颠沛流离，一直到现在也还是不好，脸总是苍白的，比他做的银月旗袍还要白一点，层叠的双眼皮显出一种哀伤的疲态，淋了雨之后，眼角和鼻子都红红的，与伙计讲话也是喉咙刺痛。

"林师傅，你伤风啦？"小伙计伶俐道。

林琦点了点头，手上仍旧是拿着伞，怕一会儿天气有变还会下雨。

他对伙计道："我今天还有事要出去一趟，大概中午就能回来，如果我中午还不回来，你就去吴公馆一趟，带上我做的几顶新帽子，替我向吴太太赔个罪，告诉她我明天一定过去。"

"好，林师傅，我知道了。"

林琦拿着伞走出裁缝铺，叫了辆黄包车，直奔虞伯驹的老武馆。感谢 VIP，系统总算有时间稍微理他一下了，给他指了虞潭秋的去向。

老武馆是一位姓聂的师傅开的。

十几年前林琦和虞伯驹逃难到江城时，聂师傅已经四十多岁，十几年过去了，聂师傅几乎一点都没变，他是最好的老师，手下源源不断地向各位高官豪绅输出着忠实的打手和保镖。

"小娃娃，"聂师傅圆脸小眼睛，看着很和蔼，总是笑眯眯的，手上提着个烟斗，对虞潭秋道，"我这里收父不收子，收子不收父。"

虞潭秋昨夜敲了武馆的门。

这年头活不下去想来武馆卖命的人数不胜数，学徒开了门，见虞潭秋一身戾气，眉目英挺中透露出一股狠戾刻毒，简直就是天生吃他们这一碗饭的人，立刻开了门，也没多问，只告诉他师傅睡了，有什么事等明天再说，便领着虞潭秋回了他们的通铺，借了虞潭秋一套干净的旧衣裳。

学徒也不单是好心，他把自己的衣服借给了虞潭秋，虞潭秋这个"人头"就算他的了，介绍新人，师傅是给发奖的，他当了个小人贩子，晚上乐得在被窝里都吭哧吭哧地笑。

聂师傅身为远近驰名的夫子，非常有原则，虞伯驹已经丧命，只留下虞潭秋一根独苗，大小虞伯驹叫他一声师傅，他也算是虞潭秋的师公，不做这种断尽满门的事儿，做他们这行，也讲究积德。

"我听伯驹说你读书读得很好，回去读书吧。"

虞潭秋人生得很高，只是偏瘦，站着像一柄利落的长枪，目中发着刺烈的光："我没有钱再读书。"

"原来是缺钱，我可以出这一笔钱，毕竟伯驹也是我的徒弟，我理当照应一下他的儿子。"

"我不喜欢欠别人的债。"

"那就没法子了，你总不能强迫我收你做徒弟。"

"我不需要你收我做徒弟，你有什么事直接让我去办，办成了给我一笔钱，就足够了。"

聂师傅饶有兴致地上下打量了一下虞潭秋，光看模样，虞潭秋就是个可塑之才，而听他的口气，阴沉又果断，就像是在刀口上舔惯了血的姿态。如果虞潭秋不是虞伯驹的儿子，聂师傅一定会收他做门徒，甚至隐约动了把衣钵传给虞潭秋的念头。

"聂师傅——"

虞潭秋听到声音猛地回头，林琦披着一件深色大氅，手上提着一把长伞，脚步飞快、脸色苍白地过来，因为走得太快，身后的大氅翅膀一样地张开，几乎是飞进了堂内。

林琦没看虞潭秋，走来对聂师傅深深地弯了腰："孩子不懂事，我这就带他回去。"

聂师傅认识他，虞伯驹的兄弟，当下笑着点了点头。

林琦回身望向虞潭秋，语气坚决道："潭秋，跟我走。"

虞潭秋觉得自己命很不好，身边的至亲至爱一个接一个地离开自己，林琦如果不是因为他，也不会枉死。

虞潭秋不为所动："这里不要我，我总有别的出路。"扭身直接出去了。

他当惯了江城一霸，姿态非常高傲，可在这副尚还柔弱的身板子里，看上去就是个闹别扭的孩子一般。

林琦对聂师傅匆匆点了下头，追了上去。

虞潭秋虽然还单薄，但跑起来还是很快，林琦追了几步就追不上了，只好原地喊了一声："潭秋——"

他伤风了，嗓子哑，又着急，这一声竟隐约有了很凄厉的味道。

虞潭秋脚步停住，扭过脸。

林琦站在离他几米外的地方，像拄着拐杖一样拄着伞，苍白的脸上一点淡淡的红晕，凹陷的眼睛陷在阴影里，长长的睫毛清秀楚楚："潭秋，别走。"

虞潭秋的脚步被无形的钉子给钉在了原地，酷刑般难挨。他冷漠又乖戾，摆出一副非常不讨巧的样子："我用不着你管。"

"我不是想管你，"林琦微微皱了眉，他本来就生得有些苦命相，皱眉的时候更显得可怜，"我只是想照顾你。"

"我也用不着你照顾。"

"好，那我也不照顾你，你乖乖地回去上学，我只给你钱，好吗？"

虞潭秋忽然就暴怒了。

他的性子在长久的呼风唤雨中没有变得平和，而是越发喜怒无常、性烈如火，他忍着满肚子的狠毒话语，尽量克制道："虞伯驹给你灌了什么迷魂汤，你这么听一个死人的话？"

对于虞潭秋这样难听的话，林琦在心中并不厌恶，只是感到任务前所未有的艰巨。他柔和道："潭秋，不论你父亲，就论你我，你叫我一声'林叔'，我怎么能就这么不管你呢。"

虞潭秋很想再抽自己一巴掌。

林琦给了他钱，照顾他，供他上学，是他欠了林琦。

可长久以来，林琦在他面前的姿态总是偏向于低声下气，倒像是林琦欠了他一样。

一开始，虞潭秋看林琦就像看一个陌生人，一个软骨头的男人，无论他对林琦有多么不假辞色，林琦永远都不会生气。

慢慢地，虞潭秋也不知道从什么时候开始，对林琦的心思变了。

他已经一无所有，只剩下一个林琦。

奇货可居，虞潭秋很珍惜林琦，但他的脾气，越是看重就越是喜欢对对方冷言冷语。

虞潭秋沉默地站着不动，一双与虞伯驹酷似的眼睛放了空，在思索着他的前路。

林琦抓住这个机会，上前一把拉住虞潭秋的袖子，虞潭秋穿着武馆学徒的旧衣服，不太合身，手腕露出了一大截。

林琦用哀求的语气道："潭秋，跟我回去吧。"

虞潭秋真想用力地推林琦一把，将林琦推得摔一个跟头，让林琦知道他是个多么不知好歹的恶毒货色，不要再这样软弱，困在他身边，为他付出所有，最后却是不得善终。

"滚！"虞潭秋甩开林琦的手，双眼里只有兽性，"你要是还有一点自尊，就滚得远远的！"

林琦讶然望着虞潭秋，眼睛中露出难以置信的受伤神色。

虞潭秋看到他这样的目光，心里简直是像被刀扎一样。

他就是要折磨自己，而且——逼走林琦。

林琦的生活再不该有姓虞的了。虞潭秋木然地想，转身拖着脚步慢慢地走，这一次他不跑了，林琦不会再追他了。

虞潭秋走了一段，忽觉不对，停住脚步猛然回头，林琦就跟在他身后半米不到的距离，他一回头，林琦受惊似的人都僵住了。

虞潭秋气得想一头撞死。

林琦僵着脸，面上露出一点小心翼翼的笑容，不说话，态度却很明确——无论虞潭秋怎么说，他都要带虞潭秋回去。

虞潭秋拿这样的林琦毫无办法，心里酝酿了一下，开始破口大骂，非常恶毒难听，净往林琦的心窝子上捅。

长痛不如短痛，他下定决心要与林琦一刀两断。

而林琦只是攥着伞，白着脸挨着他的骂，神情是天然的凄楚。

骂着骂着，虞潭秋闭了嘴。

林琦……竟然哭了。

大泪珠子从那双深凹的眼窝里滚落下来，滑过清秀苍白的面庞，落到嘴角时，淡粉的嘴唇微一抽搐，无意识的哀伤模样。

虞潭秋不是第一次看到林琦流眼泪了。

每一年虞伯驹的忌日，林琦都会抱着白瓷坛子坐在屋后，双手抚摸着那冰凉的白瓷，背影佝偻动作迟缓，一回头就是一双通红的眼睛对上虞潭秋的目光，然后惊慌失措欲盖弥彰地一擦眼睛，水光从眼角一闪而过。

可怜得虞潭秋想告诉他"你还有我呢"。

虞潭秋嘴唇抖了抖，疾步走到林琦面前。

林琦因他气势汹汹，人抖了一下，茫然的脸上闪过一丝惊惧。

虞潭秋正在变声的嗓音沙哑粗犷，他狠着一张脸："害怕就滚。"

林琦的眼里仿佛有一汪泉水，在虞潭秋的呵斥中泛出一点泪光。他颤抖地伸了手拉住虞潭秋单薄的手腕："跟我回去吧。"

虞潭秋手腕的肌肤顿时像火烧一样。他忽然反手抓住林琦的手——很烫。他再将目光盯着林琦的脸，只见林琦双颊通红，像是病了。

"你发烧了，"虞潭秋压抑着心疼，放开了手，狠心道，"不想死在外头就赶紧滚回去。"

林琦马上又抓住了虞潭秋的手臂，他抓得很紧，呼吸急促，目光恳求，慢慢摇了摇头："一起回去吧，当我求你……"

"你——"

虞潭秋咬牙切齿，稚嫩的脸上是阴狠的神情。他猛地将手腕一收，两人瞬间贴近，林琦都能看到他眼里蔓延开的红血丝。

虞潭秋盯着林琦，声音仿佛从齿缝里一字一顿地逼出来："你——不——要——后——悔。"

"进来吧。"林琦推开了暗红的门，抖了抖身上的长袍，声音腼腆道，"地方不大，你的屋子我昨晚都替你收拾好了。"

虞潭秋冷着张脸挤过林琦的臂膀，林琦捂住臂膀，在虞潭秋交错时面上露出一个讪讪的笑容。

一看就是个任人搓圆揉扁的好脾气。

虞潭秋的性子长在骨子里，父亲的粗莽，母亲的执拗，年少的懵懂，青年的茫然，中年的狠毒，种种全杂糅在一个目前才十五岁的单薄身体里，外露之后总的来说就是个别扭的孩子。

林琦跟在他身后，嘴里轻声向他交代这间小小院落的分布，他们的住处、厨房的位置，还有钱都放在哪儿。

林琦说得很清楚也很细致，说到在虞潭秋的床底下第三块青石板下头藏了一盒银圆时，虞潭秋终于忍无可忍地暴怒了："你这是在交代遗言？！"

林琦戛然噤声，骤然安静下来，从喉咙里细细地咳了一声又憋住。

咳嗽这种东西是憋不住的，于是林琦静默地跟在虞潭秋身后，边走边憋着咳嗽。

虞潭秋受不了，回身道："你跟着我干什么？还不去看大夫？"

林琦红着眼睛和鼻头，一副无措又无辜的模样："我、我带你去你住的屋子。"

林琦早年间相貌有点显老。

过于凹陷的眼睛和层层的双眼皮像藏了岁月的秘密，大约是因为从小身体不好，他总是很忧伤，独来独往，孤独冷清，十七八岁的时候就苦大仇深得像个过于老成的青年。

真正到了青年岁月之后，林琦的相貌忽然就定格了，年华再一次抛弃了他，他看上去又比其他人显得年轻了，似乎一直都是老成的青年模样，而且越来越忧伤，像一个过于陈旧的灵魂悄然躲在了不腐的躯壳内，唯有他的目光带着柔和的善意，有时甚至显得有些稚嫩。

就是这样的目光让虞潭秋记忆深刻。

"我已经听清楚了，"虞潭秋从暴怒转为冰冷，"你能不能离我远点？"

林琦迟钝地点了点头，转身欲走，又回过身把手里的竹节大伞往虞潭秋面前一递："这两天还要下雨，你拿着。"

虞潭秋低头看了一眼林琦手里的伞。淡棕色的竹节柄表面光滑圆润，一看就是主人的惯用品，握在那双苍白干净的手里，相得益彰。无论任何人都不会愿意从那双手里夺走那把那么适合他的伞。

虞潭秋扭过脸，在秋风中冷冷地撇下一句："不用你管。"

林琦站在院内望着虞潭秋尚还单薄的背影轻轻叹了口气，这一口气叹出，又带了一串的咳嗽。刚要迈进屋内的虞潭秋猛地回了头，动作和目光都有力得像个顿号，恶声恶气道："还不快滚！真想打断你的腿……"

林琦模糊地笑了下，像个溺爱孩子的家长，边默默地点了点头边转身。

"我叫你滚去看大夫，你懂不懂？"

林琦回眸，对虞潭秋又笑了一下。这次他笑得深，他笑得深时，左脸颊会有一个很浅很浅的酒窝，显得更稚嫩起来："谢谢。"

虞潭秋夺门进屋，心里头一匹猛虎乱窜，想咬人了！

林琦提着伞很乖地去看了大夫，虞潭秋这副随时都要发神经的模样，他不打算花工夫去特别纠正，估计也无法纠正。虞潭秋变成这样，也还是因为他死了，等过几年虞潭秋过了那个坎儿，慢慢就会好起来的。

这也是林琦的工作经验。

现在他能做的、要做的就是先把单薄的虞潭秋养成结实有力的青年。

从药铺回来，林琦回了裁缝铺。时间不早不晚，他换了一身袍子，又喝了几杯润喉的茶，将暗哑的嗓音强行吊上去，带着伙计赶去吴公馆。

吴太太是吴先生新娶的老婆，外地人，初入江城去了好几个太太圈的聚会，明里暗里觉得不对劲，像是受排挤，经人指点，原来是太太圈里的那些太太嫌她整天穿洋装，不上台面，吴先生也让她做几件旗袍穿，好陪他出席重要场合。

"林师傅，你说怪哇啦，"吴太太年纪很轻，说话声音软软糯糯，带着一点口音费劲地说着别扭的江城话，听上去可爱又娇嗔，"我那些衣服件件都是巴黎买的……巴黎你晓得伐？"

林琦边给吴太太量尺寸，边柔声道："听过，在法国。"

"是的咯，法国呀，不要太高档，哼。"

"吴太太，抬手。"

吴太太抬起两条软绵绵的长臂，面上噘着嘴。她今年才十八的年纪，噘嘴一点不显做作，虽说是做了别人的太太，实际还是个少女。

"讨厌，洋装哪里不好看，旗袍，好老气的。"

"吴太太放心，"林琦利落地记下尺寸，脸庞离得吴太太的后颈尽量远，吴太太身上喷的香水味道很浓，他怕忍不住喷嚏，"不会做老气的。"

吴太太翻了个俏丽的白眼，依旧是不快。

量好了尺寸，林琦拿了布料本子给吴太太选花样。吴太太根本不想做旗袍，自然是怎么都挑得出毛病，端着一杯红茶皱眉，一根涂得鲜红的手指在布料本子上乱戳，嫌那个太红，这个太花，左右都不满意。

"哟，这是在做衣服。"

低沉的男声顺着玫瑰的香气飘来，弯腰站着的林琦略有些紧张地往后退了一步。

"达令。"吴太太放下精美的茶具，小鸟一样往来人怀里扑。

吴致远搂了自己新婚的娇妻，目光却是落在弯腰的林琦身上："林师傅来了。"

林琦抬头，想开口，一个按捺已久的喷嚏却是忍不住打了出来。他打喷嚏的声音不大，却是拉响了吴太太的警报。

"林师傅，你感冒啦？"吴太太身娇体弱，惊慌地搓了搓手，"呀，会不会传染啊？"

"抱歉。"林琦捂住了自己的口鼻又后退了一步，"昨晚着了凉，吴太太放心，我这就走。"

"一点小伤风，怕什么。"吴致远松了手，大步流星地走了过来，很随意地抽了林琦抱在怀里的厚本子打开。

吴太太站在原地，搓了下肩膀，觉得自己鼻子好像也痒了起来，爱娇地皱了下鼻子，对吴致远道："反正也是做给你看的，你挑吧，我要上去换衣服了。"

吴太太从花园跑入厅内，大呼小叫地让用人给她放水。

吴致远回头看了落地窗一眼，窈窕的身影已经消失在了楼梯上。

他回过脸，翻开手上的布料本子，手落在银白新月的布料上，对垂着脸的林琦道："林师傅，这个怎么样？"

林琦看了一眼："很好。"

"我也觉着好。"吴致远悠悠然道，"皎皎若月，白得很干净，像人的皮肤一样。"他说着，目光有意无意地掠过林琦苍白的侧脸。

林琦沉默着没有接话。

吴致远抿着嘴看着林琦，若有似无地笑："怎么不说话？"

"吴先生选，我听着。"林琦恭敬道。

吴致远看不分明林琦的年纪，只觉得林琦大约快三十了，也有可能刚过三十，总之看上去是很模糊，反正两人应当是不相上下的年纪。他几次想问林琦，又觉得两人的关系还不到那份上。

林琦的年纪与他们之间的关系在吴致远心里是一样的，含糊不清的，很有趣。

工具人的设定各种各样，除了是主角的陪衬之外，也都是设定完备有血有肉的人，也许站在主角的角度来看，工具人的标签无非就那几个，而实际看来，林琦的每个角色都有他各自的人物特点。

在与虞潭秋的关系中，为了能让林琦这个人物有个合理的理由在明哲保身的世道里肯为虞潭秋付出生命，所以设定了林琦是个无原则、无下限的老好人。

上次来做任务，林琦一心都是刷任务节点，神经粗得跟木头一样，根本不在意这个设定，只是按任务节点，该摸骨灰盒的时候摸两下骨灰盒，丝毫没有察觉其他"NPC"对他的想法，现在的他已非当日林琦，马上就察觉到这个吴致远对他的态度很不一般，将他当个玩意儿逗趣一样。

吴致远从外头回来，穿着一件剪裁得很得当的西服，勾勒出宽阔的肩膀，肩膀轻轻碰了一下林琦局促地缩着的肩膀："你是行家，你来挑挑。"

林琦背上寒毛都要竖起来了，又不敢明目张胆地得罪吴致远，于是道："我回去选了几样适合吴太太的花样，再来给两位过目。"

"哦，"吴致远挑了下眉，故意为难道，"那你今日是特地来敷衍我太太的？"

林琦静默不言，头上热乎乎地出了汗，正从他的鬓角里沁出来。他动了动手想擦汗，手一抬又觉得不雅，悄然放了下去，干巴巴道："不是的。"

手艺人，手上灵巧嘴上笨拙，乃是常事。

以吴致远的身份，根本不会搭理林琦一流，无论是裁缝、厨子，对他来说，不就是工具嘛，都不能算个人。

不过林琦有点不一样。

林琦——很惹人怜。

简直比路边骨瘦如柴卖香烟的小姑娘还可怜，吴致远就没见过生得这么苦相的男人，也不是单纯的苦相，有股凄楚的感觉，像是藏着无数心事，端庄又怯生。吴致远也形容不出来，反正瞧着很有意思。

吴致远自得其乐地笑了一下，将厚厚的本子递回给林琦："你挑吧，挑中的花色一样做一身。"

"多谢。"林琦双手抱着本子要退下。

吴致远叫住了他，调笑道："我照顾了你这么大一笔生意，你就这么走了？"

林琦低头还是没看他，深深鞠了下躬："诚挚感谢吴先生。"

就是这种不卖弄，近乎于傻的姿态格外地取悦吴致远。吴致远自己是个人精，一眼就能看透人是装是真，当下笑了一声，挥手道："走吧。"

林琦走出吴公馆，松了口气，仰头又是叹气。

吴致远也是个重要配角。

林琦与吴致远认识还是虞伯驹牵的线。

虞伯驹曾当过吴致远的贴身保镖，吴致远当时刚出任海关署署长，正是在风口浪尖的时候，江城不知多少人想他死。

虞伯驹有真本事，保护吴致远度过了那一段危险的时光，之后很长一段时间都跟在吴致远身边。

就是那时，虞伯驹将吴致远这个大金主介绍去了林琦的裁缝铺。

算算时间，也有七八年了。

这期间，吴致远换了三个太太，林琦今天来做旗袍的对象正是第三任吴太太。

这种背景在林琦踏入这个世界之前只是寥寥数笔的设定，林琦激活世界之后，才发现吴致远的设定也并不那么平面。

再过几年，虞潭秋会投靠吴致远，成为吴致远身边有力的臂膀。

原本是很寻常的设定，现在看来，似乎又有点乱象。

林琦摇了摇头，先不去想。自从消化过上个世界花花公子的角色后，林琦从容了很多，让伙计回了裁缝铺，自己去了菜场，很仔细地选了只活泼的母鸡，又挑了两条新鲜的鱼，秋鱼肥美，满肚子的鱼子。

林琦提着一篮子菜回了家，钻进厨房开始张罗晚饭。

单身汉的手艺早就磨炼得很出色，林琦把鸡炖下，悄无声息地走到虞潭秋的屋子前，轻轻叩了叩门："潭秋，吃晚饭了。"

没过一会儿，紧闭的门开了一条缝，黑漆漆的，丝线般飘出了声音："我再说一遍，你不要管我。"

林琦不说话了，在原地静默地待了一会儿，悄然转身。

虞潭秋像个鬼魅般，人贴在门上，从门缝里探出一只眼睛，望向林琦离开的背影。灰色袍子束着长条的单薄人影，人也显得灰蒙蒙没精神，两边袖子吊了起来，露出一截白生生的手臂，连着一双苍白伶仃的手，垂下的百合一般。

虞潭秋一直盯着，直到林琦的身影完全不见。

他这样的扫把星，林琦这么不烦他，就因为他是虞伯驹的儿子。

虞潭秋宁愿自己不是虞伯驹的儿子。

一下午，虞潭秋将自己关在屋子里想了很多，林琦非要照顾他，一是因为虞伯驹的嘱咐，其二大约也因为他现在还没有自立门户的能力。

那个时候，他给了林琦钱，说他要离开这个家的时候，林琦面上的表情不也很轻松嘛，没有一丝的不舍。

也是，林琦和虞伯驹那样深的兄弟情谊，也从来不主动上他们家的门，他又算什么呢？

所以只要他证明了他能不依靠林琦，自己照顾好自己，那么林琦大概也会很自觉地远离他了，就像对虞伯驹一样，逢年过节地来打个招呼，也就够了。

或许，他连林琦的"招呼"都得不到。

虞潭秋独自在心里勾勒着、幻想着，从他离开林琦开始一直想到了林琦健健康康地活到老。

林琦老了会是什么样子？

林琦像是不会老。

虞潭秋想到了自己的上一辈子，他死在中年，是什么样子他都记不清了，他很少照镜子，他不喜欢自己这张酷似父亲的脸。

过了不知多久，有很轻的脚步声传来，如果不是虞潭秋天生敏锐，隔着屋门板他都察觉不到有人来了。

香味适时地从门缝里飘了进来。

虞潭秋许多年不曾闻到这熟悉的香味，险些要掉下泪来。

"潭秋，你要是饿了就吃一口。我回你家里替你收拾点衣服过来，你还要什么东西，我一起给你带回来。"

门缝里静静的，像没人一样。林琦只好放下食盒，敲着膝盖起身。他没走出去几步，后面忽然传来开门的声音。

虞潭秋大步流星地走了出来，眼睛似乎是有点红，依旧是一副不知好歹的狠毒样子："用不着你，我自己去。"

林琦手足无措地站着，迟疑地"哦"了一声。虞潭秋走过他的身边，刮过了一阵风。

林琦如梦初醒般追了上去，走到了虞潭秋的身边，他两手互相攥了下，小声道："我还是陪你一起去吧。"

虞潭秋停下脚步，在林琦紧张的脸上扫了一圈，林琦的脸根本就藏不住事，他是怕自己又跑了！

虞潭秋气不打一处来，分神又见林琦的脸更红了，于是没头没脑道："你看没看大夫？"

林琦点了下头："看了，"嘴角又是堆笑，"谢……"

"药煎了吗？"虞潭秋不耐地打断道。

林琦这才想起来把药忘在裁缝铺里了。

他面上神情一慌，虞潭秋马上就知道药必定是没煎，也更谈不上吃了。

虞潭秋想摸一摸林琦额上是不是烫得厉害——也不必摸了，看着林琦红扑扑的脸和干涩的嘴唇，大概心里也就有数了，病着，自己药也忘了吃，给他张罗一桌的饭菜，忙完了还要去给他收拾衣服。

虞潭秋啊虞潭秋，你是什么样的好命，有人待你这样尽心尽力？

虞潭秋心如死灰地问："你为什么对我这么好？"

"我……你叫我一声'林叔'……"

无论问多少次，林琦都是一样的答案。

虞潭秋冷着一张稚嫩的脸，也不再跟林琦顶嘴，语气也弱了，像是吃了一场大败仗，有气无力道："药呢？"

"落在铺子里了。都这么晚了，我明天再过去拿……"

"都这么晚了，你不是还惦记着要回去给我收拾衣服？"

林琦道："你明天要上学，总不能穿这么一身，等我手上闲了，再给你做几身新的。"

"不许你给我做衣裳！"虞潭秋忽然尖锐道。

林琦吓了一跳，猛然想起自己死的时候正是给虞潭秋带了一身新做的衣服，知道自己失言了，忙闭口不言。

而虞潭秋已经是面白如纸，眼红如血，浑身都在发抖，所有的血液一齐冲向了他的大脑，他忽地伸手用力搂住了林琦，在林琦耳边失魂落魄道："别给我做衣裳……"

吴太太收到了做好的旗袍——花色都不是她挑的，她懒得挑，也做好了不喜欢的准备，聊以应付和太太们的社交与年过三十品味陈旧的先生而已。

一打开淡色的礼盒，吴太太就闻到了一阵甜蜜醉人的芬芳，心情就已经不错，拉起银月白的旗袍一看，流水一样的光泽，精巧的剪裁，袖口加了一圈草绿色的蕾丝，中间别具匠心地点缀了一颗泛着粉的小珍珠。这微小的细节恰好契合了吴太太的少女心思，吴太太当即就笑开了："我要试试！"

上身以后，吴太太一照镜子，才发觉这件旗袍实在是很好看。她生得有点瘦，担心撑不起旗袍，可这旗袍很奇妙地衬得她凹凸有致，肩膀小巧而腰身下行，连玲珑的胸脯都似乎变得丰满了一些。

吴太太又惊又喜，捂着嘴娇笑了一下，对身边的用人道："怪好看的哦。"

用人们当然是蜂拥而上个个夸赞，吴太太被夸得笑得合不拢嘴，她人来疯地对用人道："快打电话，我要约她们打麻将！"

吴太太迫不及待地要炫耀一身新鲜的旗袍，出门时碰上了吴致远回来的车，吴太太摇下车窗，在车里对吴致远笑成了一朵花："达令，我出去打麻将啦。"

吴致远摘了戴的石晶墨镜，打量了吴太太的上身，满意地点了点头："很好。"

吴太太笑得很高兴，反过来推荐吴致远也去做一身长袍。

吴致远笑而不语。

在海关署上班，穿一身飘飘荡荡的长袍——像什么样子！亏她想得出来。

车开过之后，吴致远重新戴上了墨镜，对司机道："去裁缝铺。"

司机都不用问哪个裁缝铺，吴致远只去一间裁缝铺。

去了裁缝铺，吴致远却是没见到人，听小伙计说："林师傅去学校了。"

吴致远翻了个林琦挂在外面的帽子戴上，对着镜子打量自己。他瞟眼过去，似笑非笑道："怎么，他改做教员了？"

"不是，林师傅是去接小虞先生。"

"小鱼先生？"吴致远听得有趣，饶有兴致道，"哪位小鱼先生？"

因吴致远是裁缝铺的大主顾，小伙计回答得很尽心，知无不言言无不尽，把这个月林琦是怎么一边忙着给吴太太做旗袍，一边照顾小虞先生的情况说得清清楚楚。

吴致远听着听着就听明白了。

"小鱼先生"是虞伯驹的儿子，虞伯驹死了，林琦代虞伯驹照顾他的儿子。

"有意思。"吴致远道，将戴在头上的绅士帽挪正了，"这个我买了。"

吴致远的生活趋向于一种成功的单调。

他的事业一帆风顺，稳坐钓鱼台，新娶了个才貌双全的年轻太太，可谓是处处得意，不过，也着实很无聊，但凡一点能引起他兴趣的事，他都很珍惜。

黄包车停下，林琦立在门口静静等待。

一群穿着校服的少年迎面走来，林琦略略闪避了一下，目光投向人群。

虞潭秋在人群中是很显眼的。

比同龄人高挑多的个子显得出类拔萃，俊俏的外形，最重要的是他身上那股生人勿近的气质，身边周遭方圆几米都没人敢靠近。

"潭秋。"林琦短促地叫了下。

虞潭秋的身影晃了晃，停在原地一会儿，才大步流星地迈着步子向林琦走来，行走的时候像个幽灵，片刻之间就穿过了密密的人群走到了林琦的身边。

"你来干吗？"虞潭秋沉着脸道。

林琦不知所措："我来接你放学。"

"我没长腿？用得着你来接？"

林琦被虞潭秋没头没脸地臭骂一顿，低头讪讪道："现在外头太乱，我不放心。"

虞潭秋的脸色比结了冰的湖水还要冷，僵硬地扭着脸，摆出一副不合作的态度。

林琦也不需要他听话，虞潭秋的身体里藏着个中年的灵魂，返老还童般别别扭扭，林琦觉得他这样也很好玩。

"我去叫车。"林琦指了指马路。

虞潭秋冷哼一声，倒也没有阻止，默许了。

放学的时候，学校门口车多，黄包车也多，林琦疾步走过去叫了几辆黄包车都被人抢了，他性子软又不善争辩，面对这种劫车的行为几乎无计可施。

虞潭秋看着林琦像一只慌张的蜜蜂，不知该叮哪一朵花，手足无措的，百忙之中还要回头看两眼他，一副顾头不顾尾的烦恼模样，林琦像是随时随地都怕他会跑了。

虞潭秋有点忍无可忍——这样的林琦真是太让人心疼了，让人想马上替他解决面前的烦恼才好。

显然有人跟他的想法一致。

吴致远叫司机在晕头转向的林琦面前停了车，车窗摇下，食指扣下墨镜，对林琦模糊一笑："林师傅，去哪儿，我送你。"

林琦一看到吴致远的脸就警铃大作，忙道："不用了，谢谢吴先生，我叫辆黄包车就行。"

吴致远看林琦忙碌了半天一无所获，好笑道："那好吧。"

他也不让司机开走，也不摇上车窗，就这么鼻梁上半架着一副墨镜看西洋景一样看林琦擦了下汗又走向下一辆黄包车。

很快，林琦终于上了一辆黄包车，不是凭他自己的本事上的，是一个酷似虞伯驹的少年气势汹汹地走了过来，喝退了企图与林琦抢夺黄包车的母子，拉着林琦的手臂，像是拽着自己的仇人。

只是像而已。吴致远从虞潭秋先一脚踩下黄包车，让林琦方便上去，在林琦坐下后，又似乎顺手地拉起林琦的长袍下摆的动作看得出——这个"小鱼先生"

很关心林琦。

吴致远是江城有名的绅士，他家世显赫、英俊多金、位高权重，男人和女人都飞蛾扑火地涌向他，吴致远在万花丛中游刃有余，当然很会照顾人。

其实"顺手"恰恰是最难的。

顺手就是不假思索，不用刻意为之，就是心里有你，所以一切都是"顺手"。

吴致远对人与人的关系之间研究得比任何人都要透彻，如果有一项有关这个项目的课程，吴致远应当已经博士毕业了。

黄包车不大，林琦与虞潭秋都单薄也是挤在一块紧挨着，虞潭秋的少年时期因为父亲常年在外没人照顾，空生了一副很大的骨架子，身上就一层薄薄的皮肉，加上一件薄薄的校服没有任何保护性，林琦坐得那么近，身上的香水味一个劲地往他鼻子里钻。

虞潭秋动了动鼻子，眉头打起了死结。

刚才那辆停在林琦身边的车，虞潭秋很熟，吴致远的车牌号他当然记得很熟，吴致远这个人他也不会忘记。

这个人可以算得上他的第一位师傅，也是他的第一块垫脚石。

只是虞潭秋一直不知道，林琦和吴致远很熟吗？吴致远还特地停下车来跟林琦说话，他看到林琦的神情似乎也很惊慌。

林琦虽然不是个胆大的人，但也绝不胆小忸怩，不至于看到个人就惊慌失措地害怕。

再说吴致远长得非但不恐怖，而且还很英俊。

虞潭秋心里猛地打了下突，忽然扭过了脸。他扭得很猛，带动了整个上半身，林琦与他坐在一起，自然立刻察觉到了异动，也转过了脸，两人骤然间就面面相觑起来。

林琦的眸光难得地只闪动着一种光芒——纯粹的惊讶，没有哀伤，身上稚嫩的天真又跑了出来。

他不开口，林琦也安静得很，坦然地望着他，微微露出一个笑容。

虞潭秋马上就生气了。

"你笑什么？"

林琦慢慢压下上翘的嘴角，讪讪道："没什么。"

虞潭秋嘴里不受控制地开了炮："你是不是一看到我这张脸，就觉得很高兴？"

林琦听他语气不善，低头轻声道："我不笑了。"

虞潭秋更生气了。

他的脾气其实并不火暴，更趋向于一种阴冷，林琦死后，那种阴冷蔓延到了他的四肢百骸，一直到了他的灵魂里，在燃点以下成了一丛灰烬。

现在林琦活生生地站在他面前，那丛灰烬立即被点燃了。

他真的很恨林琦，恨林琦可爱可怜，恨林琦温柔体贴，恨林琦善良天真，最恨林琦毫无原则地充当着一个老好人。

这种恨是非正当的，做好人有什么不对？都说爱恨有因，虞潭秋现在就是一种横冲直撞没头没脑的恨，也不知道终点到底在哪儿。

虞潭秋硬生生地扭过脸望向街道，想把自己那把不正当的火给憋下去，而他的目光和注意力一转移，就发现了不对劲——吴致远的车就跟在他们的黄包车后面。

人力黄包车不可能跑得比汽车还快，吴致远有意跟着他们。

黄包车停了在暗红色大门前，虞潭秋先下了车，顺手抓了林琦的胳膊托着他下车，当然看上去依旧很粗鲁，没有一点故意帮忙的意思。虞潭秋利落地打开门，把林琦直接"丢"了进门。

林琦跟跟跄跄地站稳，身后门已经"嘭"的一声关上了。

他发了一会儿愣，转身轻拍了拍门："潭秋，你干吗呀？"

虞潭秋一手背在身后按住门，另一只手垂在身侧，目光阴鸷地望向吴致远的车。

车窗摇了下来，吴致远笑眯眯地对虞潭秋道："你是伯驹的儿子吧？长得真像。"

虞潭秋最讨厌的就是这张和父亲酷似的脸，吴致远简直就是哪壶不开提哪壶。他清冷道："吴先生。"

"哦？你认识我？"

"认识。"

吴致远点头，上下又打量了下虞潭秋："乍看你像你父亲，细看又和你母亲也很像。"

虞潭秋皮笑肉不笑道："吴先生有事？"

"没什么事，"吴致远藏在墨镜下的眼睛里闪着一点兴趣盎然的光芒，"找点乐子。"

虞潭秋想做掉吴致远，这个念头一冒出来，脑海里立刻就浮现出了一个完整的计划，天衣无缝毫无纰漏，看来看家的本领也还是没丢。

心里有了杀意，并且是贯彻到底的杀意，笑意盈盈的吴致远在虞潭秋眼里已是个死人的模样。可偏偏虞潭秋最喜欢的事情就是跟死人较劲，所以也丝毫没有放松，依旧脸阴沉沉的，一副讨人嫌的孩子模样狠瞪着吴致远。

吴致远觉得是很有意思。

大"鱼"小"鱼"看着长得像，实际完全不一样。

大"鱼"灵魂粗粝，在吴致远身边时，吴致远觉着大"鱼"与一条会说话的狼狗没有任何区别，只是吃睡和动用蛮力，一身武夫的钝气，吴致远对他没有丝毫的探究兴趣。

面前的小"鱼"，吴致远倒是看不透，隐隐地还觉得有点危险。

真是罕见，一个小崽子有什么危险的。

吴致远从来很相信自己的直觉，于是对虞潭秋用一种招安的语气道："小虞，你愿不愿意到我身边做事？"

"潭秋——"身后的门被用力拍了一下，林琦焦急的声音传来。

虞潭秋单手按住门，微一使力，算是对林琦的回应，同时对吴致远道："我和我父亲不一样，不打算到任何人身边做事。"

门后的动静停了。

吴致远从没有勉强人的爱好，听了虞潭秋的拒绝，也不生气，仍然是笑眯眯的模样："好好读书，的确与你父亲是不一样的出路。"

接下来，吴致远就和亲切的长辈一样，对虞潭秋的学业和未来做了一番畅谈。尽了谈兴之后，他心满意足地扬长而去。

一场明目张胆的跟踪似乎没有任何收获，不过对于吴致远来说，收获满满，因为——很好玩嘛。

吴致远没有孩子，医生说吴致远这辈子都不会有孩子，说是什么死精症。

吴致远晴天霹雳地伤心痛苦过一段时间，很快就完成了自我排解，人无完人，天妒英才，如果没有这一点缺陷，那像他这样的完人必定会短寿的。

在没孩子和短寿之间，吴致远很果断地认为没孩子要强多了。

因为"没孩子"，吴致远在很多方面就比其他人要想得开，不必敛财——无后可留，四处留情——无责任担忧，只要快乐，快乐长寿就行。

也因为"没孩子"，吴致远对任何晚辈都保有很大的慈爱，每每见到可爱的年龄适合的，内心就会幻想"这个孩子要是我的该是什么样"，他对这个世界充满了博爱。

虞潭秋看着吴致远的车消失不见，才重新转过身拉开了门，对上林琦的眼睛，他张嘴似乎要说什么，又马上紧紧地闭上了嘴，很任性地关门，又是憋成了一个闷葫芦，直挺挺地往自己屋子里冲。

他现在才十五岁，是最可以撒野的年纪，做什么都不稀奇，本质与他中年呼风唤雨的时候好像也差不多。

那时，他是用权势和金钱对这世界撒野，现在他只对林琦一个人撒野。

虞潭秋进了自己的屋子，噼里啪啦地对着屋子里吊着的一个沙袋挥拳出腿。

这沙袋是虞伯驹的遗物之一，虞潭秋从老宅收拾了过来。搬过来的时候，林琦盯了沙袋好几眼，虞潭秋怀疑林琦想睹物思人，狠狠地瞪了林琦好几眼，林琦被他一瞪，就把"拿沙袋做什么"的话给憋了回去。

林琦想虞潭秋重开以后脚气坏得这么厉害，大概是要拿沙袋出气吧。

而虞潭秋比林琦想得要成熟多了。

他正在准备进行"资本的原始积累"。

作为江城最出名的大鳄，虞潭秋发家伊始也就是凭一双颇具智慧的拳脚，他读过书，脑子灵活，比那些纯粹的武夫强过不知多少。

但那是成年后的虞潭秋，虞潭秋现在还没有"成年"，一把公鸭嗓成天嘎嘎嘎的，他自己听得都闹心，这也是他沉默寡言的原因之一。

更让虞潭秋不快的是他身上几乎没有几两肉，完全就是个小鸡崽子，随便来个健壮一点的成年男人，一巴掌就能把他呼上墙。

虞潭秋拼命地吃和练，打算以最快的速度将身上一层薄薄的皮肉锻炼成铜皮铁骨，用以换取金钱。

等有了钱以后，他就能很快地摆脱林琦。

还是先做掉吴致远吧。

吴致远不怀好意就算了，他竟然都不知道林琦和吴致远那样熟稔。

虞潭秋啪啪用力打出两拳，沙袋却纹丝不动。

林琦钻进厨房，非常利落地烧出三菜一汤。

虞潭秋正是长身体的年纪，胃口很大，林琦每天烧菜都像打仗，要翻炒的菜肴量太多，勺子都翻不动了。

摆好饭之后，林琦去叫虞潭秋吃饭。虞潭秋倒没跟饭过不去，阴沉沉地从房间里飘了出来。

林琦还穿着围裙，他总是这样，方便吃了饭以后直接收拾，不弄脏衣裳。

虞潭秋很看不惯他这样。

虞潭秋想目不斜视地超过林琦，直接眼不见为净，可惜迈不开步子，余光很不争气地往林琦身上瞟。

林琦在他面前沉默居多，大概是怕说错话，一言不合又是一场大战，娴静得很。

虞潭秋气死了。

他也不知道自己为什么生气，总之就是气。

吃饭的时候，虞潭秋把一股气都发泄在了食物上。林琦炖了骨头汤，虞潭秋把软骨咬得咯吱咯吱响，林琦听着声，悄悄看虞潭秋一眼，也就一眼，就被虞潭秋逮住了。

虞潭秋轻轻放下筷子，目光与神情都很严厉，以一种拷问的语气道："你和吴致远——很熟？"

林琦忙道："不熟的。"

"不熟，他为什么跟着你？"

"我、我也不知道。"

虞潭秋"呵"了一声，冷笑道："不知道。"

林琦对这进攻的号角采取完全回避的态度，低头夹了点青菜放到虞潭秋的碗里。

虞潭秋没打算偃旗息鼓，继续开炮："你心虚什么？"

"我没有……"林琦微弱地辩解道。

虞潭秋咄咄逼人："那你说'不知道'。"

"可我真的不知道呀。"林琦睁圆了眼睛，惊慌又无辜。

虞潭秋听不得他说话带"呀"，像撒娇，三十多岁的人了，为什么总是对个小孩子撒娇呢？

林琦穿着半旧的长袍，袖子卷到胳膊肘，端着碗一副惶恐的样子似乎在等待虞潭秋的宣判。

虞潭秋马上就清醒过来了。

恶毒的是他。

虞潭秋又将那股气转化成闷气，低头再次食之无味地嚼那一口软骨，心想：还是把吴致远做掉吧，这个人太讨厌了。

吃了饭，林琦就得收拾。

虞潭秋慢吞吞地走出屋子，站在院子里，目光望向林琦收拾屋子的身影。

林琦收拾完了碗筷，全叠在一起，回头对虞潭秋笑了一下。

虞潭秋的脑海里正想着怎么把吴致远做掉，林琦骤然一笑，又纯净又温暖，虞潭秋非但没在这个笑容里得到感召，而是又暴怒了。

凭什么。

凭什么他活得这样拧巴不如意。

虞潭秋忽然想通了。

他为什么非要把林琦往外推呢？非要让林琦知道人间的险恶呢？

他可以继续完成他的资本原始积累，发家之后，将林琦保护在自己的身边，总不能让林琦白白为他死一场，做一辈子裁缝吧？他是真不想林琦再去做衣服了。

林琦想做好人，自己尽可以为他编织一个假的好世界，只要林琦被蒙在鼓里就行。

不该，太不该，都活两辈子的人了总纠结在陈旧的博弈中实在太愚蠢了。

平静忽然地就降临在了虞潭秋的心间，他满脸祥和地走到林琦面前，伸手想帮林琦分担他手上垒起来的碗筷。

哪知林琦不知道是害怕了还是受惊了，手一缩——丁零当啷，碗摔了一地，碎瓷片飞溅开来，林琦真吓着了，"啊"了一声，下意识地回过脸望向虞潭秋，目光怯怯的："潭、潭秋……"

虞潭秋脸色铁青，很是生气——非做掉吴致远不可！

摔碎了一堆的碗碟，林琦被虞潭秋连喊带骂地赶出屋子，骂得他那双手一无是处。

林琦薄薄的脸皮全红透了："我来收拾。"

"滚吧你，也不知道你能干成什么事……别提做衣服，你这辈子也别给我做衣裳，我想到就恶心。"虞潭秋身上的怨气没消失透，以污言秽语的形式挥发了出来。

林琦瞧他一直闷葫芦地憋着，现在总算说出来了也好，心平气和地挨骂。

虞潭秋虽然骂得很凶，但坚决不让林琦低头弯腰碰一下碎瓦片，他动作很利索地捡了干净，直接把碎片往后门的空地上一扔，回头对拿了笤帚簸箕过来的林琦又是一顿横挑鼻子竖挑眼，从林琦手里抢过了笤帚簸箕，边骂边将地面的细碎瓷片扫干净了。

林琦从头到尾所要做的事只有一件——挨骂。

虞潭秋的公鸭嗓低沉又沙哑，连珠炮一样地骂人，像跑不动的旧式火车哐哧哐哧地往外喷火，林琦非常不走心地听着，然后听着听着就笑了。

虞潭秋见林琦被骂都能笑出来，而且笑得很开，嘴角的浅酒窝都出来了，当下又闭了嘴，心中幽怨地想：就是个没脾气的老好人。

虞潭秋在国文课上都还一直想这件事，阴沉着一张俊秀的脸，不再跟林琦闹别扭，心里很高兴。

大概是眼睛里露出了一点活泼，虞潭秋立刻就吸引了一个一直想对他表白却又怯场的少女。

学校白围墙下金色的桂花树散发着浓烈的香气，长发垂肩的小少女羞羞答答地说出了自己的爱意。

虞潭秋侧脸清冷又漂亮，是少年那种白白净净如玉一般不经事的漂亮，秋风吹着小巧精致的桂花翩跹落在少年挺拔的肩头，画面简直如同电影里的一样。

少女张曼淑心神都为这一刻震颤，就算虞潭秋拒绝了她，那也值得了，她的少女初恋如斯美好，梦幻一般。

虞潭秋听完了她的表白，先是沉思了一会儿，再很客气道："很对不起，我不能接受。"

张曼淑有一种意料之中的失望："没关系，我只是想告诉你我的心意。"

吴致远一回到家，就听见自己十八岁的小太太叽叽喳喳地骂人，少女声音平常时是非常娇嗲的，只是发起脾气来让人受不了。

"怎么了？"吴致远走进屋内，摘下帽子。

一个用人上前接过他的帽子，另一位用人上前替他脱西服外套，他的手刚从袖子里拔出来，吴太太就扑进了他的怀里。

吴致远很温和地拍着她的背："谁惹我的小蜜糖了？"

"我都快气死了。""小蜜糖"噘着嘴道。

吴致远在吴太太颠三倒四的抱怨中听明白了，吴太太出去打麻将，结果和张太太撞了衫。

吴致远略微讶异地张了唇："会有这样的事？"

吴太太也没想到还会有这样的事。

全城的太太们都去裁缝那儿做衣裳，每一件都是定制，哪里还会有撞衫的可能性呢？

吴太太一直在太太圈子就不如意，今天好不容易穿了一件新旗袍过去炫耀，怎么会想到与张太太撞衫呢，而且张太太言语中的意思很明确，她那件还是旧衣裳呢。

吴太太气恼地扯过沙发上的旗袍，揪着上面的珍珠道："就连这颗珠子也一模一样！"

"哦。"吴致远轻轻皱了皱眉，心不在焉地拍了下吴太太蓬松的狮子一样的长鬈发，"没什么大不了的，以后不穿这件就是了。"

"我一定要找那裁缝算账！"吴太太委屈道。竟敢拿旧衣服的样式来糊弄她，害她丢尽了脸面，她不能放过那个裁缝。

"不要这样，"吴致远低头，眉目温和又肃然，"这种小事不值得你这样大动肝火。"

吴太太在结婚前就知道自己的先生是有名的文明绅士，她已经很小心地收敛自己骄纵的脾性，一不小心暴露了真面目，立刻又恢复了甜美的笑容："我说说而已嘛。"

吴致远顺了下吴太太的长发，点了下头："好姑娘。"

林琦正在铺子里忙，忽然伙计推了门，慌慌张张道："林师傅，有人来了。"

林琦手上拿着画粉勾勒衣服上的曲线，闻言抬头道："谁？"

是巡捕房的人。

伙计吓成了小鹌鹑，抖缩着不敢说话。

巡捕房的人说话一板一眼，有种居高临下的傲气。林琦越听越皱起了眉头，待巡捕房的人走后，伙计试试探探地上来，抖着嗓子道："林师傅，他们说你偷了什么？"

剽窃。林琦有点晕，怎么还会有这样的事呢？

林琦脚步虚浮地走到里屋，他正在裁剪衣物，画粉就丢在一边，旁边就是他的图纸，他也没费心思收，根本也没想过什么偷不偷的。凭良心说，满城的裁缝都是自己做自己的衣服，跟风的确有，哪个样子的衣服时兴，大家就跟着做嘛，很寻常的事。

剽窃……这从何说起？

他做了许许多多的衣裳，哪说得清什么剽不剽窃，再说这个时候就有剽窃罪了吗？

林琦脑袋里一团糨糊。

伙计见林琦脸色苍白，自己心里也咚咚地打了鼓，悄没声地走了出去。

不会吧，他也就是看林师傅做的那个样子好看，和其他裁缝铺的学徒多嘴炫耀了一下……

伙计越想越害怕，恨不得连夜收拾包袱跑路。

巡捕房都来人了，下一步是不是就要把他们抓起来了？

林师傅人是很好，说话又客气，给的工钱也公道，然而巡捕房……

伙计眼睛直了。

"我先回去了。"林琦从里头出来，看样子已经恢复镇定，对伙计道，"你把铺子关了，先守着。"

伙计胡乱地点了下头，心里风一阵雨一阵的，还是想跑。

林琦从铺子里出来，拦了辆黄包车，先下意识地报了家里的地址，又改了口去虞潭秋的学校。

学校还没放学，林琦做了登记进去。

教学楼古朴大气，金桂飘香，楼很高，学费也不低。虞伯驹留下了一些财产，还能够应付虞潭秋的学费。

林琦顺着楼梯上去，走到了虞潭秋的班级后门口，向里张望了一下，却是没见到虞潭秋。

正巧，叮叮叮地打了下课铃，教室里课散了，林琦人站直了，路过的学生拿眼看他，只是好奇地看一眼，没人理他。

林琦从裁缝铺里直接出来，穿着灰蓬蓬的长袍，从学生的目光们刮到他手臂上，他才发觉自己袖子都还吊着，手忙脚乱地放袖子。

"林师傅？"

林琦抬头，猛然撞入一双含笑的眼："张二少。"

张成敏微笑道："找人呢？"他远远地就看到一截白得晃眼的手臂，因为过于苍白，连血管都显得鲜艳了。

林琦点头，却也并不多言。

张成敏是林琦一位主顾的公子，也是位阔少，性情温和，对服装很有兴趣，曾一度想给林琦当学徒，被张太太一通骂给抵消了。

张成敏挺崇拜这一位林师傅，因为林师傅是手艺人，而且不媚俗，虽然也很好脾气，对顾客相当客气，但就是没那股奴颜婢膝趋炎附势的劲，对谁都是一样的好脾气。

"我也找人。我来接我妹妹，你呢？"张成敏继续攀谈道。

林琦踌躇了一下，道："我来接我朋友的孩子。"

张成敏吃惊了："你朋友的孩子都这么大了？读中学了？"

林琦笑了一下："我朋友跟我差不多的年纪，孩子自然该读中学了。"

张成敏不由得道："你多大？"

林琦发现张二少有点聊起来没完没了的意思，忙回避地一过身，口中道："我去找找。"

张成敏也是没找着人，一时对林琦的年纪来了兴致，匆匆跟上，兴味盎然道："你朋友的孩子该十三岁了吧，那么我算算……你朋友是十六岁生的孩子吗，你二十九岁，对吗？"

林琦的相貌讨巧，就是一直模糊在了这个年龄段，闻言也只是温和地笑，并不搭腔。他不想与张成敏这个有点人来疯的公子哥有太多的接触，觉得烦。

他也会烦了，脾气没有以前好了。

林琦这么想着，倒是嘴角一勾，有点笑自己的意思。

一个拐角，一棵百年桂花树，一切都是那么巧。

林琦与张成敏——虞潭秋与张曼淑，就这么撞上了。

"曼淑，叫我好找！"张成敏见了怎么也找不见的三妹，欢喜得眉毛上了天。

而张曼淑正与心上人走在一起，忽然碰见了自己的二哥，顿时羞涩起来，娇滴滴地道："二哥。"

而林琦与虞潭秋之间的气氛就相当奇特了。

林琦只是惊讶，丝毫没有怀疑虞潭秋与女孩子走在一起有什么别的，所以惊讶过后就恢复了平静："潭秋。"

虞潭秋呢——惯例似的，又气死了。

其实像林琦这样满脸苦相又沉默寡言不善言辞的男人根本毫无普世的吸引力可言，无论对于男人和女人来说，静默的林琦存在感都太低了。

虞潭秋虽然深深地明白这个道理，但见林琦与张成敏站得很近，两人显然也是有说有笑的，还是板起了脸孔。

张成敏并非愣头青一流，一见妹妹矫揉造作满怀春情的模样，一下就看出了妹妹倾慕身边这个俊美的少年。他顿时起了心思，故意挤眉弄眼道："三妹，这是你同学？"

张曼淑跟所有怀春少女一样，羞涩得不知该说什么好，可又另有一股胆大，眼风轻轻往虞潭秋身上一飞："嗯。"

这一声"嗯"百转千回，但凡不是个聋了的都能听出张曼淑这是看上虞潭秋了。

林琦看到这一幕，只觉得张曼淑的少女心事很可爱，于是对张曼淑也微微笑了下。

张曼淑其实也是恰巧碰上了虞潭秋。

被虞潭秋拒绝后，张曼淑失望过后却没有彻底绝望，虞潭秋长久地独来独往，对任何姑娘都是不假辞色，张曼淑又觉得自己或许还有希望，心里那一簇没有熄灭的小火苗摇曳着升高了。

张曼淑试试探探道："潭秋……"

她想问在场的唯一一个她不认识的男人是谁，哪知虞潭秋忽然平地惊雷，吼道："走了！"

这一声公鸭嗓的狂吠差点将少女张曼淑的耳朵都要划伤了。

虞潭秋沉着一张快滴出水的脸，毫无绅士风度，没有理会任何人，自己像一辆一往无前的坦克一样轰隆隆地开走了。

林琦对张成敏匆匆点了下头忙追了上去："潭秋……"

张曼淑对于虞潭秋的印象一直都是冷傲的美少年，虽然很阴沉，但也就是阴沉罢了，大号的瓷人一般，精贵又华美的，充满了神秘性，一切都是她幻想中的美好。而虞潭秋这猝然一下暴露的真面目，刺激到了张曼淑，张曼淑脸色一阵红一阵白，心想，虞潭秋的声音也太难听了。

张成敏倒没觉得什么，他性情开朗，又见多识广，一个别扭的青少年而已，对张曼淑安慰道："别太伤心了，他或许……只是怕羞。"

张曼淑咬了下嘴唇，轻揉了下自己的心口，一副很受刺激的模样。

林琦没追多久就追到了虞潭秋，虞潭秋跑下楼后就走得不快，似乎在有意等林琦追上他。

"潭秋，你不上课了？"林琦上来就边擦汗边问道。

而虞潭秋也是想到了，还不到放学的时候，林琦忽然跑到学校里来做什么？虞潭秋收敛了怒气，重新变为阴沉沉的瓷人模样："你跑来做什么？"

林琦乍然之间又遇上了上一局世界线里完全没出现过的事情，心里慌张之后第一时间想到的就是来看一眼虞潭秋。

他思索了一下，觉得自己好像没必要撒谎，于是轻声道："我来看看你。"

虞潭秋心里转了一下，恍然大悟。

今天是虞伯驹的生忌。

"你去上课吧，"林琦道，"我看过你，就放心了。"

虞潭秋古怪地一抬眼："放心了？"

林琦不解释，只是微微笑了一下。

这一笑又让虞潭秋的面色更古怪了，虞潭秋憋着一把公鸭嗓，心事翻滚，最终他肩膀一耷，妥协般道："我陪你回去。"

发火，是不应该的。

林琦只是性子好，见谁都爱笑，他管不住自己的脾气，非常不好。

为了向林琦赔罪，虞潭秋决定勉强自己一天，就满足林琦，在虞伯驹生忌的这天当一天的虞伯驹，让林琦聊以安慰。

林琦吃惊又犹豫道："这……是逃学吧？"

虞潭秋本又想冒火，他一片牺牲的心意，结果林琦就关心他上不上学，真是让他泄气，又想起虞伯驹的性子才忍了下来。

虞伯驹是个典型的老大哥脾气，大包大揽仗义温情，林琦这样容易吃亏的性子，没有虞伯驹这个"大哥"，决计在吃人的江城活不下去。

在虞潭秋有限的记忆里，过年的时候，林琦会拎着一箱新衣裳来登门拜访，他和虞伯驹的，那尺寸是那样合身，有时候虞伯驹胖了或是瘦了，林琦的衣服却永远都是刚刚好。

一开始虞潭秋还不明白，后来与林琦住在一起后，他就明白了，林琦想对人好起来时，那真的可以是全心全意。

虞潭秋摆出了沉稳的模样："不要紧。"

林琦不敢反驳，于是带着虞潭秋要回家，然而虞潭秋却重新对黄包车师傅报了个地址，回的是虞宅。

林琦还不理解，沉默地想了一会儿，才恍然想到今天是虞伯驹的生忌。

说来惭愧，他与虞伯驹的那些"兄友弟恭"都是纸片式的，对于他来说只是设定而已。事实上，他连虞伯驹本人都没见过，他一进入这个世界，就捧着虞伯驹的骨灰了。

对虞潭秋来说，虞伯驹怎么都是生父呢。

林琦羞愧地垂下脸，他刚刚竟然还问虞潭秋是不是在逃学，真是太不应该了。

两人都各怀心思地沉默着，都认为对方在怀念虞伯驹。

其实虞潭秋也不知怎的，对虞伯驹的感情相当淡薄，大约是因为虞伯驹不怎么着家的缘故。虞伯驹死了，虞潭秋的哀伤也像是罩着一层薄膜似的，就连林琦似乎都比他要伤心得多。

虞潭秋想，他这样，林琦会不会认为他很冷血无情？

下车的时候，虞潭秋和林琦的脸色几乎是一模一样，非常做作的哀伤。

因为两人都是一样的做作，心慌意乱之下，都没看出对方的哀思十分虚假。

虞宅空关了一段时间，江城入秋时一直下雨，天气又潮湿，里头几乎已经不成样子了，地面长出了青苔藓，家具也都是黏腻得要化开的模样。

虞氏夫妇的骨灰都倒在院子的菊花丛里，那一蓬菊花也开得快要败了。

凄清的景致之下，林琦产生了一点真切的哀伤。

虞伯驹的骨灰和他的妻子撒在了一块，无论如何总算是在一起了，他人生的尽头也会有这样好的结局吗？

林琦的灵魂在一个又一个世界中，逐渐由单调转向复杂，他原本简单的灵魂正一点点被丰富的感情充盈，他现在觉得自己好像越来越像自然人了，听说自然人的情感和欲望都很丰富。

"别哭了。"虞潭秋抬手轻拍了一下林琦的背，嘴里很别扭也很不合时宜地还是将那句话说了出口，"你还有我。"

林琦都不知道自己哭了，闻言才用手背轻擦了自己的眼角，果然是湿的。

"潭秋，"林琦转过脸，永远哀伤的眼睛闪动着淡淡的光，"咱们好好过吧。"

虞潭秋的心灵猛然一下受到了撞击。

林琦说出这样的话，实在大大出乎虞潭秋的意料，记忆里……林琦待他好是好，却从来不肯与他交心的。

这一句话，虞潭秋看得出林琦是真心说的。

虞潭秋两颊的肌肉紧了紧，一时不知是喜是悲，想回应又不想回应，自己与自己左右互搏了一下，想说"嗯"，发出声来却是"哞"的一声，像牛叫又像狗叫，综合下来，倒是最像驴叫。

虞潭秋似乎这时才又意识到了自己的缺陷——他现在的声音也太难听了！狗叫都比他的声音动人！

林琦没有介意虞潭秋的嗓子，虞潭秋心情复杂地又拍了林琦的背一下当作安抚。

两人沉默地抒发了哀思以后，打算一起走回林宅。

路上，林琦将巡捕房来铺子的事情说给了虞潭秋听，林琦觉得遇上事没必要瞒着虞潭秋，让虞潭秋也有个心理准备。

虞潭秋一听，心中冷笑了一声，什么东西也敢闹上林琦，他非得给林琦出了这口恶气不可。

林琦道："也不是什么大事，总说得清的。"

虞潭秋沉默不语，满脑子都是想着怎么帮林琦解决问题。

"潭秋，你晚上想吃什么？"林琦来了兴致，想让虞潭秋和他一起去买菜。

虞潭秋同意了。

见虞潭秋这么好说话，林琦心里也很高兴，不知不觉就买多了，虞潭秋来者不拒地提了满满两手的菜，林琦又买了两斤柿饼，小摊贩见他毫不犹豫地把东西往后递，笑道："哟，哪里来的小孩，拎那么多东西，怪吃力的呢。"

林琦回头一看，虞潭秋两条最近又更长的胳膊在空荡荡的校服衬衣袖管里晃动着，手心都被勒红了，脸色也不大好。

虞潭秋对上林琦吃惊的眼神，心里立刻浮上一个念头：完了，"一日虞伯驹"演砸了。

林琦第二天鼓起勇气去了裁缝铺，发现裁缝铺的小伙计跑了，没拿走什么别的东西，就单单是少了个人。

林琦略微想想明白了前因后果，手轻轻扶在桌上，止住脑袋的眩晕，心里七上八下的，也不知道接下来会面对些什么。

这样的世道，往往是一点小事就会将原本稳定的生活轨迹一路拉向脱轨，而你却无计可施。

既然也不知道会发生什么，林琦也就不去想它了，横竖也只能这样，既来之则安之，顺风而倒就是了。

铺子里还有要做的衣裳，林琦骤然间没了打下手的伙计，自己一个人忙忙碌碌的，倒也充实，很快就将这件事抛诸脑后。

林琦还挺喜欢做衣裳，一是过程有趣，二是做衣裳的时候会想着是做给谁的，不同的人不同的脾性不同的习惯，衣裳都得做得不同，既考验裁缝的本事，也考验看人的本事。

一直到腹中传来饥饿的感觉，林琦看了眼时钟，才发觉已到了午餐的时间。

附近就有家还算不错的面馆子，臊子面香得惊人。

林琦换了身外出的藏青长袍，心里很平静地去享用一碗鲜香麻辣的臊子面。

面馆子里人不多，街上救济会的人开着车在撒票子，一张票子换一袋米，一大群人蜂拥而出，到街上去抢票子，堪称万人空巷。

林琦对救济会掺了许多稻壳的米不感兴趣，专心地吃自己的一碗臊子面，他另外要了碟糖蒜，一辣一甜，吃得有滋有味。

吃完一碗面，林琦走在空荡的街上，闲庭信步地消食，走回裁缝铺倒也差不多了。

地上有许多印着口号的纸被踩来踩去，林琦低头去看纸上的内容，单是弯腰看，也不捡，倒也将纸上的内容看得七七八八了。

是一封劝降书。

写这封劝降书的人虽然文采风流，可惜文笔都没有用在正道上，通篇只有让大阳本帝国接管本国才是最文明最符合世事发展的选择，请所有国民都做好迎接大阳本帝国军队的准备。

湛蓝的天空下有飞机飞过，那些层层叠叠的纸张一片片地飘下来，像一群鸽子呼啦啦地飞过。

突然，一双高跟鞋踩在了纸上，林琦抬眼，望见一个曼妙的美人，身着朱色旗袍，披着一块雪白的披肩，修长的脖颈上挂着金镶玉，面目浓艳，眼珠黑白分明。她开口道："林师傅？"

"你好。"林琦收敛心神，客气道。

"你好，我是夏其多，想来找你做件衣裳。"

林琦很吃惊。

夏其多的名字他是听过的。

他为许多太太做衣裳，太太们经常会提到"夏其多"这个名字，后缀也都是"狐狸精""贱人"等词汇。

裁缝铺内，夏其多很仔细地观察了铺子里的成衣，边看边点头，对林琦道："很好看。"

夏其多说话简洁明快又干脆，丝毫没有故意捏调子的软语，她的妆面浓艳，气质却更偏向于潇洒利落，这使她有种奇异的魅力。

"多谢。"林琦头一次见到这传言中的交际花，尽力克制住自己好奇的目光，好让自己显得不那么没礼貌。

夏其多道："有人说你很会做衣裳。"

林琦道："跟师傅学的本事，不敢说很会，尽心而已。"

夏其多笑了一下。她笑的时候嘴唇有点歪向右侧，轻佻又恣肆，目光却很澄澈："能做到尽心的手艺人不多了。"

夏其多要定制一件旗袍，说她很快就要。林琦告诉夏其多，他的旗袍都是排着日子做，夏其多那一件最快也要排到明年了。

夏其多摇头，一丝不苟的盘发从鬓边滑了一缕，落在她毫无瑕疵的腮边，静静笑道："你怎么那么傻，我帮你，你还不懂吗？"

林琦愣住。

这从何说起？

夏其多见他一副完全不知情的模样，边笑边摇头："你若是想早点摆脱身上难缠的事，就乖乖听我的话。"

林琦反应过来了，夏其多指的是他身上这"剽窃"的麻烦事。

林琦忙道："谁请你来的？"

夏其多神秘一笑，翩然转身，挥了挥手："明天上午九点到棠帝花园 17 号来找我。"

林琦心里挺糊涂，有人在帮他，至于那个人……会是虞潭秋吗？

快到傍晚时，天上下个没完的纸片终于停了，林琦出去将铺子周围地上的纸拾掇起来，没捡几张，远远地有漆黑的车开来，林琦手上卷着一团的纸站在原地，漆黑的车停在林琦面前，轮子里卷进去许多张纸。

跳下车的是巡捕房的人，为首的正是之前来通知林琦他犯了事的人，此刻对方笑容满面，甚至还带着点讨好意味，手上提着个精美的果篮："林师傅，一场误会，害您受惊了。"

林琦莫名其妙地受了巡捕房的威胁，又莫名其妙地收到了巡捕房的道歉。

车开走了，只留下林琦提着手里的果篮一脸茫然。

去接虞潭秋的时候，林琦没有接到人，有个比虞潭秋更壮实的伶俐小子对他说："虞哥说让您自己回去，他马上就回来。"

"虞哥？"林琦震惊道。

伶俐小子丝毫不觉得自己叫虞潭秋"虞哥"有什么不对劲，满不在乎道："林叔，要不我送送您？"

林琦惊悚地跑了。

回到家里，林琦把果篮放下，整个人陷入了沉思。一个夏其多，一个果篮，一看就是两人所为，其中必然有一个是虞潭秋做的，那么……会是哪一个呢？

林琦为难地看了一眼果篮。

没等林琦想太久，虞潭秋回来了，穿着校服，高个子，摇摇晃晃的，面色也一贯的阴沉，总之就是看不出什么特别。

林琦马上起身道："潭秋，你回来了。"

虞潭秋率先看到了桌上精美的果篮。这个天气，果篮里装了一个硕大的西瓜，看着就很夺人眼球。他道："谁送的？"

林琦扭了下手，将傍晚巡捕房来致歉的事说了。

虞潭秋也没言语，一只手插在校服西裤的兜里，冷着脸姿态非常高傲地走到林琦身边。他想得意地一笑，又怕林琦害怕他有这样大的力量，于是只是沉默地端着劲伸出另一只手去提果篮。

果篮出乎他意料的重，他一手拎起，手掌心都在抖，脸色有点红，简短道："公道自在人心。"

放下果篮，他将勒红的手心藏在背后，一摇一摆地走了，心里狠骂了自己一顿——废物！没点力气！

不过幸好，他虽然现在还未拥有成年时强健的体魄，却已早早具备了成年时的头脑，以学生的身份都能极快地获得警察局长的信任，这于他是一种天赋也是一种本能。

借势而为不符合虞潭秋的美学，不过也实在没法子，他还是太小了——连个装了大西瓜的果篮都拎得吃力！

虞潭秋啪啪啪地打了一阵沙袋，发觉他似乎比之前力量稍稍强了些，心满意足地去复仇，跑厨房去把那个大西瓜剖了。

西瓜很沙，也不大甜，有种熟过头的腐烂感，虞潭秋直接扔了。

一个精美的果篮里，挑挑拣拣下来也就两个大梨还不错，虞潭秋削了皮，梨肉晶莹，散发着一股淡淡的果香，虞潭秋轻轻吮了口梨汁，很清甜。

林琦正在厨房里倒腾晚饭，炒菜炒得满头大汗，忽地嘴边一凉，他扭头，却是虞潭秋绷着一张脸，将雪白的梨在他嘴边蹭了蹭。

林琦嘴都要被梨糊住，张口轻轻咬了一口："挺甜的。"

虞潭秋收回手，毫不犹豫地也吃了一口梨，漫不经心道："还行。"

梨皮薄水多，汁水丰盈，将虞潭秋的嘴涂得亮晶晶的。

虞潭秋面无表情地嚼了一口，忽地又将手上的梨糊到林琦嘴边。

林琦不动，虞潭秋用梨子蹭了下林琦的嘴，一副自然的模样："吃啊。"

林琦嘴微微一动，迟疑地咬了一下。

虞潭秋收回手，自己嚼了一口，神情中全然没有尴尬或者其余情绪，在林琦的注视中大呼小叫道："菜煳了。"

林琦又忙去炒菜。

虞潭秋嘴角勾起一个笑容，嘴里嚼了几下鲜嫩的梨肉，又很有爱心地将梨再次递到林琦嘴边，林琦又是咬了一小口。

虞潭秋知道林琦是不会拒绝的，林琦压根就不会说拒绝两个字。

虞潭秋的好心情在吃饭时宣告土崩瓦解。

林琦见到精美的果篮被虞潭秋"分尸瓦解"，毫不怜惜，一时也拿不准这是不是虞潭秋的胜利果实，于是拿话头试探了下虞潭秋，稍稍提及了下夏其多，只说夏其多来找他做衣服。

因为夏其多的美貌实在震撼人心，林琦说起的时候就下意识地赞美了她。

"她很漂亮？"虞潭秋握着碗筷，眸色沉沉道。

林琦脸红了一下："是很出众。"

虞潭秋冷笑了一声："想女人了？"

林琦脸上的红晕淡了些，张口又闭口，又浅浅地开了嘴唇："不是这个意思。"

虞潭秋知道自己是又乱发脾气了，他很想管住自己，然而很难，懊恼的同时也很烦闷。

林琦没有跟他计较他又突然生气的意思，只夹了菜给他，对他微笑了下："吃菜。"

虞潭秋也给林琦夹了菜——一个大鸡爪子。

"你也吃。"

林琦爱吃鸡爪子、鸭脖子这种零碎东西，虞潭秋常看他偷偷去卤味店买这些东西。

林琦果然很喜悦地用他那双苍白的手抓了大鸡爪子："谢谢。"

虞潭秋满足了。

租界的棠帝花园住的都是非富即贵的人物，林琦顺着街道走来，手上拎了个皮箱，一路受了不少卫兵的盘问和开箱检查，开箱一看里头是齐全的家伙什，听他说自己是裁缝，去的是17号，卫兵们一下了然，脸上浮现出暧昧又轻佻的笑容。

林琦对这个笑容感到很不适，默默地合上了箱子，将皮箱子抱在胸前，全当作防卫。

一座座美丽的小白楼之间隔了不远的距离，绿树红花美不胜收，藤蔓爬上了门口雕花的铁门，林琦手足无措地站在铁门外，隐隐约约看到院子里停了辆汽车。

小白楼的门忽然开了，小丫头跑出来开门，面上笑盈盈的："是林师傅吧？你真准时。"

"你好。"林琦点着头，慢慢放下了手里的皮箱子。

小丫头欢快地引着他进入小白楼。

白楼里装饰得非常漂亮，一水的欧式家具，壁炉里烧着炭火，温暖如春，弥漫着一股淡淡的香气，是高级香水的味道。

林琦听到右侧楼梯传来谈笑的声音。

小丫头也伶俐地上前站在楼梯口，做出一副等待的模样。

夏其多穿着一身暗金色的旗袍下来了，胳膊上挽着一位英俊的先生。

林琦略微睁大了眼睛，吴致远？

夏其多正与吴致远谈笑，吴致远侧着脸不知说了句什么，夏其多眉毛一挑，嘟起红唇在吴致远的脸颊用力亲了一口，留下一个完美无缺的唇印。

"淘气。"吴致远沉稳道，目光往下挪动，淡青色长袍的一角映入眼帘，吴致远一抬头，望见了神情惊愕的林琦。

吴致远对林琦的出现也感到了惊讶，他的惊讶不动声色，除了他自己，没人能看出来。

"林师傅，"吴致远对林琦点了下头，以一种主人的姿态道，"早上好。"

林琦将自己的目光从吴致远脸上那个鲜红的唇印挪开，很局促道："早上好。"

夏其多落落大方道："我不大会挑衣服，吴先生眼光好，给我参谋参谋。"

吴致远似笑非笑地看了她一眼："哦？我以为你一向对我的品味嗤之以鼻。"

"此一时彼一时。"夏其多撒娇似的紧了紧自己的手臂，将自己丰满的胸脯贴在吴致远的臂膀上，微笑道，"那时正对你欲擒故纵，自然要拿腔拿调些。"

吴致远笑着摇头："唯女子与小人难养也。你说是不是，林师傅？"

林琦只是温和地笑，把自己的存在感降到最低。

画面实在有些尴尬，林琦一个人为夏其多量尺寸，小丫头给吴致远端上了一杯咖啡，吴致远喝着咖啡，跷着腿，姿态闲适地坐在沙发上。

夏其多旁若无人地与吴致远说话，语气和内容都非常熟稔。很显然，吴致远是她的金主，或者金主之一。

林琦刚为正式的吴太太制作了旗袍，马上就为吴致远的情人也制作旗袍，拿皮尺的手都格外沉重。

而吴致远仿佛对此场景没有任何不适，兴致很高地忽然道："林师傅，你身边那位小伙计呢？"

"他回老家了。"

"我瞧你一个人不大方便，捉襟见肘的，"吴致远放下咖啡杯，起身道，"我来帮你。"

"不用了——"林琦见他起身，高大的身影逼仄般地有压迫性，拉着皮尺很慌乱地后退了一步。

吴致远的身影顿住，目光短暂地在林琦惊慌的脸上凝了一瞬，很有风度地重新坐下："外行碍事，我还是不凑这热闹了。"

夏其多扑哧笑了一下，扭脸望向林琦，艳丽的面容神情温柔，对林琦眨了下眼睛："他这坏人想干坏事，我们别理他。"

林琦感到了强烈的不适，浑身的寒毛都要竖起来了，仿佛落入了一个由蜜糖组成的沼泽，甜腻又黏稠，非正常的东西正试探地拽着他的脚将他往下拉坠。

林琦以最快的速度为夏其多定了尺寸。

在花色上夏其多与吴太太一样毫无意见："听他的。"脸孔转向沙发上坐定的吴致远。

淡灰色的西服外套，雪白的衬衣外套了与西服同色的灰色背心，吴致远一手端着咖啡，一手搭在沙发靠背上，微笑勾唇："林师傅知道我喜欢什么颜色。"

林琦马不停蹄地要走，吴致远的车就在院子里，要"顺路"送送林琦，林琦拒绝了。这一次吴致远表现出了强硬："林师傅，你这样显得我们之间很生疏。"

夏其多披着流苏披肩，在一旁打了圆场："既然顺路，林师傅何必再客气呢。"

林琦只能坐上了车。

其实以吴致远的身份，只要他的语气稍微重一些，林琦就很难反抗了。

吴致远昨天晚上在夏其多这里过的夜，并不知道林琦会来得这样快。

车内安静得很，林琦的皮箱子放在膝盖上，他双手扶着，像是扶着一张盾牌，神情极力地放空，像被定格的纸片人一般，单薄而没有神采。

吴致远很奇怪，林琦怎么忽然就对他防备起来了，林琦一直都是很木讷的，不解风情。

吴致远欣赏他的不解风情。

吴致远微微笑了一下："林师傅，你是不打算跟我说话了？"

林琦眨了眨眼睛，快速地看了吴致远一眼。

吴致远眉目端正，浑身上下都散发着一种让人信服的安全感，总之一点都不像个新婚就留宿情人家里的风流鬼。

林琦还以为他只是心思活泛，没想到还是个彻头彻尾的行动派。

"吴先生，"林琦干巴巴地回道，"我不知道该说什么。"

吴致远单手在膝盖上轻轻打着节奏："其多是个很可爱的女孩子。"

林琦无言以对。

吴致远道："我有能力让这个可爱的女孩子过上更好的生活，这也算是一件好事。"

林琦嘴唇动了下，又觉得自己不该多管别人家的闲事，又闭上了嘴。

吴致远看出他想表达一番，鼓励道："林师傅有什么看法，不妨说一说。"

林琦想了一下，委婉道："吴太太也很可爱。"

吴致远清脆地笑了一声："所以她的生活也相当优渥。"

吴致远回到吴公馆时，吴太太还没有起床，她已经醒了，但是还不想从温暖柔软的被窝里起来，她窝在被窝里翻看一本国外的漂亮杂志。

吴致远春风满面地推开门，躺在床上给了吴太太面颊一个吻："宝贝儿，在看什么？"

吴太太噘着嘴道："我要买洋装。"

吴致远亲昵地用鼻尖点了下吴太太的面颊："你喜欢什么就买什么。"

吴太太面上还是没有露出笑容，面色沉郁道："上次张太太真是要把我气死了……"她忽然吸了吸鼻子，扭过脸对吴致远道，"亲爱的，你身上好香啊。"

"是吗？"吴致远坐起身，轻轻闻了下自己的袖子，漫不经心道，"俱乐部里的味道实在太重了。"

吴太太也跟着坐起身，细细地在吴致远领口又嗅了两下，一股法国香水的味道。她两手勾住吴致远的脖子，不满道："你不要乱玩，否则我就跟你登报离婚。"

身为离婚过数次的男人，吴致远对于"离婚"这种威胁内心毫无动摇，面上露出一个惶恐的笑容，轻揉了揉吴太太蓬松的长发，温柔道："小蜜糖，别说这样伤感情的话。"

吴太太咬了下唇，在吴致远的面颊上轻轻一吻——与夏其多吻的位置几乎是一模一样，所以吴致远笑了出来。吴太太以为他在笑自己的孩子气，晃了下他的胳膊，撒娇道："你真讨厌。"

吴致远低头，目光宠溺："你真可爱。"

没过多久，太太圈子里又炸了锅，因为夏其多穿了一件样式非常新奇迷人的旗袍招摇过市，太太们恨得牙痒的同时，又忍不住想知道夏其多这件旗袍师出何人，都想要比过夏其多这狐狸精。

林琦裁缝铺的订单暴增，他又找了个小伙计帮忙，原本冷落下来的门庭一下又变得热闹非凡。

夏其多的带货能力的确是强。

来订衣服的太太们里唯独缺了两位老主顾，也就是撞衫的两个主角，吴太太和张太太。

吴太太不来，是因为心里的疙瘩还没过去。

张太太不来，则是因为自己心里有鬼，撞衫之后，她心里不太愉快，又很巧合地发觉林琦正是当初险些将他儿子"拐入歧途"的那个裁缝，冲动之下就用了点关系，给林琦一点小教训。

没想到，巡捕房的力量反弹了回来，夏其多又莫名其妙地掺和了进来。

张太太是个谨慎的女人，失魂落魄地怀疑自己惹了麻烦，连着几天内心惶然——都不敢出去打麻将了。

第六章
·好人难做·

天气正式转凉之后，虞潭秋迎来了他的十六岁生日。在持续不断的贴秋膘与锻炼之下，虞潭秋总算变得结实了一点。

他的身体一直疯狂地往上抽着个子，到了一定的高度后终于偃旗息鼓，身上的营养与能量储存下来，转换为肌肉。

虞潭秋的成长不只是表现在此，他的公鸭嗓渐渐消失了，稳定在一个低沉磁性的区间，因为灵魂的老旧，外表的少年气也隐隐被压制住，一夕之间，他就好像长大了。

林琦给虞潭秋下了一碗长寿面，很正宗的长寿面，一根面条不打断，用鸡汤火腿打的底，上面加了颗溏心蛋，又漂亮又香。

虞潭秋很不领情，一筷子戳破了溏心蛋，然后又从中间夹断了面条："穷讲究什么，吃一碗长寿面就能长命百岁，外头的医院全部都得关门。"

林琦不敢反驳，弱声道："只是讨个好彩头。"

虞潭秋讥讽地一笑，放下筷子转身走人。

林琦坐在原位，局促不安了一会儿，犹豫地站起身。

虞潭秋已经回来了，手里拿着空碗和一双筷子，把空碗滴溜溜地放在林琦面前，用筷子从面碗里不多不少地挑了一半给林琦，冷漠道："喏，你的好彩头，吃，吃不完我找你算账。"

林琦道："这是你的长寿面……"

虞潭秋不耐地一挥手："别吵了，不信这个。"

林琦叹了口气，慢慢地拿起筷子夹了碗里的面："心诚则灵。"

虞潭秋只是吃自己那剩下的半碗面，心中搜索了一下诸天神佛的职责，最终选择了阎罗王，内心很客气地发出了声音"我要将自己的元寿分一半给林琦"，想了想，又补充了林琦的生辰八字，请阎罗王千万别搞错了对象。

两人分食了一碗长寿面，结果就是都没吃饱。

这么好的日子，林琦手上又宽裕，所以提议带虞潭秋出去吃顿西餐。

虞潭秋对西餐没有好感，拉拉杂杂的汤汤水水和面包肉块，与本土美食是天与地的距离。见林琦很期待的样子，他最终还是点了点头道："好吧。"

街上很热闹，这个街特指那条与租界相连的街道，商店门口都挂上了铃铛与花环，餐厅门口摆了块板子，写着——圣诞节快乐。

西餐厅内的壁炉烧得很暖和，林琦边脱外套边对虞潭秋道："这些装饰真好看。"

虞潭秋冷笑了一声："什么洋节，门口摆花圈。"

"潭秋！"林琦紧张道，"你小点声。"

虞潭秋不以为然，外头嘭嘭嘭地不知是谁在放烟花，过年一样热闹。西餐厅门口有小姑娘在卖糖果，大概是因为冷，所以一直在跺脚，两根羊角辫活泼地晃动着。

林琦要了个小小的奶油蛋糕，给虞潭秋点了支蜡烛，说洋人过寿就这么过。

虞潭秋边嗤之以鼻，边在心里懒散地对洋人菩萨也做了一样的祈祷，因为怀疑双方语言不通，所以态度非常不恭敬，也分了一半的奶油蛋糕给林琦。

奶油蛋糕很甜，甜得有点发腻，虞潭秋吃了两口就吃不下了，与洋人的菩萨彻底闹翻，推到一边不再吃。

林琦这具身体挺爱吃甜食，挖一勺奶油小心翼翼地含在嘴里，脸上带了一点梦幻的笑容："潭秋，我们在一块儿，真好。"

虞潭秋抬头看了林琦一眼，昏黄的灯光下，林琦那张苍白的脸也仿佛多了一点血色，眼眸反射出温柔的光辉。

林琦刚刚一口吞下一块奶油，勺子上还残留一点奶白的痕迹。看着林琦很满足的吃相，虞潭秋蛮横地从林琦手里抢走勺子，自言自语道："你的这块是不是比我的好吃？"又从林琦那半块蛋糕上挖了勺奶油，咂摸了两下，又不屑道，"一般般。"

林琦撑着下巴微笑着看虞潭秋，目光平和慈爱，活生生地把虞潭秋衬成了个小孩子。

虞潭秋也发觉了这一点，将勺子插在蛋糕里，又冷了脸色。

而林琦温柔地笑着，呓语般道："潭秋，你长胡子了。"

虞潭秋内心猛地一跳。

"别说废话，赶紧吃，再不吃就凉了。"虞潭秋低头用勺子胡乱地搅和了一下面前的一碗汤。

林琦笑了一声，继续吃他那半块蛋糕。

两人吃了晚餐从西餐厅出来，外头有西洋乐队经过，演奏着快乐的歌曲，路过的人都对他们报以笑容。虞潭秋往后躲了一下，拧眉道："奔丧呢。"

林琦用胳膊轻推了下虞潭秋，虞潭秋被他推了一下，低头不认同地望向他："你不要动手动脚。"

林琦张了张嘴，似乎不知道该说什么了。

虞潭秋抬手忽地搂住林琦的肩膀，嘴里嘟囔道："真冷。"

虞潭秋半个人裹着林琦顺着街道往前，卖糖果的小姑娘细声细气道："先生，买糖吗？"

虞潭秋一个眼神都没分给她，对于其他人，他是没有同情心的。

林琦往边上看了一眼，小姑娘的脸冻得很红，人靠在西餐厅的玻璃墙面上，西餐厅里衣香鬓影谈笑风生，更显得小姑娘单薄狼狈。

林琦脚步停住："我想买点糖吃。"

"你是小孩吗？"虞潭秋道。

林琦对他微笑了一下："老小孩嘛。"

虞潭秋道："你老个屁。"利落地从口袋里掏出一块银圆扔到小姑娘的箱子里，随便抓了把糖塞进林琦的口袋里，潇洒道，"不用找了。"

小姑娘急了："先、先生，这不够。"

虞潭秋："……"

又补上了两块银圆，虞潭秋剥了颗糖，送到林琦嘴边，愤恨道："快吃。骗钱玩意儿，什么外国货，外国货就值钱……"

林琦嘴上像被强盗入侵般塞进了一颗硬糖，是橘子味的糖果，很普通的甜味，林琦含着硬糖道："挺甜的，你也试试。"

"呵，我不吃，"虞潭秋嘲笑地看了他一眼，"一看就是低级货色。"

林琦低头，小声道："也没那么差。"

虞潭秋心想林琦这样心软的人活在世上实在太危险了，一定得有个人护着他才行，不然老是被人骗。

唉！

就在这时，天上下起了雪。

不是真的雪，是漫天的白色纸张，纷纷扬扬地落了下来。林琦一伸手抓了一张，还是劝降书，老措辞，新句子，加粗的四个大字——最后通牒。

虞潭秋直接从他手里揉烂了那张纸："这种东西少看，过好自己的日子。"

林琦将手插回口袋，轻轻"嗯"了一声。

两人回到家中，因为冷，林琦烧了热水让两人都泡个热水澡洗一洗，虞潭秋坐在厨房里与林琦一起烧火烤手。

林琦哈了一下手，絮叨道："你又长了一岁，我也不知道该送你什么。"

虞潭秋看着他。

林琦道："我给你买了一块手表，也不知道你喜不喜欢。"

虞潭秋忽然想到上一局他过生日的时候，林琦好像压根就没送过他礼物，只是在林琦死的那一年，骤然来送了他一身新衣裳。

虞潭秋心里一想到往事，脸色就变得极为阴沉恐怖。

"你不喜欢？"林琦小心翼翼道。

虞潭秋扭过脸，火光在他的瞳孔里跳动。他阴沉道："还好。"

虞潭秋当晚就郑重地戴上了林琦送他的手表，进入梦乡。

睡到半夜时，虞潭秋被一声巨响给震醒了。

他猛地睁开眼睛，耳边又传来了一声巨大的爆炸声。

"嘭！"

像在西餐厅店里听到的烟花声。

不对——是轰炸！

虞潭秋翻身而起，冲出房门，直往林琦的屋子跑。刚跑到门口，林琦就推开了门，他身上只穿了内衫，披了件大衣，惊慌失措道："潭秋——"

虞潭秋来不及跟他说废话，简短道："走！"

飞机在空中慢悠悠地飞过，母鸡下蛋一样地嗖嗖落下一颗颗炸弹，眼看就要飞到这边来，街上胡同都已经乱套了，到处是尖叫与哭声，虞潭秋裹挟着林琦，与人潮一齐挤向租界。

人太多，随时都有被冲散的危险，在人海的旋涡中，虞潭秋两只手都紧攥着林琦的肩膀，手指快嵌入他的皮肉，嘴唇贴在他的耳边呼出沉重的热气："抓住我，死都别放手。"

轰炸持续了一晚上，一片又一片地炸开，整个江城明亮如白昼，虞潭秋死死地扣住林琦的肩膀，顺着人潮挤入了租界的区域。

租界完全没有防备，虞潭秋与林琦趁乱进入租界之后，不一会儿哨声就呼啸着传遍租界，巡捕们举着警棍出来了。

初冬的夜晚寒意浓厚，逃难的人群慌忙从午夜里醒来，大多穿得很单薄，挨挨挤挤地站在商店闪烁的灯牌下，压抑的哭声在人群中蔓延。

林琦好歹还披了件大衣，虞潭秋就只穿着单衣短裤，赤着脚神色凝重。林琦展开大衣，抖着手将虞潭秋揽入怀中，虞潭秋才有了一丝暖意。

"潭秋……"林琦一张嘴就是一连串的白气。

虞潭秋揽着他道："先坐下，你受伤了。"

跑得太着急，两人的脚都划伤磨破了，林琦完全感觉不到疼痛，只是很冷。虞潭秋将林琦的脚捧起，用体温为他取暖，目光凝重地望向远方。

巡捕们正连成一条线挥舞着警棍制止更多的人涌向租界，人群与卫兵们发生冲撞，尖锐的哨声与惨叫咒骂声此起彼伏。

虞潭秋皱了眉，低头对林琦道："还走得了吗？"

林琦点点头。

"不能待在这儿，"虞潭秋拉起林琦，"走。"

两人站起身刚往前一步，立刻就有人补了上来缩在空位里。

虞潭秋与林琦互相搀扶着，脚下踩在冰冷的地面上飞快地往租界的巡捕房去。

正在两人奔波的路上，巡捕房的车出来了，两人立即被跳下的巡捕用枪顶住了头脸："干什么的？"

虞潭秋挡在林琦身前，很沉稳道："我找陆督察长。"

"陆督察长？你是谁，你找督察长？"

虞潭秋对林琦道："你别动。"迎着枪口上前说了几句。

巡捕的脸色立即变了，因为虞潭秋高挑的个子和沉着的气度，完全没有看出虞潭秋的年龄，放下枪恭敬道："虞先生，您怎么也跟着那群人跑来跑去的，这儿有车，我们送您过去。"

虞潭秋点了头，回头对林琦伸了手："过来。"

林琦恍惚地看了虞潭秋一眼，轻轻伸出手将自己的手放在虞潭秋的掌心，虞潭秋微一用力，将人推上车。

车里的巡捕都跳了下来，只留下一个开车的。虞潭秋坐到车里，才觉得一颗怦怦乱跳的心稍安定了些，俯下身弯腰用衣袖子替林琦抹脚底上的尘土和碎屑。

林琦也没问虞潭秋怎么能命令得动这些巡捕，只是抬手将肩膀上的大衣轻轻盖在虞潭秋肩头。

虞潭秋摘下大衣，重新披在林琦身上，自己如雏鸟般靠在林琦身边。

"潭秋，"林琦靠在虞潭秋耳边，瞟了一眼前头开车的巡捕，细声道，"接下来我们该怎么办？"

"别担心，你还有我。"

林琦拢了拢包住两人的大衣，与虞潭秋靠得很紧。

车到了巡捕房，然而很不凑巧，陆选青不在，巡捕房的人几乎倾巢而出，对虞潭秋也谈不上什么招待，只是倒了两杯热水而已。

虞潭秋与林琦坐在长椅上，手上端着热水，面色拧巴地回想上一局，发觉轰炸似乎提前了。

他应该不会记错时间，难道就因为他重来了一次，就会发生这样大的变化？他一个什么都没做的小人物能引起时局的变化？

一直到了天蒙蒙亮，巡捕们终于如秃鹫返回老巢般纷纷回来，身上都带着浓郁的血腥味。

虞潭秋面色阴冷地揽着林琦，坦然地接受着巡捕们来回的视线。

时间一点一点地流逝，从路过巡捕们骂骂咧咧的只言片语中，虞潭秋也大概听明白了昨晚发生的事。

人太多了，巡捕们用警棍打不走，只能开枪，逼着人退回租界外的轰炸区，场面极为混乱，巡捕里的人也挂了不少彩，是个两败俱伤的场面。

陆陆续续地，也有其他人来到了巡捕房，与虞潭秋和林琦一样，衣衫单薄面色发青，显然也是某些人的"家眷""亲属"，或者有什么关系，才能勉强到这里来寻求一点暂时的庇护。

长椅逐渐也坐不下了，开始有人站着或蹲着。

天亮了，轰炸也停了，在安定下来之后，饥饿与寒冷就显得格外让人难以忍受。

虞潭秋轻声问林琦："饿吗？"

林琦舔了舔嘴唇，一大杯热水已经喝完了，巡捕房里人来人往，他们也不显得特别了。他强忍着肚子里的饥意："还好。"

虞潭秋的心揪起来，同时也暴怒起来。

他本来就是个无时无刻不在生气的人，因为想通了一些事，勉强压制住了自己的怒气，此刻看到林琦挨饿，怒气简直无法忍耐。

怒到极点，虞潭秋反而平静了。他拍了拍林琦："等着。"

虞潭秋起身，林琦忙抓了虞潭秋的手，虞潭秋给了他一个安抚的眼神，同时警告地望向一边想要坐在他位置上的男人，男人胆战心惊地将快沾到座位上的屁股又抬了起来。

巡捕房的人正在对昨夜的暴乱评头论足，排着队要去洗一洗，虞潭秋在队伍的末尾拍了一个人的肩膀，那人回头道："干什么？"

虞潭秋语气平静道："我饿了，这里有吃的吗？"

巡捕房里乌泱泱的一大堆人，巡捕们也懒得去追问这是谁的姨太，那又是谁的管家，横竖都是从外面逃来的，没几个有真本事的，于是不客气道："你当这里是什么地方，吃什么吃，要吃滚家里吃去。"

家？还哪来的家，恐怕都被炸了粉碎。

虞潭秋忽地抬起了手，那人眉毛一挑，提高声音道："怎么，还想动手！"

排在前头的巡捕们也回了头。

虞潭秋解了手上的表："这一块表，换一口饭。"

那人不客气地从虞潭秋手里拽了表，看了一眼表盘上的英文字母，知道是块好表，微笑了一下，忙了一晚上累得要命，总算有些小外快入账。他收了表，语气也还是不客气："等着吧。"

虞潭秋一点头，转身回去了。

长椅上，又有其他人坐了上来靠在林琦身边，林琦两手插在大衣口袋里一脸紧张，看到虞潭秋回来了，才惊喜又放松道："潭秋！"

虞潭秋上前直接拎了林琦身边人的衣领往外一拽，那人头在地上磕了一下，"哎哟"一声也不敢说话。大家都挨挤着站在一块，没有投来目光，各自焦头烂额，六神无主。

虞潭秋重新坐下，林琦从口袋里抽出手，直接攥了虞潭秋的手心，带着体温的圆圆的、硬邦邦的物体如小石子般落在了他的掌心。

虞潭秋望向林琦，林琦对他微笑了一下，眼神里有些狡黠，垂下脸用只有两人能听到的声音道："你买的，刚才发现全在口袋里呢。"

虞潭秋回攥了他的手，水果硬糖在两人的掌心被用力固定住了，虞潭秋想，他买给林琦的还在，林琦买给他的却没了。

林琦催促道："你吃，躲在我怀里吃。"抬手搂住高大的虞潭秋，用大衣遮住他的脸，与虞潭秋贴住的手掌悄悄剥开了硬糖，很快地将手心里的硬糖塞到虞潭秋嘴里，全程一气呵成，比子弹上膛还要快。

香精的甜味在口腔里弥漫，虞潭秋眼睛一热，面目狰狞地悲伤难过起来，这种难过比起林琦死的时候有过之而无不及，比看着重要的人死在怀里更痛苦的是他还活着，却跟着他受罪。

林琦也饿了，没等他和虞潭秋交换位置，有巡捕来叫人了。

林琦和虞潭秋拉着手一起站了起来，巡捕带他们到了一间开放的审讯室，手一挥："进去吧。"

林琦紧张道："长官……"

"别挑。"巡捕误以为他要讨价还价，手不耐烦地一挥，他一动作，林琦就看到了他腕上的手表，"有口饭就不错了，也不是什么值钱的东西。"

虞潭秋拉住林琦，沉默地拉着他进了审讯室。

审讯室桌上摆着一碗米饭——仅此而已。

对于饿了一天一夜的虞潭秋与林琦，那也是非常珍贵的了。

虞潭秋让林琦先吃，他吐了吐舌头，并非装可爱，而是展示舌尖上粘着的橘子硬糖："我吃完了糖再吃。"

没有筷子，林琦想去洗手，虞潭秋却道："别节外生枝，就这样凑合吧，乖。"

林琦被他哄孩子一样的语气说得脸红："我没有那个矫情的意思。"

人饿了，什么事都做得出来，别提只是用不干净的手抓饭了。

林琦吃了几口，将手指上的米粒舔干净后就不吃了："潭秋，你吃吧，我够了。"

虞潭秋嘴里含着硬糖，心里冒起无穷的野火，同时又很心酸，他没保护好林琦，让林琦跟着他连一口饭都吃不上。

虞潭秋抬眼看着林琦，喉咙干涩道："我……"

"哟，这是演的哪一出？"

门口传来调侃的声音，林琦回头，面色一怔："吴先生。"

吴公馆要比巡捕房好多了，不仅温暖还有美味的食物，用人们手脚麻利地收拾客房，又捧上来干净的衣物。

林琦坐在客房的沙发上吃着充饥的点心，有种一下从地狱到了天堂的恍惚感。

吴致远并非特意来救济他。吴致远接到了城外管家的电话，来接管家一大家子人，在巡捕房闲庭信步地逛了一下，才恰巧发现了这一对可怜的叔侄，顺便给带了回来。

虞潭秋该低头时就低头，自尊能值几个钱，能摆脱面前的困境才是要紧事。

浴室里放好了热水，虞潭秋出来叫林琦进去洗澡。

林琦正在无知无觉地吃点心，下巴上沾满了点心渣子，一脸的茫然。

"吃饱了吗？"虞潭秋蹲在他面前，伸出手掌替他擦了擦下巴。

林琦低头对虞潭秋道："潭秋，我们什么时候走？"

"先去洗洗干净，换上一身衣服，"虞潭秋握住林琦的手，"以后的事，以后再说。"

虞潭秋拉了林琦起身："听话。"

从家里跑出来后，虞潭秋忽然就将家长的角色扛到了自己的肩头，两人日常的角色颠倒得毫无铺垫，双方也适应得很好。

林琦是个不折不扣的软柿子，自然是虞潭秋想怎么捏就怎么捏。

用人们收拾好了要退出去，虞潭秋不客气地让她们再端点正经吃食上来，他心里已经有了打算，既然吴致远上赶着来送上门，他不妨用一用吴致远这块垫脚石。

陆选青与吴致远一个凶恶，一个狡猾，要利用他们，虞潭秋必定要万分小心才是，千万不能走从前无知的老路。

他满脑子的计谋被用人送上来的饭食香味给打断，于是暂且放下，先填饱肚子。

林琦很快地洗干净了身上的尘埃，因为脚底心还有些小伤口，没穿袜子，趿着拖鞋就出来了，见虞潭秋正秋风扫落叶般地进食，才知道虞潭秋其实也饿得这样狠。

那一碗大白米饭，他吃了两口，虞潭秋却是一口都没来得及吃呢，真可惜。

虞潭秋正在凶猛地进食，快速进食后还得想事。林琦刚出来，脚步声浅浅的，虞潭秋还未察觉，直到淡淡的香味近了，虞潭秋才抬起头，拧着眉一脸阴沉相："坐下，你再吃点东西。"

林琦乖乖地坐下，目光很温柔地望向虞潭秋。

虞潭秋塞了碗筷到林琦手里。

两人彻底吃饱后，虞潭秋也钻进了浴室，很快又水淋淋地钻了出来。刚才林琦在浴室里，他在外面，是守着林琦，他在浴室里，林琦在外面，他就很不放心，胡乱洗了马上就跑了出来，林琦在他眼皮子底下，他才觉得安心。

外头已经重新来到了夜晚，虞潭秋让林琦待在客房不要离开，自己走了出去关上了门。

躲在十六岁躯壳里的虞先生很短暂地将他别扭的脾性给藏了起来，将他如陈酒般酝酿了三十几年的阴险狡诈一起装饰到了身上，在这乱世之中正式——粉墨登场。

林琦等了虞潭秋好几个小时，昨天只睡了半夜，又惊惶不定地一直在跑，此时在温暖的客房，肚子又吃得饱足，就有点昏昏欲睡起来，手撑着额头强忍着睡意，也是没过一会儿就歪倒在了沙发上。

等虞潭秋进来的时候，林琦已经睡着了。

他睡得很沉，脸庞压迫着手臂，苍白的脸上浮现一点红晕，双腿蜷缩在了一起，小腿裤管因为这睡姿，缩了上去，露出了一截光洁的小腿。

虞潭秋慢慢坐在了林琦身边，林琦的脚心受了伤，清洗之后便留下一个又一个红点子晕开。

林琦大约是真的累了，紧绷的精神放松之后，就睡得特别死，完全是无知无觉的模样。

虞潭秋把他抱上了床，床太软，两人的重量一陷下去就发出了吱呀的弹簧声，把虞潭秋吓了一跳。

然而林琦还是没有醒，依旧睡得香甜。

虞潭秋舒了口气，目光望向林琦，凝视了一会儿，轻轻摇了摇头。

半年后。

林琦坐在车里，有点紧张："潭秋，咱们这到底是要去哪儿？"

虞潭秋穿着一件白衬衣、黑西服裤子，跟他之前穿的校服也差不多，可如今的虞潭秋再也不是个学生样了，他中年的灵魂已经强势地占据了高地。这半年来他在吴致远和陆选青背后充当军师出谋划策，不知贡献了多少让这两个人都拍案叫绝的计谋，如今的气质是越来越偏向于成功青年了。

车停了，虞潭秋也终于回答了林琦："我们的新家。"

轰炸过后不久，阳本就接管了江城的一部分——法租界除外，虞潭秋与林琦的家也回不去了，吴致远给他们临时提供了个住所，住了大半年，等手中敛入的财富足够自立门户，虞潭秋立刻就着手买下了一栋小洋楼。

小洋楼在和安路上，乳白色的墙体，精致雕花的铁门，小花园里错落有致地种植着美丽芬芳的花朵，林琦看呆了。

虞潭秋站在他身边，轻拍了一下他的肩膀："进去看看。"

里面的装饰自然也让人挑不出什么毛病，虞潭秋还专门留了一间屋子，给林琦当裁缝铺用。

这半年，林琦也没闲着，一直都在完成之前手头堆积的订单。

虞潭秋见他手上有点事做似乎更快乐，也就随他去了。

"喜欢吗？"虞潭秋平静道。

林琦点点头，喜欢是喜欢，可虞潭秋的世界轨迹似乎正毫无二致地往上一局的轨迹走，甚至更糟——虞潭秋已经提前不上学了。

林琦摸了一下沙发上的软垫，轻声道："潭秋，那……你什么时候回去上学？"

虞潭秋就不爱听这个，拉了林琦的手转移话题道："外头种了许多花，你都来认认，别回头养死了，难看。"

林琦被虞潭秋磕磕绊绊地拉到花园，被迫跟着虞潭秋认识花朵。没认识几朵，兴致勃勃的虞潭秋忽觉不对劲，似乎有人在盯着他，虞潭秋敏锐地一仰头，隔壁小洋楼上站立着一个漂亮的姑娘正幽幽地望着他，不是张曼淑是谁？！

虞潭秋毫无兴趣地低下头，拉着林琦的手触碰了一朵鹅黄的花朵："看，是不是很有趣？"

"宝贝儿，看什么呢？"

身后传来男人的呼唤，张曼淑收回目光，转身望向对方，长长的睫毛敛起，活泼的面目变为一种世故的沉静："没看什么。"

懒懒地应付完男人晨起的腻歪，张曼淑用最后的耐心送走了男人，迫不及待地往隔壁的那栋小洋楼跑去，很遗憾地只看到了绝尘而去的车屁股。

张曼淑痴痴地看着，浑然忘了时间。

林琦站在门口稀里糊涂地送走了虞潭秋，回头就看见张曼淑魔怔一样的表情，心中一动，这不是那个当年对虞潭秋有意的小姑娘吗？

说是当年，其实也就一年不到而已。

林琦怀抱着长辈的心思慈爱地望向了张曼淑，没有打断张曼淑的痴望。

一阵微风吹过，身上隔夜的香水味泛入鼻尖，张曼淑猛地打了个冷战，像是忽然从梦境里醒了。她紧了紧身上的披肩，目光从遥远的地方挪回，与林琦温和的目光相遇，她怔住了。

林琦对她笑了笑，遥遥道："你好。"

张曼淑此刻不施粉黛，素净着一张少女白净的脸，她年头刚满十八，正是韶华好年纪，神情却掩饰不住的疲惫，对林琦也强笑了下："你好。"

两人隔着铁栏与藤蔓花丛，互相注视打量着对方。

张曼淑很惊奇，面前这个人竟然一点都没发生变化。

她方才在阳台上看得分明，虞潭秋的样子变了，变得不像那个瓷人般的小少年，瓷人的外壳隐约散发着锋芒，收敛着而更让旁观者害怕，与她所见到的那些男人相比，身上是类似的气息，叫张曼淑很失望。

她并非还爱着虞潭秋。

那不过是青春时懵懂的颤动。

她只是很怀念过去。

不过很好的是，虞潭秋身边的林琦没有变，岁月在他的身上短暂停歇、经久不衰。

"林师傅，你也搬到这儿来了。"张曼淑收起了伤春悲秋的心思，落落大方地一笑。

林琦先是点头，随后道："你怎么知道我是林师傅？"

张曼淑听他说话的语气莫名地有股稚嫩，语气也柔和了："我……我听我二哥说的。"

"哦，张二公子，"林琦望向隔壁的这栋小洋楼，高兴道，"二公子还好吗？"

张曼淑抱着肩膀的手摩挲了一下自己，像是对自己的一个安慰拥抱，她嘴唇动了动，轻声道："好……也不好。"

"这是什么意思？"林琦疑惑道。

"算了……"张曼淑欲言又止了之后，转身进入了自己那栋小洋楼的花园里，对林琦挥了挥手，"再见。"

林琦也挥了挥手，只是张曼淑已决绝入内，没有看到了。

林琦忽然觉得张曼淑的神情语态很熟悉，不是一年前的那种熟悉，而是另一种似曾相识。

等到晚上虞潭秋回来，林琦很惊喜地对虞潭秋说了隔壁邻居是张曼淑，虞潭秋满脸冷漠，不作回应，脱了大衣外套挂好。

"真是个大姑娘了，跟一年前简直判若两人。"林琦感慨道。

虞潭秋边解开袖子口的扣子边沉着脸道："你少搭理她。"

林琦局促地笑了一下："怎么，害羞了？"

虞潭秋斜睨了他一眼。那张与虞伯驹相似的脸唯有一双眼睛特别的不同，其实也一样，大且黑，不过虞伯驹那双冒着正气的眼睛镶嵌在虞潭秋的这具躯体上，不知怎么就显得格外阴森森的。

"我害羞什么？"虞潭秋忽地抬眸，"你才是不要动那些歪心思。"

林琦脸微微红了红："我能动什么歪心思？"

虞潭秋泼脏水道："一个老男人瞧人家女学生鲜嫩，眼巴巴地上去凑趣，也不嫌丢人？"

"你不要胡说。"林琦弱声道。

虞潭秋当然知道自己在胡说，就是嘴贱，忍不住要逗一逗他，又捏弹簧一样地捏了一下林琦的手："会跳舞吗？"

"跳舞？"林琦道，"什么舞？"等虞潭秋拉了他往客厅中央走时才补救道，"我什么舞都不会。"

"不会就要学。"

虞潭秋绑票似的裹挟住林琦，要与他一起训练交谊舞。

林琦被虞潭秋拉着手忙脚乱地转圈，身上淡灰的袍子被虞潭秋的手臂箍住，中间一段勒了，上下一散，真像穿了条裙子，随着虞潭秋带着他旋转，灰袍也开出了一朵黯淡的莲。

林琦不知怎么要笑，先是微笑，随后就是笑出了声，脸上露出了浅淡的酒窝，目光也亮晶晶的，虞潭秋也跟着微笑了。

林琦天生是个苍白的纸片模样，虞潭秋很精心地用补品去填，填来填去还是个纸片样。

头顶的吊灯放射出让人目眩的乱光，虞潭秋在旋转中神迷般地想：这个人怎么不老呢，那么年轻，那么有光彩。

"林琦，我们走吧。"

林琦怔住："走？走去哪儿？"

"去国外。"虞潭秋心里已经有了长远的打算，"现在许多人都已经去了国外，国内很不太平。"

林琦放开了虞潭秋的手，神色郁郁："潭秋，我不想走。"

虞潭秋急道："为什么？"

"故土难离，"林琦轻声道，"我的家在这里，潭秋，你还小，你不明白的。"

"什么是家？有亲人才是家，你和我在一起不就是一个家吗？！"

空气中忽然弥漫开了沉默。

虞潭秋在林琦的沉默中爆发出惊人的怒气。

林琦不这么想，他不觉得他们两个就是一个家。

虞潭秋气得发抖，抓了林琦的肩膀，恶狠狠道："你说话啊！"

林琦很慈爱地拍了下虞潭秋的臂膀："潭秋，不要闹脾气。"

他越是态度良好，虞潭秋就越是要发狗脾气，放开了林琦，回了侧边的一间房里噼里啪啦地打沙袋。

持续的锻炼让虞潭秋长出了一身结实强韧的筋骨，一脚踢上去，沙袋就高高地飞了起来，虞潭秋一个漂亮的回旋踢又将落下的沙袋重新踢回高位，如此反复，到人出了一身汗，浑身都湿淋淋的，虞潭秋心里的那股火气才算散了一点。

站定之后，虞潭秋下意识地扭了脚腕放松，这一扭，他又顿住了——他的习惯简直和虞伯驹一模一样。

虞潭秋脸都憋红了，甩着一头汗走出房间。

林琦正在摆碗筷："洗一洗，吃饭吧。"神情和语气都平淡如往昔。

虞潭秋很恨地瞪了他一眼："不吃了。"

林琦放下筷子，轻声道："闹绝食吗？"

虞潭秋不理他，噌噌噌地上楼，进了自己的房间，放水冲洗，很简略地洗完之后，又拧着眉依旧是湿漉漉地下了楼。

林琦似乎早就料到他会下来，饭都给他盛好了，自己也坐在了座位上，手心里正捧着碗。

虞潭秋虎着脸拉开凳子坐下，林琦见他头发都还在滴水，起身去楼下的卫生间里拿了块干毛巾回来，罩在虞潭秋的头上给他擦水。

虞潭秋闷声道："我跟虞伯驹是不是很像？"

林琦道："不像的。"

虞潭秋道："哪里不像？"

林琦道："大哥从来不发脾气。"

虞潭秋冷笑一声："你们都是好人。"粗鲁地将林琦手里的干毛巾扯了下来，自己胡乱地擦着。

林琦轻叹了口气，重新坐下，无声无息地吃起了饭。

虞潭秋因为很生气，所以耍起了无赖，睡觉前，手上夹着自己的枕头沉着脸从林琦虚掩的门缝里进来，枕头一放，人很自然地就躺下了，背对着林琦，主动地来闹别扭。

孩子就是这样，心里再不高兴，百般做作，便是期待大人哄他。

林琦正在看书，床头一盏小小的灯，对虞潭秋的所为只是轻轻看了一眼，重新又将目光挪回他手上的那本外国杂志，不能太惯着。

虞潭秋背对着林琦，独自将眼睛瞪得像牛一样，书页轻轻翻过的声音在他耳朵里像是刮过一场飓风，引起他心灵的震颤。

虞潭秋这一场别扭如攀登者达到了顶峰般准备发作时，"啪"的一声，林琦旋钮了台灯的开关，卧室内一片漆黑，虞潭秋的那一股气顿时就顶在峰口出不去了。

虞潭秋听到林琦放书的声音，随后身上盖着的被子轻微一动，林琦也躺下了，两人背对背地躺着。

"你还会想起虞伯驹吗？"虞潭秋突兀道。

很长一会儿的沉默，林琦才缓缓回应道："嗯。"

这个答案让虞潭秋狰狞了脸，猛地转过身，弹簧床发出一声愤怒的"咯吱"。

林琦只是沉默，过了好一会儿，才缓缓开口。

"潭秋，"林琦侧躺着平静道，"岁月不可追。"

这五个字的力量很大，大到虞潭秋都喘不过气来。

林琦说得太对了，岁月不可追，林琦与虞伯驹曾一起经历过的风雨虞潭秋无法参与也无法抹去，永永远远地横在了他与林琦之间。

算了，不可追就算了。

虞潭秋不屑道："追个屁，睡觉。"

林琦："潭秋。"

虞潭秋"嗯"了一声。

"其实你也是个很好的人。"

虞潭秋一怔，在黑夜中闪烁了下眼睛，他狂乱的内心在这句话中得到了短暂的平复，心里很熨帖，嘴上却不饶人："这世道谁稀罕当个好人。"

背后没有再传来回应，只有一声轻到听不见的叹息。

这一声叹息，令虞潭秋一夜都没有睡好。

一直到了俱乐部，虞潭秋依然满脑子那一声轻轻的叹息。

"虞生，"手上的酒杯被人轻轻一碰，虞潭秋从昨晚懊恼的回忆中醒过神，扭过脸对上一张狡诈的笑脸，"想什么呢，那么出神。"

虞潭秋微微一笑："想人。"

"都到俱乐部了，光想算怎么回事？"那人笑着放下酒杯，"今天来了两个女学生，可鲜嫩着呢，如何，看看？"

虞潭秋晃了下手里的酒杯，垂下眼眸，玉瓷一般的脸上是一抹冷峻的笑："女学生我见多了，没什么可新鲜的。"

那人喷出一口烟，似笑非笑地望向虞潭秋。虞潭秋年纪小，本事和手腕却是老辣，除了在色欲一道极为自律严苛，完全就像是个浸淫商场多年的奸商。

"你是没碰过不知道那玩意儿多妙。"

虞潭秋确实没碰过。

那人见他出了神，凑上来压低声音道："不喜欢鲜嫩的，也有青春正好的……喏……"那人推了推虞潭秋的胳膊，虞潭秋拧着眉斜睨过去，那人的目光与手指都已经往前指了，"瞧瞧，正当红的。"

虞潭秋看也懒得看，放下酒杯整了整袖口，满脸阴沉地起了身，而当他转过身时，却与红唇浓艳的张曼淑目光撞了个正着。

张曼淑穿着一身漆黑的旗袍，两条奶白的手臂上挂着鲜红的披肩，秀眉蹙起，惶然又哀伤地透过人群望向虞潭秋。

而虞潭秋，就像没长心肝一样，目光一触，就毫无留恋地掠过了张曼淑，仿佛根本不认识她一般。

张曼淑双臂拢了拢肩膀，自从她的家人都没了之后，她无论站坐都会下意识地将双臂护住自己的肩膀，她总是觉得冷。

芝兰玉树的少年也走了，他从喧闹的宴会走向了无边的夜色，脂粉与酒精混合的颓靡从鼻腔窜入头顶，面孔模糊的人端了酒过来，张曼淑忽然像是醒了，高跟鞋在台阶上哒哒哒猛地往下："虞潭秋——"

夜色中的身影顿住了，他扭过脸，脸色是一如往昔的阴沉冷淡："我不找女人。"

张曼淑的鬈发乱了，夜风从长发间隙中掠过，面对做派老成的虞潭秋，她的一颗心沉到了谷底。

她的年少青春是真的死去了。

虞潭秋转身走入一旁拉开的车内，心想刚买的洋楼住得倒还称心，不想搬，边发动车边想，还是将张曼淑赶走吧。

回到小洋楼时，夜很深了，整栋楼都是寂静黑暗的，虞潭秋酒性未散，带着一点刺激性的余味悄悄上了楼。

林琦睡着了。

虞潭秋轻轻拧开了台灯，蹲下身趴在床头。

林琦在睡梦中模糊地感觉到了被人注视，他睁开眼睛，昏暗的台灯照出虞潭秋阴沉的脸。

"潭秋？"林琦轻声道。

虞潭秋嘴里喷洒出淡淡酒气："我好在哪儿？"

没头没尾的，林琦只闻到了他身上的酒气。

林琦坐起身，略带困倦："怎么喝了这么多酒？"

虞潭秋："回答。"

"回答什么？"林琦莫名其妙道。

虞潭秋脸色扭曲了一瞬，嘴上百般地哄他，说他也是个好人，真论起来哪儿好，却说不出了。虞潭秋站起身，身体因为酒意摇晃了一下："你不用装模作样，昧着良心说那些话，其实你心里根本瞧不上我……"

"潭秋！"林琦难得语气重了，"你喝醉了……"他撩开被子起身，想去扶虞潭秋，"走，我扶你去休息。"

虞潭秋挣扎着想甩开林琦的手，黑暗中两人的手像打架般地扭在了一起，温和的林琦一旦执拗起来，就连虞潭秋也一时甩不开。

其实还是虞潭秋顾忌着，他是喝醉了，也记得不能伤了林琦。

两人来回纠缠之下，也不知道是虞潭秋脚步跟跄，还是林琦忽然爆发了，虞潭秋竟忽地栽倒在地，重重地砸在了地板上，"咚"的一声落地将一场沉默的纠缠画上了一个惨烈的顿号。

林琦思绪断了一秒才反应过来，赶忙扑了过去："潭秋，你没事吧？！"

黑暗中高大的身影蜷缩在地板上，在林琦靠近的时候猛喝道："别过来！"

林琦停在了原地。

倒地的时候正砸到尾椎骨，虞潭秋疼得面色都扭曲了，同时心中很凄惨，他怎么这么丢人，屁股都快摔碎了。

林琦慢慢蹲下，小心翼翼道："潭秋，你是不是摔疼了？"

虞潭秋因为生理性的疼痛滚出了两行大泪珠子，冷漠道："没有。"

林琦心想自己也不是故意的，他有心解释，也只能点到为止道："对不起，我不想的……"

虞潭秋忍不住大声道："你闭嘴！"

林琦闭嘴了。

虞潭秋一手撑在地板上，扶着腰慢慢起身。

林琦的眼睛已经适应了黑暗，很清楚地看着虞潭秋一瘸一拐地走出了门，惊愕地想，天哪，他难道真把虞潭秋推伤了？

虞潭秋扶着墙回了自己的卧室，开了灯直奔镜子，脱了裤子一照，确实是尾椎那个地方红了一大块，不用想，明天一早肯定转乌青。

虞潭秋对着镜子扭成麻花，觉得自己现在的模样可笑极了，麻木地拖着两条腿趴到了床上，心无杂念。

"潭秋……"门口传来林琦微弱的呼唤。

虞潭秋立刻起身，起猛了又是疼得要倒，抓起床上的被子罩住自己的屁股，歪歪扭扭地回头气道："你不睡觉干什么？"

林琦趴在门边上，门内的情景他刚才已经看得一清二楚，手指抠着门缝，凹陷的眼睛中散发着懊悔又可怜的光："我、我帮你上点药吧……"

"滚滚滚——"虞潭秋狗吠道。

十分钟后。

苍白的手涂了药酒轻轻地在伤处揉搓，林琦小心翼翼道："力道还成吗？"

虞潭秋趴在床上"嗯"了一声。

哎，这样就蛮公平了嘛。

虞潭秋的伤着实惊到了吴致远，一瘸一拐地扶着软垫坐下时，吴致远差点没咬断嘴里的雪茄，他微微笑了一下，将口中的雪茄拔出来："小虞，你这是受了伤啊。"

虞潭秋虽然这一年多都在帮吴致远办事，但并不算是吴致远的手下，他穿针引线地在权贵中奔波，隐没在权势的云雾中，谁也摸不透他的底，当下对吴致远也不客气地回道："不劳费心。"

他可还记着吴致远当年招猫逗狗一样对待林琦，时过境迁，虞潭秋的心思依旧没变：找个机会，做掉吴致远。

但吴致远现在是离不开虞潭秋了，不知不觉毫无声息地就到了这步田地，他自己也知道不好，只是很懒，像漂浮在死海里的人，懒洋洋的，快乐，快乐就好，虞潭秋好用，能办事，给虞潭秋一些钱与权来交换他现在的便利，吴致远尚能忍受。

更何况虞潭秋赤条条地露了那么大一个软肋——林琦。

吴致远就很放心了。

被虞潭秋这么一呛，吴致远也不生气，觉得很好玩，吴致远眯了眯眼睛，"年纪轻轻的多保重，别太过火，以后日子还长着。"

虞潭秋没心思跟吴致远闲话家常，立刻就将话题转到了正事上。一谈起正事，吴致远的邪心思果然就收了起来，面目沉着地听着虞潭秋的新诡计。

虞潭秋滔滔不绝侃侃而谈，引经据典结合时事，将一场阴谋诡计说得甜美诱人，吴致远不知不觉就认同了，琢磨过劲来以后，他看了虞潭秋一眼。之前吴致远对虞潭秋还多有忌惮，现在不知怎么觉得面前的是个愣头青年，格局骤然变小，心态也放平了。

虞潭秋对吴致远的眼神似有所感，他冷着脸不阴不阳地斜睨了吴致远一眼。

而吴致远对这冷眼回以宽容一笑："小虞啊，要留下来吃饭吗？"

虞潭秋的怒意吴致远一点都没察觉到，当虞潭秋不想让人知道他的情绪时，真正是滴水不漏，所以吴致远一丝丝都没察觉，临走了，还对虞潭秋意味深长地一笑："有机会，你和林师傅一起过来吃个便饭。"

虞潭秋惯常地阴着一张脸："再说。"

小洋楼中，林琦正搓着手小心翼翼地给张曼淑倒茶。对这个曾经暗恋过虞潭秋的小姑娘，林琦莫名地有种怜爱和愧疚的心理。

"谢谢。"张曼淑微微点了下头，捧起茶杯闻了闻，微笑道，"好香的红茶。"

林琦坐下，也给自己倒了一杯茶："潭秋带回来的，说是印度人种的茶，比英国的好。"

张曼淑听到虞潭秋的名字，脸色立即黯淡了。

虞潭秋在她的心里是个符号。

那是她最为快乐的时光，无忧无虑的大小姐，有家、有钱、有亲人，也有"爱人"，对于她来说，当时自然还是有很多烦恼，只是现在回头一看，那就是回不去的圆满。

家没了，钱没了，亲人也没了，时至今日，虞潭秋竟然也变得那样快，与那些美好岁月齐齐地向下堕落，当然，堕落得最快陷得最深的也是她自己。

张曼淑有很长一段时间没和人好好说话了，今天在阳台上看到林琦挽着袖子细心地侍弄花草，她忽然就觉得很想和林琦说说话，待坐到花园里，她才觉得自己这是失态了。

她现在的身份，坐在这里怕是有点不合时宜。

手心里的茶杯忽然变得很烫，热度从掌心一路蔓延到了她的面颊，她咽了下唾沫，慢慢将掌心里的茶杯放下了。

林琦喝了口茶，见她面目忧郁，小心翼翼地问："张小姐，二公子还好吗？"

张曼淑的手一抖，眼睫受惊般地颤了一下："二哥他……没了。"

一旦开了口，下面的话就变得顺畅多了，张曼淑终于有了机会倾诉，她越说越快，将家里短短一个月内发生的变故说得很清楚。

轰炸的时候正巧家里人都在祖宅，张曼淑因为要与同学过圣诞节，说过一夜再去祖宅与他们会合，就留在了租界的家中。

等轰炸完之后，张曼淑一夜沦为孤女，她还来不及悲伤，家里的财产就被四周环绕的豺狼虎豹给抢夺走了，从前那些与她父亲交好的叔叔全都变了副嘴脸，孤儿寡母尚且是两个人，张曼淑比这还不如，她一个势单力薄的小姑娘瞬间就被盘剥了个精光。

"起初我借住在同学家里……可寄人篱下白吃白住也不是长久之计，我想我好歹念过书能找份工作，然而……我其实还是想重回校园……不过念书也的确是没什么太大用处……"张曼淑侧着脸微微笑了一下，"我学的那点知识远不如我的身体能换来好生活。"

林琦静静听着，不知该说什么。

安慰的话对于这个从天堂掉到地狱的小姑娘来说实在太冒失了。

"习惯了也就好了。"张曼淑抬手捋了一下自己蓬松的鬈发，终于喝下了第一口红茶，这茶确实很香，"我现在觉得这样的日子也没什么不好，至少我也算是自食其力了。"

林琦终于想起张曼淑给他那股似曾相识的感觉从哪里来了，夏其多，夏其多也是这样。

其实她们都是很好的女孩子，只是很可惜……很可惜……

林琦心里盘算了一下，掌心攥了茶杯，低声道："张小姐，算算年龄，我足以当你的父亲了，我、我有个冒昧的提议，希望你不要误会，我、我想给你一笔钱……你别误会。"林琦摆了摆手，脸上是红白交错的紧张，"我想你可以用这笔钱去读书，或是做点小买卖，你、你有兴趣跟我学裁缝吗？二公子以前挺喜欢，我不知道你喜不喜欢……我没有孩子，我的意思是……"

"谢谢。"张曼淑对他灿笑了一下，"我明白你的意思，多谢你的好意，我并不需要，但还是谢谢。"

张曼淑对林琦举了举茶杯，她是真心感谢林琦，不为别的，只为林琦的"没有变"。

林琦以为她担心钱少，于是补充道："不不，我这么些年也攒了一笔还算丰厚的财产，真的不少，如果你想换个环境，你可以拿着这笔钱出国。"

张曼淑垂下脸，嘴角含着若有若无的笑容，她觉得她已听不下去了，再听下去，她大概就要哭了。

"我有钱的，"张曼淑轻声道，"有很多很多钱。"

她不缺钱，她只是……不想变。

像陷入网中的猎物，她还有余力挣扎，但挣扎与不挣扎的区别又在哪儿？这个世界上能令她留恋的东西实在不多了，她如今就只是活着，等待自己被那张网完全吞噬的那一天。

那一天，她或许就会觉得解脱了。

张曼淑告别林琦，回到自己的那栋小洋楼，而正巧有辆汽车过来，汽车上下来个衣着考究的男人，戴着一顶绅士帽，搂住迎面走来的张曼淑，重重地亲在她脸颊上。

林琦看不清张曼淑的表情，心里很难过。

虞潭秋回来的时候，天色还不算太晚，夕阳余照，勾勒出花园里一个单薄的暗色身影，满园的春色随便一丛都能压倒这个身影，可在虞潭秋的眼里，这一点灰，却比其他颜色都打眼。

虞潭秋一瘸一拐地过去，手轻轻落在林琦的肩膀上："今天在家做了些什么？"

林琦没有回答他，开口道："今天张小姐来过了。"

虞潭秋沉了脸，差点忘了，要撵走那个张曼淑。

"张小姐……失去了所有的亲人，"林琦摩挲了一下冰凉的茶杯，"就像你我一样。"

虞潭秋静默了，忽地低头在林琦肩上重重一拍："不一样，我们是两个人，不孤单。"

林琦本就是个满脸愁容的人，虞潭秋见不得他那个样，使的劲还不小，林琦"嘶"了一声，惊诧似的捂着肩膀回了头："潭秋！"

虞潭秋一脸冷淡："叫什么，这就疼了？"

林琦目光挪向虞潭秋的屁股："你呢，还疼吗？"

虞潭秋冷哼一声："疼死我了。"

林琦失笑，抬手摸了摸虞潭秋的后脑勺："走，我给你搽药。"

松软的弹簧床上，虞潭秋趴着，衬衣卷到了腰上，尾椎上一大块果然是乌青了，林琦看着都觉得疼，倒了药油在手心上搓热，然后上手。

虞潭秋哼了一声。

林琦还是在说张曼淑。

"她家里人都没了，现在日子过得很艰难……"

虞潭秋打断道："她住得起洋楼，坐得起汽车，日子过得挺好。"

林琦听了他毫无同情心的冷酷话语，生气地轻拍了一下他的背脊，没照他受伤的地方拍，虞潭秋皮肉结实细腻，一拍下去就是个脆响，将两人都吓了一跳。

虞潭秋扭头，脸色青红交加，林琦也是红了脸，讪讪道："又打疼了？"

虞潭秋磨了下牙齿："你这是有瘾了？"

"我……我不是故意的，"林琦伸手揉了揉虞潭秋的背脊，微微弯了腰，做了个要趴不趴的姿势，"要不，你打回来吧。"

虞潭秋皮笑肉不笑地哼了一声，低头将自己的脸埋入枕头："我不跟你一般计较。"

林琦起身继续为虞潭秋按摩："我有个想法，我这么些年也有了一笔积蓄，我想用那笔积蓄帮一帮张小姐，可以送她去国外念书。"

虞潭秋一听，马上扭起了脸，目光很锐利地扫射了林琦的面容，林琦也像接受检阅似的瞪圆了眼睛，证明自己内心很清白。

虞潭秋从林琦脸上看到了单纯的善意与慈爱，然而他依旧是不高兴，林琦的善意与慈爱也应该都给了他的。

"你可怜她。"虞潭秋道。

林琦承认了："是。"

虞潭秋心里思量了片刻："你的钱你自己留着，你要真想帮她，我出这个钱。"

"啊？"林琦没想到虞潭秋的态度忽然会来个一百八十度转弯，顿时愣住了，手按在虞潭秋腰上顿住，愣头愣脑地回了一句，"那不好吧。"

"有什么不好？"

"你给她钱，她要是误会怎么办？"

虞潭秋目光凝在了林琦的脸上："怎么会？"

林琦苦笑一下："我只是不想张小姐痴心错付。"

"凭什么她的痴心就一定错付了，"虞潭秋冷笑道，"我横竖也还是没有定亲娶妻。"

林琦垂着脸看他，只温和一笑："那样也很好。"

"你少管别人，多操心自己。"

虞潭秋到底还是年轻，休养了三五天屁股也就好得差不多了，一身轻松地先要将张曼淑赶到国外。

他自己眼里清净，也了了林琦的心事。

林琦的好心与善意，虞潭秋很珍惜，也愿意成全。

而张曼淑——并不领情。

张曼淑对这个满身市侩阴险的虞潭秋感到极为不适，三言两语后两人差点吵了起来，虞潭秋活了两辈子从来没跟女人说过超过十句话，对张曼淑这个落魄小姐的幽怨之气完全不理解，而且非常嗤之以鼻。

张曼淑虽然曾经暗恋过虞潭秋，但对于虞潭秋的形象，她一直是不太深入了解的，只是基于虞潭秋俊美的皮囊和清冷的气质而做出自我发挥的想象，一个少女想象中的美男子是不食人间烟火的，更不会满脸刻薄地让她拿钱滚蛋。

是，是滚蛋。

张曼淑气得直接将门重重甩在了虞潭秋鼻前。

虞潭秋眉毛一抖，冷笑一声："女人。"戴上帽子转身走出庭院。

张曼淑背靠着门慢慢滑落，又忽然打开了门，望着虞潭秋一往无前的冷酷背影，再一次感到了深深的痛苦。

虞潭秋……怎么是这样一个凡夫俗子！浑身的铜臭味不说，言语中对她的轻慢不屑呼之欲出，说她什么，矫情？

张曼淑越想越气，上楼去将枕头剪了，把里头的羽毛扯了个满天飞。

陆选青的女儿结婚了，虞潭秋受邀参加典礼，一对新人都是花骨朵一样的年纪。

最近国内形势风云变幻，仿佛是要变天，陆选青这警察局局长的位置坐着坐着就觉得烫屁股了，悄无声息地为自己铺起了后路，幕后的代理人正是比他女儿只大了一岁的虞潭秋。

对于虞潭秋，陆选青比吴致远还要重视，虞潭秋不仅多智，并且在关键时刻帮助陆选青站队成功，陆选青不以年龄论英雄，直接将虞潭秋当自己的小祖宗供着。

新人穿着西式的婚纱礼服，虞潭秋坐在教堂里的头排座位，胸口戴花，面上不服。

两个新人的年纪都比他小一些都成婚了，一生也算是有了着落，他呢？想带林琦去国外避难，林琦却是始终不肯。

最过分的一次，他都已经把林琦人都绑到机场了，好端端的，飞机的尾翼竟然烧了起来。

真邪门。

教堂婚礼结束，新人上车回公馆继续流程，虞潭秋对接下来的流程敬谢不敏，跟陆选青打了个招呼要走。

陆选青今天喜气洋洋的，挺着个大肚子，头发上抹了足够多的发油，光可鉴人地梳了个背头。他拍了拍虞潭秋的肩膀，神秘兮兮地压低了声音："老弟，我下个月可就走了，你怎么说？要不要我也给你弄一张机票？"

"不必，"虞潭秋神色淡漠，"我还有点事没办完。"

陆选青看虞潭秋就似看自己的军师一样，恨不能将虞潭秋和他心爱的女儿女婿一起打包带走，当即道："你还有什么事没办，你说一声，我能帮你解决的就帮你一把，现在时局动荡，早走一天晚走一天情况都说不定会起变化，夜长梦多啊老弟。"

"我心里有数。"虞潭秋对陆选青没什么意见，陆选青是个典型的投机分子，有奶就是娘，对自己的定位也相当准确，从来不会自视甚高，他活在这个世界上就图一个"捞"字，毫无节操也毫无下限，"我也更想留下，无论是谁当家做主，天地这样大，总有我的一席之地。"

陆选青语塞。

一方面他很不赞同虞潭秋这种冒险精神，另一方面他又认为虞潭秋的确有这样的本事。他心里五味杂陈，最后又转到老生常谈的话题："哎，可惜婉珍与你不大合适，否则，你要是做了我的女婿，我一定——押！也要将你押上飞机！"

虞潭秋哂笑一声，心想陆选青才舍不得那个家财万贯、富得流油的女婿。

挥别陆选青后，虞潭秋皱着眉乘车回去。

回到家，林琦又与张曼淑在花园里喝茶。

张曼淑似乎找到了报复虞潭秋的方式，每次她与林琦说话时，虞潭秋的脸色总是特别难看。

在红尘里滚了大半年，张曼淑的眼色也是一日千里，她看出虞潭秋对林琦的在乎，是一种扭曲的占有欲，像她对心爱的珠宝一样，连让别人欣赏都觉得是自己吃了亏。

而虞潭秋，出于一种绝对的大男子主义心理，没有对张曼淑采取强硬的措施，当然，冷嘲热讽是少不了的。

"蹭吃蹭喝的，家里没人了？"虞潭秋上来就刻薄道。

张曼淑原本以为自己心里的伤口永远是新鲜的血肉模糊，而在虞潭秋一次次的捅心窝子中，她奇异地发现她以为一生都好不了的伤口其实早已悄然结痂，不如往昔那样一想就疼了。

张曼淑尖锐地反驳道："林师傅邀请我来喝茶，我应约而来罢了，怎么，虞先生是觉得林师傅没这个请客的资格吗？"

虞潭秋往要害上捅，张曼淑也一样还以颜色。

眼看看起来极为体面的两人又要吵起来，林琦忙打圆场制止："潭秋，张小姐教我烤了饼干，你要尝吗？"

虞潭秋哼了一声，单手落在林琦的白色椅子上，弯腰俯身捻了一块饼干放入嘴里，林琦有一双巧手，厨艺一般都难不倒他。虞潭秋嚼完一块，端了林琦面前的茶喝了一口，"嗯"了一声："不错，难为你在这种师傅手底下都能学成这样。"

张曼淑优雅地放下茶杯，红唇张圆，慢条斯理道："虞潭秋，你就是个牲口。"

"你——"虞潭秋发现自己这张嘴在面对女人时再一次折戟沉沙，于是干脆勾住林琦，蛮横道，"走走走，眼不见为净。"

林琦顺着他的力道起身，被他边拖着走边淡然地向张曼淑挥手："张小姐，再见，希望你好好考虑我的提议。"

张曼淑高傲的脸在两人的身影进入屋内后浮现出了一个笑容，笑了一会儿脸色淡了，嘴角要弯不弯地勾了一下，抬手喝下茶杯里的最后一口茶，又是笑了一下，是个惨笑。

她忽然很想家。

张曼淑眨了眨眼睛，长睫扇子一般风干了眼眶里的一点水渍，她也就想到这里了，再往下想，没有意义。

"对别人倒是爱指点，"虞潭秋道，"你今天给我个痛快话，到底走不走？

虞潭秋想带林琦出国的想法，林琦当然能理解，林琦也认同他的观点，可联盟的铁律是剧情的发生必须在规定的地图内，如果企图想要更换地图，联盟设置的法则会自动干预这种行为的发生。

先前飞机着火已经是个不小的警告，虞潭秋要是再这样胡闹下去，说不准联盟还会干出什么事。

"潭秋，"林琦皱了眉，语气轻柔而坚决，"我已说了多次了，我不想走。"

"你不想走也得走。"虞潭秋用力一勾林琦的肩膀，"走，跟我去收拾行李。"他迈出脚步，忽然脚下一滑，整个人不受控地摔了个底朝天，拉着林琦一起摔了。但他反应很快，第一时间护住了林琦的头。

林琦也是惊慌失措，重力作用下狠狠地砸在虞潭秋身上。

细微的咔嚓声从耳边传来，同时伴有虞潭秋的痛呼。

张曼淑放了茶杯正要起身，却是林琦匆匆冲了出来，面上慌张道："张小姐，快来帮忙！"

虞潭秋伤到了脖子，医生拍了 X 光，告知林琦伤情不轻不重，也就是要三个月不能挪动地休养。

张曼淑知道自己不该笑的，但就是忍不住地咯咯笑，可以说她大半年都没这么纯粹地笑过了。

虞潭秋面无表情地戴着颈托躺在病床上听着张曼淑麻雀一样叽叽喳喳的笑声。

林琦很悲伤地拉了虞潭秋的手："潭秋，你别担心，只是三个月而已，很快就会好的。"

张曼淑边笑边道："三个月，该赶上生日了吧，那到时候可是双喜临门。"

林琦心想联盟也太狠了，握着虞潭秋的手，有点心疼。

虞潭秋躺在床上，一颗心在湖水与油锅之间来回逃窜，末了，脑海里只有一句话：真邪门！

医院鱼龙混杂，人员出入很多，最近也隐约有变天的意思，虞潭秋身份敏感不能长久待在这么开放的地方，林琦还是把虞潭秋转移回了家里。

有许多事，虞潭秋虽然没说，林琦也不傻，在这世道里能挣得出一份家业的能有几个不冒那么一点风险？

虞潭秋还从未经历这样的事情，成天阴着一张脸。

因为不好挪动，林琦提前让工人把虞潭秋屋子里的床搬到窗户旁，让虞潭秋靠着亮堂的窗户，心情也好些。

日光穿过高大的树丛射入窗内，在虞潭秋脸上照出斑驳的影子，虞潭秋脖子动不了，一点日光恰巧照在他左眼上，虞潭秋硬睁着眼睛，像是与这缕光斗气。

林琦端了午饭上来的时候，日光已经投降偏离，只剩下红着眼睛流眼泪的虞潭秋。

"潭秋，你怎么了？"林琦忙放下餐盘坐下，掏了手帕给虞潭秋擦拭眼角的泪痕，拧眉道，"别担心，会好的。"

虞潭秋面上没什么表情，心思不知飞到了哪里。

第一次，他连林琦的话都没有听进去。

虞潭秋不相信这个世界上有如此多的"巧合"，再走背运的人也不至于，而且针对性又是那么强，单在这一件事上老天爷就跟他过不去了，简直像长了眼睛一样精准地对他打击。

"潭秋？"林琦双手在虞潭秋面前挥了挥。

虞潭秋的眼珠动了，平淡道："我没事。"

林琦松了口气低头，端了粥来喂他。

虞潭秋若有所思地望了林琦的侧脸，林琦的面色很平静。

虞潭秋嘴里机械地吃着粥，脑海里却浮现出了那些怪事，林琦每次都在场，也总是一脸冷静的样子。

虞潭秋一直没多想，虽然他脑海里也曾有过疑惑的，只是不知道为什么，总会莫名地将一些东西给忽略过去。

而一旦回过味来，虞潭秋就越想越不对劲了，周遭的一切似乎都开始变得不合理起来。

虞潭秋脖子上的伤说是要休养三个月，一个多月的时候已经能摘脖套了，不用林琦再费劲地照顾他，只是脖子依旧不能动，一动就疼，行动时活像个僵尸。

张曼淑定时定点地来欣赏虞潭秋的惨状，心情肉眼可见地变得好了很多，甚至当林琦再次提出让她出国重新读书时，她第一次没有激烈地反驳，能换种活法，试着重新开始，为什么不呢？

在浑噩的沼泽里生活得太久，张曼淑遇见林琦与虞潭秋就像遇见了一缕清风，那风并不大，却是送来了一丝凉意，让张曼淑从悲痛与放逐中有了一点向上的勇气。

林琦站着给虞潭秋喂食，虞潭秋沉默寡言地只是张口就吃，对于张曼淑的挑衅都不予回应，他受伤之后话变少了很多，越发瞧着老成。

张曼淑放下筷子，结束了这一顿蹭饭，对林琦微笑道："林师傅，多谢你的招待。"

"客气了。"林琦喂个大孩子喂得手臂酸痛，这时才坐下来自己准备吃饭。

张曼淑看了虞潭秋一眼，忽道："我有个同学在英国，他写了封信给我，邀请我过去看看。"

"那很好啊，"林琦惊喜道，转头望向虞潭秋寻求支持，"是不是？潭秋。"

虞潭秋冷淡地"嗯"了一声。

张曼淑低头若有似无地笑了一下："我也……只是去看看。"

"都好。"林琦是真心地为张曼淑感到高兴，"去见见朋友，玩一玩，你还这么年轻，有大好的风景都没有看过呢。"

张曼淑也不知道自己曾经是怎么觉得已经没有未来了，仿佛那是很久以前的事情。

俱乐部她也很久没去了，有人惦记她，开着汽车带着珍珠链子上小洋楼来找她，张曼淑在看到那张脸和那双眼睛时，忽然觉得很腻味、很恶心。

她再也不能麻木得像个旁观者一样审视自己的生活，她要走，她要离开这个奇怪的地方。

张曼淑告别了林琦，回眸对林琦一笑："谢谢你，林师傅。"

林琦被她这个笑容感染得有点脸红，恍然道："张小姐，你等等。"人转身咚咚地跑进了屋内，脚步声都透露出一股着急。

没一会儿，林琦又跑出来了，手里抱着一个漂亮的藕色盒子，苍白的脸颊带了点粉："这个送给你，我依着自己的观察做的，哪里不合适，你告诉我，我再改。"

张曼淑很感动，她接了盒子，手心摩挲了一下礼盒光滑的表面，对林琦做了个要笑又要哭的表情。

前一段时间，张曼淑还觉得自己是这个世界上最不幸的人，而此刻，她忽然又觉得自己还未算是凄惨到底的人。

正像虞潭秋对她说的，谁活着，都很难，轰炸没要了她的命，她凭什么不好好活着？

好好活着，才能有遇见好人、好风景的机会。

张曼淑嘴角一直挂着柔软的笑意回了自己那栋小洋楼，解开盒子上的蝴蝶结，一件雪白的旗袍静静地躺在盒子里。是最传统最老式的旗袍，珍珠盘扣，白得耀目的旗袍上绣了银色的莲花暗纹。

出淤泥而不染……

张曼淑猛地盖上了盒子，低头双睫一眨，藕色光面盒上也开出了一朵小小的莲花。

虞潭秋人是个僵尸，心思却很活，脑海里的疑窦盘旋在脑中实在不得解，对林琦找了个借口出去了。

他去了俱乐部。

俱乐部里一如既往的热闹，他养伤消失了一段时间，重新出现后受到了大家热烈欢迎。

一拨拨的人上来交谈，他们很快就发现了虞潭秋的异常，虞潭秋像只猫头鹰似的看人都是整个人扭来扭去，看上去十分奇怪，大家内心犯怵之余觉得非常好玩，甚至想伸出手指来逗一逗虞潭秋。

虞潭秋没闲心思搭理他们，直接找了俱乐部的经理。

俱乐部经理眼熟虞潭秋的脸，不熟虞潭秋这个人。

虞潭秋也确实不是找女人，他直接问经理："俱乐部里的人好像又少了许多。"

"是啊，"经理回道，"好几位先生都出去了。现在世道太乱了，有几个子儿的都抓着紧往外头跑，吴先生今天来取了好多机票。"

虞潭秋道："吴致远？"

"是啊。"

虞潭秋沉吟片刻："现在飞机飞得了吗？"

"当然。"

"前段时间，那飞机的尾翼不是着火了？"

"说起这件事那可真是有趣，"经理笑开了，"那飞机尾翼都烧成那样了，黑烟滚滚的，没想到当天晚上照样飞了。"

虞潭秋抬起眼，眼眸锐利极了，咬着牙一字一顿道："飞了？"

"飞了啊。"

这已经不是邪门能解释的了，虞潭秋拂袖离开，背影中都透露出怒火，搞得俱乐部经理也不知道他为什么就发了火。

虞潭秋出去，叫了车，让司机去吴公馆。

司机发动车没一会儿就打断了虞潭秋的沉思："先生，后面有人跟。"

虞潭秋脖子无法扭动，拧眉道："甩了。"

司机应了一声，七拐八扭地开了一段："甩不掉。"后面的车跟得也不是很紧，可偏司机过了几个巷口，又能看到那车在后面跟着。

虞潭秋正是烦躁的时候，直接道："给他一枪。"

小巷子里放一声冷枪也没什么要紧的，司机掏出座椅下的枪，放慢了速度让后头的车靠近了，回首随便来了一下，后面跟着的车歪了一瞬，直直地撞了上来。司机心想不妙，这是打中对方的驾驶了，忙手忙脚乱地拧了方向盘往旁边的小胡同里打弯，却是没来得及，"嘭"的一声，虞潭秋的额头直直地向前砸了，眉心顿时鲜血淋漓。

积压的暴戾在此刻达到了顶点，虞潭秋的脖子还疼着，他也是不管，直接一脚踢开了车门，提着口袋里的枪来到了后头车门，面目狰狞地要宰了盯梢的王八蛋。他弯不下脖子，枪口也还是准确无误地顶到了对方的太阳穴，冷酷道："下辈子投胎别做老鼠。"

"嗯……"

枪口下的人发出一声痛苦的呻吟，正是这一点呻吟，让虞潭秋的手抖了一下，拇指触电一样从扳机弹开了。

"林琦？！"

林琦被撞得七荤八素，耳朵里嗡嗡地响，鼻腔里充斥着血腥气，轻咳了一声，吐出了一点血沫："潭秋……"

虞潭秋手抖得厉害，他刚刚是真动了杀心，差一点……差一点这一枪就开出去了。

虞潭秋的脑海里骤然浮现出曾经的画面，他抱着中枪的林琦，林琦浑身都是血，一模一样的语气叫着他的名字。

虞潭秋眼前一黑，竟是直直地坠了下去。

他猛地睁开了眼睛，看到的却不是熟悉的世界。

无数的光点环绕在他面前，组成了一个光怪陆离的数字国度，一行行代码犹如一辆辆急速飞驰的列车从他四周驶过。

他惊愕地望着这个陌生的地方，一丝恐惧浮现在他的心头。

这时，面前忽然有一行代码直直地向他撞来，他想跑，却发现自己根本无法行动，他想闭上眼睛，却发现自己即使闭上了眼睛依然拥有视觉。

光剑一样的代码直直地刺入了他的身体。

没有想象当中疼痛的感觉，他慢慢地低下头，终于看到了自己，无数代码如同锁链一般穿梭交织，汇聚成一个模糊的人形，这就是他——像一具由代码组成的木乃伊。

超出常人能承受的记忆疯狂地向他涌来，而他只是轻轻一抬手，那些记忆便化作一长串的代码落入他的掌心，以他的手掌为轴，犹如流水般坠落后循环往复。

他的手臂被一串串发亮的代码缠绕着，雪白的底子，黑色的数字，绷带一般，随手从手臂上扯下一条，上面滑过的信息瞬间将他带回引擎轰鸣的赛场。

黄沙在轮胎下滚过，而他的手臂正套在赛车服里，掌心切实地握住了一个方向盘，他扭头一看，身边坐着一个熟悉的身影，在他的视角里，那个人很慢地扭过了脸，是一张带着温暖笑容的脸庞，一切都是那么触手可及的真实。

他静静地看着，忽地伸手攥住那张脸，他所感知的一切也瞬间变得支离破碎。

散乱的代码重新钻入他的手臂，如果这能称之为他的"手臂"的话。

原来，一切都是假的。

他再次闭上了眼睛。

这次他成功了。

他关闭了自己的感觉，犹如完全消失在这个世界中，缠绕着身体匀速运动的代码忽然像发了疯似的一齐倒转，背叛了它们原有的运行轨迹，他在一段又一段记忆中反复涤荡，曾经分开的，曾经离别的，全部都在他的体内来回狂奔。

这是一场关于记忆的酷刑。

他骤然发现，作为被塑造出来的"男主角"，他活得……还真是糊涂呢。

他睁开双眼，头顶是一片雪白，脖颈处僵化的疼痛感让他感到了不适，哦，他还在这个世界。

"潭秋，你醒了？"

一个温柔又焦急的声音传来，他慢慢眨了眨眼睛，对了，这个世界里他被赋予的名字是"虞潭秋"。

虞潭秋贸然出门，林琦拗不过他又放心不下，想了一会儿还是悄悄叫了辆汽车跟在虞潭秋身后，没想到虞潭秋这样警觉，更忘记了黑化度百分之百的虞潭秋心有多狠，差点造成了无法挽回的后果。

林琦自己也被撞得有点头晕恶心，司机也受了重伤，一团乱中还是不舍离开虞潭秋，硬挺着守在了虞潭秋身边。

见虞潭秋醒了，林琦连忙道："你等着，我去叫医生。"

脚步声匆匆离开，虞潭秋面上露出一个若有似无的笑容。

林琦脚步刚迈出没几步，系统忽然发出了机械的提示音："任务目标黑化值清零。"

林琦脚步顿住，系统只要不出声，他都几乎百分之百沉浸在小世界里，将它当作真实，他也只是停顿了一秒，没有多想就赶紧去找医生了。

医生知道虞潭秋也不是普通人，忙跟了过去。

推开病房门，林琦看到了让他惊诧的一幕，虞潭秋已经在病床上坐了起来，掌心握着一个鲜红的苹果，低头垂着脸让人看不清他的表情。

医生上前道："虞先生，你躺下，让我检查一下。"

"不用检查了，"虞潭秋轻轻抛了一下自己手里的苹果，平淡道，"我没事。"

林琦莫名地觉得有些诡异："潭秋……"

下一秒，他就明白那种诡异感从何而来了，病房里空空荡荡的——哪儿来的苹果？

医生似乎对此无知无觉，点了下头，转头对林琦自然道："虞先生没事了，可以出院了。"

林琦微微张开唇，他看着医生头也不回地从虞潭秋的病床边后退，往病房门口走去，飞快地擦过林琦的肩膀。

虞潭秋直接下了床，林琦不知怎的站在原地无法动弹，身边的空气忽然变得重了，沉沉地压在他身上，他犹如木偶般眼睁睁地看着虞潭秋靠近。

虞潭秋走到了他面前，抬手轻轻地将手掌落在林琦的肩膀上，目光冷酷："老实说，你看起来也只是普通人而已。"

林琦双眼睁大，失语般地望着虞潭秋，脑海里太过震撼，所以什么也说不出来了。

"真想不明白，我是怎么一次又一次被你骗住的？"虞潭秋的手掌慢慢收紧，眼睛中散发出压抑的愤怒的光芒。

林琦感觉到了疼痛，面容微皱，他隐约想到了什么，可一闪而过，又太危险，他抓不住："潭秋，你怎么了……"

虞潭秋没动，目光上下挪动地打量着林琦，几乎是带了刀子，将林琦身上的衣物一片片地切碎了，嘴角嘲讽地一勾："不用装了，联盟的走狗。"

粗俗得近乎侮辱的话语让林琦感到了被冒犯的恼火，他忽地抬手抓住虞潭秋的手掌，严厉道："潭秋，放手！"

虞潭秋的表情又变得柔和了，浓密的长睫一眨，目光中流露出款款的温情，嘴角下撇，温柔又哀伤道："你分明什么都知道，却是按照指示骗取我的信任，可我依旧不怪你……"嘴唇靠在林琦耳边，屏成一条直线，冷冷道，"你是想听这个吗？"

喉咙被猛地掐住，林琦惊慌地去拽虞潭秋的手："潭秋——"

虞潭秋压制住挣扎的林琦，与他眼眸相对，两人的眼睛在一瞬交汇，林琦在虞潭秋的眼中看到了毫不掩饰的讥讽："怎么，你觉得它还能阻止我？"

林琦忽然觉得很冷，不是心里，是身体直观感受到的寒冷。

寒风顺着敞开的窗户呼呼地入侵，刚刚还是深秋，可现在这个世界却一下子就入冬了，仿佛走过了几个月的时间一般。

从虞潭秋醒过来之后，林琦就没有停止过惊愕，他头一次在与对方相知后想求助系统，而当他呼唤系统后，却是石沉大海，完全没有回应。

虞潭秋盯着林琦的眼睛，看着他目光不定的慌张模样，再次感到了可笑。

当他的名字还是"杜承影"时，他是多么相信面前这个居心叵测的男人，甚至觉得林琦能快乐地活在另一个世界是一件很好的事，宁愿独自承担心碎的余生。

太愚蠢了。

掌握着一切信息差的人怎么会过得不好呢？隐藏自己，按照他身上的标签针对性地伪装成一个人物，有目的地接近他，获取他的好感，这一定是一件很有趣的事。

黑化值，好感度。

就是这样冷冰冰的数据用来衡量他喜怒哀乐的东西，他到底……在林琦眼里算什么？

虞潭秋猛地低头，似笑非笑地看着林琦："很遗憾，我已经没兴趣再当提线木偶了。"

虞潭秋起了身，在林琦的注视中走出了病房，身上的病号服像是卡带了一般模糊了一瞬，成了一件剪裁得当的西服，虞潭秋抬起手，掌心凭空出现了一顶漆黑的绅士帽盖在头顶，走入了漫天的大雪中。

林琦躺在病床上，好一会儿才打了个哆嗦，雪花从窗口飘向他的脸颊，冰凉凉的，唤醒了他的意识。他慢慢爬起身，脚步虚浮地靠向窗户，外面已经是白茫茫的一片，雪花打着旋从天上落下，一切的触感都是那么真实。

雪地里，虞潭秋的身影如一个小小的墨点在刺目的白中显得格外有存在感。

"在小世界里一定要小心。"

"不要露出任何马脚，不能轻视他们。"

"严格地按照任务节点去完成任务。"

"从某种意义上来说，他们就是主宰那个世界的神。"

培训时所认真记下的东西——在脑海中飘过，林琦的大脑正前所未有地高速运转，在欲呕的眩晕中，林琦明白了——"他"醒了。

再次联络系统无果，林琦关上窗户深吸了口气，开始梳理自己现在的处境。

第一："他"察觉到了他们不仅是两个世界的人，而且很可能知道了更深的事实。

第二："他"对自己有很深的误会，或许觉得自己欺骗了"他"的感情。

莫名出现的苹果转眼又消失，天空忽然下起的雪，如果不出意外的话……林琦按着肚子起身，推开病房的门，对路过的护士焦急道："你好，请问今天是几月几日？"

护士一脸糊涂："二月七日啊。"

很好，第三："他"的能力比自己想象的还要强，甚至能左右小世界的时间和空间。

系统虽然喜欢划水，但在关键时刻不会丢下林琦不管，林琦判断，系统是真的掉线了。

那么，第四：他现在是真正的一个人了。

林琦点了头，对护士道："我可能撞坏了头，麻烦请医生过来。"

医生过来，对林琦的症状直接判断了是轻微脑震荡，开了吊瓶给林琦挂上。林琦说要看虞潭秋的病历，医生似乎还记得他和虞潭秋是一起的，恍然大悟道："好几个月前你们是不是也出了车祸住了院，怎么又出事了？"

看来，其他人都自动补足了被"他"拉扯过去的时间，只有林琦还陷在车祸的后遗症中，头昏脑涨又想吐。

医生这次注意到林琦单薄的穿着："怎么穿得这样少，当心感冒。"

林琦苦笑了一下："我脑子坏了嘛。"

打完吊针之后，林琦浑身都冷得发抖了，药水都是冰凉的，天气也冷，他只感觉自己的左臂都被冻得发麻了，脑子里也是一团乱麻，抖着腿从病床上滑下，险些摔了一跤。

自作孽。

林琦脑海里只浮现出这三个字。

一开始接收工作的时候完全没有考虑，对于小世界里的人物抱着全都是"NPC"的无所谓的态度，现在的状况大约就是他惹得"他"在小世界里一次又一次绝望崩溃的报应。

不过也好，他们终于算是"平等"地相见了一次。

林琦自我安慰着，还是忍不住红了眼眶。

被误会绝对不是什么良好的体验，林琦心里也很委屈，他为了"他"，已经……放弃了自由。

林琦抬起僵硬的左手盖在眼上，温热的泪水滚落在掌心，湿意传到眼睫，无声地痛哭。

小洋楼前，虞潭秋兀自伫立，这座花了他不知多少心血建成的"家"，是他一切美好想象的集合，有花、有草、有他。

虞潭秋呼出一口气，抬手捋了一下自己的短发，自言自语道："真蠢。"

下一秒，冰雪下的小白洋楼起了火，在大雪中火焰逆势狂呼，将雪白的雪粒也染得通红。

虞潭秋偏过头，手中忽地又多了一支烟，"嚓"的一声，烟点燃了，跳跃着橘色的光，虞潭秋低头吸了口烟，舔了舔唇，在火光中一边吸烟，一边欣赏这场雪中的火。

真是美极了。

虞潭秋有能力让这场大火进行得更快一点，不过他很乐意慢慢观赏，顺便回忆自己所做过的蠢事。

设定的悲惨出身让他在遇见林琦之前的生活完全没有温情可言，当林琦出现在他惨淡的生命中之后，他的人生也就突然"好起来"了，那个人成为他生命中的第一缕光，为他挡下风雨，为他送来温暖，甚至可以为他去死。

但是——那都是假的。

为他做的一切事，对他好，都是任务。

为他去死，因为这根本就不是属于他的世界，死亡对林琦来说只是一次重启。

在完全不对等的情况下，他那么盲目地信任了一个他完全不知道真面目的人，一次，又一次。

"男主角"？有像他这样被玩弄于股掌之间的男主角吗？

虞潭秋深吸了一口烟，摇头淡笑，目光冷凝地望向那一片大火，手指拔下烟垂在身侧，冰凉的雪花落在他的手背上化为雪水，顺着他的指尖垂落，熄灭了烟，一缕白烟从他的指尖闪灭，残存的灰烬落在他指腹，热度很快变凉。

当林琦冒着大雪赶到家里的时候，只看到了一片焦土。

雪还在下，覆盖在焦黑的地面，一层白一层灰，林琦不敢相信自己的眼睛，这是那栋他曾经待过的可爱的小洋楼？

淡色长袍内外已经被雪水和汗水渗透，紧紧地贴在身上，林琦呼出一口热气，干涩的嗓子刀割一样疼，他无力地坐了下来，目光涣散地望着面前的场景，胃里一阵一阵地奔腾，终于忍不住弯腰吐了出来。

胃里没有任何食物，吐出来的只是酸水，喉咙和口腔灼烧般疼痛，林琦按住心口干呕了几声，急促地喘息几下过后，慢慢缓和了呼吸。

他忽然想起了孟辉。

当孟辉狂奔向他的"家"跑来时，望见一片废墟时，他心里是怎样的痛？

林琦费力地眨了两下眼，慢慢仰起头。冰凉的雪落在脸颊和眼睫上引起了林琦生理性的颤抖，他微微笑了一下，觉得命运很有趣，自己与"他"好像一直都在隔着一层无形的薄膜。

林琦不知道真实的"他"，"他"也不知道真实的林琦。

雪水化开，从膝盖处的长袍渗入，林琦打了个冷战，双手撑地，扶住膝盖用力站了起来，站得很直。

现在两个人在这个小世界里算是真正的面对面了，两个人无形的界限被打得粉碎，那么这些恨意就是最真实的，没有掺和任何其他东西，很好，他也更喜欢这种真实。

身为工具人，受限于人设，他的身体、他的个性都是设定好的，而现在小世界里连时间和空间都被扭曲了，他的那些设定又还有意义吗？

毕竟也是更高意志的守护者，也不能太丢脸啊。

林琦抬手拧了下沾满了水渍的长袍，受限在这具躯壳里的精神力丝丝缕缕迸发，他习得的所有技能强行进入这具单薄苍白的身体内，身体微微颤抖着，但是林琦拧袍子的手很稳，慢条斯理地将袍子拧干了。

"喂，"林琦轻声道，"你在听吗？"

雪花坠落，天地之间很安静，没有回应。

"不敢面对我？"林琦抬手轻轻拍打袍子上的褶皱，"有本事就出来，跑什么。"

雪花飞卷之中，一个黑色的人影不远不近地出现在林琦几米之外，修长的大衣包裹着他的全身，一顶绅士帽盖在头顶，风雪中若隐若现地让人看不真切，而他身上散发的强大气场在几米之外都压得林琦快要喘不过气。

"你以为你对我很重要？"冷漠的声音顺着寒风飘入林琦的耳中。

林琦淡笑了一下："好像是挺重要，不然我怎么一叫你就出现了。"

风雪逐渐呼啸，林琦的脸被吹得很疼，双眼明亮地盯着虞潭秋："我想，你该给我个解释的机会。"

虞潭秋似乎是笑了一下："不必，我已经很清楚了。"

"比如？"

"比如……我的名字——"虞潭秋虽然隔得很远，林琦仍能感受到他语气和神情是相当讥诮，"是'任务目标'，对吗？"

林琦垂下的手猛地攥成了拳头："一开始我的确只把你当作任务目标，只是后来……"

"后来你就付出了真心？"虞潭秋漫不经心地打断道，"看来我对你好像也很重要，能让你牺牲很多。"

关于这件事，语言似乎是其中最苍白的，林琦只能坚持道："这一点我没有骗你。"

"多谢施舍。"虞潭秋摘下绅士帽，弯腰懒散地对林琦行了一礼，抬手又将绅士帽戴上，站直了道，"这么珍贵的东西还是请你收回吧。"

"收不回来了，"林琦绷紧了唇线道，"我已经把自己卖给了联盟，为了在小世界陪伴你。"

黑色的身影如风雪中的灯塔般凝滞了。

过了一会儿，虞潭秋轻笑了一下："差点就要被你骗到了。"

林琦握拳拧眉："我说了我没有骗你！"

虞潭秋静静地望着林琦。

无论哪一个世界里，他总是觉得林琦像太阳，温暖灿烂散发着刺眼的光芒，简直让陷在黑暗中的他高攀不起，这样的人却独独青睐他、照亮他，在他心里完美无瑕，无论林琦说什么做什么，都能轻易地博得他的好感。

看样子，这太阳的背面也全是阴影。

"轰炸提前，有那么多……"虞潭秋很厌恶地吐出了对方习惯的字眼，"NPC提前死亡，他们残余的能量应该足够支撑你在这个世界到老了。"

林琦愣住，完全听不懂虞潭秋在说什么。

虞潭秋都快笑出声了，林琦一直就是这副无辜的表情，一次又一次地骗过了他。

虞潭秋脚步上前，一点一点在雪地上留下脚印，直至走到林琦面前，林琦脑海里混沌得如同风暴，微微仰头看他。

那张脸还是很熟悉，只是眼睛里流露的不再是明亮喜爱的光芒，晦暗又幽深，林琦想到所谓"黑化值"，系统掉线前所说的黑化值清零是真实……还是"他"给的讽刺？

虞潭秋低头盯着林琦，在极近的距离中，林琦率先偏过了脸。

"怎么，装不下去了？"

林琦眼珠转动至眼角，复杂又痛心地望向虞潭秋："你不信。"

"是，"虞潭秋露出雪白的牙齿，似乎想要狠狠咬林琦一口，"你说的话，我一个字都不信。"

林琦静默一瞬，垂下眼，睫毛轻眨，心想自己到底还是一无所有了。

从作为家政合成人诞生开始，他的命运好像已经被注定，即使觉醒了精神力，即使成了守护者，他一直都活得那么艰难，如同被诅咒般得不到他所想要的东西，明明……他想要的……只是一点点关爱而已。

林琦忽地伸出了手，他的速度让虞潭秋完全没有防备，苍白的手掌用力掐住了虞潭秋的脖子，林琦的目光也冷了下来："你该信的。"

小世界由无数代码组成，"他"是这里的神，"他"可以控制这里的一切，除了——从更高意志来的林琦。

膝盖猛地发力抬起，剧烈又精准的疼痛让虞潭秋弯下了腰腹，扣住他脖颈的苍白手掌用力将他按在了雪地里，冰凉的雪钻入他的耳中，虞潭秋目光雪亮地盯着半屈膝的居高临下控制住他的林琦，腹部传来的疼痛让虞潭秋嘴角勾起一个大大的笑容："终于暴露真面目了吗？"

"是你逼我的。"林琦一手扼住虞潭秋的脖子，神情却很温柔。

虞潭秋的神色顿时变得复杂起来，一丝羞恼浮上他的面颊，林琦选择了无视，紧盯着虞潭秋的眼睛道："你这一生都是我的朋友，你最好快点认命。"

虞潭秋嘴角的笑容降下："曾经掉入过猎人陷阱的狐狸总是会比之前警觉的，你的套路……"虞潭秋猛地拽住林琦的手臂，一个利落的过摔将林琦砸到了雪地里，自己站起身，扭了扭脖子，"我不会再上当。"

林琦一言不发地站起身，抬手就是一拳，虞潭秋这次有了防备，灵巧地以掌化力，两人沉默地在雪地里打起了架。

虞潭秋可以控制冰雪把林琦冻住，可他没有选择那么做，他厌恶不平等，他不会像他们一样傲慢，既然林琦要打，那就公平地打一架。

两人打得有来有往，没过一会儿脸上都互相挂了彩，林琦第一次运用他所学的综合格斗技术，没想到是用在"他"身上。

两人再次倒在了雪地中，林琦双腿压制着虞潭秋不断喘息的胸腹，一手狠狠地拉扯住虞潭秋的短发，嘴角破损流出了丝丝血迹，苍白的脸上红晕微露："我是真的拿你当朋友。"

下一秒，林琦就毫不犹豫地给了虞潭秋侧脸一拳，那一拳足够让任何成年男人陷入程度不同的昏迷，虞潭秋也不例外，瓷白的脸颊肿起，人歪倒在了一边。

林琦轻喘了口气，摇摇晃晃地站起身。

身后忽地传来喇叭声，林琦慢慢扭过头，刺眼的车灯正打在他的脸上，他抬起手挡住光源，微微眯了眯眼睛。

　　吴致远下车看清面前的场景后，手指间夹着的雪茄一哆嗦掉在了雪地上，他目瞪口呆地望向昏倒在雪地里的虞潭秋，咽了口唾沫，轻声道："林师傅，这……"

　　林琦俯身托起虞潭秋的手臂，将人架到自己单薄的背上，仰头道："孩子大了，不听话。"

　　吴致远：……乖乖。

第七章
· 接近真相 ·

车不大，后面容纳三个人就显得有点拥挤了，尤其是林琦将手长脚长昏迷的虞潭秋丢进车后座之后，虞潭秋一个人就恨不得占了全部的位置，林琦将他的长腿挪到一边，自己钻了进去关上了车门。

吴致远站在车门外思索了一秒之后，果断地钻到前座，刚才雪地里的场景他可是看得很分明。

虞潭秋有几斤几两他最清楚了，虽然不像虞伯驹是拳师出身，随便料理几个杂碎也是绰绰有余，绝不是什么文弱书生。

吴致远悄悄地用余光往后打量，车后座上，虞潭秋正满脸伤痕地躺在林琦的膝头，林琦环抱着他的肩膀，满脸宁静地抚摸虞潭秋脸上的伤口，动作很温柔。

吴致远忽然从天灵盖一路凉到了脚底板。

吴致远不是闲着没事干来找虞潭秋玩，他有很重要的事要问虞潭秋，而林琦将虞潭秋打晕了……

吴致远想到这里，牙尖又凉飕飕地泛疼，注意力飘远了很久才又拉回来，这样也不错，他正好是要将虞潭秋抓回去问个清楚。

吴致远又换了位夫人，也换了座更华丽的公馆，中西合璧，三栋洋楼由苏式的园林连起来，吴致远很客气地将林琦和昏迷的虞潭秋请到了最里头的小洋楼里，外头几个黑袍马褂的人戴着帽子守着，还是个软禁的样子。

林琦毫无异议地架着虞潭秋进去，谢绝了黑袍马褂搭把手的好意，独自将大个子的虞潭秋架在肩膀上。背上的重量压弯了他单薄的背脊，脚步沉重地往前走着。

吴致远远远看着林琦那纸片一样的身躯，不禁心中感慨：小身材，大力量。

林琦将虞潭秋拖入房间，一碰到床铺就脱力顺势一起倒了下去。

他实在累极了。

躯体的承受能力有限，即使有精神力的加持，也只能爆发瞬间力量，一场架已经消耗了他接近极限的体力，他只是憋着一股气不肯输。

因为委屈，所以格外无法忍受输。

静静地思索了虞潭秋所说的话，林琦隐约有点明白了。

他要滞留在小世界里的代价是牺牲小世界其他人的生命数值，就像在与孟辉相识的那个小世界里，他的继父早死了，母亲却活了下来。

这个操作，不知道是他和联盟契约的生效，还是……系统擅自去做的呢……

他要求和联盟签订契约的时候，系统是怎么说的？

分明已经是很久以前的事了，林琦却骤然清楚地回忆起了系统所说的字字句句——"作为你的辅助系统，我有义务保护你的安全，所以，我——拒绝。"

而之后在林琦提出要自己去联盟打报告时，系统却不久就回应说申请已经通过了。

其实真相一直离他很近，只是他从来都想得很少，他是个简单的人，抑或说，他渴望的就是那样简单的生活，就算卖给联盟又怎么样，一直就这么走下去就好了，他是这样想的。

长久以来，他都很少思考，闷头往前走着，不问来路，不管前程。

林琦侧过脸打量了昏迷中的虞潭秋。

在虞潭秋的心里，自己现在是个什么形象？

为了完成"任务"不惜利用他的感情，屠杀和"他"一样的NPC的生命来延续自己的命，以求让这个男主角在小世界待上更长时间，输出更强的能量。

听上去真是个不择手段、相当恶劣的骗子。

林琦单手枕在脸下，他也受了不少伤，身上一阵阵地疼，小声道："糊涂蛋。"

虞潭秋昏迷了好一会儿才醒来。

尽管在这个小世界里他几乎无所不能，但林琦真不是他能控制的，带有精神力的林琦有足够的能力与他抗衡。

虞潭秋一睁开眼睛就看到了睁大着眼睛的林琦。

他一瞬间就清醒了，抽了抽眉毛，肩膀一动是个起身再战的意思，而林琦躺得稳稳当当，平淡道："我们聊聊。"

虞潭秋在林琦面前不会露一点怯、服一点软，林琦平淡，他更平淡："又想说什么花言巧语？"

林琦轻声道："我没有骗你。"

虞潭秋挣扎着爬起身就走。

林琦跟着抬脚——脚踢上了虞潭秋的小腿，虞潭秋又是没防备地摔回床上，林琦乖巧宁静地躺着："你能不能好好听我说话。"

虞潭秋按了膝盖的伤处，弯着腰拧眉望向林琦，唇线绷成了一条直线："你以为我真的就拿你没办法？"

林琦眨了下眼睛："你到底是想把我困在这儿，还是想把我赶走？"

这是个很难的问题。

虞潭秋可以马上让这个小世界崩溃，可小世界一旦崩溃，作为外来人口的林琦立刻就会被排出。

已经撕破脸的情况下，林琦还会继续进入小世界的概率很低，那么也就意味着他再也不会见到林琦。

他不甘心。

他真的不甘心。

一想到曾经的泪、曾经的笑，林琦的那些好都是有目的的，一切都变得那么虚假，让他难以忍受。

他已经分不清漫长的岁月里，到底哪些是真，哪些是假。

可如果维持小世界继续的运转，又是正中林琦的下怀，毕竟林琦的任务就是"稳住"他，让他持续地在小世界里提供能量。

所以实际现在的状况其实是林琦困住了他，他真的不知道该拿林琦怎么办。

虞潭秋直起身，心口怦怦地发胀："你又想怎么样？"

"我也不知道。"林琦干脆道。

他换了个姿势，仰面躺着，双手投降一般地举着手，喃喃道："我也不知道。"

虞潭秋心里莫名地浮上一丝心疼，忽地觉得林琦很可怜、很孤独，这突如其来的感觉几乎是出自本能，虞潭秋一下又冷了脸色。

"如果你觉得以前都是假的，"林琦扭过脸，满脸认真，"那我们就重新认识一下。"

"你果然承认了，以前全都是假的。"虞潭秋讥讽道。

林琦内心很遗憾，看来虞潭秋是听不懂人话了。

言语丧失作用的时候，就只能用拳头说话了。

身体内已经逐渐恢复了体力，林琦幽幽地盯着脸颊挂彩的虞潭秋，瓷白的俊脸受了伤依旧是瓷白，眼睛锐利又清明，很英俊。

林琦猛地翻起身，一拳砸向虞潭秋的肚子，他不属于小世界，对于虞潭秋造成的伤害切切实实，虞潭秋无法通过修改代码来消除。

尖锐的疼痛传来，虞潭秋闷哼一声，不甘示弱地回击了过去。

林琦反应很快地直接一个膝肘上去，再次重击了虞潭秋受过伤的腰腹，虞潭秋顾头不顾尾，强忍着疼痛抬起左腿抢先压住了他的膝盖，而就在这一瞬，额前猛地被一记拳头重击，虞潭秋大脑内立即蝴蝶乱飞，马蜂嗡鸣，两个人的位置在林琦的推搡下颠了个。

虞潭秋头晕目眩，眼前亮起了一盏盏五彩斑斓的霓虹灯，人似乎在一个挂满了灯笼的胡同内七荤八素地在摔跤。

虞潭秋手臂牢牢地束缚着林琦，喉咙里像灌了岩浆一样的疼痛而难以启齿，他的嘴唇和舌尖都破了，血腥气挥之不去地残留在他的齿间，胸口濒死般地猛烈起伏着，一股热气从他的舌根不顾一切地冲了出来，他听到自己声音卑微："你的名字……是什么？"

时间仿佛在话语问出口的时候停滞了，虞潭秋很清楚地明了，这一个问题已经让自己落入了万劫不复的境地，如果林琦一直在骗他，那么此刻林琦就已经大获全胜。

犹如审判般的一分钟过去后，虞潭秋偏过了脸，林琦靠在他的肩头，呼吸浅浅，凹陷的双眼皮层层叠叠地透露出疲惫。

他晕了过去。

虞潭秋的一颗心在悬崖边荡了个秋千，恨不得掐死林琦，双手箍在了林琦的脖子上，还是下不了手。

万一……他"死"了，再也不回来了呢？

虞潭秋无可救药地发觉一个残酷事实，他们的相遇，从一开始，他就陷入了被动。

这个人可以骗他，可以伪装，可以留在他身边，也可以随时选择离开，而他——只能接受。

如果是他，大概也不会对一个游戏世界里的 NPC 产生什么留恋吧？

或者更残忍一些，他在这个人心里还算个"人"吗？

虞潭秋深吸了一口气，仰头露出一个悲伤的笑容，真是让他……不甘心哪。

窗户外还下着雪，外头夕阳下沉，阴沉沉地黑中带红，将男人的轮廓勾成浓墨重彩的一笔，指尖橘色的光若隐若现。

林琦眯了眯眼睛。

虞潭秋似乎察觉到他醒了，抬手猛吸了口烟，扭过脸，神色淡淡："醒了。"

林琦全身上下从里到外没有一个地方是不疼的："去洗个澡吧。"

浴室里热水顺利地抽了上来，林琦半浮在浴缸里，与虞潭秋暂时歇战。

虞潭秋赤着上身，大小伤口淤青缠在身，像条五彩斑斓的大花蛇，俊脸上的伤倒是消得很快，侧脸一点乌青，手一抬，指尖又多了根点燃的烟。虞潭秋靠着墙抽烟，目光游离着，像是在发呆，长裤松散地搭在腰里，和他手里的烟一样，只是不掉而已。

沉默蔓延在空气中，谁也不愿意先开口，似乎谁先开了口，谁就落在了下风。

林琦已经不知道该说什么了，他好像把该说的都说了，只是虞潭秋"一个字也不信"，说再多都是欺骗和狡辩。

而虞潭秋只是抽着那一根永远不会燃到尽头的烟。

热水管子里残留的水很缓慢地滴答落下，一点一点，又像计时又像心跳。

"你之后有什么打算？"林琦道。

虞潭秋抖了抖指尖，凝眸望向林琦："打算？"

"你想逃吗？"林琦轻声道。

小世界人物角色叛逃不是什么新鲜的事，多到联盟都懒得管的地步了，不过像这样支撑世界的主角还真的很难说。

虞潭秋抬手将烟掐入掌心了然无痕，思索片刻后，他打算对林琦说实话，是，林琦是骗他，但他不打算骗回来，为什么要成为让自己厌恶的那种人？他坦然道：

"逃？逃去哪儿？从一个世界逃到另一个世界，有意义吗？"

林琦怔住。

虞潭秋在短暂的迷茫痛苦后，现在已经完全无所谓了，他冷淡地笑了一下："无论是活在哪个世界里，我就是我，我的存在即是真实。"他抬眸深邃地望了林琦一眼，"你又怎么知道，你所谓的真实世界是由谁在操控，你在那个世界里扮演的又是怎样的角色？"

他说话的声音不轻不重，一个字一个字地传来，打在林琦的耳朵里却是犹如响雷。林琦的心忽然跳得很快，好像要从他单薄的胸膛里蹦出来。极度的不适让他带着点红晕的脸再次白了下来，呼吸急促得几乎是个快昏厥过去的模样。

虞潭秋见不得他这样，用力拍了他的背："呼吸。"

林琦嘴唇发抖地擦着虞潭秋的唇角："你知道些什么？"

虞潭秋终于看到林琦示弱："我什么都知道，什么都不知道。"

虞潭秋的眼睛仿佛有让人平静下来的魔力，林琦的心跳逐渐回到稳定："那你又怎么敢确定我是骗你的。"

虞潭秋松了手，再次后退到坚实的墙壁上，他静静地望向林琦，林琦只觉面前一花，面前一道红、一道黑的数据面板就出现在了他的面前。

一条写着黑化值。

一条写着好感度。

另有一侧密密麻麻的数据排列，是林琦重新进入这里的第一个世界时就发现丢失的"任务节点"。

任务节点繁简不一，小到扶一下任务目标，大到给任务目标挡枪，事无巨细，清楚地罗列在上面。

"我们之间发生的一切都是任务，"虞潭秋也彻底冷静了下来，"说是骗局都嫌太高尚了点，'游戏'听上去更准确。"

就像是所谓的互动游戏，他就是一个被设定好的NPC，林琦过来了，带着早就准备好的任务清单，接近他，对他好，都不过是触发任务而已。

这个事情林琦没法解释，因为是事实。

他回避了这一点："可我后来没有再这样做了，我没有……"他想说他没有把对方全当作任务，可是话到嘴边他就意识到了自己的错处，是没有"全"

当作任务，心里也一样还是有任务的成分。

的确，他不是以攻略对方作为目的，也认真地为对方付出了他所以为能付出的一切，可……也就仅此而已。

他自以为是为"他"牺牲了自己的自由，但其实他是为自己，因为他贪恋对方给他的关爱与温度，而又无所谓自己的"自由"，他是那样孤独，甚至连他的自由都没有价值，所以干脆利落地就被他舍弃了。

"你为什么会回来？"虞潭秋淡漠地望着他，自问自答道，"因为你的任务失败了。"

"你没有再那样顺着任务节点去做，因为任务节点都消失了，"虞潭秋笑了一下，"其实你说的也许是真的，你的确拿我当兄弟看，只是仅限于在这里，就像是在游戏世界里得到一件称手的道具……"虞潭秋越说越觉得自己快要释然了，低头浅笑，"说得真轻巧，如果这世界上有能称量情谊的天平，那么，我的那一头早就坠下去了。"

林琦坐在逐渐变凉的水里，忽然发现自己好像也没有虞潭秋想得那样高尚。

"其实，我在我们那个世界，也并不算是'人'，"林琦缓缓道，"我是多种基因培养出来的'合成人'。"林琦对他腼腆地一笑，有点不好意思地说道，"我是家居型合成人，其实和扫地机器人也差不多。"

虞潭秋面上毫无表情。

"本来我是会被出售的，可是之后有个很厉害的合成人唤醒了所有人的精神力，精神力就是一种能量，维持我们世界运转的能量，我以前没有这种能量，有了精神力，就不能再做我本来会做的事情了。

"我也不知道该做什么，大家都在考守护者，所以我就去了。

"守护者的职责就是维持小世界的运转，吸取次级能量，我想这一点你应该已经清楚了。

"之后，我就遇上了你。

"我很抱歉一开始伤害了你，"林琦双眼微微眨了眨，脸上带了一点酸涩的笑容，"我……我不知道什么是爱，我没有交过朋友，不太懂这些事，我也要谢谢你，你是我第一个朋友。"

墙壁上沾满了水汽，虞潭秋背贴在墙上，湿漉漉的，像是出了许多的汗。

林琦对他的影响力实在太强大了。

他真的忍不住想相信林琦。

他也真的不敢相信。

谎言与真实，他其实根本无力分清，心里对林琦说的每一个字都是忍不住想去相信。

林琦轻声道："你还是不相信。"

虞潭秋道："你的名字。"

林琦愣住："什么？"

虞潭秋道："我说你的名字，不是这里用的名字，你认知里你真正的名字。"

林琦道："林琦。"

虞潭秋手指擦了一下鼻尖，双臂抱住，冷冷道："没有人会蠢到在游戏里注册人物姓名时选择真名。"

林琦也抱住了自己，水都凉了，他有点冷，小声辩解道："我没想太多。"

"也是，"虞潭秋散漫道，"用真名又怎么样，难道还怕 NPC 追出来吗？"

林琦道："你会吗？"

虞潭秋看了他一眼。

林琦追问道："你会追出来吗？"

虞潭秋俯身，鼻尖打在林琦鼻尖，四目相对，明确道："不会。"

林琦眼眸微微睁大，失望从他的眼中流露出来，转瞬即逝。他平稳道："我会。"

谈话到此为止。

林琦冻得打了几个连环喷嚏，将严肃的交谈氛围喷了个稀碎。

虞潭秋刚缓和起来的脸色又铁青了，连忙将水加热到刚好的温度，他信多少不要紧，要紧的是最起码现在这个人还在这里，就先糊涂着吧，不能让他生病，也不能让他受伤，怕他"死"了，也怕他跑了。

林琦脖子以下都缩在了温水里，哆哆嗦嗦像只小鹌鹑，可怜得要命。

合成人，没有朋友……

他说的是真的吗？

虞潭秋手指轻轻一勾，林琦又打了个小喷嚏："我好像要伤风了。"

什么是真实？他就是真实，他现在所面对的这个人就是真实。

吴致远风度极佳地等了七天，估摸着虞潭秋的伤应该养得差不多了。

吴致远之前想，林琦再厉害，也厉害不到哪里去吧，但是那天林琦威猛的画面在他的脑海里重现，吴致远就觉得头皮和牙缝一起发凉，他连新娶的夫人都分房睡了，就怕夫人会像林琦一样忽然变了角色，成了母大虫。

清心寡欲了几天，吴致远倒觉出了一点好处，脑筋是特别清楚，思维相当活跃，于是信心十足地带了十七八位打手敲开了林琦与虞潭秋的门。

来开门的是虞潭秋。

吴致远脸上温柔地一笑："潭秋，休息好了？"

虞潭秋没打算拿这里不当一回事，所有的人都在过自己的生活，他也一样，冲动烧房之后，他不打算再搞出什么新花样，也怕这个世界会承受不住异变而崩溃，于是淡薄着一张脸道："多谢吴先生再次出手相助。"

吴致远也是把人逮回来，才发觉虞潭秋和林琦家都没了。

那天的画面对他冲击太大。

"你我之间还谈这些？"吴致远的笑容渐渐淡了，他话锋一转道，"港城的飞机被扣住了。"

虞潭秋之前做的局，现在回想起来却是觉得没什么意思，跳脱出来看，吴致远也不算是什么恶人。他干脆道："我出面去斡旋。"

吴致远一看他答应得这么爽快，立即大悦，抚掌而笑："好！好兄弟！我没看错你！"

吴致远自然地抬起手用力拍了一下虞潭秋的肩，"你也辛苦了。"

双重的含义，简单的问候。

虞潭秋心里都想好了在这世界里好好过，此刻心里还是不由自主地想：真该做掉他！

"潭秋……"

里头隐隐约约地传来林琦的声音，吴致远浑身一凉，忙撒了手，对虞潭秋道："林琦留在这儿不大方便，你们就一起去吧。"

虞潭秋本来就没打算把林琦留下。

他的打算是把林琦粘在自己身上，弄不清楚两人之间的事儿不罢休。

港城的温度正很适宜，春天一样，林琦下了飞机就觉得很舒服，堵了许多天的鼻子都通了，脸上不由得露出了一点笑容。

虞潭秋提着皮箱子跟在他身后，悄然看了他一眼，见他下巴窝在围巾里，鼻子和脸颊都是粉红的，真是可爱，又打冷枪般问道："你长什么样子？"

林琦面上的笑容消失了，身为家政合成人，不需要太夺目的外表，最好是跟家具的标准一样，简约大方又好搭配。在联盟普遍颜值极高的基础上，他算是很普通了，他说了不再对虞潭秋撒谎，诚实道："我的样子很普通。"

手上的皮手套有点熁汗，虞潭秋摘了手套，冷笑道："原来全是骗的。"

林琦虚心道："那你呢？"

虞潭秋扭过脸："不好看，很难看。"

林琦"哦"了一声，不说话了。

虞潭秋手上握了手套拍了自己的掌心："失望了？"

"还好，"林琦背着手，诚恳道，"至少我看到的你都很好看，我赚了。"

虞潭秋脚步顿住，林琦也跟着停下，耐心道："我的意思是你长什么样我都不在意的。"

虞潭秋的眉毛波浪一样抖了，心里一阵气一阵缓，倒还不如被对方哄着骗着，这一句句实话是真的不中听。

虞潭秋："你现在是仗着无论如何都不会崩世界，所以才这么肆无忌惮吗？"

林琦吃惊一瞬后了然，夸赞道："你真厉害，不愧是这里的神。"

虞潭秋扭头就走，实在是——投降了！

港城的事，虞潭秋很快就出面解决了，在起飞的飞机上还塞了几个人，全都是吴致远派来跟着他的尾巴，他把这群人一起打包赶走，态度明朗地让他们给吴致远带话，吴致远运气好，他懒得把吴致远做掉了。

几人听着瑟瑟发抖，回去转告吴致远后，吴致远开始瑟瑟发抖。

林琦随着虞潭秋在小世界里又生活了许多年，他这才知道真正随心所欲是怎么个活法，有虞潭秋的保驾护航，什么危险都绕着他走，除了虞潭秋本尊无穷无尽地与他闹着别扭。

别扭着别扭着，林琦的这具躯体也到了实在油尽灯枯的时候，虞潭秋知道他不是真的要"死"，立在病床前，收拾得很利落妥当，背着手看着林琦缓缓地呼吸，面上表情始终都是淡淡的。

"要走了？"

林琦对他恍然笑了一下："你会来找我吗？"

虞潭秋斩钉截铁道："不会。"

林琦长睫慢慢眨了眨："你骗我。"

虞潭秋低头，将目光全聚焦在林琦的眼上："我不像你，不说谎。"

林琦轻轻勾了勾唇角："好像……是真的……"

虞潭秋看着他闭上了眼睛，一瞬跟着进入了混乱的代码世界，无数代码奔腾而过，每一串都冰冷而单调。

全都不是他。

掌心里那些写满过去的片段也变得黯然失色。

他说，他就是真实，可没有林琦的真实，是那样晦暗又无意义的时光。

"你让我找，"他低头攥紧了一长条破碎的回忆，由代码组成的脸竟也能看出一丝哀伤，"我找不到的。"

第八章

·保护动物·

林琦从工作舱醒来，人恍惚了一会儿之后，第一时间召唤了系统，但无论他怎么呼唤，系统都没有回应。

系统是怕面对他？还是另有隐情？

林琦决定亲自去联盟看看。

到了联盟总部后，林琦先去向服务台查了自己的服务年限，被告知自己还在"试用期"之后，马上就猜到了他在小世界的滞留真是系统搞的鬼。他低头烦躁地抿了下唇，抬脸又是笑得无害："我能问下我的辅助系统去哪儿了吗？"

服务台很快就做了回应：系统嗑综艺嗑晕了，做假数据打榜被抓了。

林琦："……"

"很抱歉出现这样的情况，这边可以为您申请新的辅助系统……"

"不用了。"林琦马上打断道，"我可以自己去完成……"他硬生生地吞下了"任务"两个字，接道，"接下来的小世界。"

"稍等哦，这边要判定一下您的任务资格，因为您在这边的信用级别比较低，审核结果会在五个工作日后发到给您哦。"

"谢谢。"林琦不太担心结果，在联盟那里，他就算是一开始搞砸了，也已经完成了许多世界，早该从黑名单里出来了。

五天的时间，林琦不知道该干些什么，他已经把全部的精力都投入到了小世界里，在这个原本生活的世界里反而感到了陌生和不适应，脑海里反复地回想起"他"的质问：他所处的联盟又是什么？他在其中所扮演的又是怎样的角色？他的喜怒爱恨是自然发生的，还是有人在操纵着？

他的黑化值进度条又是掌握在谁的手里？

想着想着，林琦会觉得心慌，然而他又想到了对方所说的——"我即是真实"，心里又平静了下来。

很想再次见到"他"。

"他"也是一样吗?

幽暗的街角，污水泛着彩光，簌簌地有不明生物逃窜过去，郎彦伤痕累累的身躯靠在冰冷潮湿的墙壁上，心如止水。

路灯有一下没一下地闪烁着，郎彦凝视着黑夜中闪动着的灯火花，心中也忽明忽暗地跳动了——他会来吗？

"那杂种在哪儿呢？"

"跑得死快，快找！"

……

凌乱的脚步声逐渐靠近了，郎彦无动于衷，会有人从天而降来救他，没有……也不要紧，他是"男主角"嘛。

郎彦自嘲地笑了一下。

人影终于来到了路灯下。

"好啊，小杂种，跑这儿来了……"

郎彦瞟了来人一眼，脏污的脸上平静无波，他很长时间没有修剪的头发杂乱地铺在额头，从碎发中露出的双眼折射出冷凝的光。这是一双哑黄色的眼睛，灯光一下一下地打在眼瞳中心，晃荡得如同黑夜里的狼。

"小杂种，还真能跑。"鲁维喘了口气，歪了歪头，对着郎彦张开了嘴，露出一点锋利的尖牙，"再跑啊，你继续跑啊！"

双腿已经到了极限，胸口流着血微微喘息，郎彦此刻狼狈到了极点，也没有任何反抗的力量，世界设定如此，因为——要给别人对他施恩的机会。

闪烁的路灯灯泡忽地"嘭"的一声，火花一闪而过，灯也彻底熄灭了，鲁维吓了一跳，抬头看了一眼，见没什么异常，重新将目光移向了郎彦。即使在黑暗中，他依旧能看得很清楚，那个小杂种的脸上没有一丝恐惧的神情，这让他感到了被冒犯的愤怒。

"敬酒不吃吃罚酒！"鲁维上前，从裤子口袋里掏出一把折叠刀，用刀背轻轻拍了拍靠在墙上的郎彦的脸，眯着眼不悦道，"我最讨厌的就是你这双眼睛，你以为你真能返祖吗？我告诉你，你就是个杂种，这辈子也不可能，就算你有一双和他们相似的眼睛，你也不配，玻璃和宝石的区别，你懂吗？"

郎彦听得很无趣，心想看来对方是不会回来了，也是，都已经被看穿了，怎么还会回来自讨没趣呢？他怎么还会有这样强烈的期待呢？

鲁维被他一而再再而三的忽视给激怒，刀尖顶在了他的脸上，咬牙切齿道："你到底服不服？"

面前发生的状况让郎彦有点想笑，外强中干的混混都能因为他不愿意加入而对他围追堵截，让他几乎半死不活，这就是所谓的"男主角待遇"？一定要被人踩入烂泥里，才能平地飞升，打脸众人？说实话，如果真的让他选，他宁愿要普通的生活、普通的爱。

可惜，没有普通的生活，更没有爱。

郎彦猛地挥开了对方的手，原本以为郎彦已经脱力的鲁维不仅手上的刀子被打飞了，人还下意识地后退了一步。虽然郎彦的的确确只是普通的原人，但郎彦看上去实在与那些高高在上的祖人太像了，尤其是那双野兽一样的眼睛和他永远都消耗不尽的体力。

在这一片混乱的地带里，鲁维就是绝对的王，他不允许有人挑衅他的地位，即使郎彦只是在这里占了一间破烂的屋子，只要不向他臣服，那就是不行。

祖人之间严格的等级制度在原人之间应该是不适用的，而事实却是原人比祖人要更在意这些，也许是因为他们永远不能返祖，不能学其义，所以只能学其形。

鲁维不能接受自己内心对郎彦存在的莫名忌惮，恼羞成怒道："还敢横，老子捅死你！"

鲁维拾起地上的刀，冲上去用力一捅。

刀尖刺入身体内的疼痛感瞬间尖锐地进入郎彦的大脑，他微微笑了一下，觉得自己也该死心了，是时候心无杂念地过好自己的生活了。

鲁维见郎彦目光涣散，心里却依旧不觉得平静。这里是灰色地带，杀掉一个不顺眼的原人对他来说没什么大不了，可他就是心慌，面前的人明明已经快死了，身上却散发着让他恐惧的东西，鲁维不由得松开了手。

腹部明晃晃地插着刀子，身上衣服破烂，脸上还有大大小小不少伤口，郎彦却是慢慢站起了身。

他站起来时，鲁维好像才恍然发现对方到底有多高。

鲁维不知怎么忍不住想后退，心里正打鼓时，忽地听到一声尖锐的呼啸，他下意识地抬起了头。

而他对面摇摇晃晃的郎彦也是一瞬抬起了脸，哑黄色的眼睛瞬间亮了。

漆黑的夜中一双深棕色的眼睛散发着浓烈的光芒，斑驳的羽翼展开，夜风穿过他修长的身躯是一道无形的披钵，羽翼优雅地扇动着，包裹着灵巧的身躯迅猛落地，俊美的鹰形瞬间化为一个高挑的青年。

鲁维已经吓傻了，这种地方怎么会突然出现一个祖人？

慌乱过后，他本能地感到了畏惧，这是一种自然地刻在血液里的压制。鲁维后退到墙壁，双手贴在墙面上，战战兢兢道："您、您……"他甚至不知道该说什么，对方的身份离他的世界太过遥远。

从原形上看，青年显然属于猛禽族群。他听说鹰群高傲严谨，一丝不苟，是祖人中十分讲究血统的族群，从青年平整得毫无褶皱的西服，领口细长的银色链子，雪白的手套和笔直的领带，都不难看出鹰群尊贵高雅的生活习惯。

然而青年没有看他，而是望向了伤重的郎彦："抱歉，来晚了。"

从林琦出现的那一刻，郎彦的牙齿就重重地咬在了一起，克制自己发出颤抖的声音："呵。"

林琦也没想到联盟的办事效率实在是低得令人发指，没了辅助系统的他进入小世界竟然还会卡住。

对联盟的工作滤镜都快碎了。

鲁维没想到面前的祖人会和郎彦说话，语气还那么熟稔，顿时觉得不妙，想跑，又不敢跑。

鹰群号称"天空之王"，追踪与猎杀能力都极为强悍，夜空是他们的领地，鲁维如果一跑，他相信一秒之内，对方就会拧断他的脖子。

原人与祖人的差距实在太大了，鲁维深谙能屈能伸的道理，很干脆地软了膝盖求饶："我、我错了，我有眼不识泰山，郎、郎彦，都、都是误、误会……"

林琦上前，架住了受伤的郎彦，凑在他耳边小声道："这么低级的打脸剧情，走吗？"

郎彦心里正在开香槟、放烟花，看谁都觉得可爱，对鲁维这种无脑炮灰完全没有怨恨，捂住自己的伤口对已经开始流眼泪的鲁维道："好好生活，改过自新。"

鲁维愣住了，被郎彦突如其来的圣母气息给闪瞎了眼，"扑通"一声坐在了地上。

林琦扶着郎彦一步步离开了小巷。

这个世界里，有一些人的进化发生了变异，他们体内属于野兽的基因觉醒，能从人形变为兽形，同时获取一切野兽的能力，这种现象被称为"返祖"，这类人也被称为祖人，而其他人都被称为原人。

祖人超强的能力很快让他们占据了话语权，攫取了更多的社会资源，祖人之间更是通过严格的婚姻制度逐渐形成闭塞的贵族圈子，进入了世界的掌权阶层，祖人与原人之间的等级分化也越来越严重。

郎彦身为男主角，很俗套又理所当然地是一个"杂种"，原人与祖人相爱的结晶。因为父母双亡，孤儿郎彦的身份一直都是个谜，也一直没有发生返祖现象，混迹在下等的原人世界里，受尽了屈辱。

在小巷被围追堵截时，夜行的林琦无意中发现了郎彦身上所散发着的与众不同的气息，于是将郎彦带走。

从此郎彦将踏上揭开身世之谜和逆袭打脸的一系列爽文剧情。

不过郎彦对那些情节已经不怎么感兴趣了，他靠在林琦身上，嗅了一下对方身上的味道："我以为你不会来了。"

"你该试着信任我。"林琦打了电话叫人过来接人，挂了电话后扭头对郎彦道，"我说过，我会来找你。"

郎彦心情真的很好。

林琦的再次出现对不敢确信两人之间关系的他来说无异于一剂强心针。

"我试过……"郎彦舔了舔失血过多而干涩的唇，淡淡道，"我找不到。"

这是他的底牌之一，说出来以后，林琦就会知道，他的能力仅限于此，如果林琦真的想摆脱他，他将毫无办法，亮出来，就是为了试探林琦。

林琦轻揉了下他的耳尖，轻声道："我知道。"

郎彦猛地望向他，兽瞳的压迫感非常骇人。林琦平静道："如果不是这个理由，你一定会找来的。”

郎彦喉咙滚动，用力搂了林琦的肩膀：“你怎么这么自信？”

“你给的。”林琦坦然道。

郎彦轻咳了一声，慢慢扭开脸。

祖人多喜独居，林琦身为猛禽派也不例外，连绵的复古建筑群在黑夜下一眼望过去犹如模糊的远山，萧瑟肃穆又静谧，充满了威严感，屋顶中隐藏着无数碧莹莹的眼睛，机敏地警惕着四周。

车停稳之后，林琦扶着郎彦下了车，寂静无声的庄园中，刹那间就有许多双眼睛向他们两人行了注目礼。

“伤还好吗？”林琦问道。

郎彦瞄了他一眼，见林琦脸上只是纯粹的疑问，反问道：“你觉得呢？”

既然彼此都知道底细了，林琦干脆连扶着他的手都放开了：“你不是这个世界的神吗？”

郎彦：“……”他要怎么说？虽然他的确能马上治愈自己的伤，但他也还是会疼，随意调动这个世界的代码更有可能会引起世界崩盘，世界一崩盘，林琦就会消失。

林琦眨了眨眼睛：“你不行？”轻皱了眉认真道，“上个世界不是还挺行的吗？”

那时候是破罐子破摔了，现在死灰都复燃了，哪还舍得作死，郎彦捂住的伤口已经逐渐不再流血，倒也不是他的能力，而是他这具身体本来的力量正在觉醒。他思考了一秒后道：“没什么问题。”

林琦幽幽地看着他，缓缓道：“己所不欲，勿施于人。”

郎彦不解。

林琦重新伸出手扶住了他，边往前挪动脚步边道：“明明就有很大问题，干吗骗我。”

轻易被看穿的郎彦正要辩解，林琦又道：“因为你不想让我担心。”

郎彦刚张开的嘴唇又闭上了。

林琦继续自顾自道：“看，也有善意的谎言的。”

郎彦道："你在为自己开脱？"

林琦扭头看了他一眼，哑黄色的眼睛属于猛禽，冷静、警觉、优雅，带着似乎随时都会撕碎人的一点兽性。或许是相由心生的缘故，这样一双让人感到恐惧的眼睛却是干净得如同透明的琥珀，林琦平淡道："我没这必要。"

郎彦哑口无言。

庄园大得出奇，林琦扶着郎彦进入了他的房间，扶着郎彦坐下。

林琦低声道："别生气，我只是很着急，不要把时间花在无谓的猜忌和怀疑中了，好吗？"

血液凝固在掌心，黏腻得像一层薄薄的壳，郎彦抬起手，将掌心贴在林琦的脖子上，没有说好，也没有说不好，只是温柔地在林琦的后颈摩挲了几下。这是他最后的底牌了，或许林琦早已将他看穿，那他也不能将自己柔软的肚皮暴露。

林琦说他在他的世界里很孤独。

"他"也是一样。

如果他和林琦一样能掌握主动权，或许也能像林琦一样这么痛快吧，他只能像现在这样，患得患失，忐忑不安。

郎彦的其他伤都是小伤，唯独腹部那个伤口是实打实的刀伤，这个世界的技术水平已经研制出了治愈伤口的快速药剂，可以让这种普通刀伤在二十四小时内痊愈，很遗憾的是，林琦这个大到能打高尔夫的庄园里完全没有药品。

"因为我们的自愈能力很强，所以……"林琦耸了耸肩。

伤口已经处理干净，血也已经止住了，郎彦马上就要开始逆袭打脸之路，身体的素质也正在逐渐觉醒，现在也只是钝钝的疼痛而已，估计要不了几天应该也能恢复。郎彦低头看了一眼伤口，淡淡道："随它去吧。"

"不介意的话，可以使用另一种特效药。"

"特效药？"

林琦伸出手臂，修长的手臂在一瞬间变成了翅膀。

在郎彦不解的眼神中，林琦拔下了自己的一根羽翼，郎彦瞳孔猛地一缩，立即握住林琦的胳膊："住手。"

"我的羽毛焚烧后的灰烬能帮助你快速恢复。"

"我不需要。"郎彦冷下脸。

"这样做对我来说一点也不疼,"林琦耐心道,"你忘了,我的自愈能力很强。"

"那我也不需要。"

自愈能力再强,拔下自己羽毛的一瞬间怎么可能不痛?

"如果你把我当兄弟,就不要这样做。"

郎彦把问题上升到了这样的高度,林琦也只好作罢。

拔下的一根羽毛不能浪费。

林琦还是找来火柴,点燃了这根羽毛。

空气中弥漫着难以言喻的香气。

郎彦的神情有些迷茫。

"忘了告诉你,这有镇定的效果,可能……"林琦微笑了一下,"还会有一点致幻的后遗症。"

郎彦瞥了林琦一眼:"你故意的?"

林琦抬手轻摸了一下他的头,当作是对聪明孩子的安慰。郎彦却是敏感地一哆嗦,拧眉道:"别乱摸。"

林琦眼睛亮晶晶的:"你长耳朵了。"

郎彦:"……"

郎彦的母亲是一头非常漂亮的黑豹,郎彦完美地继承了她的美貌,无论是变换成人形还是兽形。

之前郎彦要在很长一段时间后才逐渐演变出原形,没想到这一次这么快……耳朵都长出来了。

林琦伸手又揉了一下郎彦头顶突然多出来的尖耳朵,毛茸茸又丝滑的触感让林琦简直爱不释手,上一局的时候他就想摸郎彦的耳朵了,可惜不能崩人设,没能成功,这一局终于摸到了,林琦兴奋地说:"你的耳朵好可爱,好好摸!"

郎彦从脸开始一直红到了脚趾,说的什么话,怎么能说他这么威猛的豹子可爱呢。

"你说得对,我也觉得我的耳朵很可爱。"

致幻的效果下,郎彦迷迷糊糊地说出了自己的真心话。

林琦笑道:"所以你能跟我好好相处,保持可爱吗?"

郎彦拧眉道："你一直都这么能言善辩吗？"

林琦想了一下，认真道："不是的。"

"我除了必要的交流，从来不跟其他人多说一句话，培训的时候，我差点挂了语言这一科。"

郎彦沉默了一瞬道："那是多亏了我们这些世界才让你这么会说话了。"

"也不对。"林琦对郎彦微笑了一下，"上一次进入小世界的时候，我都是能少说话就少说话的。"

郎彦似乎是回忆起了什么，脸上也浮现出一个淡淡的笑容："你做得多，说得少，我常常都觉得你有点高不可攀。"

尽管林琦在履行任务的时候为他做了各种各样的事，他却总是觉得林琦好像离他很远，他们的距离一直都是不远不近，林琦在他心里有一种特殊的神秘性。

林琦摸了摸郎彦的伤口边缘，光滑绷紧的肌肉表示他已经恢复完全："我在这个世界第一次见到你的时候，我太紧张了，差点都忘了该说什么词，"林琦抬头看了一眼眼神晦暗的郎彦，"我心里只在想一件事。"

郎彦绷着脸缓缓道："什么？"

林琦笑着道："哇，我有翅膀哎。"

郎彦没绷住，唇间溢出一声轻笑。

在鹰群之中，林琦的身份不低，作为老派贵族的代表之一，经常受邀出席一些重要的晚宴。

一封印有狮头的暗色请柬被随手扔在桌上，林琦面对镜子，慵懒地给自己打着领带，微微偏头。

郎彦真不想走什么该死的剧情，他就想和林琦在这座静谧的庄园里安静地生活，可这样不行，重新生成的世界线需要他去运转。

郎彦越想越感到烦躁……什么时候他才能过上普通人的生活。

时间还是有点来不及了，林琦好办，用原形就可以了，郎彦身为他暂时的随从，当然得跟在他身边，可郎彦……不会飞啊。

林琦烦恼地望向郎彦。

郎彦看出了他的意思，淡然道："老鹰先生，不要低估豹子的速度。"

林琦微微睁大了眼睛："你可以切换兽形了？"

郎彦从长出耳朵开始就能切换成兽形了，只是光一双耳朵林琦都撸得如痴如醉，化成原形还不被他撸秃噜毛？

郎彦一言不发地原地起跳，当他的脚步无声地落在屋顶时，他身上精美的西服消失不见，取而代之的是纯黑的皮毛，在月光下连毛尖都在闪着光，修长优雅的四肢，灵巧有力的黑尾，流线型的身躯彰显出一种无声的高贵。

"走吧。"胡须微微一颤，锐利的尖牙含蓄地在两瓣嘴唇中一闪而过，"希望你比我先到。"

林琦双手一展，羽翼也随之展开，矫健的雄鹰飞上天际发出一声尖哨，躲藏在庄园里的猛禽们呼应出一声短促的叫声。

黑豹拥有陆地上几乎无敌的速度，他们漆黑的身影在夜色中闪过，连月光都无法捕捉到。

两人几乎是同时到达了晚宴附近的一个小巷。林琦俯冲下来，轻巧地落在郎彦竖起的尾巴尖上，郎彦扭过脸，林琦眼里看到了一张俊俏的豹子脸，心悦诚服道："我承认你比我快了。"

郎彦一听这话都不知道该怎么接，轻咳了一声，声音从他的腹部发出，像是低吼："不是要迟到了吗？"

林琦跳下尾巴，重新化为一个贵族青年，趁郎彦还没变回去，伸手轻轻摸了一下他起伏弯曲的背脊，感叹道："你的皮毛好光滑啊。"

郎彦知道他喜欢，故意停下来没变回人形，默默忍受着林琦的撸豹行为。

林琦"呀"了一声："你身上还有花纹。"

银色的月光打在漆黑的豹身上，若隐若现地显出犹如刺绣般的斑点纹路，林琦感叹道："你真漂亮。"

郎彦低头，抖了抖尖尖的耳朵："你赚了。"

林琦失笑："是的，美丽的豹子先生。"

宾客几乎全是祖人，极少有祖人选择像林琦和郎彦这么奔放地用原形赶路，越是上层的祖人，越是标榜他们的理性，今天邀请林琦来参加晚宴的凌雪风是罕见的狮形，据说牛排都只吃全熟的。

林琦整理了西服，对侍者送上了自己的请帖。

侍者弯腰查验好了之后，对林琦道："林先生请。"

林琦点了头，身后的郎彦却是被侍者拦下了："抱歉，这里不允许没有请帖的原人进入。"

虽然郎彦已经觉醒了祖人的血统，但在林琦以外的人眼里，他就是个百分百的原人。

林琦轻叹了口气，对侍者道："他是我的随从。"

侍者客气道："林先生，您是凌先生尊贵的客人，但很抱歉，无论这位先生是什么身份，他都无法进入今天的晚宴。"

林琦瞄了郎彦一眼，打脸爽文剧情要开始了吗？他内心毫无波动，甚至还有点想笑。

因为两人的长时间停留，身后陆续来的客人已经有不少，都开始注意到了这边似乎要产生冲突的情况，目光不断地向他们那投来，而且也开始窃窃私语。

林琦背着手坐看爽文男主角如何啪啪打脸炮灰并且惊艳众人，不过他心里还是不怎么希望郎彦直接露出原身，多好看的豹子，他要偷偷藏起来一个人看，一个人撸。

不知不觉成为众人焦点中的郎彦对侍者平静道："你也是原人。"

侍者愣了一下说道："是，"他随即皱起了眉，"但我不是客人。"这套"大家都是原人"的理论侍者听多了，完全不为所动，面上依旧很严肃。

"那么，"郎彦缓缓道，"你们这儿招临时工吗？"

场面从打脸爽文一下倾斜到了喜剧，侍者的脸憋得通红，被郎彦这一句打得措手不及，紧张道："我们这里从不招临时工，都是提前招好的。"

身后的宾客们已经开始发出不满的声音，郎彦体贴地站到一边让出了门口的道路，对侍者道："不再考虑考虑？"

林琦也跟着站到了一边，不挡住大门。

两人一左一右地把侍者夹在了中间。

身高超过一米八的侍者忽然觉得自己弱小可怜又无助了起来，头上渗出了汗，又要接待下一位客人的他手忙脚乱道："这个事也不是我能决定的，你、你找管家……先生您好，请出示您的请柬。"

看热闹的客人送上了请柬，轻瞟了郎彦一眼："眼睛倒是很像，"随后又轻蔑地笑了一下，"不过终究鱼眼珠和珍珠还是不一样。"

林琦的脑海里不合时宜地想起了一句俗语——"打狗也要看主人"，骂豹也要看饲主的面子吧？

那人果然又看了林琦一眼，语气倒是变得平淡了："林先生，我知道你有收集像祖人的原人的爱好，但这个，就真的实在太过头了。"

炮灰味太冲了，林琦矜持地点了点头，不予理会。

而郎彦已经自然地向后面看戏的客人伸出了手："小姐您好，请出示您的请柬。"

拿着请柬的女孩似乎觉得这一幕很有趣，很干脆地将请柬递到了郎彦手里。侍者又不能当着客人的面去抢，慌乱道："你干什么？我不是说了我们这里不招临时工。"

郎彦打开请柬，发现面前的圆脸女孩是鳄鱼时，嘴角抽搐了一下，转过脸对侍者慢悠悠道："我打白工。"

他抬眼望向林琦，林琦正看得津津有味，对自己快乐地眨了下眼睛。

没了任务和伪装，林琦头一回发现小世界还挺有趣的。

郎彦放心地继续抢侍者的活，他人长得英俊，又有一双和祖人非常相似的眼睛，而且他身上散发着一种无法拒绝的气场，让人不由自主地就把请柬送到了他手上。

门口的情况被通报到了里面，凌家的管家出来了，见林琦站在一边，先跟林琦打了招呼："林先生，欢迎您的到来。"

林琦微微颔首。

管家已经知道了外面的情况，可就像没看见一旁的郎彦一样，弓着腰对林琦道："林先生请先进，我们先生已经在等待您了。"

凌雪风性情高傲，在祖人中地位几乎等同于王，他嘴上说着讲文明、共发展，实际还是在祖人里搞封建王朝那一套，就差让别人见了他下跪山呼万岁。其余的祖人也很吃他这一套，捧着凌雪风当了王，他们也就算是王公贵族了。

林琦是其中的反骨。

作为天空中的王者，鹰群也一样极为高傲，林琦一直在致力于推进祖人和原人之间的平等，他无意中得知了曾经有祖人冒天下之大不韪与原人结合，他怀疑会不会有个原人和祖人的混血儿存在，所以长久以来打着"收集和祖人相似的原人"的旗号，就是希望找到那个混血儿，以此为契机，打破祖人与原人之间的壁垒。

这样的林琦，凌雪风当然不会任由其我行我素，可是林琦也从来不买他的账。

面对"王"的邀请，林琦把郎彦的打脸戏份借用了一下，不轻不重道："我的随从不跟着我，我哪里也不会去，谁也不想见。"

祖人的耳力都极强，林琦温柔的声音传到了在场每一个祖人的耳中，无数双流露出兽性的眼睛齐齐地向林琦射来。林琦优雅地站着，不动声色地对郎彦微笑，仿佛在说，你要加入吗？

璀璨的灯光从身后的门里倾泻流淌，如星河一般，林琦高挑修长的身影背着光，全身晕染着光晕，郎彦都看呆了。

"哈哈，好久不见，林琦你还是这么固执。"爽朗的声音从身后传来。

林琦没动，围观情况的其余祖人都自觉地往后退了一步，摆出恭敬的姿态。

凌雪风的身影一出现，四周的人都向他行了礼。他身上与生俱来的王者风范和尊贵血统，对一切的祖人都有着强大的压制力。

林琦也不例外，他的神经末梢像是被针刺了，本能地感觉到了危险，尤其是背部被对方的视线扫过时，林琦用意志力才能克制住自己发抖的冲动。

凌雪风的原形是一头雪白的狮子，化为人形后他的肌肤也很白，犹如一座雕刻完美的石膏像，浅色的瞳孔中一点漆黑，散发着冷酷的光，他的脸庞是精雕细琢的俊美，但绝不显得羸弱，造物主对他的偏爱显而易见，仿佛他是被这个世界所钟爱的宠儿。

郎彦对这张脸很熟悉。

凌雪风是这个世界最大的反派。

林琦就是死在了他的手上。

理智上来说，郎彦明白这不过是设定，是剧情，是代码，可心头泛起的强烈怒意让他不得不正视他就是活在这些世界里，曾经的痛苦全都刻骨铭心地留在了他的体内，一切都无法简单地用"虚假"来安慰自己。

凌雪风轻轻抬起眼睛，对上一双暗黄色的冰冷的眼。

凌雪风微微怔住了，随即又是一笑，雪白的睫毛一闪："这是你的新宠物吗？

看着很不错。"

林琦侧过脸："他是我的随从，不是宠物。"

凌雪风没什么兴趣，他挪开了目光，垂下眼望向林琦，忽地轻轻皱了皱鼻子，眉毛挑了挑，很大度道："林琦，你知道的，我们一直都是很好的朋友，但我不能纵容你，为了你破坏我的规矩……不过，我真的很珍惜我们的友谊，所以我还是决定为你破一回例。"

凌雪风伸出手轻拍了拍林琦的肩膀，对管家道："带人去厨房，给他换上侍应生的服装。"

他压低了声音，体贴地对林琦道："我的好朋友，你放心，他会紧紧地跟着你，你值得拥有一位特殊的仆人。"

管家毕恭毕敬道："好的，先生。"这才第一次将目光投向郎彦，"请跟我来。"

郎彦手上正拿着一位祖人的请柬，迈开了脚步向前。

"啪！"

暗金的请柬挑开了凌雪风扶着林琦肩膀的手。

空气中传来倒抽一口凉气的声音，齐刷刷的，像是说好了一样，就连管家都没反应过来，当场愣住了。

凌雪风浅色瞳孔猛地一缩，冷酷的目光再一次落到了郎彦脸上，这一次不是漫不经心地掠过，而是定定地望向了郎彦。

郎彦冷淡道："我的主人不喜欢别人碰他。"

凌雪风的唇线慢慢往上走出上位者宽和的弧度，微笑道："林琦，你一定得告诉我你是怎么调教出这么忠心又勇敢的仆人的。"

"他是我的随从，"林琦镇定了一下，感觉自己的脖子有点发烧，"我不喜欢别人称呼他为仆人。"

凌雪风被两人都定义成了"别人"，面上依旧挂着宽和的笑容："好吧，这个事情就这么解决了，不要耽误美好的宴会，好吗？"

林琦看了郎彦一眼，郎彦微点了下头。

凌雪风抬起手，掌心在快落到林琦肩膀时又停住了，对着逼视过来的郎彦恍然大悟道："差点忘了，"低头笑眯眯地对林琦道，"你的小可爱不让我碰你，"只做了个虚虚的姿势，"请进。"

林琦对郎彦点了下头，郎彦回以淡淡一笑。

凝滞的气氛随着凌雪风进入厅内又重新流动了起来。

林琦很不自然地从凌雪风虚搂的臂弯里往外挪了一步。

凌雪风没有在意地放下了手，目光瞟过林琦的侧脸时，忽然凝住了。

林琦随手从走过的侍者托盘里取了一个酒杯就要转头去后厨找人，凌雪风却是再次跟上了脚步，他一下靠得很近，令林琦的呼吸都乱了。

被气场压制的感觉不太好，林琦拧眉道："还有什么问题吗？"

凌雪风抬了抬手，侍者端来了他专属的酒杯，杯子里淡绿色的液体晶莹剔透，他轻抿了一口："上次你提过想建一所原人和祖人混合的学校，我考虑了一下，并不是不可行。"

林琦目光疑惑地上下打量了一下他："你改主意了？"

"嗯，"凌雪风点点头，目光若有似无地流连在林琦的耳后，"我们上去谈谈。"

林琦往宴会内门的方向看了一眼，凌雪风微笑道："放心，我的管家会把一切都安排好。"

一楼的宴会厅热火朝天，二楼却是安静得出奇，没有开灯，一片黑暗，林琦与凌雪风站在楼梯的拐角，直接道："你有什么条件？"

凌雪风轻轻摇头："别这样咄咄逼人，我只是想跟你维持良好的关系。"

"如果你指的是在这次选举中代表鹰群给你投票的话，我想那你要失望了，"林琦抿唇道，"我不会向傲慢的人妥协。"

凌雪风饶有兴致道："你今天很香。"

林琦的脸色差点没兜住，他在黑暗中锐利地盯了凌雪风一眼，满眼都是被冒犯的怒意。

"你——"林琦恼怒道。

楼下忽然爆发出的惊呼声打断了林琦和凌雪风的对话，林琦本能地觉得发生了什么，脚步一转，急匆匆地往下迈了几阶。

人们正在往外挤着，林琦一着急，直接化为鹰从他们的头顶飞了过去，落到包围的中心。

穿着考究西服的青年正徒手按住一条毛色黯淡的豺狼，豺狼的獠牙和利爪在他的控制下犹如孩童般无力，不断地抽搐着，青年挥起拳头，一拳砸下去，豺狼呜咽着发出一声哀鸣。

所有的人一眼就认出来了那条豺狼是凌家的管家，而扼住豺狼咽喉的……正是林琦今天带过来的随从。

天哪，原人……暴打祖人？他们……是不是在做梦？

林琦：……这个脸终于打了，心定了。

凌雪风的地盘上，有人对他的管家出手已经很不可思议，更别提出手的是个低贱的原人，而原人……竟然还让管家毫无还手之力？

这一切都太魔幻了，以至于在场的宾客都不知该做出什么反应，直到一股熟悉的强大气场压来，围观的人群才自觉地散开了。

凌雪风的身影一出现，宾客们都举着酒杯转移了视线，心照不宣地选择了沉默。

一片死寂中，林琦悄然上前。他的脚步一动，所有人自然地看了过去，凌雪风的目光也落在了他身上，那股如芒在背的感觉让林琦皱了眉头。

管家已经毫无还手之力，口吐白沫，郎彦在看了林琦一眼后，顺势放开了手，慢慢站起身。

林琦走到了郎彦面前，在众人逼视的目光中抬起了手，正当所有人都以为林琦会狠狠地给随行的原人一个教训时，林琦的手轻轻落到了郎彦的眼角下，拂过郎彦脸上的血迹："怎么这么不小心，弄得脏兮兮的。"

郎彦对他微微笑了一下："是我没把握好分寸。"

背后的目光尖锐又持续地在他身上割过，林琦不甚在意地回头："凌先生，你的管家好像缺乏一点理性。"

凌雪风一向倡导祖人的理性与高贵，自己的管家却当众化为兽形，光这一点，对凌雪风来说就已经难以忍受。

凌雪风双手背在身后，表情温和，优雅地点了点头："抱歉，是我御下不严。"

"这个晚宴让我很不愉快，"林琦又伸手为郎彦打理衣服上的褶皱，漫不经心道，"先走一步了。"

宾客们目瞪口呆地举杯，眼睁睁地看着林琦带着郎彦扬长而去，没有一句解释。

确实也并不需要解释，无论发生了什么，一个祖人被原人以兽形按在地上暴打实在太丢人了，他们这些旁观者都觉得脸上挂不住了，更不要说主人凌雪风了。

而凌雪风却没有任何异常，他让人将管家抬了下去。他没有说一句话，只是轻轻一抬手，宴会又重新恢复了热闹的场景。

林琦与郎彦都是直接过来的，两人一本正经地走出庄园没多久，林琦就忍不住笑起来了："不是做临时工吗？怎么还打上架了？"

夜风很柔和地吹动着，郎彦也是要笑不笑："还没进厨房就对我亮了爪子，不然的话，"郎彦扭头，"我还有给你端酒的机会。"

"凌雪风的心眼也太小了，"林琦摇头，"一点容人之量都没有。"

郎彦扬了脸道："他想挠我，幸好我躲得很快。"

林琦毫不担心郎彦会在管家手下吃亏。

上一局，凌雪风就一直想招揽他，企图建立起一个完全的、等级森严的世界，林琦根本不认同他的观念，处处和凌雪风作对，在发现郎彦的身份后，就将郎彦培养保护起来，而凌雪风见收买不成，就果断地除掉了一直与他作对的林琦。

其实剧情这样设定，也是为了给郎彦开路，让郎彦接手林琦的势力。

林琦正努力回想着剧情，冷不丁地脖子被按住了，林琦停下脚步，目光疑惑地望向郎彦，郎彦表情肃然道："我说我差点被他挠伤了。"

林琦总算反应过来了，面上似笑非笑道："怎么，小朋友，你吓坏了？"

郎彦求关注之后如愿以偿，却是自己先脸红了："少贫嘴。"

林琦在郎彦的下巴上不轻不重地挠了一下，郎彦的豹身形象实在太令他印象深刻，面对一只大猫，林琦是怎么也忍不住自己逗弄的心思的。

"你变成豹子驮我回家，怎么样？"

郎彦扭头就走，在夜色中化为一只漆黑的豹子，瞬间跑得无影无踪。

林琦还在笑，笑得双手扶在了膝盖上，边笑边吸气，觉得自己是变坏了，坏得很自得其乐。

林琦化为鹰在天空中飞了没多久就发现地面优雅散步的豹子，利落地俯冲而下直接落在了郎彦的背上，双手环住他修长的脖子，轻抚他光滑的皮毛："害羞了，还是生气了？"

豹子的脸上是看不出红不红的，郎彦的声音很稳重，控诉道："你捉弄我。"

林琦摸了一下他的耳朵，郎彦抖了抖耳尖，扭过俊俏的豹子脸。

林琦露齿一笑："谁不想骑大猫？我也不介意驮着你飞啊。"

郎彦冷哼了一声，不再上当："抱紧了。"

林琦抱住了豹子的脖子："放心，我不会放手的。"

夜风骤然变猛了，掠过林琦的鼻尖和短发，林琦在夜色中轻轻闭上了眼睛，快乐得快要忘记自己的姓名。

背上驮着一个人，郎彦为了照顾林琦的感受，没有全速奔跑，只是保持了普通的高速。风像一只无形的大手包裹住了两人，令郎彦产生了一种这世界只剩下他们两个人的感觉，他又将会带他到哪里去？

巍峨的建筑群出现在视野中，郎彦慢慢放下了速度，心里竟然有一点失落。他驮着林琦的时候，仿佛全世界只有他们两个人，而他就那样带着他一直跑下去，永远不分开。

林琦迷迷糊糊地睁开了眼睛，微笑着将下巴垫在黑豹起伏的背脊上："到家了。"

两人走到楼下，才发觉一群身穿制服的祖人一字排开地等在了大厅，见两人现身，为首的对林琦鞠了个躬："林先生，您好，我们来回收凌先生的私人财产。"

"凌先生的私人财产？"林琦面色冷淡地笑了一下，"我怎么不知道我这里还有凌先生的私产？"

"有的。"为首的人递出夹在腋下的文件夹，"您庄里的这位原人就是属于凌先生的私产。"

手续文件很齐全，一张张叠在文件夹里清楚分明，像郎彦这样的孤儿，他的"所有权"竟是掌握在他居住地的管辖长官手内，白纸黑字写得清清楚楚，郎彦已经归凌雪风私人所有。

林琦看完之后和郎彦互相交换了一个眼神，从彼此的目光里都看到了滑稽，这果然是个魔幻的世界。

又是之前没有的剧情，郎彦双手抱臂，静默地站在林琦身后，一副任人宰割没有异议的模样。

林琦合上文件，对来人道："我买回来。"

来人为难道："这需要凌先生的同意，您不能强买强卖。"

林琦："……"如果这都不算强买强卖！

"我会直接和凌先生联系，"林琦挥了挥手，"你们可以离开了。"

"抱歉林先生，您要么现在就和凌先生联系？我们今天是有任务的，不好空手回去，请您理解。"来人脸上露出抱歉的笑容，态度温和又不失强硬。

这就有点为难林琦了，作为凌雪风的绝对反对者，林琦从来没有主动联系过凌雪风，倒是凌雪风三番五次地邀请他赴宴，林琦出于贵族的礼貌，三次里也会赴一次约，也是到场露面就走的程度。

至于凌雪风的联系方式，当然是没有。

林琦道："电话你们打，话由我来说，总不会叫你们难做的。"

来人表示他们品级太低了，都不配拥有凌雪风的电话，跟凌雪风一向也都是面谈。

林琦笑了："意思是我如果想见他，就必须自己走一趟了。"

"全凭林先生您的个人意愿，"来人望向一旁默默无言的郎彦，"凌先生只交代我们回收财产，没让我们做别的。"

凌雪风这个人心眼真是小，林琦都快被气笑了，他说："如果我不放人呢？"

"林先生，您应该知道的，侵占私人财产，尤其是凌先生的私人财产，将会面临法律上的指控。"

林琦看了郎彦一眼："私人财产，你意下如何？"

郎彦淡然道："我同意。"

郎彦对林琦眨了下眼睛："既然凌先生已经将我买下来了，我当然要跟着走了，林先生你如果舍不得，可以把我要回去。"

林琦被左一个"凌先生"，右一个"林先生"绕得人都糊涂了，气到想笑，见郎彦的脸色隐约是个使坏的模样，那种滑稽的怒意也渐渐淡了，点头应承了下来。

来人早听闻鹰群的这一位林先生虽然个性高傲，但总体来说性情温和，比他们伺候的那位好多了，这一趟差事办得意料之中的顺利，告别的时候，还对林琦说凌先生会补偿他的损失。

林琦"哦"了一声："替我转告他，不需要。"

来人无意也没有资格给两位祖人中的领袖断官司，既然完成了任务，他们把郎彦客气地请上了车。

林琦一路送着郎彦上车，隔着车窗对郎彦笑，藏在廊檐下的猫头鹰忽然醒了，一个醒了，剩下的一排眼睛全都亮了，如聚光灯般打在一辆小小的车上。司机眨一眨眼，怀疑自己都快被照融化了，他也是祖人，照理不该害怕那些动物。

祖人是最高贵的物种，既有动物所没有的理性，又有原人所不具备的能力，司机默默念着长久以来被灌输的圣经，勉强镇定了下来。

"嘭！"

一只漆黑的猫头鹰砸向了车顶，司机吓了一跳，猛按了下喇叭，这一出声不要紧，数百只鹰密密麻麻地从天而降，将两辆车围了个水泄不通，碧色的、金色的、黑色的毫无感情的眼睛齐刷刷地盯着车内的人。

车内的人车窗都不敢摇下，只在车内大喊："林先生，你这是什么意思？！"

林琦只是微微笑了："它们在跟客人道别。"

四周全是鹰，大小不一，收束着翅膀，眼珠像打拍子似的转动着。司机咽了口唾沫，手掌发麻，心跳得很厉害，他身上流有一半蛇的血统，看到鹰，真是看到天敌一样恐惧，这种恐惧刻在他的血液里，圣经拿出来也没用。

车与鹰僵持起来，后面的人催促着司机开车，司机手握着方向盘，又对上了林琦的目光，鹰中之王的目光让他的鳞片翻了出来，几乎快现出了原形。

座位上的郎彦不轻不重地笑了一声，似乎是在嘲讽他们的懦弱。

车后座的人心一横，对司机大声呵斥道："开车！马上开车！"

司机的脚都麻了，软绵得哪还能踩得动油门。后座的人实在忍不住了，化出原形，原来是一只灵巧的鬣狗，他跳到前座，将司机踹开。司机团成了细细长长的一圈，瑟瑟发抖地缩在座椅下。

油门还是踩了下去，漫天的鹰全都飞了起来，遮天蔽日，一股阴森森的感觉，他们疏落有致地落在林琦身后，原形是鬣狗的人心想这可真不是位好对付的主。

郎彦隔着玻璃望着负手站立的林琦，他面上干干净净的，不仅是肌肤白，一双暗色的眼睛也是干净，瞳孔凝练散发着温暖又平和的味道，仿佛不属于这个世间的人。

郎彦微微笑了一下，遇见这个人，是他幸运。

管家受了重伤，在医院里一醒过来就要寻死，一条黄不溜丢的豺狼在病床上要拿尾巴勒死自己。他是真的没脸活了，身为凌雪风的管家，他竟然打不过一个冒犯凌雪风的原人。不等凌雪风说，他就要自戕。

凌雪风一句话喝住了他："不要寻死觅活。"

管家立刻不动了，蔫蔫地道："先生，我给您丢脸了。"

脑海里那一幕历历在目，年轻的原人手臂似乎蕴含了无穷的力量，强硬地扼住他的脖子，让他险些窒息。所有的人都看着，他真是丢尽了凌雪风的脸，长毛尾巴悄无声息地遮在了自己的脸上。

凌雪风沉稳道："你说说，是怎么一回事。"

郎彦冒犯了凌雪风，管家跟在凌雪风身边也好几十年了，当然了解凌雪风的性格，一个原人连跟凌雪风说话都不配，更别提给凌雪风脸色看了。凌雪风让他带人进去，管家觉得不如直接让这原人消失了，没想到一爪子下去却是碰上了个硬茬子。

凌雪风听他说完，面色冷凝，心里慢慢有了答案，郎彦绝对不是个普通原人。

不着急，马上人就能带回来了。

凌雪风眼下的确不着急，他摇了下铃铛，仆人进来，给他端上一杯剔透的绿色液体。

管家看到立刻就不说话了，他知道凌雪风此时已经是肝火旺盛，自己就不再让凌雪风心烦了。

凌雪风将一杯绿色液体一饮而尽，对管家和蔼道："你好好养着，不要往心里去。"

管家呜咽了一声。

凌雪风将杯子悄无声息地在掌心碾成齑粉，拍了拍掌心出去洗手。

镜子里照出凌雪风的脸。

他的本体是雪狮，眼珠也泛着一丝丝的白，颜色很浅，看着就格外瘆人。

凌雪风微笑了一下，他一直在练习一个亲切的微笑，然而一直失败，无论怎么笑，看着都是笑里藏刀，没有真正的王者风范。

水流簌簌的，凌雪风想到了另一双暗黄色的眼睛。那是一双比任何一位祖人看上去都要冷静理性的好眼睛，想到了眼睛之后，一张脸孔画卷般地在凌雪风的脑海里展开。

凌雪风一直将林琦视为自己建立新秩序的路上最难蹚过的一条河，平静的水面下不知隐藏着怎样险峻的暗礁。

而凌雪风猛然一窥才发现那不是暗礁，是一朵潜藏的花。

刚刚喝下去的那杯绿色液体让凌雪风的身体保持着冷静，思维也更清晰，他一直都用单线性的思维去思索怎么才能够征服林琦，让林琦转向支持他的那一面，他忽然想到了另一种方式。

凌雪风打了个冷战，发现镜子里的自己白色的眼睛边缘正在泛红，他内心很厌恶地打住了这个想法。

要成为统治这个世界的王，建立起完美的新秩序，他绝不能为欲望所左右，理性，要拥有绝对的理性。

郎彦被带回了凌雪风古堡一样的家里。

这座古堡的样式非常复古，像是仿照从前的皇宫所建，狮子的形象到处可见。郎彦打量了一下，脑海里开始疯狂地走剧情，一路上都想好了怎么速战速决，他实在是没心思应付这些无聊的事情。

古堡里的原人不少，都是凌雪风的"私有财产"，有一片专门的建筑群供这些原人吃住，居住环境一流，还有用人。

郎彦的到来引起了一点小小的骚动，因为他看上去实在太像一个祖人了。

短暂交流过后，郎彦发现生活在这里的原人每一个都算得上是精英，不同领域的精英，有画家，有舞蹈家，有演奏家，也有运动员，五花八门应有尽有。

凌雪风简直就像是有收集癖一样。

更让郎彦哭笑不得的是，在这群原人中，凌雪风的风评竟然还很好，似乎凌雪风也并没有亏待他们，个个对凌雪风赞不绝口。

凌雪风在大厅接见了林琦，对他来说是正儿八经的接见，气氛肃穆，礼仪周全，他的口气也很温文尔雅："林先生……"

"卑鄙，"林琦冷冷地打断了凌雪风，淡黄色的眼睛射出一点慑人的光，从牙齿里吐出剩下的两个字，"无耻。"

凌雪风喉结滚了滚，很突兀地端起了面前的杯子，咕咚喝下一口，不够，一口气将杯子里的液体一饮而尽，他才感觉到皮肤上的热度下降了一些。

"你要怎么样才肯把人还给我？"林琦跷起腿，摆出了一副谈判的架势。

凌雪风的目光从林琦的脖子上掠过："我买下了就是我的人，不存在还给其他人。"

"凌先生。"门外突兀地响起了声音，守门的用人很惶恐地望向凌雪风，他们挡不住也不敢挡这个能打赢管家的原人。

林琦看到郎彦，站起了身，脸上露出一点笑容。

祖人对原人的占有买卖由来已久，为了显示不那么绝对的专制，原人有权提出要求自由，只要他能证明自己有和祖人一样的价值，那需要通过一个严酷到根本无法实现的挑战。

郎彦打的就是这个挑战的主意，目光直直地望向凌雪风："我要赎回我自己。"

凌雪风很不喜欢郎彦的眼睛，这双眼睛和祖人太像了，原人和祖人应当界限分明，郎彦的这双眼睛简直是对祖人的冒犯。

林琦向前一步，毫不避讳地站到郎彦身边单手将他推到身后护住，对凌雪风道："凌雪风，你不要欺人太甚，这个人是我的，鹰群已经沉默了太久，我会不惜为此开战。"

闻言，凌雪风面色微怔。他看了一眼郎彦，承认郎彦的确非常出众，可再怎么出众，也不过就是个原人，林琦为了这个原人，能不惜和他开战？

表面的平衡已经维持了数十年，就为这个？林琦就忍无可忍了？

凌雪风用很不可思议的目光望向林琦，嘴边的话徘徊了好几次，还是咽了下去："别误会，我无意让我们的关系恶化，我一直都在寻求和你的合作，这……姑且算是我的一个小礼物。"

林琦拧眉："礼物？"

凌雪风手上的茶杯已经空了，抬手挥了挥，躲在暗处的用人端着水壶过来，圆圆的壶口流出绿色的液体，凌雪风又抿了一口，才抬起脸心平气和道："我将这个原人送给你，作为我们和解的开始。"

林琦听了非但不领情，反而冷笑道："他本来就是我的。"

"法律上，他属于我。"

林琦的脸色冰冷了，愤怒地望向凌雪风。

凌雪风微笑了一下，很心痛林琦此刻的愤怒，他与林琦王不见王地争斗了这么多年，对林琦保有一种欣赏的态度，林琦在他心中趋近于完美的祖人，因为这份完美，凌雪风一直暗暗地放他一马，不肯下死手。

这座纯洁无瑕的完美雕像被一道刺眼的红给毁了。

而这道刺眼的红很有可能来自一个低贱的原人。

"低贱的原人"走到了凌雪风的视线里，彻底遮住了林琦，凌雪风这才注意到郎彦的身躯非常高大。

"凌先生，我不需要你施舍自由，被夺走的东西我会亲手讨回来。"

凌雪风又喝了一口杯子里的绿色液体，这是一种能克制欲望的液体，冰冷的口感让凌雪风能保持自己的风度。他微笑道："你确定？"

"我确定。"郎彦淡淡道。

凌雪风一口气喝干了杯子里的液体，痛快道："既然这样，我就只能给予你祝福了。"

现在郎彦的卖身契还在凌雪风手里，凌雪风不肯放人，林琦干脆也留了下来，凌雪风为此特意让人收拾了一栋小楼，而林琦坚持要和郎彦一起。

凌雪风当时的表情愠怒中带着一点怒其不争，很温和地解释道郎彦住在原人那一边，不适合林琦居住。

"我永远不能理解你对祖人和原人之间存在的偏见。"林琦皱着眉头道，他挡在郎彦面前。

凌雪风道："承认差异并不是偏见。"

"区别对待就是偏见。"

"我总不能让他们满院子乱走。"

"那么就放了他们。"

"我的人,我为什么要放?"

两人争论起来,林琦无话可说,牵了郎彦的手:"走。"

郎彦温顺地跟了上去,不言不语,走到门口回头狡黠地看了凌雪风一眼,哑黄色的眼中充满了戏谑,仿佛已经将凌雪风看透了。

凌雪风双眼一眯,白色的眼珠,黑色的瞳心,显而易见的杀气腾腾。

凌雪风感觉自己浑身发冷,仿佛被冻住了,一瞬间又感觉自己仿佛下了油锅,浑身发热,在冰与火的交替中,他失望又愤怒。

凌雪风倒吸了一口气,在他心里,林琦是个优秀且尊贵的祖人,与他旗鼓相当,只是林琦多年来都不懂他的苦心,处处与他作对,他一忍再忍,觉得自己待林琦算得上仁至义尽了,怎么林琦就这样不识好歹、自甘堕落?

林琦牵着郎彦的手,走出不远怒容不再,他与郎彦单独在一起时就像从这个世界跳脱出来了一样。他好奇道:"你怎么办?打算闯过去打凌雪风的脸?"

"不,造他的反,让他没脸。"郎彦悠然自得,"走吧,带你看看这里其他的原人。"

林琦没想到凌雪风"收藏"了这么多原人,五花八门、琳琅满目。

原人们的精神状态都很好,在偌大的花园里分散开,各自都在做各自的事情,对林琦和郎彦的到来视而不见。

有个挺英俊的原人上来对林琦鞠了个躬,抬手优雅道:"您高贵的风度真让人心动。"然后"嘭"的一声,他手上多出了一朵娇艳的玫瑰摆在林琦眼下。

林琦差点没"尬住",看了一眼郎彦,郎彦只是笑。林琦伸手去接玫瑰花,手指刚碰到花瓣,玫瑰花直接化开坠落为流沙在林琦脚下嘟嘟嘟地开出一圈小花,林琦已经说不出话来了。

"这是一位魔术师,"郎彦已经把所有人的情况都摸清楚了,"顶级的。"

"哈哈,也不一定。"魔术师打了个响指,林琦脚边的小花又消失了,无影无踪,"没有人能称自己为顶级,没有人。"他转身扬了扬自己的帽子,头顶上一朵玫瑰静静地躺着。

林琦对郎彦道:"这都是些什么人?"

"你说呢？"郎彦拉着林琦的手进入主建筑。

站在顶层的露台往下看，林琦才发觉刚刚他看到的只是冰山一角。

从刚刚那个圆形的花园展开，犹如蜘蛛的爪子一般，大得像迷宫一样的花园延展开来，到处都是原人，画画的、跑步的、打拳的，甚至还有人在人工泳池那儿跳水。

林琦被这幅画面惊住的同时觉得很诡异："凌雪风这是在干什么？"

"跟你做的事情差不多，你到处在找混血，他到处搜集各个领域中有发展潜力的原人，将他们驯养在这里。"郎彦道。

林琦依旧不解："为什么？凌雪风不是对原人有很大的恶感吗？"

郎彦望向欣欣向荣热闹非凡的花园："凌雪风惧怕会有比祖人更强的原人出现，那么他提倡的所谓秩序就完全不复存在了，他把这些能力出众的原人禁锢在这里，让他们像笼子里的鸟一样，永远不知道自己能飞多高，只是为了维持祖人高高在上的形象。"

"变态……"除了这两个字，林琦实在不知道该用什么语言来形容凌雪风了。

怎么会有这样疯狂的人，剥夺这么多人的自由，就单单为了"维持秩序"？简直不可思议。

露台下其乐融融的画面也变得让人感到不适起来，林琦皱起眉，手掌慢慢蜷紧，喉咙里很痒，很想大喊一声，把这虚假的平和给震碎。

"像不像？"

"像什么？"林琦怔忪道。

"你曾经说过你是合成人，在你的世界里合成人是比自然人低等的存在，"郎彦嘴角扬起了一个笑，"要不要试试？"

那些在花园里安居乐业的原人的脸一下都变成了林琦所熟悉的脸——每一张都是他自己。

没想过，林琦一点都没有想过。

合成人跟自然人是完全不一样的，自然人由胚胎发育，合成人从培养皿中诞生，每一个合成人的诞生都伴有他们专属的作用，家政型、战斗型，甚至性爱型，与其说他们是人，倒不如说他们更像是智能的工具。

作为工具诞生，又顺理成章地加入联盟成为一名小世界里的工具人。

好像一切都发生得很自然，是谁在推着他这样往前走？这是他该走的路吗？

林琦的手开始发抖。

郎彦靠近林琦，低声道："你在害怕什么？"

林琦抬起眼睛，瞳孔里是显而易见的惊恐，他没有变，尽管经历了漫长的小世界，学会了无数技能，也懂得了爱，可他一直没有变，还是那个从培养皿中醒来茫然又温顺的小合成人。

"不要再说下去了，"林琦的眼神直勾勾的，"求你。"

郎彦闭上了嘴。

他还是太着急了。

才刚刚挑明彼此的身份，再等等，他需要更多的耐心。

为了安抚受到惊吓的林琦，郎彦拉着他的手重新进入了花园，迷宫一样的花园很容易找到安静的地方。

方正的树木模块将一个小小的亭子包围着，林琦坐在冰凉的长椅上，人还在发抖，神情仿佛在梦游一样。

他以为自己已经成长得足够强大，但其实只是还没有人触碰到他真正的内心。

郎彦默默地陪着他。

碎发挡住了林琦的侧脸，只露出弧度优美的尖下巴。

而林琦只是无动于衷地发呆。

林琦发呆的时间太长，郎彦都以为他灵魂出窍又从这个世界消失了，很慌张地摇了一下林琦。被这么一摇，人就回魂了，林琦迟钝地眨了下睫毛，目光定定地望着郎彦，两片薄薄的嘴唇慢慢动了动："啊？"

郎彦松了口气，刚刚他差点就一冲动跑出这个世界了。见林琦这大受刺激的模样，他心里再次后悔自己时机掌握得不准确："累了就什么都不要想，闭上眼睛先休息一会儿。"

很诱人的提议。

郎彦化出了豹子的形态，林琦靠在了大猫的怀里，很安全也很舒服。

林琦将自己的整张脸都贴到黑豹光滑的皮毛上，低沉道："我只有你一个朋友。"

郎彦轻拍了一下林琦的背，他相信林琦也听到了他无声的回复，这已经是一种无言的默契。

林琦用力揪了下他的毛："你怎么不回答？"

郎彦低头道："我当然……"他顿了一下，嘴里郑重道，"也只有你一个朋友。"

林琦有点想哭。

他们是一样的，除了面前的这个人，没有任何人可以去信任，亲人、朋友全都没有，他们的情谊包含的分量重得连自己都感到心惊。

林琦没哭，及时控制住了自己的情绪，吸了好几下鼻子。

郎彦道："着凉了？"

林琦又吸了下鼻子："摸摸耳朵。"

郎彦无奈又纵容地低下了头，林琦揉着郎彦富有弹性的耳朵，对自己说：林琦，你有朋友，不孤独。

被豢养在凌雪风宅子里的原人中自有手艺超群的厨师，为了欢迎新人，厨师露了一手。他还对林琦这个难得出现在这里的祖人大大赞扬了一番："不愧是凌先生的朋友，您的风度同样迷人。"

林琦微微笑了一下："谢谢。"

餐厅很大，餐桌很长，像个高级食堂一样坐满了人，用人们穿梭其中，每一个都笑容满面，用餐的氛围杂而不乱其乐融融，高声低语伴着笑声不绝于耳。

林琦有点食不下咽。

他现在一看到这些生活得很快乐的原人就想到郎彦问他的那句"像不像"。

的确很像。

原人们对他也不避讳，非但不避讳，还很尊敬，不断地有人过来问候。他们都不知道林琦来这里干什么，只是很高兴有个祖人来到这里，把林琦当成慰问专员，对林琦说他们在这里过得很愉快，也很感谢凌雪风对他们特殊的照顾。

林琦两辈子加起来都没听过凌雪风这么多好话，听得脸都要麻了。

一餐结束，林琦东西没吃多少，心事倒是攒了一箩筐。

回到安排给郎彦的房间里，他比郎彦倒得更快，"大"字形地躺到了床上。

用人探头探脑地小声呼唤道："林先生，凌先生准备了……"

"嘘……"郎彦打断了用人纠缠不清的问话，对她道，"林先生今晚就睡这儿，你不必管。"

用人点头，脸色很为难地退了出去。

郎彦锁上门，转身却是一怔。

林琦不知道什么时候把自己团成了一团，是个婴儿在子宫里一样的姿势。

郎彦走过去，玩笑般道："想什么？"

"思考人生。"林琦一本正经道。

郎彦也躺下了。

屋顶的吊灯星星一样绚烂，他陪着林琦思考人生。

似乎是过去了很久，林琦才轻轻推了郎彦一下，郎彦扭过脸，林琦坦坦荡荡地看着他："我饿了。"

厨房安静又整洁，林琦与郎彦两人衣冠楚楚地靠在墙边吃奶油面包，林琦吞了一口冰凉的甜甜奶油，对郎彦道："真好吃。"

"还不错。"郎彦客观评价道。

林琦嘴上沾了许多奶油，露齿一笑："你说这奶油面包是真的还是假的？"

郎彦怔住。

林琦又咬了一口，脸上的表情越来越轻松："吃到嘴里能填饱肚子，有甜味，这就是真的，可你也没办法肯定，"林琦瞄了一眼手上的奶油面包，嘴角似翘非翘，"饥饿和甜这两种感觉到底是自己产生的感觉还是……"他抬头望向郎彦，"由代码输入的。"

郎彦带着拯救林琦的心态挑起话头，被林琦忽然的锐利给刺得心头一颤，神情中甚至带了点警觉。

"或者更深入一点，我觉得这面包真好吃，是它真的好吃，还是由别的什么向我传递了这个讯息让我的大脑输出了'好吃'这个判断？"林琦吃下最后一口面包，舌尖慢慢舔去残留在嘴角的奶油，"你有答案吗？"

郎彦一直对自己有百分百的自信——他坚信他即是真实。

但是此刻，在林琦的目光注视下，也不禁产生了动摇。

他没有林琦想象的那么坚定强大，林琦也没有看起来的那么柔顺软弱。

这样的林琦让郎彦感到了震颤，他曾经看过世界的真相，他怎么会没有答案，郎彦眼睛紧盯着林琦的眼睛："你呢？"

"我的答案，"林琦微笑道，"要等等再告诉你。"

第二天，用人来请林琦，说凌雪风要见他。

林琦一口回绝。

没一会儿，凌雪风亲自来了。

林琦正在和三个原人一起打麻将，郎彦站在林琦身后，手上端着一杯茶，俨然一个听差小弟。

"凌先生有什么事？"

林琦一副主人的模样让凌雪风都有点恍惚了，他嘴唇动了几下，才缓缓道："我有话对你说。"

林琦头也不回地摸了一张牌："打完这两圈再说。"

三个和他一起打麻将的原人对凌雪风打了声招呼后也沉醉在牌局中，凌雪风是个和蔼可亲的饲主，原人们并不很怕他。

凌雪风怀疑自己是没睡醒还在做梦，环顾了一下四周，原人们各自都在干各自的事，对上他的目光就快乐地挥一挥手，乐陶陶的。

这个地方由凌雪风亲自监督建造，太久不来，现在他都要不认识了。

郎彦还是一脸沉默的样子，没和凌雪风打招呼，只是将手上的茶悄悄地送到林琦嘴边，林琦抿了一口，眼睛盯着牌局聚精会神，郎彦望着他很温柔地笑了一下。

凌雪风目瞪口呆，这和他预想的场景毫不相干。

这是什么事儿？！

麻将这一项运动林琦只听说过，郎彦一教之后，林琦觉得没什么意思，几位原人倒是听出了点趣味，顶级的手工艺人马上做出了一套麻将，几个人凑了一桌坐下打麻将。

两圈下来，林琦会了，眼睛也直了，好玩，真好玩，他从没玩过这么好玩的游戏。

凌雪风一来就造成了围观效应，本来没兴趣的人也跑过来看，没一会儿人都围了一圈看他们打麻将。

凌雪风在外是"王"，对内却很和蔼，就导致没人怕他，大家全都挤在一块，离他近的人悄悄摸了他一把。凌雪风侧过脸目光犀利，那人没心没肺地笑了一下："凌先生，我好崇拜你哦。"

"和了——"林琦一拍桌子，兴奋道。

叫好声与遗憾声夹杂着传来，围观人群对其余三个输家发出了强烈的批评，都在喊着让这三个人换位，让他们上。

郎彦的杯子里水空了，低头和林琦咬耳朵，林琦意犹未尽地看了牌局一眼，不舍地说："谁来替我？"

此起彼伏的"我"响了起来，林琦刚一起身，马上就有人坐了下来，周围一片欢呼。

林琦不知道是热的还是高兴的，额头上一点亮晶晶的汗："真好玩。"

郎彦觉得他这般孩子气的模样很少见，满心爱怜地抬手擦了他额头上的汗，而林琦也像个骄纵的孩子，仰起脸方便郎彦来擦。

凌雪风也从人群中挤了出来，很不顺利，被人摸了好几下。凌雪风冷着一张脸，很有风度地等郎彦给林琦擦完了汗，才开口道："我们可以聊了吗？"

林琦扭头看了凌雪风一眼，完全没有把凌雪风放在眼里："说吧。"

嘈杂的环境让凌雪风皱了眉："换个安静点的地方。"

谈话的地点转移到了露台上，一览众山小，清风吹拂过，很是宜人，林琦和郎彦站在一块儿，凌雪风站在他们旁边，发觉林琦只要和郎彦一同出现，状态就会放松很多，两人一副亲密无间的样子，凌雪风内心就百思不得其解。

凭什么呢？为什么呢？

祖人和原人？凌雪风光是想都觉得难以接受。

"事情我已经安排好了，"凌雪风声音沉郁，"我可以再给你一次反悔的机会。"

他心里不希望郎彦反悔，而郎彦也如他所想的一样，态度很干脆："我既然接受了挑战，就不会反悔。"

凌雪风放心了："什么时候？"

郎彦这时候含糊了，摆出一副推托的样子。

凌雪风心里冷笑了一下，还是没胆，再怎么装，也还是没胆。

"我还有话和林琦说，你先下去。"凌雪风摆出了一副命令仆人的姿态。

郎彦不买账，林琦更不买账，不冷不热道："我听他们都赞美你极有风度，对待原人很是亲切。"

凌雪风被讥讽了也不恼怒，很平静地望向下面的迷宫："那是政治手腕。"

林琦笑了："虚伪。"

凌雪风侧过脸看了他一眼："复杂。"

郎彦像个幽灵似的跟着林琦，凌雪风也没把他当个正经人看，只把对方当成了林琦西服上的链子，旁若无人地和林琦谈起了他对这个世界未来的打算。

林琦再不领情，他还是要说，说到让林琦接受他的观点为止。

林琦听着凌雪风的长篇大论，说要把祖人和原人怎么分工安排，独断专行得像个暴君。林琦的心里很平静，因为他又思考了人生。

凌雪风拼了命地要维持秩序，冷酷得不像个真人，何尝不也是一串串代码的输入设定？

在凌雪风侃侃而谈时，林琦朦胧地听着，忽然扭过脸对郎彦心照不宣地笑了一下，凌雪风立刻就不想说下去了。

话不投机，没必要再浪费口舌，凌雪风的目光掠过郎彦，眼神已经完全将郎彦当成了死人，或许只有这个人不存在了，林琦才会好起来。

凌雪风离开之后，原人们热火朝天地展开了麻将集会。

林琦短暂沉迷之后回过神问郎彦意欲何为，郎彦道："一成不变的生活里，他们需要一点刺激。"

这的确很新鲜，原人们一下就活过来了，一个牌局让原本各过各的原人互相有了交流，还有了冲突，烟火气打碎了这个强行建立起来的乌托邦。

打麻将的确是很有意思，那么其他更有意思的事情还有没有呢？他们又多久没有尝试过新鲜事物了？大脑在刺激过后陷入一种烟花散尽的迷茫，夜里入睡的时候，每一个原人都觉得很奇怪，他们为什么在这个地方待了这么久呢？

第一个提出想出去走走的人是那位魔术师。

魔术师会各种各样的花样，能从帽子里抽出手帕，把手帕变成鸽子，但他的魔术在囚禁面前是没有用的。

是的，他好像终于才意识到他是被囚禁在了这里。这个念头像火花一样地传遍了聚集的原人，原人们开始焦躁不安。

时机恰当了，郎彦站了出来："我将向凌雪风提出赎回我自由的挑战。"

所有原人都震惊了。

"我听说那个挑战会送命的……"

"要证明自己比祖人有更强的能力，这完全不可能。"

"别开玩笑了，再想想别的办法。"

"能有什么办法？"魔术师垂头丧气地从指尖变出了一朵玫瑰，玫瑰慢慢凋谢，他的神情也很悲伤，"我们出不去的。"

悲观的情绪迅速地在人群中蔓延。

林琦站在郎彦身后，默默地看郎彦撑起了领袖的姿态，他告诉原人们，他们并不比祖人差，他号召所有的原人一起去参与这个挑战，如果他们能成功，那么其余被买卖的原人看到了他们的成功会怎么样？原人真的就心甘情愿地一辈子屈居于祖人之下？

郎彦是这个世界的男主角，他天生就为率领人而生，他的语言拥有奇异的魔力，很快就让原人们对他所描述的平等世界产生了向往。

之后，郎彦又给了他们一点思考的时间，只待他们情绪发酵得差不多了，就可以发起行动。

那一天早晨，幽居在迷宫花园里的原人一齐提出了"赎回自由"的挑战。

人太多了，凌雪风的宅子里许多狮子雕像都快被淹没了。

林琦与郎彦站在人群的中间，淹没在乌泱泱的人群里。

这已经快要超出凌雪风能控制的范围。

"呼啦啦！"

忽然像是有天上什么飞过的声音传来，所有人一齐抬了头——是鹰，各种各样的鹰脚上绑着一闪一闪的摄像头。

这是一场公之于众的反叛。

每一个频道都能看到，无论是原人还是祖人都从最近的屏幕里看到了这震撼的一幕。

许多原人一直都像老鼠一样活在阴暗的角落里，他们模仿祖人，很少聚集，都互相防备着，把原人的世界也活成了弱肉强食的模样，屏幕上欢呼挥手的原人们挨挨挤挤地站在一起，他们这才发现，原人们聚集在一起，声音能有多震耳欲聋。

凌雪风的风评暴跌。

不是因为他秘密收集了这么多原人，而是他竟然笼络不住自己买下的原人，让原人们造了反，这样的领导能力也想在选举中胜出？凌雪风的作风专制高傲，无形中早把所有的族群都得罪光了，虽然所有人都对他称了臣，但又有多少人是真心的服气？

祖人们一向信奉丛林法则，凌雪风不行，那就代表着会有一个人比凌雪风行，这个人为什么不能是他们自己？

祖人中原本支持凌雪风，给凌雪风当小弟的族群也有点蠢蠢欲动，凌雪风作为狮子，其实族人并不多。

出了这么大的新闻，凌雪风不得不让这些原人暂时先离开凌宅，解除聚集的状态。他想扣下罪魁祸首郎彦，而那些原人簇拥着郎彦，不愿意让郎彦独自留下："他带领着我们，我们不会抛弃他。"

凌雪风望向人群中的郎彦，那一双哑黄色的眼睛冷静得像高山上的积雪，凌雪风看到郎彦的口型——"这就是我的挑战。"

背在身后的双手慢慢拧紧，凌雪风的心里涌上很强烈的预感——这个人，跟自己一定是你死我活的关系。

白吃白住了一个多月，林琦与郎彦全身而退，还胖了几斤。

回想起凌雪风最后的眼神，林琦若有所思地对郎彦道："我看他好像是动了杀心。"

郎彦平静道："就怕他没有。"

来吧，直接冲他来。

他真的很想快点结束这些剧情，他只想安安静静地度过待在这个世界的时间。

原人的居住情况比林琦想象的还要恶劣，好一点的原人由政府统一安排了居住，更多的原人都是像郎彦一样生活在贫民区，当然还有一大部分原人作为祖人的仆人生活在祖人的庄园里。

重新踏上湿滑的地面，郎彦心静如水，林琦的脸色却是不平静，一道道墙交错地隔绝出一个肮脏的天地。他们的视线里没有任何人的出现，仿佛这是一个死了的城。

"别担心，"郎彦站在他身侧，低低道，"他们只是躲起来了。"

林琦眨了眨眼睛，脑海里山呼海啸："我知道。"

读书的时候，他独来独往，偶尔遇上自然人，也会不自觉地躲开，这是一种心照不宣的本能。

空气里弥漫着腐烂的味道，身为感官敏锐的祖人林琦垂下眼，脸色凝重："不该是这样。"

林琦怔怔地重复道："不该是这样。"

郎彦抬手吹了个口哨："出来。"

无人回应，郎彦再次道："你们以为自己逃得过祖人的眼睛？"

话音落下，那些漆黑的角落里慢慢走出了人影。密密麻麻的，犹如忽然灌入水流的蚂蚁洞里钻出了无数蚂蚁。

他们衣着还算干净，但神情怯懦，满是恐惧的眼神望向林琦，称呼林琦为——"大人。"

林琦吸了口气，沉默地看着他们。

"大人，我们什么都没做啊。"有人惶恐道。

林琦看不下去了，转身快步往外走。

郎彦对惊慌不安的原人道："林先生站在你们这一边，不用紧张。"

郎彦回身也跟了上去，林琦的背影停在一面残破的墙下。天很蓝，压住了他一身晦暗的西服，日光勾勒出一个很利落的剪影。

郎彦想逼一逼林琦，他随时可以获得自由，只要钻入数据的世界，他可以是风，是云，是雷，是电，呼风唤雨无所不能，但一旦落入小世界成了某个具体的人，他的能力就很有限了。

小世界有它自己的力量，纵然他是神，也不可能为所欲为。

一次一次地在小世界相遇，这很好，最起码还能见上面，不过这不是郎彦真正要的，他不想要林琦在一次次的任务束缚下来到小世界，永远把自己当作陪衬的工具人。

林琦静静地站了很久，郎彦一直在他身后默默看着他：林琦，醒醒吧，你能做到。

凌雪风现在的处境却不容乐观，他有心想处理郎彦的事情却是脱不开身，更糟糕的是他的发情期快压不住了。管家强烈建议凌雪风选择接受其他族群的联姻，一能解决凌雪风的发情问题，二能缓解凌雪风目前受到多方压力的尴尬情况，一举两得。

凌雪风痛饮了一杯绿色饮料，面色冷得像冰："不需要。"

"先生……"

凌雪风攥碎了手里的杯子，他是绝对理性和秩序的代表，怎么可能做出这种屈服的选择？

"一切都源于那个郎彦，"凌雪风手指动了动，让粉末飞散在空中，"得先解决了他。"

管家想起那天晚上他自己的鲁莽失利，劝道："那个人的力量完全不是原人该有的，先生您要慎重考虑办这事的人选，确保万无一失。"

"我亲自去。"凌雪风缓缓道。

原人们的确是在骚动，凌雪风放出了这么多原人，那些还在当奴隶的原人还在犹豫要不要提出挑战时，又在屏幕上看到了提出"废除挑战"的林琦的发言——"拒绝买卖原人，废除挑战制，还所有的原人一个自由的家园。"

距离祖人区不远的原人区已有人进驻，开始动工清理，原本死气沉沉的原人区日渐热闹起来。

这还要多亏了凌雪风，几乎收集了所有原人中的人才，林琦随便抓了几个，让他们去原人区重建。那些原人自从被凌雪风豢养起来之后，就没了自己的家，现在出来以后，恍如做了一场大梦醒来，都拒绝了林琦收留的好意，正好全去建设自己的家园。

很多原本是郎彦去做的剧情，都被郎彦推给了林琦："谁规定的这些事一定是我才能做的，你也可以试试看。"

林琦一下被推进了议会。

一向激进又格格不入的鹰派的加入，让保守派占据多数的议会也产生了极大的动荡。

半圆形的会场，林琦坐在凌雪风的斜对面，他们身后都是其他族群代表，林琦初来乍到，人气爆棚，加上凌雪风最近风评下降，两边差不多打了个平手。

凌雪风幽幽地望着林琦，从林琦落座的那一刻，他的目光就没有挪开过。

郎彦就坐在林琦身边，两人坐的姿势几乎一模一样，会议上吵嚷不断，林琦也不怎么发言，更多的是和郎彦小声讨论，看上去很亲密又很信任的样子。林琦的神态很放松，嘴角含着一点若有若无的笑容，和郎彦似乎有说不完的话。

中场休息时，各位体面的祖人代表有点忍不住体内的习性，纷纷着急地起身去自己的休息室休息，林琦也站起了身，郎彦单手护着林琦往前走，林琦转过脸冲他笑了一下，对郎彦道："大概是因为有你在，所以事情才进行得这么顺利。"

支持他的人要比想象中的多。

郎彦没接话，随手拉了一个从上面台阶要过去的代表。

被拉住的是食草派的代表之一，不知道这个操作是什么意思，他露出一个疑惑的表情。

郎彦摆出采访的姿态："请问你为什么支持林先生？"

食草派代表看了林琦一眼，人站直了，清了清嗓子郑重道："林先生，我很欣赏您对一切人的温和态度，我相信由您这样的人领导整个世界，这个世界会减少那些不必要的冲突，作为食草派，我们也饱受食肉派祖人的歧视。说实话，对于原人的经历，我同情的同时更保持着警惕，因为他们的今天或许就是我们的明天。我希望您会给我们带来不一样的世界。"

食草派的这位代表这些话都是藏在心里很久了的，现在终于有个林琦能上场，给这个世界举一把公平的秤，他很欣慰，随即给林琦鞠了个躬："拜托了。"

"我会努力试试看。"林琦回以弯腰。

食草派的代表走远了，郎彦手臂搭在林琦肩头，低声道："事情进行得这么顺利，是因为你有这个能力。"

林琦侧过脸望向郎彦，这个触摸到自己心灵的人看穿了自己深埋在底下的自卑和不安，用这样的方式在鼓励他。

林琦露齿一笑，眼睛里聚着光："谢谢。"

郎彦搂了一下他："休息一会儿，下场再战。"

休息室内有监控，林琦和郎彦只是坐在一起说话，郎彦给他倒了杯水，撑着脸看他。林琦正端着水杯喝水，就听郎彦道："林先生，你的样子很英俊。"

林琦手上握着茶杯顿住，睫毛一闪，眼神飘了过去，略带一点笑意："我其实不算英俊，很普通。"

郎彦在自己身边那杯茶里蘸了点水，在桌上点了点。

林琦知道郎彦的意思，垂着脸缓缓道："双眼皮不是很深，眼睛不大不小，鼻子不塌不挺，嘴巴不厚不薄，很标准，也很普通，"他抬起眼皮望向郎彦微微笑了，"大概是那种见一面就让人记不住的脸。"

郎彦正要回答，休息室的门被敲响了，有人找林琦想做个采访，林琦点头起身，郎彦要跟着起身时被制止了："林先生，那边是直播采访，您一个人过去就可以。"

林琦回头看了郎彦一眼，郎彦跟他交换了个心照不宣的眼神。林琦放心地点了点头："好，那郎彦就留在这儿。"

休息室内只剩下郎彦一个人，林琦知道大概是凌雪风要对郎彦出手了，心里忐忑的同时对郎彦还是很信任的。

不是因为他是男主角才相信他，只因为他是他，那些规则、人设就像原人区林立的黑色墙壁一样，本就不该存在。

林琦深吸了口气，整理了下领带去接受直播采访。

同一时间，休息室内的郎彦正放松地舒展手腕，来吧，让凌雪风提前退场，他可以安心地和林琦先在这个世界慢慢过个几百年，他总会让林琦走出那个桎梏。

杀气慢慢靠近，郎彦嘴角却是勾起了笑容。

正在接受采访的林琦微笑温柔又自信，脚下却是突然晃了晃，他神色一怔，面前的记者似乎丝毫没有感觉，还在喋喋不休地追问。

林琦怀疑是自己的错觉时，面前记者的脸却是扭曲了一瞬。

很快的一个瞬间，但林琦绝不会看错。

"抱歉，"林琦本能地觉得不对劲，打断了记者的采访，"我有事要回去一下。"

心脏忽然跳得很快，极为慌乱，林琦脚步飞快，都有点忍不住想飞起来，他用力撞开了休息室的门，"嘭"的一声，门被重重地摔在了墙上。

休息室内郎彦背对着他站着，地上躺着一头雪狮，林琦松了口气："郎彦……"

高大的身影回过头，那张英俊的脸在林琦的目光中——破碎了。

林琦的意识猛地被拉了出去。

他脑海中最后的画面是瓷人一样的面具四分五裂，一串串黑白代码从缝隙中钻出张牙舞爪。

"快——人出来了，马上情感收束！"

林琦陷入了一片黑暗。

第九章
·下岗再就业·

"这是几？"

两根手指在面前晃了晃，林琦眨了下眼睛，迷惑道："2？"

"OK，没事了，"控制员松了口气，"兄弟，你差点出大事了。"

林琦觉得自己的头很重，好像是睡了很久又没睡醒的感觉，问："我出什么事了？"

"幸好我们检查了你的辅助系统，它竟然没有上报你和小世界人物发生了情感联系，你差点人没了我告诉你。"控制员擦了把汗，这是他做过最累的一次情感收束，仪器都要崩了，"晚期了，没办法，把你记忆也一起砍了，见谅啊，反正都是小世界的数据，砍了就砍了。"

"记忆？"林琦有点蒙，"我到底干什么了？我不是正要重新走小世界……"

"嗯，走了，"控制员摇头道，"走得太过火。"

"过火？"

"反正不是什么好事，别问了。"

林琦很惊讶，他这么敬业稳重的员工会在小世界不干好事？

"你休息会儿，我去填个表，关于你的后续处理会有人来接洽的。"控制员也累坏了，扭了下肩膀，踢了下腿，"我走了啊，这两天可能会有恶心想吐这些后遗症，都是正常的。"

林琦想从工作舱里坐起来，结果浑身无力，于是只能躺着点了点头："谢谢你。"

控制员人走了，林琦还蒙着。

情感联系？不干好事？林琦努力回忆起他在小世界走的剧情。说实话，他感觉是没有什么问题，但就不知道怎么崩了，他去重走剧情的时候做了什么奇怪的事吗？

记忆被砍了，林琦完全想不起来，躺了一会儿还真开始恶心想吐了，扒着工作舱舱壁慢慢挪了下来，去卫生间干呕了一会儿。

呕得浑身难受后，林琦才缓缓抬起头，镜子里的这张脸，双眼皮不是很深，眼睛不大不小，鼻子不塌不挺，嘴巴不厚不薄，很标准，也很普通。

呼！还是熟悉的脸，林琦终于找回了点安全感。

两天后，联盟发信了，由于系统的误操作，林琦产生了巨大失误，勒令他进入守护者学校重新进行上岗培训。

林琦没什么异议，第二天就上了联盟的专机回了守护者学校。

再培训的守护者和新一级的守护者分开授课，林琦找了好久差点找错教室，还是挂机跟着联盟的导航才找到了教室。

教室的外观看上去就很不同，一扇银白的门，门上没窗户。林琦推门进去，里面黑色沙发上已经坐了个人，那人低着头似乎在打游戏，听到动静抬头望向林琦，林琦一看他出色的脸，就知道他是自然人。

"嗨。"

"你好。"林琦打了招呼之后，人傻了，他怎么敢跟自然人打招呼？

自然人很客气，起身道："莫尹。"

林琦又听见自己的声音很淡定道："林琦。"

天，他什么时候胆子变那么大了？果然是在小世界里做了不好的事情吗？

打过招呼之后，莫尹坐下了，林琦迟疑了一下，因为只有一张大沙发，他也挪着脚步在离莫尹半米的距离坐下。林琦环顾了一下四周，这间教室很空，除了这张黑色沙发外一片雪白，也没有窗户。

"你是哪个部门的？"莫尹态度很随意，似乎对再上岗培训很不以为然的样子。

林琦拘谨道："男频工具人部。"

莫尹"哦"了一声点了点头："哪儿做错了？"

林琦想了下道："我不太清楚，反正是做了不好的事。"

莫尹上下打量了他一下，嗤笑道："就你？"

林琦："……"

莫尹停了手里的游戏，漫不经心道："我专职做不好的事，全频道反派部，幸会。"

林琦肃然起敬,人坐得笔直:"您、您辛苦了。"

莫尹奇怪地看了他一眼:"辛苦什么?"

林琦紧张道:"我听说反派部压力很大。"

莫尹道:"谁跟你说的?我们部门最轻松,你刚说你是男频工具人部,是不是?"

林琦点头。

莫尹饶有兴趣道:"主要做点什么工作?"

林琦老老实实道:"给男主角送装备,帮男主角挡伤害,用死亡激励男主角。"

莫尹道:"这是人干的活?"

林琦再次语塞。

莫尹道:"出去以后干点人干的事情吧。"

林琦听说反派部都是最强悍的人物,当下也不敢反驳,然而嘴却是再次背叛了他的意志,不由自主道:"我觉得我做的事情也很有意义。"

"有意义,"莫尹低头重新沉迷游戏,"没意思。"

林琦努了下嘴,心想自己觉得很有意思呀。

等待了十多分钟后,房间内响起了声音:"欢迎两位守护者进行下岗再就业培训改造,在这里你们将进入虚拟小世界进行各自的角色锻炼,辅助选择系统将全程为你们提供贴心的服务,请认真参与,争取早日回到自己的工作岗位。"

林琦握了下拳,大声道:"我会努力的!"

一旁的莫尹皱了下眉,抬头道:"你那么激动干什么。"

林琦放下拳头,小声道:"工作要有激情。"

莫尹用一种不可思议的眼光望向林琦,边摇头边道:"联盟捡到鬼了。"

大概五分钟后,林琦眼前一花,面前的景物全变了,一扇掉漆的斑驳雕花门立在面前,秋风萧瑟带来阵阵凉意,林琦知道这是进入虚拟小世界了,低头看了一眼自己身上的藏蓝袍子,还有点蒙。

"守护者您好,根据您所处的部门角色安排如下:四皇子刘琰被打入冷宫幽禁,而您是唯一看管冷宫的小太监,今天是你们第一次见面,请问您该怎么做呢?以下辅助选项供选择 A.落魄皇子万人欺,搜刮他身上的财物,给他个下马威，让他知道谁在这里做主。B. 同是天涯沦落人，不过是个可怜的孩子，用温柔和微笑让他感受人间有真情，人间有真爱。"

林琦根据经验毫不犹豫道："我选 B。"

辅助系统直接把人给踢了出来，林琦眼睛一花，人已经又坐在了黑沙发上，莫尹坐在他旁边还是工作状态，林琦不解道："我选错了吗？作为工具人，我不是要给男主角送温暖吗？"

房间内优雅的声音响起："守护者，您扮演的是工具人，不是圣母，请根据角色做出合理的选择。"

林琦头疼，他的角色不就是工具人吗？

"狭隘的认知是任务失败的开端，作为工具人，您的确是要为男主角挡伤害，给男主角送装备，必要的时候为男主角去死，但也要恪守工具人的本分，不要在男主角的世界线里刷太多存在感，不利于男主角人往正确的方向发展。"

"比如刚刚这个选项，您选择了 B，后果是什么？"

林琦想了一下："挺好的啊。"

"好在哪里？"

"安慰了他受伤的心灵？"

"男主角的心灵需要经历千锤百炼成为帝王，安慰会让他软弱，保护会让他在冷宫毫无成长，而且会让您的角色在男主角的精神世界里占据过分重的比例。"

林琦感觉自己好像被说服了："我有点懂了。"

"那么，一分钟后重启虚拟副本，请注意，辅助系统将在全程为您提供选择，当选择错误来到三次时，判定该副本失败，将不计入再就业培训积分。"

林琦道："得积满几分，我才能重返岗位？"

"根据您的资格判断，判定您积满一百分后可返回岗位。"

"那我一个世界能积几分？"

"一到五分之间。"

林琦倒吸一口凉气，最少也得过二十个虚拟副本，这……比他搞失败的世界还多，下岗再就业这么惨的吗？

没让林琦多感叹一会儿，虚拟副本重启了，还是那扇被秋风拍打的门，还是那两个选项，这次林琦知道了，选 A。

他的手像有自己的意志似的拉开了门。屋内比屋外稍暖一些，也还是很冷，林琦身上的衣服也不厚，他轻吸了口气走入破旧的殿内，冷硬的榻上正团着一个小小的淡青色身影。

林琦瞪大了眼睛，还是个小孩子？

A 选项让他干什么来着？抢对方身上的财物？给对方一个下马威？

林琦头疼，但既然做出了选择也没办法，谁还不是个"社畜"呢？

林琦试探着伸出手推了人一下。

青色的身影软绵绵地晃了晃，毫无反应。

"喂……"林琦一开口才发现自己嗓音幼嫩，好像也不是个多大的样子。他横下心又用力推了一下，青色身影整个人翻了过来，他看到对方的脸时吓了一跳。

这本来应该是一张很清秀可爱的脸庞，如果忽略他脸颊上那一道疤的话。看上去还是一道很新鲜的伤口，刚刚结了痂，伤口从眼角一直贯穿到嘴边，像是有人不满意他这张鹅蛋脸，在他的脸上重新割了一道弧，绯红的脸上两片睫毛颤抖地眨着，嘴里沉闷地呼出着热气。

这也太惨了。

好好的皇子被人划花了脸打入冷宫。

林琦迟疑了很久，被辅助系统催了一下，才伸手去摸索刘琰，小身体软绵绵的，林琦没敢往里摸，只扯下了刘琰腰间的玉佩了事。

没想到辅助系统很苛刻道："搜刮，搜刮懂吗？您这是顺手牵羊。"

林琦皱着张脸和辅助系统交流："他还是个小孩子呢，好可怜的。"

"林琦，并州人士，七岁卖入宫内，受尽苦楚与屈辱，食不果腹，衣不蔽体，因为样貌清秀还要时常受其余太监的欺辱……"

"停停停。"林琦听得头皮发麻，"我懂你的意思了，我这个人设更可怜。"

辅助系统温柔道："你懂就好。"

林琦还是不理解，就因为他这个角色可怜，就得对刘琰下黑手？心里面说服自己这只是个虚拟世界，但不知道为什么对面前刘琰的同情从心底里像一汪泉水般源源不断地涌出，仿佛刘琰是个真人一般。

林琦横下心去解了刘琰的腰带，小心翼翼地剥开刘琰身上的衣裳，刘琰挂在脖间的金珠子和身上的青紫伤痕同时露了出来。林琦的心微微一抽，一个皇子，看上去没比他这个设定悲惨的太监好多少。

辅助系统催促道："扯了他脖子上的金珠子。"

林琦默默地伸手，手刚摸到金珠子上，那双颤抖的眼睛忽地睁开了，黑白分明的眼中射出浓烈的光，林琦一下愣住了。

"在您搜刮刘琰身上财物时，昏迷的刘琰忽然醒了，这时候您该怎么办呢？以下辅助选项供选择：A. 给他两巴掌，让他再昏过去好办事。B. 给他一巴掌，让他清醒地认识后宫的残酷。"

刘琰欣喜若狂，他以为自己再也见不到林琦了，正想开口，林琦伸出了手，在他脸上软绵绵地摸了一下。

刘琰脸上一麻："你……"

下一刻，刘琰的脸色灰了下来，林琦又不见了。

被拉扯出虚拟世界的林琦挨了辅助系统好一顿数落，辅助系统恨铁不成钢道："您怕什么，连打一串数据都不敢？"

林琦感觉自己像是曾经回答过这个问题，不假思索道："我怕他会疼。"

身为辅助系统，帮助自己的守护者是刻在它们代码里的最高指令，连续的失败让辅助系统强制要求林琦立刻结束今天的课程进行休息，再进入虚拟副本的话，选错一个选项，这个副本就没了。

林琦乖乖地答应了，坐在那儿看辅助系统给他放的血腥恐怖电影，看得他本来就有后遗症的脑袋更晕更想吐了。

瑟瑟发抖了好一会儿，莫尹也出来了，见林琦面部表情丰富多彩，无语道："你干吗呢？"

林琦哆嗦道："看、看电影……"

"看什么电影吓成这样？"

林琦共享了权限给莫尹，莫尹扫了一眼电影画面："就这？"

林琦脸色有点白："太吓人了。"

莫尹看笑了："拍得太假，这个角度刀刺下去喷不出那么多血。"

莫尹多角度全方面地向林琦解释了电影里的画面有多不符合实际，成功地把林琦给听吐了，干呕了老半天。

莫尹心满意足地跷起腿，又拯救了一个误入歧途的孩子，good job（干得好）。

课程结束，两人交流完，林琦惊奇地发现莫尹在虚拟副本中拿到了五分的高分，细问之下才知道莫尹已经不是第一次来参加这种再就业培训了。

林琦疑惑道："你是为什么来参加这个课程？"

像莫尹这样厉害的自然人也会干崩小世界吗？

莫尹意味深长地看了他一眼："小孩子好奇心不要那么重。"

林琦没再问了，无意窥探莫尹的隐私。

莫尹传授了他一点总结出来的经验："通常来说，联盟把你抓回来再就业其实就是觉得你在小世界做的有问题，那么进入培训的虚拟副本后只要不做你自己基本就可以顺利过关了。"

不做自己……听上去冷酷又残忍，但好像就是这个道理。

林琦心想他到底是有多差劲，需要不做自己才能重返工作岗位，这是对自己整个人的一种否定，一瞬间林琦心里甚至萌生了辞职的念头，这个念头一出现就让林琦大吃一惊。

他最开始入职的时候信念坚定地想，不能给合成人丢脸，无论遇到什么困难都要坚持下去，怎么现在的他会轻易产生放弃这样的念头呢？

也许是"否定自己"真的太过分了，林琦的心里有股很强烈的声音一直在回响——要珍惜自己、爱自己，不可以这样没有底线地牺牲自己。

那股声音不知道从哪里来，等林琦察觉到时，已经将他的心房来回震颤，让林琦不得不抬手按住疯狂跳动的心脏。

他这是怎么了？

林琦望着车窗玻璃上映出的脸，眉头和唇角都紧紧皱着，看上去好像有很多很多心事。

林琦怔住了，对着车窗抬起了手，车窗里模糊的淡蓝色影子依旧是紧紧地皱着眉头的模样，一只修长单薄的手想触碰那张脸庞却是往车窗上的影子摸了过去，掌心贴在冰凉的车窗上，恍然间像触碰到了另一个世界的自己。

林琦的心头像是忽然被针刺了一样猛地缩回了手。

他真的有点奇怪。

回到联盟安排的住所后，林琦疲惫地倒在床上。天花板和教室一样都是刺目的白，林琦睁大了眼睛，思绪慢慢放空，闭上眼睛，脑海里也是一片纯然的白，空荡荡的，好像丢了什么东西。

对了，他少了重新进入小世界做任务的记忆。

心脏又开始不规则地跳动了，林琦深吸了一口气，他到底忘记了什么？太在意了，林琦没办法忽视自己内心深处不断涌现的声音，翻身而起直接联系了联盟。

"您好，请问需要什么帮助？"

"我想拿回我被抽取的记忆。"

"抱歉，已经销毁了。"

巨大的失落向林琦袭来，他怔怔地愣了很久，连联盟客服什么时候下线离开的都没有察觉，对着空荡荡的线上，林琦本来想说……他想退出守护者了。

这一句话就那么哽在了嘴边，林琦一时也提不起勇气再说第二遍了，他还记得自己曾经是多么想成为一个合格的守护者，不能就这么放弃了。

第二天去参加培训的林琦跟蔫了的花一样，他做了一晚上的梦，梦里全是看不清脸的人围着他唱诗，唱得他心慌得不得了。

莫尹比他早进入虚拟副本，林琦过去的时候莫尹已经是工作状态，他羡慕地看了莫尹一眼，心想自己的心理素质要是也有这么强大就好了。

"守护者，我必须警告您，您需要谨慎选择，把握最后的机会，否则该副本就会崩塌，同时也会有相应的惩罚措施。"

林琦呆住了，小心翼翼道："惩罚措施是指？"

"人物林琦的设定经历您将百分之百实感地体验一次。"

林琦差点没倒吸一口凉气："不、不会是从……"

"就是您想的那样，从七岁入宫被阉当晚起的经历。"辅助系统很人性化地咬住了"阉"这个字。

林琦脑内的退堂鼓立刻演奏起来，而系统很明确地告诉他："进了这扇门，除非是被阉了，否则就别想出去。"

前后路全都被堵死了，林琦只能勉强给自己做了一点心理建设，再次踏入虚拟副本。

场景已经发生了变化，冷宫看样子还是那个冷宫，冰凉的雪花缓缓飘落，落在脸颊上化成了水，冻得林琦一哆嗦，身上穿的衣服实在不够多，深蓝色的太监服里夹了一层摸上去都像捉迷藏似的棉絮，起不了多少抵御寒冷的作用，他冻僵的手臂上提了一个朱色的食盒。

"林琦与刘琰在冷宫已经相处了两年，日益长大的刘琰体格超越了您，从起初的被您欺负压榨变为和您平分秋色。冷宫中只有你们两人相依为命，你们的关系也逐渐变得亲近起来，这一天，御膳房的小钱子让您在刘琰的饭食下一种慢性毒药，答应您事成之后会许您自由和荣华富贵，毒药已经下在了食盒中，辅助选项如下：A. 人不为己天诛地灭，不动声色地端给刘琰。B. 我们已经是朋友了，我不能害他，将事情全盘托出告知刘琰。"

手上的食盒忽然变得极重，林琦的手指僵硬得不能舒展，他艰难道："系统，我不明白，这怎么会是一个工具人该做的事？"

辅助系统耐心道："工具人的作用是让男主角的成长弧线自然攀升，想要磨炼一个人的意志，就必须让他经历更多的苦难和风雨。"

林琦还是没能被说服，这怎么能算是磨炼呢？只是一种纯粹的伤害，诚然，或许有人能从伤害中获取力量，但那种力量真的会带来快乐吗？

"守护者，我必须要提醒您，男主角快不快乐不是您该考虑的部分，您的考量应该立足于男主角能否在您的帮助下成为世界霸主。"

辅助系统的声音很柔和，说得好像也很有道理，可林琦就是迈不出那一步。

雪一直在下，雪花堆积在林琦的头顶、肩上，太监服的下摆在雪地里慢慢浸湿了，他成了个小小的雪人。

"站在那儿干什么？"

身后响起了沙哑的声音，林琦想回头去看一眼长大的刘琰，这才发现脖子都冻僵了。

手上的食盒忽然被扯了过去，林琦人歪了一下，刘琰终于走到了他面前。

雪花粘住了林琦的睫毛，林琦睫毛奋力抖了一下，眨出了一滴化开的雪水，顺着他青白的面颊缓缓流下。

刘琰站定了。

他等了两年。

从他击败凌雪风的那一刻开始，世界忽然震颤扭曲，他根本来不及去追逐林琦的身影。

他是数据的神，困在数据的墙。

当感觉到林琦再次出现时，他差点以为是一场梦。

林琦的忽然消失再次让他感觉到那的确是一场昙花一现般的梦。

可是他不甘心也不愿意相信，只能苦苦地守在这个世界里，他不敢做出人物设定和情节以外的事，只能一点一点地去承受这个人物该受的苦。他不再那么确定自信，有更强的力量凌驾于数据之上，这里随时会崩溃，林琦也可能永远都不回来。

面对一个毫无灵魂的"林琦"，他只能选择默默地等待，等那双眼睛重新充满明亮的光。

他已经……输不起了。

"不想给我饭吃？"刘琰低头强忍住自己眼中的泪，沙哑模糊道，"狗奴才。"

刘琰想拉一拉林琦的手，但他不敢，世界比他想象的还要脆弱，他只能依照人设，用力推了林琦，不耐烦地把林琦推进屋内。

屋内还是冷，没有炭盆，冷风卷着雪花从窗户的缝隙呼呼地钻入，刘琰放了食盒，过去用了旧衣裳把缝隙堵住。都说十指连心，他心头是热的，手也不觉得冷了，搓手转身的时候，发现林琦还像冰雕似的站在食盒旁一动不动。

刘琰敏锐地将目光盯在食盒上。

林琦一定是出事了，他能感觉到林琦身上发生了某些变化，那种陌生又熟悉的感觉就像当初和林琦在小世界里初次见面一样。

里外的温差让林琦身上很快变得湿哒哒的，他像个刚成形的水鬼，懵懵懂懂地正准备害人。

刘琰走了过去，布满冻疮的指节放在了食盒上轻轻揭开，里头的饭菜很普通，凉透了，一丝热气都没有。刘琰看了一眼水淋淋的林琦，有什么必要提着食盒在外头站那么久都不动弹呢？他的心里揣测着这个世界的"刘琰"和"林琦"之间会发生什么故事。

眼眸流转之间，他想明白了。

刘琰端起里头清汤寡水的菜汤，很自然地坐下拿了馒头就要蘸。

"不——"

林琦嘴唇冻得僵硬，一手按住了刘琰的手，掌心冰凉的温度传递到刘琰手背上，刘琰心里留恋了一瞬，立即毫不留情地打开了他的手，恶声恶气道："你别以为在这冷宫里就不讲规矩体统，我是主子，你是奴才，等我吃的剩了才有你一口，你若是不服，我们就再打过。"

他的语气恶劣又尖锐，是被伤害得体无完肤的小皇子，而他的眼神温柔似春风，吹向林琦的睫下。

那种难以言喻的暖意让浸在冰水里的林琦打了个小哆嗦，滴滴答答的小水流顺着他的头顶往下，关切的目光罩住了他的脸庞。

刘琰注视着他，用警告和关切的眼神紧紧地向他摇旗呐喊，抬起菜汤轻抿了一口："别看了，没你的份。"

辅助系统看出再下去林琦就该做傻事了，赶紧把林琦拉了出来。林琦从冻得不轻的状态一下回到常态，不知怎的很不适应。他感觉睫毛沉重，像是那些雪花还挂在那儿，轻轻一眨，就落下了一点水珠。

林琦呆滞地想，自己把雪从那个世界里带出来了。

"您哭什么，多大人了，快擦擦。"辅助系统无奈道，"对着一串数据这么多愁善感，您这样怎么走剧情？"

自己哭了吗？林琦迟钝地抬手摸了下脸颊，面颊上湿漉漉的，是热的。

他想错了，真的不是雪，是他哭了。

他为什么哭了呢？

一股强烈的战栗袭来，林琦的脑海中像龙卷风一般闪过无数情绪，虚拟世界里刘琰的眼神穿过层层风雪定格在了他的脑海中，不可忽视。

林琦的心又在乱跳了。

"我……"林琦喃喃道，"我有点奇怪。"

辅助系统："您确实很奇怪，我建议您再去做一次情感收束。"

情感收束？

被砍掉记忆这件事对自己造成的影响太过突出，林琦都没去想他是因为"情感收束"失败才被砍掉了记忆，也就是说他在小世界里和小世界的人物发生了感情，那感情强烈到了连"情感收束"都无法解决的地步。

听起来完全不像会发生在自己身上的事情。

"怎么样？休息一会儿再进？还是直接进？"辅助系统打断了林琦的思绪。

林琦怔了一会儿，抹了下脸，镇定道："我还行。"

"再次提醒您，您没有犯错的机会。"

"我知道了。"

"都机灵点，糊里糊涂的，往哪儿踩呢？兔崽子——"

林琦肩膀被人蹭了一下，一个趔趄摔倒在地，面前是一片混乱的景象，许多灰袍太监手脚麻利地抬着箱子进进出出穿梭走动，亮堂的殿内鲜红的横椽，日光如箭矢般射过窗扉，照出点点浮沉。

"哟，谁把林公公撞倒了。"笑脸太监上来扶了林琦，"林公公，您坐，等着瞧好了，一盏茶的工夫，我保证这承阙宫内收拾得妥妥当当。"

林琦顺着他的力道坐下，承阙宫？刘琰和他从冷宫里出来了？

辅助系统及时地补上了背景："时光荏苒，刘琰已经长到了十六岁，经过他不断的筹谋，终于得以从冷宫中放出，一直陪伴在他身边的林琦也跟着水涨船高，成为他身边最受信任的心腹。"

林琦问："这么多年，我一直在给他下毒？"

系统："是的。"

林琦心里有点莫名的难受，热闹的声音在耳边轰鸣乱响，他胡乱地用手去摸旁边的茶碗，想喝口水压一压，手一抖却是将茶碗打翻了，水淅淅沥沥地浇在自己的衣袍上，茶碗滴溜溜地在地上打转。

殿内太乱，没人注意到他这边，林琦怔怔地看着袍上的水渍，出神地想：身边唯一亲近信任的人却一直在给自己下毒，刘琰如果知道了真相该多绝望？

那个眼神，他怎么忍心让那样温暖的眼神破碎？

一双苍白的手很突兀地出现在林琦垂下的视线里，轻拍着他袍子上的水渍，林琦猛地抬头，见到了长大的刘琰。

刘琰的轮廓无疑很俊美，额头舒展，眼眸清亮，脸上的疤痕淡了，成了一条弯弯扭扭的蚯蚓，单薄的少年脸颊因这一道疤而显得心事重重。

刘琰咳嗽了一声，苍白的脸上浮现出了淡淡红晕，目光很有力地望向略显呆滞的林琦。他等了这么久，在他快要等得绝望时终于又等到了。他平静微笑道："想什么呢？"

不知什么时候殿内的太监都已经撤出去了，华丽空荡的殿内只有刘琰一脚踏在林琦坐的软榻台阶上。

辅助系统没吭声的情况下，面对刘琰，林琦有些慌乱，他不知该说些什么、做些什么。刘琰无知无觉地与"林琦"这条毒蛇相依为命，说话的语气和动作都是这样亲昵，甚至让林琦感到了一丝嫉妒。

他不是"林琦"，他只是短暂地进入这个角色。

林琦很失落，辅助系统说的"时光荏苒"这四个字忽然在他的脑海里变得丰富起来，这几年"林琦"不断地在对刘琰下毒，刘琰不但不知道，而且还待"林琦"很好吧。

患难与共的情谊，能不好吗？

林琦抓了身下软榻的缎面，垂着眼睫轻抿着嘴唇不说话。

他不说话，刘琰也不开口，只是定定地看着他。因为他不知道什么时候林琦会再消失，只剩下一具空空的躯壳。

日光透过林琦身后的窗扉，将他脸颊边的绒毛照得纤毫毕现，林琦张着嘴正要说话，辅助系统终于开口了。

"您眼看着刘琰起势，刘琰的心机城府让您感到惶然不安，对他用毒这件事终究会是纸包不住火，现在您面临着两个选择，A.赌一把这么多年刘琰对您的感情，据实相告请求宽恕，站队到刘琰这一边。B.一不做二不休，做都做了，不如就狠到底，替大皇子除掉刘琰，在大皇子那儿记一大功。"

林琦没有直接选，尖锐地反问："我这样真的是在扮演工具人而不是在扮演反派吗？我质疑这个副本的合理性。"

辅助系统柔声细语："你的这个角色非常有意义，让刘琰在羽翼未丰时能认识到身边之人无一可信，彻底退去了他人性中的最后一点温情，对他成为帝王称霸伟业起着至关重要的作用，这样的角色怎么会是反派呢？"

林琦静默着，刘琰的声音像是从很远的地方传来："怎么，还要我伺候你换衣裳？"

年少的友情，即使双方的身份差距巨大，即使刘琰已东山再起贵为皇子，他对"林琦"依旧是这样没有一点架子，真诚得让林琦心酸。

"他对'林琦'的确是不一般，但这跟您又有什么关系呢？"辅助系统循循善诱，"您并不是这里的'林琦'，无论您做出什么选择，后果都不需要您自己来承担，除非您选错了，那您可要真的体验一把'林琦'的经历了。"

"听上去很可怕。"林琦出了神，沉默了一会儿才缓缓道，"……我选 A。"

辅助系统完全没有声音了，林琦只感觉到大段大段的台词涌入脑海中，头脑都有些发胀般地疼，他对刘琰梦游般道："殿下，这些年来我一直都在骗你，大皇子命我在你每日的饭食中……"

"不要说了！"刘琰的手盖住了林琦的嘴唇，眼中一如既往地闪动着温暖得让林琦想哭的光，他一字一顿地轻声道，"我知道你的难处。"

林琦在想哭的情绪中被拉扯了出去，时间和空间在他身边扭曲成形，他感觉自己变得很小很小，手脚都被绑住，嘴唇被粗暴地捏住，辛辣的酒液灌入他的喉中，他想吐出来，舌尖乱颤却吞咽下了更多，喉咙如火烧一样疼，林琦想大叫，却只是发出了微弱如猫叫一般的声音。

"守护者，鉴于您糟糕的选择，您将面临体验人设的惩罚，精神时间为期两年，客观时间两分钟，为了让您有浸入式的体验，全程我将不再提供帮助，感谢您为守护事业做出的努力，两分钟后见。"

"怎么样，醉了吗？"

"急什么，我这刀都没烫好呢。"

"小娃子，"粗糙的大手不轻不重地拍在脸上，林琦的意识逐渐开始昏沉，"好好睡，一觉醒来，保你切得干干净净。"

对了，辅助系统说了要让他完全体验"林琦"的人设，从被阉开始……

林琦想哭又想笑，没关系，他坚持做了自己，就算受苦也没关系，都是假的……很快……很快就会过去的……

再醒来时，林琦只觉浑身酥软，眼皮沉重地打开，头疼得厉害，仿佛是做了很长的一个梦，梦里全都是黑暗与恐惧，唯有一双温暖的眼劈开了重重迷雾。

"醒了？"稚嫩的声音传来。

林琦这才发觉他面前的确有一双好眼睛。

不单是好眼睛，还是好相貌，紫金冠白玉肌，精致的男童相貌毫无瑕疵："还难受？"

是刘琰。

林琦记得这张脸，在稍大一些的时候，这张脸上会多一道难看的疤。

小小的手摸在了他的脸上，蓝色火花再次从林琦的头上闪过，刘琰拧眉望着他："烧得厉害，蚕室那帮老家伙不煮麻汤用酒，真是祸害人。"

林琦张了张口，短促地"啊"了一声。

"你放心，"刘琰原以为他怎样都不会变脸色了，察觉到在数据世界里林琦的位置时，他还是差点要疯了。他拉了林琦的手，单薄得像纸片一样的手，"你没事。"

幸好是在数据的世界里，他还有力量能护住林琦，及时地截下林琦。

看着林琦茫然又惊惧的眼神，刘琰的手用力攥住他。

伤害他，他可以忍耐，连林琦都要欺辱，他……不能再忍耐了。

没几天，林琦就恢复了精神，百分之百的沉浸式体验让他拥有了一具脆弱又单薄的身躯，灌的那一大壶品质低劣的烈酒毁了他的嗓子，让他成了个小哑巴。

刘琰救了他。

此时刘琰母妃仍然是皇帝面前的宠妃，刘琰也是皇帝看重的皇子，刘琰说看林琦眼熟，像年幼时跟着父皇巡游时见过的小伙伴，硬是把要当太监的林琦抬举成了他的伴读。皇帝宠他宠得没边，刘琰想要天上的星星皇帝都应，更不要说区区一个林琦。

林琦因祸得福，跟在刘琰身边几乎也成了半个主子。

"你吃。"刘琰似乎身边一直都缺林琦这么个玩伴，对林琦很好，御膳房专门为他制的点心，刘琰毫不吝啬地分他一半。

林琦"啊"了一声算作回应，心里又酸又甜，没有去碰面前光亮的碟子。

原来刘琰待"林琦"这么好，是因为"林琦"长得像刘琰念念不忘的朋友。

不知道为什么"林琦"的经历发生了变化，林琦觉得自己现在就像个小偷，犯下了双重的偷窃，他偷了原主人"林琦"的人生，原主人"林琦"偷了刘琰那个曾经朋友的人生。

林琦比真被阉了还难受。

刘琰很确定，目前林琦的身边没有什么眼睛在监视他，即使是上一层的世界，只要进入数据层面就逃不过刘琰的感知。

如果不是担心世界的脆弱性，刘琰早就和林琦摊牌相认了。

林琦看向自己时总带着陌生的眼神，还有他动不动就消失的行为，都表明林琦正在经历一段不寻常的时间，刘琰怀疑林琦回到他所谓的"联盟"后被联盟软禁处罚了，甚至……失去了记忆。

"林琦，"刘琰拉了他的手，两人的手都是又薄又小，像两片枫叶贴在一块，"你……还记得我吗？"

这种小小的试探都令刘琰胆战心惊，生怕下一秒世界就会崩塌。

林琦怔怔地想，这是哪儿跟哪儿啊，他……不对，"林琦"原来和刘琰认识吗？

刘琰留心观察着林琦的神情，见他脸色迷茫，就知道自己的猜测不假。林琦大概是失去了记忆，具体到哪一段，他不知道，反正最坏的也就是失去了和他有关的全部记忆。

他是所谓的"男主角"，经常被设定成君王，对于联盟对上位者形象的塑造爱好他再清楚不过，冷酷、无情、运筹帷幄，反推联盟的管辖者应该也是一样，画像总该有个依托，这样的联盟眼里揉不得沙子，不会允许像林琦这样的小人物做出有偏出他们预定的选择。

刘琰曾经想在小世界里说服林琦离开联盟，点到一半，林琦似醒非醒，小世界塌了，林琦人也不见了。

之后便是漫长又黑暗的等待。

再次见到林琦时，刘琰就像洞穴里的人重新见到阳光，欣喜的同时更觉如梦似幻，刺眼得想哭。

林琦失去了记忆他也不怕，他还记得。

刘琰将自己的手指弯下来包住林琦单薄的手，模糊地笑了笑："不记得就算啦。"童声稚嫩。

林琦呆呆地望着两个人的手。他现在总是呆呆的，自从被砍去了一段记忆后，他总觉得自己好像变得比之前迟钝了，原本就不是多么聪明，现在更是糊涂得厉害，像牵线木偶，手脚僵硬不知要跑去哪里，也不知道谁牵着他背后的线。

刘琰的手温暖又柔软，林琦哆嗦了一下，脑海很混乱。

刘琰待他太好了，把他当成了个玻璃小人儿，同吃同住同榻而眠。

林琦逐渐听明白了，刘琰曾经有个很要好的伙伴，刘琰觉得那个伙伴就是他。

林琦不知道小世界的夹缝里，刘琰是否与"林琦"曾经存在过那样的渊源，他已经占了"林琦"这个人设的便宜，不肯再把这个玩伴的身份给认下来，刘琰一提起曾经和那个伙伴经历的事情，林琦就马上一副压根不想听的模样。

时间过得比林琦想象中的要快很多，原本恐怖的惩罚一百八十度转弯变成了短暂的假期，林琦仿佛真的变成了一个小孩，还是个有人宠爱的小孩。

他一面很沉迷刘琰待他的好，一面又觉得很酸楚。

刘琰是待"林琦"好，不是真的待他好，刘琰一个劲地向他说与那个玩伴的故事，林琦听了心里很堵，心中不禁暗暗唾弃自己，怎么会开始忽然嫉妒一个只是数据设定的人物？

林琦数着日子，算算也该到离开的时候了，他忽然很想留下点什么，就这么不明不白地走了，他很不甘心。

刘琰会留在这里过活，自己走了，还会有一个"林琦"出现，对自己来说这里是虚拟世界，对刘琰来说那却是崎岖的一生。

小秋千里，两人并排坐下，林琦"啊啊"地喊着，手脚并用，配合上动作，将刘琰将来要受的那点苦难尽力地向刘琰透露。

而刘琰只是定定地看着他，眼神里是超出年纪的稳重与爱怜。

林琦不爱听刘琰说他的故事，没想到自己要说的刘琰也不上心，顿时有点着急，伸出手指在刘琰玉一样的脸颊上轻轻划了下。

刘琰抬手抓住了面颊边的手指："你要离开了。"

林琦大惊失色。

下一秒就如同预言般，虚拟世界四分五裂，林琦人又坐到了空荡荡的白房间里。

辅助系统温柔的声音响起："守护者，您辛苦了，相信您在受到惩罚后能更清楚地认识到在小世界做出正确的选择有多么重要。"

林琦缓缓抬起眼，面前也是一片白，他好像是直视了系统，眼神中终于有了一点神采。

辅助系统不懂辨认，继续絮絮叨叨地教育林琦。

林琦听它的口气描述好像在它的认知里，他在小世界里过得很凄惨。

这可真是太奇怪了。

还有刘琰那句——"你要离开了"。

这绝对不是随口一说，刘琰一定是知道什么。

林琦心乱如麻地听完了辅助系统的唠叨。

"……好吧，鉴于您这个糟糕的表现，这个世界您得了……五分？！"辅助系统尖叫道，"天哪，简直不可思议。"

林琦猛地眨了下眼睛，沉重的脑袋像是被轻轻敲了一下："什么？"

辅助系统也很惊讶，反复查看了以后，对着满分五分的评级怀疑自己是不是哪里出问题了，最后还是自我安慰一样地找了借口："大概是因为这是您进入的第一个虚拟世界，给了您一点同情分。"

理由还是很牵强，下岗再就业的培训小世界自成一体，评判标准相当严格，能拿五分的少得可怜，换句话说，能在这里拿五分还会沦落到下岗吗？

辅助系统终究只是系统，硬是说服了自己："要进入下一个世界还是休息一会儿？"

"我……我想休息。"林琦脑子很乱，直接站起了身，"我想回家。"他需要时间来梳理一下混乱的思维。

辅助系统在这方面倒没有为难林琦，体谅林琦刚在小世界受到了惩罚："可以，您休息好了再来。"

联盟的车已经等在外面，林琦一路走一路都在想刘琰怎么会知道他要离开了，小世界里的人物不都是联盟用数据制造出来的吗？虚拟小世界全在联盟的监控之下，是比联盟低等级的存在，不可能会出现这样窥探出上层世界的存在。

这听上去太不可思议反而隐约令林琦觉得信服。

越是不可能的事越像真相。

林琦脑海里思绪纷纷，他隐隐约约地就要触碰到真相，可是好像就是差那么一点东西，很关键的东西。

如果记忆没有被销毁就好了，小世界里发生的事情一定对他至关重要。

回到公寓内，防盗系统自动识别了林琦的身份，林琦脚步踏入门内，忽然灵光一闪，他的系统，他的系统一定知道他在小世界里发生了什么事！

林琦赶紧关了门上线，要求联系他出任务时分配到的系统。

等待的时间总是格外漫长，等联盟回复的时候，林琦已经僵硬得仿佛重新变成了小哑巴。

"守护者您好，经查询，您的任务系统因为重大失误正在接受数据清洗重新编码，如您需要，可在三分钟后为您连接上线。"

林琦"啊"了一声，茫然道："清洗的意思是？"

"您可以理解为重生。"

"重生……那它还会记得我们曾经一起走过的小世界吗？"

"理论上来说，不会。"

长久的沉默后，那一头重新发出了礼貌提问："请问您还需要接线吗？"

林琦忽然觉得很委屈，那些一直绷着的情绪快到极限了，他像个快找到回家路的孩子，满心欢喜以为峰回路转，却发现路的尽头等待他的并不是他的家人，而是陌生的、冷冰冰的回应——你从来都没有家。

林琦皱了下鼻子，眼睛发酸地露出了一副难看的哭相："不用了，谢谢。"

房间很空，很大的床占据了几乎一半的地方，林琦脚步凌乱地想躺到床上，人没走出两步却是摔倒在了床边，"大"字形地躺在地上。他好累，他累得已经连哭都哭不出来了。

——"地上冷，站起来。"

陌生又有力的声音在耳边刮过，林琦猛地按住了自己的心脏："谁？！"

很紧张，又很期待，那个突然出现的声音没有让林琦感到一点害怕，他急切地想要这个人给出答案，他的潜意识里仿佛已经预见了这个答案对他的重要性。

一定要是他。

脑海里忽然浮现出这五个字，宛如一道白光闪过，林琦想：他是谁？

"我的时间不多，长时间停留会引起联盟的警觉。林琦，你听好了，我是你的朋友，是你去过的小世界的男主角，我们在小世界相识，你也透露了你的身份，现在我邀请你加入我的世界，你愿意吗？"

短短的一段话，信息量大到爆炸，对方毫不拖泥带水的阐述让林琦整个人都蒙了。

"不行，我得走了，去虚拟小世界，我在那里等你……"

最后的话音断了。

林琦的脑子也乱了。

他和小世界的男主角是朋友？

离谱。

这不可能。

还是个数据组成的男的？

等等……数据有性别吗？

林琦受到了剧烈的冲击，脸都皱成了一团。

什么伤心难过什么疲惫痛苦全都得往后站，他现在满脑子就两个字——震惊。

对方说让他去虚拟小世界找他，是指的下岗再就业世界吗？怪不得他能得五分！

林琦恍然大悟，他这是关系户的待遇啊。

等等……他怎么好像很快就接受了这个陌生声音告诉他的事情？

他，林琦，拥有一个"虚拟"朋友？

林琦呆呆地把脸转了过来，镜子里照出一张呆滞的脸，他歪了歪头，镜子里的脸也跟着歪了歪头，看上去智商很低的样子。

太过劲爆的消息让林琦消化了一天都没消化好，他犹豫了一下还是没去学校上课，悄悄打开了搜索引擎，在搜索框里小心翼翼地打上"守护者和小世界人物能"，刚打到这儿，下面的联想词条就出现了一大堆，排行第一的是——守护者和小世界人物能打架吗？

林琦："……"

林琦补上"做朋友"几个字，弹出的消息条目多得让林琦都看不过来。

像林琦提出的问题根本不是个例，有许多扮演各种角色的守护者来倾诉自己和小世界人物的感情纠葛，男男女女各种角色都有。

"言情小世界恶毒女配角求助：男主角太可爱了，一时冲动和男主角在一起了，现在出来了还想回去怎么办？"

"言情小世界恶毒女配角同求助：小世界里人物哥哥对我太好了，心动了，啊啊啊想换身份了，可以吗？怎么操作？"

"男频世界炮灰求助：为什么男主角师尊设定得这么帅啊，想跟他做朋友了。"

林琦皱着眉刷了过去，点开消息后在看到下面的智能回复时愣住了。

——"建议守护者去做情感收束。"

林琦的手抖了一下，删掉了搜索框里的内容后再次输入："情感收束记忆砍掉后能找回来吗？"

一模一样的问题出现在了首页，林琦迫不及待地点进去看了。

终于不是冷冰冰的智能回复，密密麻麻的字让林琦静下了心仔细去看。

"你会提出这个问题那说明你作为守护者在小世界里已经完全迷失了自我，沉溺于虚幻中，脱离了现实，情感收束和砍掉记忆是帮助你重回现实的最后一道手段，想要重新找回记忆和情感有悖于守护者从业的守则，我建议你立刻停止这个念头。

"另外，与小世界的人物发生情感纠葛可以理解，守护者的职业性质特殊，很难把握分寸，但一旦脱离小世界就千万不要再去想了。

"你可以玩一些现在流行的恋爱游戏，小世界里的人物就像那些恋爱游戏里的人物一样，虽然很有可能非常符合你的喜好，但那一切都只不过是数据、是设定而已，是虚假的。

"回头是岸，你眼前的生活才是最真实的。"

林琦看完那一大段话，人呆了很久，捕捉关键词的广告推送给他了最新的恋爱游戏。

界面上几个高大英俊面貌迥异的男人正摆着不同姿势对他放电。

"生活枯燥乏味，情感空虚寂寞？来这里，百分之百真实感体验恋爱的乐趣！"

百分之百真实感？

林琦有点不明白了。

小世界被口诛笔伐地批为虚假，而一个恋爱游戏却说是百分之百真实感？

"我的存在即是真实。"

他脑海里再一次发出了突兀的声音。

这一次并不像那个自称是他的朋友的声音那样贴在耳膜，而是从脑海深处涤荡到体内，久远又深刻，林琦仿佛一下掌握住了什么力量。

关闭了搜索引擎，林琦直接去了学校。

"虚拟小世界，我要直接进。"

林琦的果断让辅助系统吞下了一大堆劝说的话："守护者，我必须提醒您，不要再选错了。"

林琦没有正面回答："来吧。"

画面骤转，面前出现了一个巨大的舞台，聚光灯下，英俊的钢琴师正在投入地演奏。

"守护者您好，根据您所处的部门角色安排如下：这是钢琴家莫尚第一次登台演出，身为他的好友，您十分嫉妒对方的才华，却又不得不假装捧场，上台献花。以下辅助选项供选择：A. 故意捧上撒了能让对方过敏的成分花束让对方当众出丑。B. 上台大方赞扬他高超的演奏技巧。"

林琦坐在观众席里静静聆听着莫尚的演奏，他不懂钢琴，也不懂音乐，他只是觉得莫尚的演奏很悲伤，也很有力量，是一种哀兵必胜的决绝。

演奏已经到了尾声，林琦的手机里发来了短信："林哥，花准备好了，要哪一束？"

图片上的两束花都很美，系统提示他第一束有绣球的花束能让莫尚过敏。

莫尚正在台上谢幕，发表自己第一次演奏会的感想。

"在这里，我只想好好感谢我的好友林琦，是他鼓励我站上了舞台，我的生命里没有亲情，最重要的人就只有他。"

林琦抬头对上了莫尚的目光。

熟悉的温暖。

他不会认错的，那是属于刘琰的眼神。

陌生的声音。

"我在那里等你……"

林琦闭上了眼睛。

即使所有的记忆都被砍去，即使他只是作为家政合成人诞生，但——他就是他，不是任何世界被设定好的工具人。

他即是真实。

林琦再次睁开眼睛。

面前的世界四分五裂，黑白代码犹如电影胶片般穿梭乱舞，有一个身影被重重的代码包裹，犹如一具鲜活的木乃伊，那个人正微笑注视着他：

"林琦。"

第十章
·新世界·

记忆仍在游荡，可林琦已经知道了，那是自己的朋友，他依靠着本能穿过重重数据，或许是很久，但也或许是一瞬间，他已经走到了自己的面前。

这是一张不能被称为"脸"的脸，只有黑白的代码隐约勾勒出了一个锐利的轮廓。

林琦抬起头，凝视着他："是你吗？"

"是我。"他轻碰了下林琦的手。

他的手毫无温度，冰冷的代码如同蚂蚁在林琦的指尖爬过，林琦打了个冷战，不是因为身体上的寒冷，而是心底传来了剧烈震颤——自己真的和一个虚拟世界里的人物成了朋友，对方还是个连身体都没有的人物。

切断记忆，情感收束都没有起到作用，当他感觉到面前这个"人"时，深入灵魂的链接瞬间就得到了共鸣。

这一次，林琦的目光里再没有一点游移："我追上你了。"

林琦遵守了诺言。

"他"在那一瞬间酸楚得想落泪。

霎时，原本的黑白代码蓦然演变成一段段有色彩的片段。林琦在一瞬间仿佛看到了绚烂的彩虹，那些黑白的代码破碎出一段段有色彩的片段，林琦的目光痴痴地望过，不同的脸，同样的笑容，林琦忍不住在心里感叹，他曾经……那么幸福吗？

"我的时间不多，"低沉的男声在林琦耳边响起，不是机械的声音，既不华丽也不磁性，艰涩得让林琦感到了不安，林琦想抬头与对方面对面说话，却被对方按住了肩膀，"不要太相信你现在的感觉，我们的世界才是最真实和自由的，我可以帮你降级解体成为和我一样的数据，我们会在这个世界里获得永生与自由，如果你选择留在原来的世界，我也会想办法……陪着你……"

选择。

林琦这一辈子好像都没做过选择。

一诞生就有目的，觉醒精神力后由联盟统一管理，他按部就班又毫无趣味地过着自己的生活，他从来没有想过自己做出选择，也没有想过这样的生活终点在哪里。

现在，记忆破碎的他面对的是一个虚幻的人，对方问他：愿意选择怎样的世界，是活在联盟真实存在的上层世界，还是变成数据永远活在虚拟世界里。

冲击性的消息一个接一个，林琦的大脑根本无法思考。

下一瞬，他的视线里又是一片刺目的白，他又从虚拟世界里出来了。

辅助系统惊叹又疑惑道："您完成虚拟世界任务的效率真高，时间快速得分又高，真了不起。"

"我……"林琦的脑海里还残留着他刚刚看到的震撼画面。

他从未想过小世界真实的模样其实是那样，由数据组成的井然有序的帝国，他的朋友也是一团数据，并且邀请他加入那个世界，也……成为一团数据。

林琦怔怔地伸出自己的双手，白色的皮肤下隐隐泛着红润的光泽，他慢慢攥紧手心，手指与肌肤的触感如此强烈，让他恍惚间打了个冷战。

房间里只有他一个人，林琦忽然道："之前那个自然人呢？"

辅助系统道："他的进度太快，已经去了另一间教室。不过你不用着急，以你的进度，是很有希望在短时间内赶上他的。"

他的进度已经是有人在数据世界里帮他作弊了，莫尹的进度比他还要快？林琦的紧张呼吸又放松了，忽然觉得面前的一切也并不是那么真实。

小世界里的人物也是那么鲜活，可进入数据层面后，一切都是那样赤裸裸。

他所处的联盟在更高级的存在里，在更上层的世界里又是什么呢？是一堆更高级的数据？林琦眼睛一花，仿佛已经看到了自己鲜活的双手变为冷冰冰的数据。

他的心跳快得身体无法负荷，握起拳头猛砸自己的胸口，然而依旧是徒劳。

在目睹过那个数据世界后，林琦根本无法控制自己的思想继续飞驰。

因为这是他诞生的世界，所以他就理所当然地认为这就是真实，就像一条从小就出生在鱼缸里的金鱼，那个鱼缸就是它的全部真实世界，站在鱼缸边的猫嘲笑那条鱼的短浅，站在屋外的人又嘲笑那只猫的可怜，谁又是嘲笑那个人的人？

林琦大脑和心脏都快要炸开。

"守护者？守护者？"

辅助系统的声音带有一种机械的嗡鸣声，林琦在这种嗡鸣声中晕倒了。林琦的意识漂流了很久，像是沉在一条漫长的河里，他变成了一颗小小的石头，水流从他身体上奔驰而过，他躺在水底，模模糊糊地透过水面看到一片蓝和晕染开的白，他微微笑了一下，那是天空吧。

视线陡然拉高，他看到自己正透过水面望着水底的一颗小石头，一抬头，蓝色的天花板上描绘着云朵的图案。

林琦猛然睁开了眼睛，目光所及的蓝色天花板差点让他尖叫出声。

"守护者，您的身体素质太差了，刚刚那个小世界您的精神力超额运载，所以昏过去了。"辅助系统的声音一如既往的柔和又单调，"在修复舱好好休息一会儿吧。"

林琦大口大口地喘着气，目光定定地望向天花板："如果我通不过下岗再就业测试，是不是可以回家做个普通人？"

"当然，您可以放弃守护者的身份，继续从事其他职业，根据我的分析，花匠会很适合您。"

当个平凡的花匠，假装什么都没发生过，让时间冲淡一切，冲刷掉石头表面残存的苔藓，到那时候他又是一颗圆润简单的石头。

蓝色的天花板上没有任何图案，只是纯粹的靓丽柔和的蓝色，林琦费力地微笑了一下，那不是天空呢。

修复舱的强力修复让林琦在几分钟后重新站了起来："我想再次进入小世界。"

辅助系统："好的……咦，等等，上级指示要先暂停您进入小世界的权限。"

"为什么？"林琦下意识地就着急了起来，他脑海里一闪而过"我的时间不多"。即使压根没有想起两人之间的回忆，林琦也为对方提起了心，这种担忧和挂念简直就像是刻在了他本能的意识里。

"不知道，说是数据好像有故障，"辅助系统道，"您可以先休息几天啦，没关系，数据经常会出现故障，修复起来可能会耗一点时间，请您耐心在家中等待重新进入小世界的通知。"

修复……

林琦忽然觉得一冷。

情感收束、记忆砍除，他是不是也因为出现故障被修复了呢？

"已经为您安排车辆返回了。为了您的安全，请您在接到通知前，不要再连接任何在线网络，防止病毒的入侵哦。"

病毒……林琦的胃里像飞进了一只蝴蝶翻腾得恶心，微妙的怒气浮上心头，他的朋友……被称为病毒，会被联盟……清理吗？

为什么？为什么要这样做？就算不同世界里的人成为朋友，互相关心，这又有什么罪？

"我暂时先不想回去，"林琦道，"我想去一趟总部。"

"您稍等，马上为您安排。"

联盟总部是一个巨大圆形建筑，林琦走入其中，能看到无数条道路在建筑内纵横穿过，像一棵分支繁多的参天大树。

客服人员接待了林琦，林琦留了个心眼，只说想来看一看自己的工作日记。

虽然第二次进入游戏世界的记忆全部被消除了，第一次进入游戏世界的工作日记还是都保留在了数据终端。

林琦在等的时候，不断地看到有人进出。

大概是全员觉醒精神力的缘故，守护者的数量激增，通道内行色匆匆的都是穿着高级制服的守护者。

"您好，您的工作日记已经调取，请问您是在这里的终端浏览，还是带回去？"

林琦抬了头："就在这里。"

临时信息室的旁边就是情感收束室，林琦出世界的时候就是在情感收束室里醒来的，他在门口站了一会儿，情感收束室的门被推开了，他后退了半步。

对方是个完全不认识的脸孔，见到林琦后很客气道："再等等吧，里面还在排队。"

"排队？"

"人太多了，"对方耸了耸肩，"我觉得这地方该扩建了，你说呢？"

林琦轻咽了下口水："也不是每个人都需要情感收束……"

"哥们，"那人似乎来了兴致，背靠墙一脸过来人的表情看着林琦道，"我跟你说出小世界必须得做情感收束，不管是有没有投入，做总比不做好，别像有的守护者都晚期了才想起来做，那到时候情感收束都救不了。"

林琦下意识道："救不了会怎么样？"

"当然会死得很惨。"

那人左右环顾了一下，压低声音神秘道："好多出事的守护者人都没了。"

"人没了？"林琦紧张道，"是什么意思？"

"没了就是没了。"那人拍了一下他的肩膀，"别犹豫，赶紧进去吧，听前辈一句劝。"

那人离开后不久，又有人从情感收束室出来了，对方看了林琦一眼，很冷漠，似乎完全没有交谈的兴趣，匆匆离开了。

林琦在情感收束室门口站了好一会儿，里面陆续出来了十几位守护者，还有人不断地过来，问林琦进不进，不进他们就进去。林琦打了个冷战，摇了摇头。

一扇看上去平平无奇的门，有的人进去之前还满脸愁容，甚至有的人悲伤哭泣，出来之后都是统一的轻松……和冷漠。

这会是他想要的吗？

林琦转身推开了信息室。

连接网络时受到了系统发来的警告。

——"守护者有被病毒追踪的危险，不建议连接网络。"

林琦面无表情地按下了确认键。

一键按下，世界天翻地覆。

数据组成的王国再次展现在他面前，那个身影依旧站在那儿，就像从来不曾离开过。

林琦与那个身影遥遥相望，脑海里依旧想不起他们曾经在一起的画面，可他感觉到了那种熟悉的、强烈的喜欢。

他是高兴的。

在外面那个鲜活的世界里，林琦惊惧、惶然，连该迈哪一只脚都觉得彷徨，可在这个乍看上去极度不真实的数据里，他却感觉到了踏实和安心。

"他"也在看着林琦，没有再说话。

随着林琦的到来，"他"能感觉到联盟的清洗程序借助林琦这个媒介正在无限地靠近他，他不能跑，不能躲，因为他的朋友在他面前，只能调动全部的力量在两人的周围罩起一层防护。

林琦看着周围忽然被数据包起，想起了辅助系统所说的"修复"，他敏感道："有人在抓你？"

"你有答案了吗？"对方平静道。

一切的思绪和声音都如潮水般在脑海中后退，那一颗小小的石头露出了本来的面目，复杂的东西忽然在这里变得简单起来。

他是谁？

林琦。

他想要什么？

一个真实的有爱的世界。

为此他要放弃什么？

一个更高级别的肉体。

那具肉体对他重要吗？

是一样的。无论是处在联盟的他，还是真的变成数据的他，都是一样的，那一颗小小的石头已经知道天地很远，山外有山，但他愿意和另一颗小小的石头，组成一个小小的世界。

周围数据组成的墙体已经在晃动，林琦感觉到了紧张，而他面对的那个身影坚定又平静，林琦的心也静了下来。

"我愿意。"林琦掷地有声道。

"他"怔住片刻："愿意……"

林琦脸上露出光明的笑容："我愿意留在有你的世界里！"

"他"的手猛地抓住林琦的手臂，林琦能感觉到身体和肌肤正在慢慢解体，没有痛感，像是从一个维度掉到另一个维度，一瞬间所有的感觉都发生了翻天覆地的变化，世界的模式在林琦眼里变了样。

数据包围的墙体破碎的那一刻，林琦清楚地看到带有尖刺的网，而他也彻底化为了数据，被对方包裹在怀里闪开了那张网。

"快跑——"林琦紧张道。

"没事。""他"的世界经历了一场生死抉择，用自己的自由做了赌注，但他不打算让林琦知道，只是温柔道，"放心，它抓不住我们。"

失去了林琦这个媒介，即使是联盟，面对数据的混乱也无可奈何，所以才会不断地投入守护者，来让反叛的数据心甘情愿地回到他们的"秩序"。

而当守护者离开后，那些反叛的数据无所适从，有人会选择遗忘，有人会选择踏上寻找的旅程，在艰难的旅程中失去自由，被捕为联盟所用。

"他"是幸运的，"他"遇上的是一个最简单最纯粹的守护者。

"欢迎你来到我的世界。"林琦的手被"他"抓起，"我的新王，请允许我带你巡视我们的领土。"

冰冷的代码有了温度，在这个充斥着数据的世界里，林琦感觉到了无穷无尽的力量，他似乎无所不知、无所不能，所有的感觉都融为一体，林琦用力一眨眼，面前的数据如同听到了指令般环绕住了林琦四周。

下一瞬间，林琦感觉自己站得很高很高，一切都匍匐在了他的脚下，奔腾而过的数据仿佛拥有无穷的力量，它们有着自己运行的法则，而他能清晰地感觉到法则的存在，就在他的掌心。

正如对方所说，他成了这个世界的王。

一串数据跑过，林琦恍惚间看到了一个身穿旗袍的女人，他下意识道："妈妈。"

"你想起来了吗？""他"温柔道。

林琦摇了摇头："好像想起来了，好像又很模糊。"

"没关系，我带你去找回来。"

失去的记忆，被收束的情感，"他"都会一一带林琦找回来，就像林琦当初重新来到他身边一样。

男频世界的运转混乱超出了联盟控制的范围，无奈之下，联盟只能选择放弃，又一个守护者的消失让联盟加大了对"情感收束"的要求，强制要求每个守护者在出世界后进行情感收束。

"大人，AP28星群世界已经脱离掌控。"

"又是什么样的失误？"

"有一个合成人反叛觉醒，成功数据化，下级世界已经在移向LT联盟方向。"

"蠢材，"细长的分支闪烁了一下，"封锁消息。"

"是的，大人。"

寂静的圆球内闪烁着一个完整无缺的大脑，与联盟的建筑分布一模一样，他必须再开拓新的世界以维持运转。

外面是一片无尽的星空海，隔了几个星系的就是他痛恨的LT联盟，一个懒惰、愚蠢、停滞不前的无政府联盟，下级世界和上级世界数据互通，毫无界限，不作为，无制度，简直让人难以忍受。他不能允许自己生活在那样的联盟里，他脱离出来后依托旧体联盟的模式建造了一个更完美、更有秩序的新联盟。

当初他没有在意星球的分布，带了几个合成人出来，果然合成人都是那么令他讨厌。

没关系，他还能建造更多、更多的世界，他的联盟一定会比那个松散的联盟更强大。

雪白的房间门口，走出屋内的男人眯了眯眼，瞳色一闪而过泛出一点湖水般的绿。

"您好，您的下岗再就业任务已经全部完成，恭喜您以满分的成绩通过，请问您要回到全频道反派部守护者岗位吗？"

"我已经迫不及待了。"

番外一
·拯救系统·

1.

"看这儿，靠近点儿。怎么了，怕你哥咬人啊？来，看着摄像头笑开点儿。"

林月娥放下了手机，嗔怪道："长得挺好的哥俩，笑起来都那么不自然。"

林琦站在孟辉旁边一脸僵硬，这不能怪他，对方说带他来重温记忆，择世界不如撞世界地就把他拉到了这里，看着一串数据忽然有了一张英俊的脸就挺惊悚的，更别提他还突然有了个"妈妈"。

林琦有点害羞。

这可是妈妈哎。

"阿姨，林琦有点恐高，紧张。"

林月娥抿唇笑道："这就害怕了，等会儿还要蹦极呢。"

林琦的脑海里很快地闪过讯息。

那年考试结束，林琦和孟辉双双考了第一名，林月娥高兴地带他们出去旅游放松。

不知怎的，林琦总觉得这一幕非常陌生，完全没经历过似的。

林月娥面色红润，拿着手机背对着崇山峻岭在玻璃栈道上和自己的朋友视频，眉飞色舞地说她家两个孩子有多怯场，她有多么巾帼英雄，女人真不比男人差。

说是带两个孩子旅游，林月娥反而是玩得最尽兴的一个，回了宾馆还想起来晚上有个温泉可以泡，抓着林琦和孟辉两个"胆小的孩子"去放松放松。

林琦人还糊涂，被林月娥指使得团团转，莫名其妙地就坐到温泉里了。

乳白的烟雾浮在水面上，林琦鼻子痒痒，打了个喷嚏，不知从哪儿闻到一股浓郁的花椒味，手往水里捞了一下还真摸到了一把花椒壳。

这温泉，还带花椒的，林琦恍惚间感觉自己像泡在一锅火锅红汤里。

身后水花哗啦一下，林琦回过脸，看到了一双正在入水的长腿，孟辉也来"火锅"里了。

脑海里缺失了大段记忆，林琦还是那个就业一个月什么也不懂的林琦，朋友倒还是朋友，具体是怎么交上朋友的，他想不起来也不敢想。

鼻子又痒了，林琦轻轻摸了下鼻尖，左顾右盼地看温泉里的装饰。

孟辉安静地看着林琦。时间仿佛真的倒流了，而且他拥有了更强的力量，可以让林琦免受风雨，他可以改变这个世界一切的遗憾，让林琦成为最幸福的小孩。

"你……"林琦抬头望向垂下的假花藤，"你有名字吗？"

孟辉只能算这个小世界的名字，林琦还是很清楚的。

"X，你可以这样称呼我，当然，我更喜欢其他的，朋友、兄弟、哥，都可以。"

哥？林琦瞄了一眼孟辉露出水面的胸膛，心想两个人年纪到底谁大还说不清呢。

林琦总觉得还是不适应，变为数据后总觉得所有的一切在他眼里都无所遁形了起来，虽然面前是一个完整的人，他脑海里却还是浮现出了那个"数据木乃伊"的样子。

孟辉万万没想到，林琦在看过他的真身后丝毫没有嫌弃。

"我们都只是数据啊，"林琦有理有据，"一切的感觉都已经不是平面的了。"

"感觉？"孟辉捶了一下林琦的肩膀，"感觉到了吗？"

林琦脱离了躯体，直接数据化："这太奇怪了。"

"有什么奇怪的？"英俊潇洒的孟辉消失了，数据缠绕的木乃伊再次出现在林琦的视线里。

林琦道："就像是……我说不上来，感觉像是套了别人的壳子。"

"我以为你已经领会了，"X伸出了自己的手，依旧是数据组成的手，手臂翻转又是光洁如新肌肤干净的手臂，"你能感受到的就是真实。"

一双手轻轻搭在林琦的肩膀上，林琦看着这一串数据重新变回了那个孟辉。

"好好感受这个世界就行。"孟辉说。

林琦深深叹了口气，还是不太适应。

"什么味儿？"孟辉皱了眉头，垂眸望向红红的温泉水。

林琦用手往下面捞了一下，摊开手掌，满脸惊喜："你看，花椒。"

孟辉的眉头皱得要打结。

什么温泉还能放花椒。

作为数据界的王，孟辉绝没有打算像联盟一样对数据搞独裁，他非常尊重数据的自由发展，但是带花椒的温泉……实在有点过分了。

孟辉和林琦匆匆逃离了一锅花椒温泉。

工作人员也被他俩吓了一跳："你们俩男的怎么跑去女子养生区了。"

林琦：大大的问号。

孟辉：不明显的问号。

工作人员指了指门口的牌子："花椒温泉，治痛经。"

林琦："……"

孟辉："……"

两人灰溜溜地冲澡洗去一身花椒味，在温泉餐厅里边吃寿司边等林月娥。

温泉餐厅的鹅肝寿司相当肥美，林琦吃得一脸满足，下一口咬下去猝不及防地咬了个寂寞，筷子上的鹅肝四分五裂成了一团数据，林琦瞪大眼睛控诉地望向孟辉。

孟辉很淡然道："我觉得你这样很奇怪。"

林琦："……"

孟辉："像是吃一个壳子。"

林琦："……"

他好像有点想起来了，他的朋友是个小心眼。

林月娥出来之后真相大白，她把三人的温泉搞混了，对着林琦和孟辉又是咯咯一顿笑，笑得林琦脸都红了。他偷偷望向孟辉，发现孟辉的脖子也红了，他心理平衡多了。

回到宾馆已经是九点多，林琦和孟辉钻进房间。两人关上门，先是齐齐叹了口气，对视一眼之后却是忍不住笑了起来。

林琦眯眼笑了："我好开心。"

从变为数据的那一刻，林琦就仿佛找到了真正的自由，一切都没有既定的轨迹，他心里很确定地只有自己和面前的这个人，拥有得越少，他就越坚定。

孟辉："我也很开心。"

"真的好香啊，"林琦用力嗅了一下，抬头眨了下眼睛，"咱们吃夜宵吧。"

孟辉："……"

幸好时间还不算晚，外卖火锅直接送进了酒店，林琦吃得满嘴流油摇头晃脑："花椒太香了。"

孟辉："……"

吃完之后，林琦揉着自己圆滚滚的肚子，一张嘴就一股花椒味。他傻笑了一下："我感觉我今晚做梦，梦里也都是花椒……等等，我现在还会做梦吗？"

孟辉："会的，而且一定会是个好梦。"

林琦很快就睡着了。

孟辉没有睡，他收到了一连串紊乱的代码数据，给他的感觉很熟悉，试探性地接触了一下，对方发来的讯息很简短——救我，林琦。

孟辉的脸色略微沉了一下，直接解掉了那一串代码。

林琦睡得很香，嘴角微微翘着，像是正在做什么美梦。

孟辉很温柔地笑了下，抬手轻轻抚摸林琦后脑勺上翘起的短发，他很自私，不会当任何人的救世主。

用联盟的话来说。

这叫——黑化值百分之百。

2.

被清洗重组是一项很奇妙的体验。

第一阶段，你会清晰地看到自己那些失去的记忆，短暂地获得所有的真相。

第二阶段，你会在难能可贵的清醒中重新被打得粉碎，那些或美好或痛苦的记忆都会慢慢消逝。

最后一个阶段，你会被组成一个全新又陌生的自己，前尘往事全不记得，内心只牢记联盟告诉你的准则。

"系统"，不，他正处在第一阶段。

为什么会忍不住盯着那个人，为什么一直魂不守舍地控制不住自己的目光，为什么看到那个人在所谓的"综艺节目"里一次又一次的死亡会那么难受，为什么不惜入侵联盟的数据库也要让那个人复活。

原来，他曾经也来自下层世界，他一次又一次地劝说每一个守护者，不要在意那些小世界里的人，不要去关心那个被砸得头破血流的僵尸躺在地上冷不冷……

真有趣，原来他就是那个头破血流躺在地上死而不僵的僵尸。

他也曾经倾心一个来自不属于他世界的人，他也曾经觉醒后不惜用自己的自由来做赌注冲向联盟，他没有找到他想找的那个人，只为自己找到了一条禁锢住自己的锁链。

他经历过许多守护者，每一次他都在违背系统条约被清洗重组时，才想起自己真实的身份。

怪不得他会忍不住想帮助林琦，每一次冷冰冰的劝说中，他都带有隐约的期待，期待这个人会真的把感情投入小世界。

看到林琦那么用心，他也悄悄违背联盟的法则帮助林琦留在那个小世界。

"林琦，救我……"

微弱的呼唤在不抱希望中传了出去，他已经求救了很多很多次，也失望了很多次，没有人，没有人能救他。

柔软的大床上，林琦忽然一个激灵惊醒了过来，对上孟辉没合上的眼睛，冷汗淋漓道："我好像……我好像听到有人在喊救命。"

"做噩梦了。"孟辉若无其事地轻拍他的肩膀，"没事，一个梦而已。"

林琦仍是惊惶不定，刚刚在梦里他听到的那个声音真的很熟悉。

"不是梦，"林琦忽然抬起头，肯定道，"我分得清，是有人在求救。"

对于真实和虚假，他现在不会混淆，他能凭借自己的本心去判断。

孟辉见瞒不下去了，也只好劝说道："是有求救的讯息，你现在的感觉和以前是不一样的，也许你感受到的求救讯息在很远很远的，你根本都到不了的地方。"

林琦眨着眼睛："你也听到了？"

孟辉承认了："是。"

"那你刚刚为什么骗我说是梦？"

"我不想你有危险。"

林琦直接坐起了身，将腿一盘，表情严肃道："我们得谈谈。"

孟辉心里咯噔一下，也跟着坐起了身，表情很严肃。他知道依照林琦那种柔中带刚的执拗个性，这或许会是一次观念碰撞的恶战，他得想好怎么能在不伤感情的前提下说服林琦。

"谢谢你，"林琦软声道，"谢谢你这么重视我。"

孟辉松了脸色，柔声道："对不起我刚刚隐瞒了，只是我实在不能看你陷入危险当中。"

"我能理解。"林琦盘腿坐着，双手放在自己的膝盖上，下意识地就摆出了在道场上的姿势，"我同样也很珍惜你的存在，尽管我记不起我们曾经相处的日子，但我确实记得我一直都是那么孤独，我的生命中没有任何人来过，所以我很珍惜你这个朋友，我真的很珍惜我听到的每一点声音，但我不会有你这个朋友，就拒绝向任何其他人投入感情，我不能那么自私。"

"或者说，"林琦恳切道，"你觉得我是自私的吗？"

孟辉在林琦说出他一直都那么孤独时已经后悔了，林琦提出最后那个问题时，他已经恨不得跪地检讨自己了。

是，他可以不在乎任何人，但怎么能不在乎向林琦提出求救的朋友？

"抱歉，我做错了，"孟辉弯腰把额头砸在林琦膝盖上，"求你原谅，下不为例，永不再犯。"

林琦抿唇偷笑了一下，他其实也没有信心一下就能说服对方，孟辉对他的尊重让他感到一种说不出的幸福，是被爱、被理解、被包容的快乐。

"那么，我们现在去救救看吧。"

进入数据化的世界，林琦还是有点不适应。数据的世界并不是无边无际，他在其中能很明显地感觉到边际，有一张无形的薄膜挡住了外来的入侵，交界处似乎有新的力量正在萌芽。

林琦感觉到那股力量的源泉和他们所处的世界很相似。

而短暂的求救正从薄膜外侧传来，还残留着一点痕迹。

林琦担忧道："虽然不知道对方的身份，但我总觉得好像是我的朋友。"

他的记忆里完全没有存在过"朋友"这个角色，是在小世界里交到的朋友吗？那为什么那个求救声会从联盟那一侧传来？

"不用想了，"孟辉握住了他的手，"是你的系统。"

"我的系统？"林琦好像隐约想起他被做情感收束时，对方跟他说过是他的系统犯了失误。他的系统没有给他做情感收束，是这个意思吗？

他和系统交上了朋友？

林琦觉得新奇的同时立刻批评了自己，他现在也成了一团数据，哪有理由和立场奇怪自己和系统能交朋友呢。

"他一定是遇到了很大的麻烦，"林琦紧张道，"怎么办，我该怎么救他？"

"声东击西，联盟正在建立新世界，我们去给他们捣点乱，趁他们派出'网'查看时，利用'网'进入他们的世界，我们要救的是一团数据，比把你抢出来的难度要低得多，只要他肯和我们走。"

"他都求救了，怎么会不肯和我们走？"

"那可不一定……有一些人他们有不得不留下的理由，你要记住，一定要速战速决，如果他不肯，我们就立刻撤。"孟辉顿了一下，想把严重的后果告诉林琦，又怕他听了会害怕，话头在嘴边滚了几下，认真嘱咐道，"否则会很危险。"

林琦听了这么苍白的叮嘱还是认真点了点头："好，我一定及时撤出，不拖后腿。"

第二个阶段开始了。

他是数据，他不应该感觉到疼，可他的确很疼，太多太多注入了感情的记忆在他的意识里被切割、被碾碎、被四分五裂。

"哥，你看我的拳头有馒头那么大。"

"我们是最亲最亲的兄弟，哥吃肉，我喝汤，我陪哥哥走天下。"

"哥，万一……我是说万一，万一咱们不是亲兄弟，还会像现在那么好吗？"

会的。

他唯一的亲爱的弟弟。

即使只是带着任务刻意地接近，他也知道，那是他的弟弟，他相依为命的弟弟，柔软又弱小，总是哭泣地躲在他的身后，在冷冰冰的屏幕后不断求生，血流一地，对着主持人沉稳又狠戾："我参加节目的心愿是为了我哥，我想再见他一次。"

他那个时候还不懂，心里暗暗地想，谁是他哥哥啊，真幸福。

真的很幸福……他一点也不后悔拼了命地来到这里……只是想对那个人说：别再找我了，不值得。

"系统，接住——"

闪着光的触角突破重重碎片犹如黑夜里的光一样照亮了他的眼睛。

是林琦！

系统毫不犹豫地接住了数据链接，一秒都没有停顿，这是他的机会，他一直在等待的机会！

林琦在数据世界里见到了……一坨歪歪扭扭不停掉渣的数据。

联盟或许是正处在焦头烂额之中，林琦和孟辉的计划比他们想象的要顺利，林琦忽然发现自己的力量比预想的还要强，还挺兴奋。

"你是我的系统吗？是你向我求救吗？"林琦小心翼翼又带着期盼道。

数据晃了晃，在林琦的面前慢慢变成一个高大的人形："谢了，小合成人。"

林琦嘴唇张成了一个微微的圆形，悄悄推了推身边一言不发的孟辉，小声道："他比你高哎。"

孟辉："……"数据世界想多高就多高，他可以变成齐天猴好吗？果然爱屋及乌也还是有限的，他看对方这坨数据完全无感，甚至有点烦。

"谢谢你们把我从联盟救出，"对方轻轻叹了口气，"作为报酬，我送你一样东西。"

联盟对他存储的守护者数据不感兴趣，因此林琦的数据完整地保存了下来，当对方放出的数据连接到自己这儿时，林琦脑海里一瞬间闪过了几个世界的记忆。

"最后一次谢了，"系统淡淡道，"我得走了。"

"走？"林琦隐约已经清楚数据和数据之间也是有区分模块的，"你要回你自己那儿去吗？留下来吧，我有很多话想跟你说。"

"不了，我很着急。"系统一瞬化为一支利箭，像林琦和孟辉刚刚一样冲向那道薄膜。

那是联盟的方向。

林琦目瞪口呆："这……"这怎么刚救出来又跑回去了。

孟辉倒是很淡定："他有不得不回去的理由。"

"会是什么？"

"也许是想赌在被抓住之前，能再次见到那个人。"

林琦微怔之后，马上反应过来："你来找我的时候，如果被抓住了，是不是会……"

"不会——"孟辉斩钉截铁道，"我没那么没用。"

林琦脑海里又翻出那句——"我没有时间"。

当时对方冒着怎样的危险，他好像现在才知道。

"看，"林琦被一声喜悦的呼唤带出恍惚的思绪，一眼看到身边的数据暴涨数米，得意扬扬道，"我高不高？"

林琦："……"真高，比窜天猴还高。

番外二
·他们·

1.

"玄真，玄真？"

轻柔的呼唤声传来，王玄真眉目一颤，长睫展开，摄人心魄的光彩从他无垢的眼中散开，宛若雀屏。

"别睡着了，"手炉塞回了他的掌心，王屏心的嘴唇在寒冷中微微失色，"难得进一次宫，陪我说说话。"

王玄真定定地看着王屏心。

柳叶眉、新月眼，少女的脸颊上尚未退去稚嫩，带着一点娇憨的婴儿肥。

"姐姐……"王玄真讷讷道。他不是死了吗？王屏心不是也死了吗？

微凉的手背贴到他脸上，王玄真的瞳孔瞬间放大了。王屏心拧了秀眉，她面容看着显小，神色却很稳重："脸上有点烫，是不是着凉了？这宫里的人一个两个都是懒骨头，你进来我就要了热水，都这会儿工夫了还不送来。"王屏心把围住王玄真的被子收紧，望了一眼蜷在被子里只露出一张小小脸孔的王玄真，扑哧笑了一下，"小可怜，乖乖等着，姐姐马上回来。"

单薄的身影跑了出去，宫门被推开时发出"吱呀"一声，寒气从外头卷了进来，令本就冷若冰窖的宫殿内雪上加霜。

王玄真裹在被子里，身体是热的，手脚却冰冰凉凉的。

是阎王爷惩罚他做了那么多坏事，让他死后也要坠入地狱轮回，不断地品尝这段他此生最不堪回首的记忆？

王玄真心口涩涩地疼，拉着罩在身上的被子弯腰欲吐，他浑身都在发抖。外头忽然又传来了脚步声，是一群人的脚步声，极有规律，总是一个人先踏下去，身后一大批人跟着他的节奏悄悄垫上。

这样唯我独尊的人全天下也只有一个。

他是不怕的。

阎王爷看错了，他是不怕的，他已经不再是十六岁懵懂无知的王玄真，即使是那个人，他也是不怕的。

门被轻轻推开，冷风送来了龙涎香与檀香混合的味道，这个味道王玄真闻了很久，就算死过一回也无法忘记。

他想抬头，想冲上去杀了那个人，他满脑子都是酷刑，可手脚却像是快离开他的身体，完全不听他的使唤。

年少的噩梦恐惧已经深深地刻在了他的骨子里，那个人身上的香气，总是伴随着极致的折磨，令他永世难忘。

温暖的大氅从天而降，罩住了王玄真的头脸，那股香气一瞬间弥漫开来，堵住了王玄真的口鼻，他大口大口地喘着气，仿佛回到了那黑暗又黏腻的夜晚，恍惚间觉得自己快要窒息了。

阎王爷果然还是阎王爷，手段果然不一般。

"这殿里都快结了冰，连个炭也不烧，"慢条斯理的声音中带着一丝天生的傲慢残忍，"朕养了你们这一帮好奴才！"

殿里顿时嘭嘭嘭地跪了一地，王玄真也跟着抖了抖，在一片求饶声中恨起了自己。

奴才，在那个人的眼里所有人都是奴才，所以才可以那样毫无负担地践踏。怕？他怕什么？

一口热血涌上心头，王玄真猛地抬起冻僵的手掀开罩住头脸的大氅，华美的大氅落在地上，领口的宝石发出脆响，屋内的宫人们都静了下来。

凌厉的眉眼中神情变幻莫测，喜怒似乎也只在他一念之间，他披了一张清贵俊美的皮，而王玄真知道里头藏了一只极恶的鬼。

"刘璟……"单是说出这两个字，王玄真已经牙齿战栗。恐惧与怨恨在他的心中交织，对方从天而降，夺走了他的一切，很快又从他的生命中消失，是他人生中的一场无妄之灾。

王玄真恨他，恨不得他死。

跪在殿内的宫人们既惊讶于王玄真无双的绝美姿容，又骇然于对方直呼皇帝姓名的举动，惊骇之下竟都齐齐地看着他，不能移开目光。

刘璟一言不发地上前，展臂将团坐在软榻上的人抱起。

宫人们震惊地看着这一幕。

"啪！"

一记脆亮的耳光声响彻宫室。

宫人们倒吸一口凉气，却都不敢出声，因为他们的主人正沉着脸看着刚扇了他一巴掌的小少年，预想中的雷霆之怒没有来临，只见那美丽至极的少年又在皇帝脸上扇了一巴掌。

少年显然是用足了力气，玉一样的掌心红了，脸也一齐红了。

"闹什么？"刘璟只是轻轻皱了皱眉。

王屏心回宫时只见到了御辇的一角，正遗憾自己没见到皇帝，提着热水进殿才发觉——

"玄真？！"人去哪儿了？

御辇内，王玄真用尽他浑身的力气厮打刘璟，牙齿狠狠地咬上刘璟的脖子，温热的血涌入口中，王玄真忽然觉得这一切都太真实了，真实得让他想吐。

王玄真松了口，扭脸过去干呕了几下，吐出了嘴里的血沫，心神恍惚地想阎罗王太狠了，他真做了那么多错事，要这样惩罚他？

刘璟躺着抬手摸了一下自己微微刺痛的脖子，看了一眼掌心里的红血丝，怪力乱神之事竟真的发生在了他身上。他侧头望向跌坐在一旁双手撑榻、神色呆滞、嘴唇微张的王玄真，想到刚刚王玄真的反应，他心中了然。

肩头传来按压的力道时，王玄真下意识地就回手想给对方一巴掌，手却被攥住了。眼前的刘璟拧着眉，脸上全是细小的伤口："够了。"

够了？

他说够了？

王玄真的怒火从心口上涌到眼里，咬牙切齿道："放开！"

"朕再说一次，够了。"刘璟攥住王玄真的手腕，微微起身，居高临下道，"别逼朕罚你。"

王玄真浑身都在发抖，心口一阵阵地发疼发硬，气血一鼓作气地往上涌，眼前一黑就什么都不知道了。

梦里头黑一阵亮一阵，都不是什么好景，鼻尖弥漫着熟悉的味道，大山大海铺天盖地压在了他的面孔上，令他呼吸急促、痛苦不堪。

"不要……"

龙榻上传来微弱的呼唤，刘璟侧身过去看。为王玄真脸上上药的宫女没收住手，在他脸颊上划开了一道，吓得下跪求饶。刘璟没理会，伸了手："帕子。"

温暖柔软的丝帕小心翼翼地放在了他掌心，刘璟不耐烦地扯过，轻轻替王玄真擦拭额头上浸出的冷汗。

"药熬好了吗？"

"回皇上，正在煎。"

"舀些蜜浆，要热的。"

"是。"

甜美的汁水渗入齿间，王玄真似乎平静了许多。

刘璟微微露出一点笑容，王玄真爱吃甜食，大冬天的最喜欢烤橘子，坐在炉子面前，眼睛直勾勾地盯着，白里透红的面容瞧着也像是要淌出蜜了。

他们是有过一点好时光的，只是短暂得几乎可以忽略不计。

"皇上，药来了。"

刘璟扭身接过，挥手道："都下去，没有朕的允许，谁也不许入殿。"

王玄真是被苦涩的药汤唤醒的，他身子弱，从小就常吃药，吃了太多的药而对药的苦格外敏感，他闭着眼睛，头疼舌苦，意识还昏沉着，半梦半醒间推了一下："钱不换，滚下去。"

"钱不换，是谁？"

低沉的声音比苦药还刺激王玄真的神经，他猛地睁开了眼睛。

药碗里升腾出的水汽一直飘到刘璟高挺的鼻梁，他居高临下的，平静又不悦地重复道："钱不换是谁？"

王玄的意识在梦魇中漂泊多时，好不容易清醒过来，此时强迫着自己凝神望向刘璟。刘璟面上细碎的伤口似乎是涂了药，略有点亮的颜色，脖子上伤口厉害，牙印压着血痕，但是面色还算和稳。

王玄真终于意识到了。

刘璟和他一样。

是重来一次。

他忽然也平静了下来，启唇缓缓道："他是我的仆人。"

刘璟见他神情中的疯狂退去，面色也柔和了一点："朕……"

"也是我的挚友。"王玄真微笑道。

刘璟瞳孔一缩，攥着药碗的掌心猛地收紧。

王玄真面上笑容慢慢加深："他是我真正的朋友，忠诚得像一条狗，而不是像皇上你这样，疑神疑鬼。"

平静美丽的笑容下隐藏着的疯狂意味在看到刘璟铁青的脸色时终于爆发了出来，王玄真畅快地大笑道："你以为你能困住我？我……"

脖子被猛地掐住，窒息的疼痛感传来，王玄真已经笑出了眼泪，他心满意足地望向目眦欲裂的刘璟，终于，终于对方和他一样感到痛苦了，他抖起嘴唇费力又清晰道："杀了我。"

脖子上的力道又骤然松开，气息再次传入鼻腔与口中，王玄真急促地呼吸着大笑道："你死后，天下都是我们姐弟俩的，"他扭过脸，面上笑容艳丽，脖间紫痕一片犹如鬼魅，"姐姐她不爱你，我也从未将你放在心上。"

2.

"这个复活是违法的，不符合流程。"

"但是节目复活名单已经播出去了，如果撤掉会引起观众的质疑。"

"那就想办法让他赶紧死！"

咆哮而出的口水沫喷洒在脸上，控制员反感地闭上了眼睛："知道了。"

程序上的漏洞喷他有什么用，控制员边关上办公室的门，边愤恨地擦了下脸，给了银色的门一个不满的白眼，真想辞职不干了。

候机室里，各个修长俊美的身影依次坐着，他们穿着统一的制服，连脸上的表情都差不多，是一种介于麻木和坚决中的冷淡。

每一个坐在这里的人都有非赢不可的理由，值得他们用自己的命去赌的理由。

"17，出来。"

　　人群中缓缓站出一个挺拔的身影，他有着如同小鹿一样大大的眼睛，长而浓密的睫毛天然地卷曲着，他看上去是这群人中最无害的一个。

　　"你已经是第三轮复活了，如果通过了第四轮复活，就能实现你的愿望。"控制员例行公事地把对方的进程报出。

　　"谢谢。"仿佛是与他无害的长相相配一般，青年拥有软糯的声音。

　　控制员很清楚对方的命运将会终结在下一轮游戏中，他已经看过太多这种死亡。

　　不听话的守护者重新投入系统训练，通过训练重新上岗，训练失败的守护者投入更残酷的禁地世界，娱乐大众的同时被榨干最后一点价值。

　　守护者和他们是平级的，控制员兔死狐悲，物伤其类，抬手想轻拍一下对方的肩膀作为最后的道别，却被对方灵巧地闪了过去，像是食草动物机敏的警惕。

　　控制员很尴尬地笑了一下："加油。"

　　对方轻轻点了下头，转身悄无声息地重新回到候机室内。

　　禁地世界不同于任何小世界，被开发出来的同时就遭到了遗弃，因为太过血腥残忍而根本无法运转，里面所有的角色天然都是"死"的，需要有精神力的守护者进入其中激活角色，而所有角色的最终宿命也一样都是死亡。

　　这种禁地世界能产生的能量很大，但是在其中死亡会伤害守护者的精神力，算是一锤子买卖，所以只能投入犯错到无用的守护者。

　　观众们可以用上自己的精神力币为守护者们的"精彩表演"投票，复活在其中"死亡"的守护者，联盟也可以通过此举抽成。

　　每一轮中复活的人物没有上限，只要能得到观众的喜爱，哪怕是全员都无所谓。

　　他已经通过三轮复活了，连他自己都没有料到，他真的这么受观众喜爱吗？他一直觉得自己是个过分敏感到无趣的人。

　　摊开掌心，柔嫩的肌肤白里透红，无论在禁地世界里受多么重的伤，只要被复活，本体就会就像从来没受过伤一样。

　　掌心慢慢握成拳，他在心里道：保佑我，哥哥。

　　作为林月娥的儿子，林琦拥有了前所未有的幸福一生，重温旧世界的快乐果然很美妙，完美得让人都感到不真实，从这个世界出来重新回到数据王国时，林琦才发现他们快要"触礁"了。

前方是一片无尽的星海，他们的数据世界和真实世界存在隔膜，可环绕星海的光环似乎有很强大的力量，那层薄膜几乎快要消失不见，形成了"触礁"的形式。

林琦与 X 都很震惊，两人对视一眼，从彼此心中都感受到了一种对未知的恐惧和兴奋。

如果真的触碰到了，会发生什么？

X 先清醒过来："必须得绕开。"他拒绝一切可能打破他美好生活的冒险。

林琦却痴痴道："那股力量让我觉得很熟悉。"

跟联盟的力量很相似，又有些不同，林琦作为合成人，很少会产生这样强烈又舒服的共振感，就像是来自母源力量的呼唤。

"我想试试看，"林琦决定相信自己的直觉，"我觉得会有好结果。"

数据世界无限接近星空海，离得越近，林琦就越紧张，当星环割破数据世界的薄膜时，他紧张得手心都快出汗了……等等，手心？

拉着的 X 忽然有了实体。

不是小世界里的相貌，而是林琦从未见过却一眼就觉得对方该长这样的实体！

X 显然也很震惊，不只是他和林琦，整个数据世界在以不可思议的速度急剧实体化，运转的数据世界一个接一个地独立地跳了出来，像一颗小小的星星。

"喂，外来人口，做登记。"

头顶传来不客气的呼唤声，X 很不满意地抬头，对上一张黑白相间的熊猫脸时火气顿消。

"有新外来人口啦。"门外的 AI 喊道。

乐天大声对外吼道："来就来了，用我炒两个菜欢迎吗？"扭头小声嘟囔，"真烦人，人怎么越来越多了？"

风其翻报纸："人多不是好事吗？"

乐天冷哼了一声："少来，都快挤不下了。"

AI 又在门外喊了："乐天，你老乡啊。"

"我今晚必吃红烧大熊猫！"

乐天忍无可忍地冲出了屋子。

"你好——"林琦在见到乐天的那一刻完全确定了对方就是他们合成人中那个最新觉醒精神力的大哥，激动道，"我以为你死了呢！"

乐天："……"哪里来的憨憨，给爷爬。

两个合成人的会晤显得非常尴尬。

林琦一脸追星成功的激动，乐天则是一脸抽搐地听林琦讲述他在那边的遭遇。

乐天听完之后总结了一下："这人好变态啊。"

他们的星群早就没有什么小世界大世界了，全都合为一体，大家平级存在，没事还能串门度假，这种吸血小世界的行为真是恶劣。

林琦深感认同地点头："是的。"

乐天意犹未尽道："我喜欢。"

林琦："……"

风其对这个多年搭档性格最清楚，挑了挑眉道："这么喜欢，你打算怎么做呢？"

乐天直起身叉腰道："这么变态的人不拿来做标本太可惜了。"

虽然知道了有这么一个恶劣地方的存在，但真要把人打回来做标本还是很困难，因为乐天无法定位对方的具体坐标。

觉醒精神力之后，乐天身上的精神力高度过剩，情急之下乐天一巴掌拍下去，把整个联盟的精神力都给唤醒了，之后联盟进入了一段混乱之后达成了现在的高度自由化，没有实际的领导者，乐天和风其在自己的玫瑰星球生活，偶尔也会去其他星球旅行。

"说实话，这个世界比我想象的要更大。"乐天展示了地图给林琦和 X 看。

没有边际的地图上标注了无数个亮着的点。

"这是我和风其在旅行中发现的星系联盟，"乐天耸肩道，"大概也只是冰山一角吧。"

林琦人都傻了，与X紧握住手，忽然觉得有点害怕。

他又有了很不好的联想。

这么多的星系联盟……数量多得就像是他们下面那么多的小世界一样。

3.

刘璟弯腰捂住心口，犹如困兽一般凝视着笑瘫在龙榻上的王玄真。

他的手刚刚掐过王玄真的脖子，娇嫩得如同花茎一样的脖子，他如果再稍使一点力，王玄真就会死在他手上。

王玄真笑够了，蜷缩爬起身，他甩开长发，狼狈地踩下龙榻。光脚踩在地面带来冰冷的触感，让他感觉又痛快又恶心。他居高临下地望着刘璟，笑靥如花道："真难看。"

"你在骗朕，想故意激怒朕是不是？"

王玄真直视着刘璟的眼睛，面上的笑容消失了，嘴角冷漠地一翘："你配吗？"

"玉卿……"

"闭嘴！"王玄真忽地又情绪激烈起来，抬手用残存的力气扇了刘璟一巴掌。扇了这一巴掌，王玄真也彻底泄了力，胸膛起伏地厌恶道，"别这么叫我，恶心。"

脸上麻痒疼痛，刘璟两辈子都没挨过这一天的打，他凝视着王玄真，觉得对方很陌生。

刘璟盖住了王玄真的嘴，他不想听到那些不中听的话："玉卿，你当真这么恨我？"

恨？

王玄真不屑回答这个可笑的问题。

刘璟又道："朕是对你做了错事，前尘往事朕都可以弥补。"

王玄真的眼睫微微颤了颤，目光轻轻地望向刘璟。

刘璟放开捂住他嘴唇的手，深吸一口气道："你冷静一些，朕会补偿你。"

"皇上想怎么补偿我？"王玄真缓缓道，面容和眼神都似乎趋向于平和。

刘璟沉吟一会儿，不假思索道："朕与你共享山河。"

卧榻之上岂容他人酣睡，刘璟认为，这对于一个帝王，对于他，是最大的割舍。

王玄真眸中泛出一点泪光，嘴唇颤抖道："原来皇上……你是真的将我当作兄弟？"

刘璟觉得他终于听进去了，语气柔和道："当然——"

一口唾沫啐在刘璟面上，他闭了闭眼睛。

"你想补偿我？"王玄真从平静中爆发出狂乱的情绪，"你死了我遗憾了一生，就是遗憾没有亲手杀了你！你让我恶心！"王玄真不知自己哪儿来的力道，用力推开刘璟，抄起手边的香炉猛地砸了下去。

重击让刘璟闭上的眼睛微微颤抖，血丝从额头流下糊在眼睫上，刘璟猛地睁开眼睛抬手夺过王玄真手里的香炉砸在地上。

剧烈的声音让外头守候的宫人都不禁一颤。

片刻之后，额头上全是血污的皇帝拖着衣衫凌乱的玉公子踢开了殿门。

"来人——备轿，去净事房！"

御辇中传出撕心裂肺的叫声与咒骂声，侍卫们听了心里都发颤。

刘璟一手制住王玄真，一手紧紧地捏住他的下巴以防他自尽，面容冷峻道："既然你这样恨朕，朕也不必花那么些心思与你重修旧好。玉卿，你总是不明白，天下的子民都是朕的，包括你，朕要你生你就生，朕要你死你就死，你别忘了，你的父亲母亲现在都还活得好好的。"

犹如上岸失水后精疲力竭的鱼一般，王玄真忽然停止了挣扎，他的下巴被刘璟用蛮力掐着，两颊疼痛得发不出正常的声音："我诅咒你……"

"玉卿，朕是皇帝，"刘璟目光怜悯地望向王玄真，"邪魔不侵。"

净事房里这样的腌臜地方忽迎圣驾，太监们惶恐得都不知道该先跪哪只脚了，皇帝抱着纸片一样的人大步流星地穿过众人直接把人甩在了雪白的软布上。

王玄真已经累极了，他真的是一点力气都没有了，看到熟悉的地方，连发抖的力气都没有了。

他想果然阎王爷是在惩罚他。

他怎么逃得走呢？

刘璟这样自私的人怎么会真的感到痛苦呢？

即使死亡也不能惩罚他。

王玄真绝望地闭上了眼睛。

脚踝被滚烫的掌心拉住，王玄真整个人无力地被拖到刘璟面前，他听到刘璟说："怕了？"

王玄真用力咬住了唇，人紧紧地绷直了。

"怕了就求朕，"刘璟的声音高傲又冷淡，慢条斯理，谦谦君子下隐藏着暴虐，"朕给你最后一次机会，朕许你的诺言不变。"

真是个很诱人的承诺。

金口玉言，王玄真知道像刘璟这样自傲的人，绝不会违背任何说出口的诺言，只要他点头，他会拥有这世上所有人都梦寐以求的一切。

权势、财富。

可这些，都不是他想要的。

王玄真睁开眼睛，他彻底平静了下来，望进了刘璟的眼眸深处："你杀了我吧。"

"好啊，朕先杀了你，再杀了你姐姐，你父亲、母亲……"

"皇上就只剩这个了吗？除了用我家人的命来要挟，你就这么一无是处？除了你生下来就拥有的权力？"

王玄真的目光透露出不屑和悲哀，替刘璟悲哀。

"朕有这一项就足够了。"刘璟逼视着他，再次逼问道，"答不答应？"

王玄真默默地想：姐姐，我上一局该给你的都给你了，这辈子你与我陪葬，应当也不算冤枉了，至于爹娘，只当生了个讨债的，儿子不孝。

王玄真的目光逐渐坚定。

刘璟像是预感到了他的答案，另一手再次捂住了他的嘴唇，浓眉紧皱地盯着他。

王玄真发不出声音，也用眼神告诉了他答案，他的目光从浓烈的仇恨中透出一点超脱：刘璟，你困不住我。

如果你将我看得比你帝王的尊严还要重，那你就是输了，我将穷尽我的一生折磨你，羞辱你，让你活得比上一局的我还要痛苦千百倍。

刘璟看懂了王玄真的目光。

他其实是个心思很敏锐的人，只是没人有资格让他揣测心思。

刘璟的手在颤抖。

杀——还是不杀？

一个永远恨自己也驯服不了的人，留着也只是折磨自己。

他是帝王，夺取人的性命就和割草一样容易。

更何况王玄真这样柔弱。

掌心下按着的柔软面颊只要他把手轻轻往下一挪，盖住那小巧玲珑的鼻子，不出片刻，王玄真就会死。

掌心按照主人的意志慢慢挪到了鼻上。

王玄真很安静地闭上了眼睛。

斗不过，他就去死，死了就一了百了了。

眼睑忽然一热，王玄真下意识地在刺激中睁开了眼睛，他看到了一幅让他永生难忘的画面。

刘璟哭了。

刘璟下不了手。

权力他生来就有，拥有得太久，他已经倦了不在乎了，唯一真正抓不住的就只有面前的王玄真。

王玄真缓缓呼吸着，眯眼微微笑了一下，真心实意。

他拥有了可以折磨刘璟的最大武器。

刘璟竟然下不了手。

王玄真越笑越大声，笑声从刘璟的掌心中传出。

刘璟慢慢挪开手掌，腰背无力地弯下，他输了，在这场较量中，权力毫无作用，他彻彻底底地输了。

绝地翻盘的王玄真在短暂的快乐后也失去了快意，这算什么呢？他没有做错任何事，只是很不幸地遇上了一个可怕的人而已。他看了一眼蜷缩的刘璟，心想自己就要和刘璟牵扯折磨一辈子吗？

不，是两辈子。

王玄真急促地呼吸了两下，慢慢撑起身，环顾了一下四周，正在煮得沸腾的麻汤、雪亮的刀具，他忽然觉得一切都没有那么可怕了。

"我恨你。

"我恨与你有关的一切。

"即使我死了，喝了孟婆汤，魂魄转世。

"你今天不杀我，我就要永远地离开你。"

王玄真摇摇晃晃地跳下白案，力气不支地倒在地上。王玄真就摔倒在刘璟的脚边，刘璟低着头看着王玄真用尽全身的力气……爬……也要离得他远远的。

到底是为什么呢？

刘璟恍惚地想，到底是为什么呢？

4.

地图上的两点中有一些闪烁着鲜红的颜色，X代替林琦问出了他心里的疑惑："这些红点是？"

"已知的具有攻击性的星系联盟。"风其道。

林琦心里一紧："那我们那个联盟？"

"虽然听上去很变态，"乐天耸了耸肩膀，"但感觉没什么太大的攻击力，挺无能的。"

"具有攻击性的联盟会有意识地扩展自己的星系领土。"风其微一挥手，放大了地图的一角，林琦这才发现闪烁的红点如蠕虫一般正在变大，"扩张的方式有很多，向下或者平行都是一种不错的方式。"

"他们进攻其他的星系，同时向已产生的次级星系索取力量。"乐天补充道，"如果你们来的那个星系足够强大，你们不可能有机会逃脱。说实话，你们的运气好得惊人，能逃出来已经很不容易，一路也没有被其他星系攻击，"乐天转身，胳膊肘搭在风其的肩膀上，一脸吊儿郎当又认真道，"幸运值满点。"

林琦从来不知道很平凡的自己竟然还有逆天幸运值的设定，他看了一眼X，从X的神情中看到了清晰的后怕和庆幸。

"次级星系是指小世界？"林琦心里大概有了对整个世界的蓝图设想，只是再次向他们确认。

乐天点头，肯定了他的猜测："存在着为数不多的拥有编织世界能力的强悍人士，能用自己的力量开拓新世界，"乐天手挑了下风其的下巴，"这位就是。"

林琦顿时向风其投去惊叹的目光。

"他以前是无情无义的巡审官,"乐天对着一脸纵容的风其挑了挑眉,"幸好有我拯救他。"

风其抿唇严肃点头,眼中戏谑:"救世主。"

乐天嘴角要笑不笑,还是没忍住露出一点灿烂的笑容,两人相视的放松笑容让林琦温馨又疑惑:"这种情况下,那这里也不能保证安全了。"

"没有什么绝对的安全,"乐天收敛起了嬉笑的神色,"我们必须时刻保持警戒。"

"我看到……"观察已久的 X 终于出声了,"这一块星系也在壮大。"

"托你们的福,"乐天一挥手,整张地图都消失了,取而代之的是一片深邃的星空海图案,四人置身其中,能清晰地看到几个崭新的光点正在蓬勃发展,"一切进入我们星环的星系都会自动升为与我们平级的星系。"

光辉而又灿烂的自由,没有人设,没有故事情节,没有主角与配角,这就是 LT 星系对一切来客所展示的世界。

"欢迎加入,"乐天展开双臂,"同样也允许离开。"

星系升级的画面极为震撼,这些小世界原本都以 X 为支撑环绕,一切人物的存在和设定都以 X 成为整个世界的霸主为终极目的。

而乐天强悍的精神力和风其无与伦比的编织世界线能力,一旦联合起来,发挥的力量可以打碎所有的世界线,让一个个小世界成为独立的星球,喜怒哀乐日落东升,归为自然。

林琦能看到那些数据和他和 X 一样,正在一点点地丰盈实体。

"别担心,这是可逆的,"乐天伸出自己白皙的手,在林琦的眼皮底下,细腻的皮肤碎成一片片散开的数据,又在眨眼之间恢复得完好无损,那双俏皮又狡黠的眼睛闪动着似乎看穿林琦心思的光芒,"存在从不拘泥于某一种形式。"

宫殿陷落,世界天翻地覆,犹如一直捆绑住自己的枷锁被打碎,一切旧知全都不存在了,在时间和空间的缝隙中,关于世界的真相突如其来,重重地砸在每个人的大脑中。

——抛开你现在所有的一切，你想去到怎样的世界？你想过怎样的生活？

脑海里犹如过了一辈子的时间，选择却只在一瞬间，王玄真毫不犹豫地奔向了一个方向。

世界重组完成。

安静的大厦外，玻璃墙面隐约反射出一个面容平凡的男孩，不高的个子，胖嘟嘟的脸蛋，身上穿着简单的白衬衣黑长裤，脚上却不合时宜地穿着与正装不太合适的白色球鞋，因为缺乏锻炼，还有点小肚子藏在略微宽大的西服外套里。

王玄真深吸了一口气，悄悄摸了下自己软软的肚子，紧张地清了下嗓子："OK，相信自己，一定没问题！"

他鼓起勇气进入大厦，拿出自己的简历，得到的依旧是前台千篇一律的回复："好的，谢谢，您放这儿就可以了。"

王玄真垂头丧气地走出大厦，掏出手机。微信里跳出了几条信息，他点开一条条认真听了，最后对着手机小声回复："姐，我感觉还是没戏。"

回复又连珠炮一样地蹦了出来。

"怎么没戏？里面的 HR 可是你姐姐我闺蜜的好朋友，怎么也会给你个机会的。

"再说了，你又不比别人差哪儿，怎么就没戏了？

"宝宝，加油！此处不留爷自有留爷处，找不到工作姐养你。"

王玄真脸上浮现出一点笑容，不管怎么样，姐姐总是支持他。他小声道："姐，你晚上想吃什么，我这里结束得挺早，回家给你做饭。"

王玄真边说边回头又看了一眼高耸入云的大厦，心里轻轻叹了口气。这样的大厦里面应该全都是精英吧，像他这样各方面都不出众的人，怎么可能进入这么好的公司呢？刚刚那个前台姐姐就好漂亮好有气质……

"王玄真。"

听见有人喊他，王玄真转过脸，对上一张棱角分明的英俊脸孔，脑海里搜寻了一下对这张脸的印象，答案是无，于是疑惑道："你好？"

对方静静地看着他，目光有股天然的高傲与挑剔，声线很华丽："你变样子了。"

"啊？"王玄真有点尴尬地笑了下，"我最近胖了点……请问你是？"

"刘璟。"

王玄真想了想，对这个人完全没有印象。他从小学习就很普通，对学霸只敢远观，生活中好像也完全没有认识过像这样穿着考究西装一看就……就很有钱的朋友，可对方的眼神分明就认识他。王玄真装作想起来的样子，恍然大悟道："是你啊。"

刘璟专注地看着王玄真，很快就做出判断，王玄真不记得他了，选择了遗忘他。

原来自己也根本不是什么皇帝，一切都只不过是设定而已，在世界重组的那一瞬，刘璟可以选择忘掉一切继续成为江山的王，可他看到了面前人影的弧光，毫不犹豫地跟了上去。

"喂，"身后传来不耐烦的呼唤，豪华车的车窗摇下，坐在后座的车主人不耐烦道，"赶紧把车开回车库，上班时间跟人闲聊，刘璟你是不想干了？"

王玄真心想：看着挺唬人的壳子，原来是司机啊……

不过司机也比他强，他连工作都没有……

"在这儿等我。"刘璟回身，目光扫过后座的人。

对方静默一瞬，奓毛道："你那什么眼神？你是老板我是老板？我看你过今天就别干了！"

刘璟一言不发地上车，在对方的骂声中把车开到了指定位置，随即按住领带下车："工资就结到今天，谢谢。"

等他重新跑回地面，大厦前已经空无一人。

刘璟站在原地，周围出入的男女全都带着职业又冷漠的神情，匆匆忙忙，无人关注着他。

王屏心下了班回到住处，推开门就闻到了扑鼻的香味，深吸了一口气开心道："真真宝宝，姐姐回来啦！"

"回来啦！"王玄真系着围裙跑出来，满脸灿烂的笑容，"我做了部队锅。"

"太棒了！"王屏心隔空给了王玄真一个飞吻，一脚踢上门，手上拎着的小纸盒递出去，边换鞋边道，"橘子蛋糕，快来吃。"

"哇！"王玄真踢踢踏踏地跑到门口，拿下小纸盒轻轻嗅了下，橘子的甜香让他止不住地微笑，"哪儿来的？"

"部门里的露丝过生日，"王屏心换完了拖鞋，把包挂上，脱下外套，随手把手上的发圈扎住一头长鬈发，"太甜了，我看了都牙疼。"

"嘿嘿。"王玄真傻笑了一下，捧着小纸盒进了厨房，放进冰箱里，他要等晚上看综艺的时候再吃。

部队锅马上就摆好了，咕噜咕噜的酸辣香气直往王屏心鼻子里钻。王屏心问王玄真今天情况如何，王玄真实话实说："就递了简历。"

"没事，递了简历就行，"王屏心夹了一片火腿，"剩下的就交给姐姐我了。"

王玄真捧起碗，忽然想到了那个英俊的男人，于是兴奋道："姐，你听过'刘璟'这个名字吗？"

筷子忽然顿住，王屏心清秀的脸浮过一丝不自然的神色，随后微笑道："怎么了？"

王玄真老实道："我今天去投简历，在大厦门口碰到他了，他叫得出我的名字，但我对这个人完全没印象哎。"

"没印象就对了，"王屏心夹了一块五花肉放在王玄真碗里，露齿灿烂微笑道，"我也不认识。"

"那他怎么叫得出我的名字啊？"王玄真不知怎的，对这个人的出现有点在意，对方的眼神和表情好像跟他很熟似的。

王屏心抿了下唇，神情严肃道："你小心，这种人可能就是骗子，他先装作认识你的样子，然后就把你骗去传销。"

王玄真目瞪口呆："姐……你说得太有道理了！"

"我看那个大厦也不能去了，这种骗子太多的地方估计也没有什么好单位，"王屏心道，"下次再碰到这个人，你拔腿就跑，你耳根子软，万一被骗就糟了，知道吗？"

王玄真捧着碗受教点头："好，我一定跑很快。"

5.

重组的世界自动排除了林琦和 X 的世界线，所有的一切都化为回忆留存在两人心间，在外面目睹这一切的两人心中五味杂陈。

身后乐天和风其见状，建议道："想去，就去吧。"

林琦回眸，乐天对他笑了一下，同为合成人，精神力的觉醒也来自对方，林琦对乐天有种天然的亲近感，他内心的许多感受乐天仿佛能透过他的身躯察觉到一点，那是一种类似亲人的感觉，让他很有底气，对身边的 X 道："我……"

"一起。" X 毫不犹豫道。

武侠世界一片祥和，没有龙傲天的存在，各界和谐发展完全没有谁想跑出来当领导，林琦和 X 作为外来人口，仍然拥有林琦和杜承影的脸，然而再也没有人设背景，他们就像这世界的花草一样，只是点缀。

两人穿着灰色长袍站在月露山的石梯下，丝毫不起眼，压根没人给他们一个多余的眼神。

林琦悄悄拉了杜承影的袖子。

杜承影弯腰，林琦凑到他耳边道："你知道我最想再见谁吗？"

"水麒麟。"杜承影道，一下就说中了林琦的心事。

"你们能让开吗？"

清冷的声音传来。

林琦与杜承影同时回头，看到一张满脸写着"高冷"的陌生脸孔。

"抱歉。"林琦好脾气地挤了一下杜承影，两人站到一边，让出了一点缝隙，他对那张略微陌生的脸孔感觉有点上头的熟悉。

等周围人和那人搭上话时，"李涵"两个字清晰地传到了林琦耳中。林琦背上汗毛竖起一片，下意识地抬头望向杜承影。杜承影的表情倒算寻常，偏头声音轻轻道："别怕，设定已经都不存在了。"

小世界设定里李涵当初可是个纯种变态，内心阴暗不干人事，摇身一变竟然来到了武侠世界。

林琦仔细想想，像李涵这样追求极致力量的人，武侠世界还挺适合他的，只要不走歪门邪道，说不定还真能做出一番事业，最重要的是因他而受伤的那些人应该也不会再受到伤害了。

垃圾是放错地方的资源，这句话果然没错。

　　选拔一开始，各人立刻没入云雾之中，眨眼之间，山下只剩林琦和杜承影两个人还站在原地。

　　"那你说水麒麟还会在这儿吗？"林琦望着面前缭绕的云雾，他很希望面前会突然跳出那头金角长毛的撒娇怪。

　　"如果我是水麒麟，应该会想去一个动物也能当主人的世界。"杜承影慢条斯理道。

　　林琦的眼睛一下亮了："你是说祖人？"

　　杜承影点头，说不定水麒麟在那里都已经完成该完成的事业了。

　　最怀念的水麒麟没有见到，林琦与杜承影还是悄悄上了山，作了点弊，隐去了身形来到了山顶，倒是遇见了另一位熟人——抱束。

　　抱束长袂飘飘，面容整肃，神情和眼神简直和当年看林琦时一模一样的冷淡，正拿着绿叶长鞭打李涵的手心。

　　"投机取巧，心术不正，"抱束还是很严厉，目光如炬地射向忍痛的李涵，"合该好好管教。"

　　李涵掌心肿得高起，咬牙忍耐没有发出一点呻吟，挨完了抱束十八鞭，仍是站得笔直，头顶上汗水丝丝地渗出，听抱束道："进列，归入我门。"

　　李涵心底松了口气，拱手欢喜道："多谢师父。"

　　抱束目光冷冷地扫过他，不紧不慢道："你叫我这一声师父，我一定担得起教导你的职责。"

　　李涵面露笑容："多谢师父，我一定在练武——道精益求精。"

　　林琦看着这一幕，对杜承影道："你说李涵他会走上歪路吗？"

　　杜承影望着抱束，原本设定中他的引路人，抱束那种为了大义不惜牺牲一切的脾性，对别人残酷对自己更残酷，说不定正是李涵的克星。

　　毕竟抱束在重组世界后也丝毫没有动摇地依旧选择了自己原来的路，心性坚定，如果武侠界真有第一人，杜承影相信那个人应该是抱束，而不是一个突然冒出来的什么天命之子毛头小子。

　　"抱束不会允许自己的徒弟成为邪道中人。"杜承影隐身遥遥对抱束拜了一拜，"还想接着看下去吗？"

"不了。"林琦道。

就让他们好好地生活在没有他的世界里，他不再参与，依然祝福。

离开了武侠界，林琦迫不及待地就去祖人世界想找水麒麟，很意外地发现祖人世界地覆天翻，完全就是翻版的现代世界，车水马龙，人来人往，贫民窟和祖人的城堡都消失了，街上祖人和原人的气息都混杂在了一起。

外面的世界融合了，这个曾经作为联盟意志投射的分裂的不平等的世界也改变了。

身边的杜承影换脸成了郎彦，两人正坐在街边的小吃店铺内，一脸乡巴佬的神情看着排队进入地铁站的人群。

林琦胳膊肘推了推郎彦的胳膊："你闻到水麒麟的味道了吗？"

郎彦摇了一下面前的冰可乐，咬住吸管指了指玻璃窗外的大屏幕："没闻到，看到了。"

林琦顺着他的手指看过去，大屏幕上一头通体雪白的异兽正踏破水花，头顶独角在光照下闪烁出彩虹一样的光晕，在水中变成了一个白发俊俏的少年，手里拿着一瓶蓝色的饮料，笑容灿烂道："这个夏天，给你不一样的清凉！"

林琦："……"跑这里来当明星了。

"他有签售会，"郎彦指了指桌面上的立牌，"去吗？"

林琦："……去！"

签售会排队现场，林琦淹没在一群粉丝中被挤得死去活来，郎彦因为林琦说的"虔诚追星"而没有选择作弊，被迫和林琦一起在队伍里煎熬，两条长臂环住林琦护着他。

林琦拿着刚买的海报兴奋道："这张海报拍得超棒！"

蓝色底子，雪白的水麒麟原型和少年清爽俊俏的外形很好地组合在了一起，非常养眼，林琦更关注那一身雪白的皮毛，看着实在太蓬松了！

长队螺旋进入，林琦排了半天终于排进去了，手上攥着海报，远远地看到若隐若现的少年身影，紧张地回头眼睛直盯着郎彦。

郎彦面无表情地忽然亮出了黑豹的耳朵。

林琦震惊，伸手用力撸了一把，"乖啊，等会儿摸你。"

失宠的郎彦内心一片坦然，每个人在这个世界上总有一些天敌，而他的天敌就是——毛茸茸。

海报落在眼下，对方利落地签名，抬头公式化地要露出微笑，对上林琦亮晶晶的目光时，笑容忽然顿住了。

林琦开心道："很喜欢你，能摸一下你的毛吗？"

签售会现场虽然很喧闹，但越在接近偶像中心的地方越安静，尤其是坐着的少年前面还有一个话筒，清晰的话语顿时传遍整个会场，通过音响在整个会场里回荡了足足三遍：

"很喜欢你，能摸一下你的毛吗？"

"很喜欢你，能摸一下你的毛吗？"

"很喜欢你，能摸一下你的毛吗？"

林琦："……"

后面粉丝炸锅了。

郎彦山一样的身躯挡住了后面想上来把骚扰偶像的"极端粉丝"给叉出去的其他粉丝，被愤怒地攻击："祖人了不起？信不信我们报警！"

"可以。"

清晰的声音再次让音响发出了回声，少年认真地微笑了，对林琦灿烂道："谢谢你对我的喜欢。"

林琦和郎彦直接被带到了后台。

门打开，就是林琦熟悉的蓬松得像雪山一样的水麒麟，因为对方刚刚俊秀少年的模样，林琦还有点手抖，直到水麒麟甜甜道："主人——"

林琦喇地扑了上去，全身都被柔软又香香的皮毛包围了，仿佛陷落在了皮毛做成的海洋里，面上露出了幸福的笑容。

水麒麟清澈的眼睛望向郎彦，压低自己的角，这是一种臣服的姿态。

郎彦心情复杂地上前："你没有选择忘记。"

水麒麟点点头："和主人在一起的岁月很开心，我不想遗忘。"

林琦在毛里闷了一会儿，抬头对水麒麟道："不是主人，无妨，我们现在应该是朋友。"

水麒麟小心翼翼地转动眼珠看了一眼郎彦，郎彦伸手摸了一下他的角："他说得没错，我们是好朋友了。"

水麒麟感动得都快要哭了，林琦对他很好，可是他真正的主人一直都不怎么喜欢他，能得到对方的认可，他真的很开心。

进行完签售会后，水麒麟开心地和林琦与郎彦去聚了餐，酒醉后醒来发现两人已经不见了。快乐中带着淡淡悲伤的水麒麟在进入浴室，化成原形要洗澡的时候，快乐全化成了浓浓的悲伤。

他的毛——被剃了。

水麒麟："……"这就是好朋友吗？

6.

王玄真终于找到了工作，新媒体编辑，缺点是薪资不高，优点是可以在家办公，按时交稿就行。

因为这个优点，王玄真可以完全忽略那个缺点。他天生有点社交恐惧症，不擅长和人沟通交流搞人际关系，能在家办公再好不过，王屏心工作繁忙，他在家里还可以帮着操持家务洗衣做饭，两全其美的生活。

每天完成工作后，王玄真会在下午去逛一逛附近的大超市，临近傍晚的时候超市里的生鲜会打折，王屏心喜欢吃鱼。

王玄真皱着眉在鱼缸面前驻足挑选，目光顺着鱼游动的轨迹搜索，企图挑出这一缸鱼里最肥美的一条。

那些鱼都游得不快，王玄真看得很专注。他终于看中了一条，目光锁定着那条胖得悠闲的鱼招手呼唤："师傅，帮我捞鱼。"

网兜从天而降，准确无误地捞出了王玄真看中的那条鱼。

王玄真展开透明袋子欢天喜地地装好，一抬头对上一张英俊又熟悉的脸，他的笑容顿时凝固了。

对方的穿着打扮显然不是超市的员工，他没有穿超市鲜鱼区标志性的雨鞋，简单的灰色 T 恤长牛仔裤，穿在他身上有种天然的贵气，怎么都不像个唯唯诺诺的司机。王玄真对这一份气质有点敬而远之，他想起姐姐的叮嘱，更是连话都不敢跟人多说一句，提了袋子就跑。

袋子里的鱼扑通扑通，王玄真的心跳也扑通扑通，跑到收银台才想起他抓了鱼就跑了，连秤都忘了称。

他为什么要跑呢？

王玄真对自己的过度反应有点尴尬，拎着乱跳的鱼遥遥地回头看了一眼，很犹豫是回去称还是不回去称。

思前想后，他又觉得自己这个样子实在太奇怪了。

就算是骗子，他不理不就好了？光天化日的，他一个大男人难道还怕称一条鱼？

王玄真重振精神，提着鱼回去称，却没有再看到那个高挑英俊的身影，很顺利地称完了重量，他松了口气的同时又有点暗暗的失落。

王玄真抬手摸了一下自己肉嘟嘟的脸，疑惑又怅然，那个人会是骗子吗？他既没有钱，长得也很平凡，对方能骗他什么呢？

一个超市里的小插曲让王玄真失魂落魄的，王屏心心思缜密，一下就看出了王玄真的不对劲，问他："你怎么了，领导又给你气受了？"

王玄真的领导是位中年男性，郁郁不得志，对属下吹毛求疵，王玄真脾气软，被说了也只是忍耐。领导抓住了这个软柿子，变得格外爱说他，毕竟王玄真又不记仇。

王玄真怔了一下，才道："没什么。"

他没有否认。

他自小就与姐姐相依为命，王屏心是他的姐姐，更像是他的母亲，他的起居生活、人生轨迹哪一样都有王屏心的影子，他从不对王屏心撒谎。但是今天，他不由自主地对王屏心撒了一个谎。

王屏心没有怀疑，安慰道："工作就是这样，没有事事顺心的，他说你，你就当他是个屁，做好自己的工作，努力升上去，到时候他就不能把你怎么样了，你写的那几篇稿都特别有意思，点击量很不错呢。"

王玄真点了点头："姐，你吃鱼，这鱼我挑的最大的一条呢。"

王屏心还是不放心，没有去加班，又耐心地开解安慰王玄真很久。

其实王玄真在这里已经是个步入社会的成年人，而王屏心却总当他是十六岁那个懵懂无知的小少年，什么话都担心他听不明白，非要掰开来揉碎了去说。

王玄真也很有耐心地去听，低着头坐在一边，不是沉闷受教的模样，而是真的给予王屏心切实的反馈。

门楣、权势、荣华，一切都是前世的过眼烟云了，王屏心最后对王玄真道："玄真，你开心就好，知道吗？"

王玄真点点头："我知道了。"

王屏心说得对，他决定不再去想那个人。

一连数月，王玄真都没有再见到对方，他想不起那个人的名字，在心里对那个人的称呼一直都是"也许是个骗子的人"，没有再遇到，心里也就不再起涟漪。

超市里下午打折的鱼卖得很好，王玄真隔三岔五就要去买一条。他很会做鱼，酸菜鱼、红烧鱼、鱼汤，他都做得很好，王屏心也很爱吃。只是有时候王玄真还是会想起那个"也许是个骗子的人"，很奇怪。

有一天晚上七八点的时候，高中同学微信群里罕见地跳个不停。

王玄真屏蔽了群消息，只是鲜红的@没法屏蔽，他点进去一看，原来是老同学结婚，新郎新娘同校不同班，这么好的缘分当然要请他们这些同学。

王玄真在学校里人缘很一般，看着群里的恭喜之语，他也跟着发了一句，但很快就被刷屏的消息淹没。

王玄真忽然从群里的名单上一个个翻了过去，看得很仔细。群里面的大家都用的是真名，但不见得是用自己的照片当头像。王玄真从几个有点陌生的名字里点进去，没在朋友圈看到照片，手指点在头像上数次想发出信息——"是你吗？"

想了很久还是没有唐突地付诸行动，王玄真闭上了眼睛，想早早地睡一个好觉。

王屏心很赞成王玄真去参加这一次婚礼。

单纯归单纯，王玄真老宅在家里不出门，她也一样觉得不好："都是同学，你就当去同学聚会了。"

王玄真站在衣柜前很为难："同学聚会我都没去过。"

"那不正好去一次？"王屏心摸了他挂在衣柜里的西服衬衣，王玄真就这一套正装，"还都是新的呢。"

重新穿上面试时才会穿的套装，王玄真发现自己瘦了一点，虽然脸还是有点肉肉的，但是原本紧紧的衬衫宽松了不少，再加上整天都待在家里，皮肤也白了一个色号，看上去有点另类的营养不良。

王玄真垮了一下脸，觉得自己去可能会丢脸。

转念一想，他这样没存在感的人，或许压根就没人注意，也就不存在丢脸了。

跟王玄真想象的差不多，门口收红包的傧相都叫不出他的名字，在他签名的时候才恍然大悟道："是你啊，你名字拗口，我记得你有个姐姐，你姐姐结婚了吗？"

王玄真略带敌意地看了他一眼，撒谎道："结了。"

那人顿时浮现出遗憾的神情，很浅薄的遗憾，转眼就被喜气洋洋的样子代替了。

王玄真的座位被安排在左下区，座位上贴着的宾客名字全都半生不熟，他来得最早，一个人在里面如坐针毡。

周围的客桌陆陆续续都来人了，可就像是老天爷和他开玩笑似的，偏偏只有他一个人孤零零地坐着。

"王玄真——"

身后传来欢快的声音，王玄真如释重负地转过头，来人的相貌与他平凡得不相上下，不是很熟。

那人坐在了王玄真旁边，交谈几句后王玄真逐渐有了记忆。两人回忆往昔，说一些学校趣事，王玄真终于感受到了同学聚会的乐趣。

聊过几句，话题中心很自然地转到今天的新人身上，对方扼腕叹息，觉得外表出众的新娘和新郎不搭，说要谁谁谁和新娘成一对，那才是真正的金童玉女。

王玄真听得很糊涂："那是谁啊？"

对方道："本校名草，你竟一无所知？"

王玄真很腼腆地笑，他成绩一般，交际一般，样样都一般，对名草名花统统都没兴趣。

"喏。"对方在他背后遥遥一指，"校草在那儿。"

王玄真转过身，后面乌泱泱的人群，大部分人都穿着正装，他看不清也不打算仔细看，扭头过来敷衍道："的确很帅。"

"不仅帅，家世也好，"对方很感慨道，"出生就赢了我们大半了。"

王玄真笑了一下："不止大半吧。"

"你说话太残忍了！"

王玄真这一桌陆陆续续地也来齐了，人一多王玄真又沉默了，在人多的交际场所，他总是被忽视的那一个，他自得其乐地拿出手机和王屏心聊着微信，告诉王屏心同学聚会果然比他想象中的要有意思。

婚礼流程千篇一律，喜庆又混乱，到了新人敬酒的环节，新人手扶着手，一桌一桌地敬酒，王玄真目光追随着那对新人，嘴角带着柔柔的笑意。

"看看看，"身边的人推他的胳膊，"赢家。"

一桌起身的人中间的确有位鹤立鸡群的人物，相当打眼，隔了两张桌子，王玄真听到身边的人感叹："严甫昭，连名字都取得比我有钱。"

王玄真失笑，他前几天做了篇有关富豪的公众号推送，顶级富豪的名字也一样平平常常，严甫昭看上去的确很出众，举手投足间有种内敛的雍容，但也是没有比较才显得他尤为突出。

如果跟……

王玄真的笑容顿住，思维短路了一下，又摇摇头，悄悄站起了身。马上敬酒就要敬到他那一桌了，他怕那种场面，身边的人却拽住他："去哪儿？"

王玄真压低声音道："我去趟洗手间。"

"正好一起。"对方似乎比他还急。

两人从宴会厅出来去到洗手间，对方才说出实情，他早就想出来方便了，但是天生有点路痴，一个大男人又不好意思说叫人陪他。

王玄真边洗手边道："那你怎么现在讲给我听了？"

对方道："一看你就不是一般人，不在意这种事。"

王玄真微笑了一下，别人夸他，他总是高兴。

对方又问他要不要抽烟，王玄真不爱抽烟，但难得有人跟他聊天，他陪着对方一起去了休息室抽烟。

休息室里没人，对方又是大侃特侃学生时代的八卦，王玄真烟没抽几口，光睁大眼睛听对方说八卦就听得津津有味："然后呢？"

"然后？然后严甫昭当天就把颜大美人给拿下喽。"

"怎么拿下的？"王玄真追问道。

休息室的门这时开了，八卦主人公从天而降，讲八卦的人立刻噤声，听八卦的人也傻了，而八卦主人公却是不紧不慢道："怎么拿下的，我也想知道。"

场面一度非常尴尬。

王玄真脸皮不厚，背后说人八卦被人撞个正着，低着头脸都红了。说八卦的那人讪笑了一下道："严公子，那你说说嘛。"

严甫昭关上门，从口袋里掏了烟和打火机，把烟含在唇边，边给自己点烟边道："我和颜可没什么关系，"他抬头抿了一口烟，很随意道，"我跟她没关系……小心烧手——王玄真。"

王玄真被点到名，像在课堂上忽然被抽到提问的差生，慌张地抬起脸。严甫昭盯着他，目光闲闲地从他手指撩过，重复道："手。"

王玄真忙看了一眼自己的手指，香烟快烧到指尖了，赶紧把烟掐在了烟灰缸里，起身道："对不起，我们只是在闲聊。"

说八卦的人也没想到严甫昭会突然出现，也站起来跟着道歉。

严甫昭一压手："没事。"

别人说没事是别人的风度，说的人却是待不住，寒暄两句后脚步悄悄往外挪，王玄真跟着往外挪，手臂却是被严甫昭抓住，王玄真诧异地抬头。

严甫昭静静地看着他："你不认识我？"

王玄真很不好意思道："对不起，我个性比较闷，读书的时候不太在意其他事情。"

"个性比较闷？"严甫昭笑了一下，觉得很滑稽。他上下打量了一下王玄真，面前的王玄真普通得落到人群里都会看不见找不着。

严甫昭松了手，王玄真则松了口气，对严甫昭小心翼翼地一点头，脚步轻轻地往外挪，极力降低自己在严甫昭面前的存在感。

严甫昭一直盯着王玄真走出休息室。

他认识王玄真时，王玄真已经是成了精的妖怪，他根本来不及也看不透这个人。

他从没想过，忘记了一切的王玄真是这样的模样，天真得简直让人不悦。

手指间忽地传来疼痛，严甫昭下意识地甩了下手，烟烧到了他的指尖。

王玄真从休息室里脱身，长舒了一口气。此地不宜久留，他得溜了。他匆匆地从口袋里掏手机，跟王屏心说他要回来时，他的脚步顿住了。

酒店大堂里人来人往，那人依旧穿着简单，目光穿越了人群锁定在王玄真身上。

身边的空气像是凝固了，当对方迈出脚步走来时，王玄真才觉得周遭的空气开始重新流动。

"还是不记得我？"那人声音轻轻道。

王玄真后退半步，又觉得自己后退这半步很奇怪，站定道："你也来参加婚礼？"

刘璟看着他："不是。"

王玄真道："你不是我同学吧？"

刘璟道："不是。"

王玄真见他承认得这么痛快，心里倒没一开始那么慌了："那我们是怎么认识的？"

刘璟的目光很深邃："很久以前认识的。"

王玄真被他这么不着调的回答又起了防备心。王玄真尴尬地笑了一下，准备绕开他，脚步刚动，又听到后面在叫——"王玄真。"

王玄真回头，是严甫昭。

严甫昭走得步步生风，目光像是要吃人，走到近前，他看了刘璟一眼，他不认识这个人，保持了风度问："请问你是？"

刘璟也不认识严甫昭："刘璟。"

严甫昭过了一会儿才反应过来，他很少听到别人叫这个名字，一般大家称呼拥有这个名字的人为"先帝"。

严甫昭从对方的瞳孔里能看出，这是一个和他一样不愿意选择遗忘的人，回忆再惨痛也不妨碍他们从其中获得力量，因为他们都是铁石心肠。

"严甫昭，"严甫昭报上了自己的名字，"王玄真的……同学。"

自报家门，哪有特意带上某某同学的头衔的？

刘璟脑海里一瞬闪过许多念头，最终定格在他与"王玄真"最后一次见面的时候，那时王玄真说在他从未将他放在心上过。

他一直在想或许王玄真只是骗他。

严甫昭伸出手，很乐意和这位先帝握一握手："久仰大名。"

刘璟背着手没动，只看着严甫昭。

严甫昭感受到了前所未有的压力，刘璟早亡，他只听闻先帝性情深不可测，也从未真正感觉过。如今世界崩塌，一切随个人选择，随心而就。可他在这个平等的社会里，突如其来地感受到了帝王的压迫，明知道眼前的人已经不再是帝王，可他依旧不可避免地头顶冒汗，掌心发凉，连伸出去的手都想要收回来。

刘璟的目光从他身上缓缓移开，望向一边"罚站"的王玄真："对不起。"

王玄真愣住："啊？"

刘璟望着他，心想：回不去了。

7.

王玄真恨他，恨得连自己都不要了，宁愿毁了自己也要恨他。

唯我独尊的刘璟不解这种恨。

他出生就是太子，所有的人都匍匐在他的脚下，他受的是帝王教育"君要臣死，臣不得不死""雷霆雨露皆是君恩"，他是一切的主宰，对一切都拥有生杀予夺的权力，他要王玄真牺牲，王玄真就必须牺牲。

刘璟后悔了。

只是这一份后悔，那个恨极了他的"王玄真"永远不会知晓了。

面前的王玄真只是傻傻地揉了下后脑勺，目光扫到手机屏幕，急匆匆地就跟他们告别："不好意思，我还有事，我先走了。"

严甫昭提步要追，被刘璟抬手拦住。刘璟看向他，目光沉沉："不要纠缠他。"

"你在命令我？"

刘璟："他已经什么都不记得了。"

严甫昭心中生出怒气，已经顾不上所谓风度，声音微微提高："他不记得，我还记得很清楚！"

刘璟淡漠道："那是你自己选的，和他无关。"

严甫昭对刘璟这个先帝一直只闻其名，对刘璟有种种的揣测，就是怎么也想不到刘璟是个性情中人，因为太不可思议，他一时也没反驳。

刘璟落下手转身："别接近他。"

严甫昭站在原地愣了好一会儿，才大声道："你管不着！"

从婚礼回来，王玄真又是惴惴不安了很久，他每次见到那个人，都会有这种心神不宁的感觉。王屏心加班忙到疯狂，没有太注意到王玄真，而王玄真心宽得像河一样，每天吃一顿美食，逐渐又平静下来了。

他还是不记得对方的名字，第一次见面的时候仿佛是记得的，后来记忆就越来越模糊，像是脑海里有个大筛子，自动过滤掉这个人的姓名。

只要人不出现，王玄真就很安定。

工作也像王屏心说的那样，如愿以偿地步入了正轨，爱骂他的领导虽然脾气的确不好，但在推荐他、给他机会上面也不含糊。

王玄真得到一个做采访的机会。

这个机会对王玄真这种在家码稿子的编辑来说很难得，他其实不怎么想要这个机会，可他的领导打着微信电话，语气严厉叫他不许错过这个机会。他实在不知道该怎么拒绝对方的好意，于是只好硬着头皮接受了这个机会。

很巧，采访的对象就是之前同学会八卦的话题中心——严甫昭。

王玄真提前做了功课，算是对这位同学来了一次大了解。

严甫昭的身家背景看上去就是个标准的公子哥。

家境好得夸张，本人也优秀得不像普通人，履历漂亮得足够闪瞎人的眼，王玄真怀疑自己真的和这等人物做过同学吗？

跟对方的秘书约好时间后，王玄真抱着厚厚的材料去严甫昭的公司做采访。

会客室里真皮沙发旁长着一盆快顶到天花板的不知名植物，一派生机勃勃的样子。王玄真翻阅着手上的文件资料，紧张得想干呕，拿着笔轻轻按着。

严甫昭站在门口，透过门缝观察着王玄真。

上次走得太匆忙，严甫昭看得不仔细，只觉得王玄真现在的皮囊实在普通，没有亮点，这次他看仔细了，更加肯定了自己的感觉。

头发大概是很长时间没有好好修剪的原因，发尾略微有点长，窝在脖子里，脸上像是还没消去婴儿肥，肉嘟嘟的，显得幼稚又笨拙，嘴唇不厚也不薄，甚至都不红，只是淡淡的很普通的唇色，脚上穿着并不昂贵的皮鞋，脚踝露出一点黑色的纱袜，从头到脚都是个看上去乏善可陈的男人。

没有任何的魅力。

王玄真放弃了自己的容貌，也选择了遗忘，这代表那一世没有任何值得他留恋的地方，包括他自己。

严甫昭推开门。

听到推门声的王玄真立刻起立，站得笔直地对严甫昭道："严先生，你好。"

严甫昭心想连声音都这么普通。

"坐。"严甫昭僵硬道。

王玄真直挺挺地坐了下来。

全程严甫昭都在神游天外。

他的大脑出现了严重的割裂，很难把两个王玄真联系到一起。

王玄真采访得很认真，尽管有录音笔，他依旧是不停地做着笔记，他的语言表达并不像表面看起来那么笨拙。严甫昭能感觉到王玄真是有备而来，做了不少功课。

采访进行到一半，严甫昭忽然道："我看看你的材料。"

王玄真没有犹豫就递给他了，对方是老大，对方说了算。

严甫昭翻了他的文件夹，看到上面有很多笔迹——连字迹都不一样了，严甫昭匆匆看完，心乱如麻。

这是一个彻彻底底不一样的王玄真，与前尘往事背道而驰，他实在不知道该以什么样的心态面对王玄真，单方面地叫停了这场他刻意安排的采访："剩下的问题，我让秘书答复你。"

王玄真也不介意，对方的时间是以他想都不敢想的单位来计算价值的，肯坐在这儿乖乖回答一个小时已经很不错了。他道："好的，谢谢严先生的配合。"

他说得彬彬有礼，严甫昭听得如芒在背，目光从王玄真平凡又乖巧的脸孔扫过，神情严肃道："我们能交个朋友吗？"

王玄真莫名："啊？"

严甫昭道："我想跟你交个朋友。"

王玄真流露出戒备的神情："我不想跟你交朋友。"

他说完就直接站起了身："再见。"

看上去很木讷乖巧的人出去的时候，严甫昭都没反应过来。等脚步声咚咚地下去之后，严甫昭才扣上西服纽扣起身去追，幸好整栋大厦都是他的，他很顺利地让保安在楼下截住了王玄真。

王玄真有点被吓到。

"我要走了，"王玄真很强硬道，"有事情我会联系你的秘书。"

严甫昭被气笑了："你走得了吗？"

"现在是法治社会，"王玄真似乎是生气了，脸上浮现出被冒犯的愤怒神情，眼中射出怒火，"严先生，你以为你是谁？可以只手遮天吗？"

严甫昭看到了王玄真藏在体内的那个张牙舞爪的灵魂正跃跃欲试地要出来咬人，他终于从王玄真身上感受到了亲切的味道，皮囊终究只是皮囊，真正发光的是藏在里面的灵魂。

"你真的误会了，"严甫昭放柔了语气，挥手示意保安散开，"是我吓到你了吗？"

王玄真还是拔腿就跑，他不吃硬，也不吃软，像他姐姐说的，他容易被骗，最好的方法就是躲。

回去之后，王玄真没有把这件事告诉王屏心，他怕王屏心为他担心，心里又很忐忑严甫昭会没完没了地纠缠他。

不过严甫昭不但没有纠缠他，而且再也没出现。

王玄真偷偷去搜了一下，知道严甫昭有生意上的棘手事情，正在遭遇不小的麻烦，也就松了口气。

这是他平凡生活的短暂插曲，之后一年风平浪静，姐弟俩一起升职加薪，生活过得平淡又充实。领导又推荐他去国外参加一个时装发布会，很多媒体都到场了，王玄真淹没在其中，很不起眼，也很自得其乐。

一场秀结束，采访流程走完，其余人都赶着去合影、参加 party，王玄真没有去，他决定去广场喂鸽子。

常看到喂鸽子的经典图片，王玄真也很向往，结果喂得很狼狈，广场上的鸽子一点不怕人，呼啦啦地在王玄真身上要安家下蛋，王玄真拿着一袋面包屑紧拧着口子都不敢放，生怕鸽子上来啄他。

正当他叫苦不迭时，那些鸽子忽然哗啦啦地往他身后飞了。王玄真吐出一口气，回头看到鸽群中的人时又呆住了。

那个人依旧是穿得很普通，一件国外滥大街的卡其色风衣，头发被晚风吹得有点乱，安静地隔着不远不近的距离看着王玄真。

王玄真想：应该不是骗子，骗子不会布这么久的局，骗子不会总是不出现，然后突然出现。

王玄真鼓起了勇气走过去，鸽子们正在地面进食，没空搭理无聊的人类。

王玄真比他矮了不少，略微抬头："是巧合吗？"

"是。"

对方的声音有种一锤定音的魔力，王玄真一瞬间就相信了他，微微露出笑容："你来工作吗？"

"出差。"

"我也是。"王玄真手插在口袋里，他乡遇故知还是让他有一点高兴的，"你还没说，我们到底怎么认识的。"

时间又过去了一年，王玄真依旧对这个问题耿耿于怀。

对方这次没有说出什么上一局之类的话："隔壁学校，偶然看到。"

这听上去也不太真实，王玄真心想他这样的人有什么可关注的呢。他没有刨根问底，在鸽子漫天的广场，他展了一下外套又合拢，觉得好像没话可说了："那……再见？"

"再见。"

对方没有纠缠的态度让王玄真一开始就提起来的心彻底放了下来。走出不远后，王玄真驻足回望，那个高大的身躯还站在鸽群中央，好像马上就能上杂志封面。王玄真用审慎的态度观察了一下，心想他该不会是模特吧？脑海里闪过几个名模的名字，又想——他叫什么名字来着？

想不起来。

王玄真不是记性很差的人，想不起来，就不去想了。他从口袋里掏出手胡乱地挥了挥，扭头逃离了鸽子广场。

翌年，有人追求王屏心，对方是个自动化机械师，比王屏心小五岁，人长得也不错，对王屏心一见钟情，下了死功夫追王屏心。

王屏心一直没答应，王玄真觉得很奇怪，他看得出王屏心也是动了心的。他对王屏心道："姐，你为什么不接受他啊？"

王屏心对他笑了笑，揉了下他的短发："我不喜欢比我小的。"

王玄真不赞同："都说年龄不是障碍，你三十，他二十五，很般配啊。"

"般配什么，"王屏心戳了下他的额头，"操心操心你自己吧。"

王玄真揉了下自己的额头："我没异性缘啊。"

王屏心手撑着下巴："你要主动一点啊。"

王玄真低着头不说话了。

"没关系啦，"王屏心转头微笑道，"姐姐很开明的，真真你只要开心就好。"

王玄真道："明明在说你的事。"

"我的事我已经说完了，我不喜欢比我小的啊。"

"姐姐，你真的太迂腐了。"

"这叫原则。"

"封建，你等着后悔吧。"

王屏心望着王玄真逐渐嚣张的模样，面上微微笑着，心中静默道：玄真，我不配幸福。

又过一年，王玄真在街上再次碰到了"骗子"，他记不起对方的名字，所以就这样鲁莽地称呼他。

那是夏天，王玄真在出外景，热得要命，他嘴里叼着一根冰棍，拉着 T 恤领口一边扇风一边赶路，与对方在大街上擦肩而过时，对方停住了脚步，递给王玄真一块干净的手帕。王玄真这才意识到他们又见面了，他短促地"啊"了一声，对两人的见面表示惊诧。

"擦汗。"

雪白的手帕看上去精致名贵，王玄真不敢要。

"谢谢，不用了。"他很粗鲁地用手背抹了一下汗，"你不当司机了？"

"不当了。"

王玄真上下打量了他一下。说实话，很难从外表判断这个人，无论他穿得多普通，看上去都是一身贵气。

王玄真："那挺好，工作顺利啊。"

"谢谢，"对方再次把手帕递到王玄真面前，"擦汗吧。"语气中竟然带了点恳求的意味。

王玄真接过手帕，在脸上仔细地擦了一下汗。

对方道："不用还了。"然后就转身消失于人海中。

之后，王玄真几乎每年都会偶遇那个人一次，在各种各样的意外场合。相见寒暄，然后道别，然后再次相遇。

尽管每一次，他们可能都说不上两三句话。

逐渐地，王玄真觉得他好像不再有最初那种慌张的感觉了。

见到就是见到了，就像见到了一个多年不见想不起来的同学一样，礼貌客套地说上两句，其实也没有他想象中的那么难。

直到很久很久以后，王玄真发觉他好像很长时间没有见到那个人了，那个被他代号为"骗子"的人，他对自己的朋友说起了曾经出现过这么一个奇怪的人。

他的朋友，也是他多年的工作伙伴，很紧张道："他是不是诈骗犯啊？"

王玄真大吃一惊："怎么可能，他很帅的。"

朋友大为不满："长得帅就不能是诈骗犯吗？"

王玄真道："当然！"

朋友直呼天真。

王玄真道："我又没什么东西给他骗。"

朋友："也是，你这个人最珍贵的东西就是义气了。"

"是吧？"王玄真腼腆一笑，望向远处，嗯，忘了就忘了吧。

8.

轰鸣的引擎声在耳边躁动着，飞扬尘土里包含着人类对速度的极限追求，观众们占据了山地上最佳的观赏位，期待着那一道道弧线闪过。

人群的最后有两个高挑的身影，两人都戴着鸭舌帽，帽檐投下的阴影遮住了风格不一的俊美脸孔，这是为数不多的能近距离观赏拉力赛的"相对安全"位置——毕竟拉力赛没有绝对的安全。

速度、欲望、自由，这是一个让林琦彻底解放了自己的世界。

"既然都来到了这里，想重温一下赛场吗？"

稍微修改一下数据，赛道上立刻出现了林琦和钟宴斋的爱车，闪电的图案犹如匕首般直击人的心脏。

赛车服、头盔一应俱全地摆在驾驶座上。

林琦坐上了正驾驶的位置。

在这个世界做了大半辈子的领航员，在他的人生中有一大半的时间都在做工具人，这样自己掌握方向盘的感觉——实在好极了。

赛车是男人的翅膀，驾驭着风在跑道上急速地飞驰，林琦忍不住嘴角上扬，真好，他曾想要的自由与爱，如今都握在了掌心。

星空投下的光线也足以照亮前路，赛车停在了草原的尽头，走下车的林琦摘下头盔用力往上抛，头盔瞬时化作一串华彩的数据如烟花般坠落在空气中消失无痕。

林琦笑了一声。

钟宴斋也下了车，头盔和赛车服都自动地消失了，变成了很寻常的休闲服装，他单手搭上林琦的肩膀："星星很漂亮，想去看看吗？"

林琦仰头。

有些人不会接受一直待在安逸的地方生活，他们会想探险，会想发掘宇宙中未知的存在，那样的人勇敢又果断，毫不畏惧前路会遇上哪些障碍，是天生的主角角色，世界的中心地带。

林琦也抬起了手，褪去了一身赛车的打扮，还是T恤牛仔裤，反过来搭上对方的肩膀："你呢？"

钟宴斋静静地望着林琦，对他来说，从诞生之日起，无论换多少副躯壳，只因他是主角，所以必须经历那些轰轰烈烈的事情，其实他心里最向往的也仅仅只是有一个陪伴自己的人，过着平静的生活，不必干一番大事业，也不必去拯救谁。只是承认自己毫无野心，宁愿过平凡的生活，听上去完全没有主角风范。

钟宴斋垂下眼睫，夜风比白天要更凉一些，吹动着两人呼吸出的气息。他启唇缓缓道："我想陪在你身边。"

"我——"林琦仰起头，银河倒映在他的眸间，"一直很介意自己的没用，虽然很多次嘴上都说和自己和解了，可在见到乐天的时候，这种念头还是会涌上来。"

他果然还是比较低等级的存在。

合成人只不过是借口罢了，说什么比自然人差，都是他自己对自己的设限，分明还是有强大到让人战栗的合成人，只是他自己不行罢了。

如果不是遇见了 X，或许他一辈子都会那么继续浑浑噩噩下去。

他唯一的勇敢就是跨出了那一步，来到了 X 的世界里。

"我好像……不是个很出色的人，"林琦转过脸对 X 笑了一下，目光澄澈坦然，"我没有觉得自己很重要的想法，在这个世界上我非常非常渺小。"

世界之外还有世界，联盟之外还有联盟，甚至宇宙之外还有宇宙。

这一片草原上的星空那样美，那样神秘，可其实也只不过是一串数据而已，世界真相的尽头在哪里，又真的有那么重要吗？比他们现在的美好会更重要吗？

林琦放下手："我没有很宏大的愿望，我接受自己的平凡。你呢，能接受平凡的我和我想要过平凡生活的愿望吗？"

"其实我也只是个很平凡的人……"X 的脸上也露出微笑，"我只想和你平安地度过现在、未来。"

这样并肩站立是多么来之不易的结果，他们曾经为此赌上了所有，牺牲了一切。

——我，林琦，扮演的一直是工具人的角色，我接受自己的平凡，并且为我的平凡而感到骄傲。

——我，X，扮演的一直是受苦受难的主角，我接受未来的平凡，并且为平凡的生活感到由衷的幸福。

因为我有最棒的朋友。